麦克尤恩作品 | Ian McEwan

Sweet Tooth

甜牙

[英] 伊恩·麦克尤恩——————著

黄昱宁——————译

上海译文出版社

献给克里斯托弗·希钦斯①

1949—2011

① 克里斯托弗·希钦斯(Christopher Hitchens，1949—2011)，生于苏格兰、活跃于英美两国的作家及新闻记者，以昵称“希区”(Hitch)广为人知，在其四十余年的职业生涯中出版十多部著作，主要涉及政治、文学与宗教。麦克尤恩将这部小说献给他，一方面是为了缅怀这位已故的密友；另一方面，希钦斯的政治倾向一直饱受争议，后期的某些言论曾被人视为“新保守主义”，而他自己坚决否认这一点，声称从未改变左翼立场，而麦克尤恩则将其定义为“反极权左派”的代表人物，某种程度上这也可以视为麦克尤恩本人的政治倾向。这一层意味与小说本身究竟有怎样的联系，读者可以在读完整部作品之后再作评判。

在这次调查中，假使我能碰上一个彻头彻尾的坏人，那倒好了。

——蒂莫西·加顿·阿什，《档案》①

① 蒂莫西·加顿·阿什(Timothy Garton Ash，1955—)，英国历史学家、作家及评论家，《档案》是他出版于1997年的自传。

译者前言

《甜牙》的结尾，就是它的开头。但是这不等于说，如果只读一遍的话，你可以从结尾读起。如果想要做详尽的技术分析，则《甜牙》是个让评论家进退两难的文本——如果不“剧透”，你的分析就成了失去支点的杠杆；反之，你一杠杆下去，撬翻的就是这个文本的特殊结构以及因为这种结构所催生的、作者与读者之间的特殊默契。说实话，《甜牙》似乎是那种并不需要文本分析的文本，因为几乎所有对这个文本的分析都已内化在文本中。

所以，对《甜牙》最好的解读方式，就是按照作者设置的顺序，一章一章地读到最后，等待结尾向前文的反戈一击，等待你刚读完的那个故事突然被赋予崭新的意义。这种“反转”并非仅仅是剧情意义上的，反转的过程本身就是阐释作者意图的钥匙。这里面蕴含着颇为公平的游戏规则：你如果谨遵作者的导引，不犯规不越界，沿着那条看起来最平实、最机械、最费心劳力的路抵达终点，你得到的收益也最多。

这特殊的结构留给评析者的发挥空间其实相当有限。聊胜于无的，是在小说的表层叙述中捡一点碎片，说两句无关痛痒的画外音。比如，像麦克尤恩近年来的其他小说一样，《甜牙》也是那种情节与其所处的时代咬合得格外紧密的作品。表层的第一人称叙述者是一位出身教会保守家庭，在剑桥读书时又被年长她一倍的情人招募到军情五处的女特工。尽管塞丽娜只是职位最低且备受女性歧视政策压制的文职助理（五处的不成文共识是：女人守不住秘密），她仍比一般的女性更有条件叙述英国七〇年代的整体状况，毋宁说是腹背受敌的社会困境——冷战意识大面积渗入普通人的生活，爱尔兰共和军的恐怖活动和全国性罢工运动此起彼伏，中东危机导致能源匮乏，嬉皮士运动退潮，将一大批精神幻灭、身体困倦的青年扔在了沙滩上。

总体上，《甜牙》中有关七〇年代的描写，调子远比《在切瑟尔海滩上》中的六〇年代更灰暗更压抑，更洋溢着“无力挣脱只能就范”的失重感。不过，个体在特定时代中的感受未必整齐划一，麦克尤恩本人在访谈中提及其个人经历时，就有更为“正能量”的描述：七〇年代早期，麦克尤恩从诺维奇来到伦敦，他把那时的自己形容成一只“乡下老鼠”，整天问自己：“怎么才能改变这种局面？我怎么才能变成一头狮子？靠吼！”此后，他果然抛出一串挑战读者接受底线的短篇小说，以“恐怖伊恩”的姿态“吼”进了伦敦文坛，先后结识马丁·艾米斯、克里斯托弗·希钦斯、朱利安·巴恩斯、伊恩·汉密尔顿、汤姆·麦奇勒这些文学界、出版界的风云人物。“我们的对话轻快热闹，这个圈子的魅力难以抵挡，”麦克尤恩说，“某种程度上这就像是找到了一个家，在一批同代人里构造一个世界。”

这一批“同代人”，无一漏网，全都给指名道姓地写进了《甜牙》，而且并不显得牵强。因为按照故事的安排，作为五处唯一热衷于读小说的“女文青”，而且“碰巧”长着仿佛直接从小说中走出来的身材和相貌，塞丽娜接受了一项特殊任务：“甜牙行动”旨在以间接而隐蔽的方式资助那些在意识形态上符合英国利益且对大众具有影响力的写作者，而塞丽娜负责接近并引诱其加盟的是这项行动中唯一的小说家——汤姆·黑利。汤姆的出身和经历很符合麦克尤恩本人在七〇年代的轨迹，因此后者“圈子”里的人一一登场，倒也顺理成章。我们甚至可以根据《甜牙》中对这些真实人物的调侃力度，判断他们与麦克尤恩的亲密程度。力拔头筹的显然应该是马丁·艾米斯，因为汤姆在给塞丽娜的一封信中，描述了马丁在某次朗读会上的表现，委实栩栩如生：

> “艾米斯读的是他的长篇《雷切尔文件》选段。这小说既色情，又刻毒，还非常风趣——实在太风趣了，以至于他只能不时停顿，好让读者从狂笑中缓过来。他读完之后轮到汤姆上台，可此时掌声还经久不息，汤姆只好转身退回到昏暗的台侧。人们还在平复笑岔的气，抹着笑出的眼泪。他终于走到讲桌前，介绍‘我这三千词的恶疾、脓血与死亡’。他念到一半，甚至父女俩还来不及陷入昏迷状态时，有些观众就退场了。没准人们需要赶最后一班火车，可是汤姆觉得自信心受到了打击，他的嗓音变得单薄，在几个简单的词儿上磕磕巴巴，念着念着还漏了一句，只好回过来重读。他觉得一屋子的人都讨厌他把刚才兴高采烈的气氛给

> 破坏了。最后听众也鼓了掌，因为他们很高兴这场折磨终于结束了。之后，在酒吧里，他向艾米斯表示祝贺，后者并未报以同样的赞美。不过，他给汤姆买了三倍分量的苏格兰威士忌。”

另外可以提供佐证的是，《甜牙》中一共出现了汤姆写的六部小说，其中有三部都能在麦克尤恩本人的短篇集《床笫之间》中找到原型。被一笔带过的《她的第二部小说》，大抵是《一头宠猿的遐思》；被塞丽娜详细复述的《爱人们》则用了《即仙即死》的框架；至于那部帮助汤姆赢得“奥斯丁奖”（此奖系麦克尤恩杜撰，但与布克奖之间存在不无变形的镜像关系）的《来自萨默塞特平原》，则是《两个碎片》的扩充与延伸。这种选择并非仅仅出于怀旧或自恋，因为上述三个例子确实都能折射当时在主流文坛上具有代表性的新锐文学样式，而七八十年代在英国文坛崭露头角的麦克尤恩本人也正是这类新锐作家的代表，其赖以成名的，正是他积极探索人性阴暗面、不惮在文学技巧实验室里研制新产品的作风。值得注意的是，《甜牙》中出现的另三部作品——通过塞丽娜的阅读与重述展现在读者面前——都更接近于麦克尤恩现在的风格，正好与前三部构成饶有意味的对照。小说的后半段还暗示，经过“甜牙”事件后，汤姆将在写作风格上发生剧变，这在某种程度上也可以看做是麦克尤恩的夫子自道。

当然，作为小说的核心事件，“甜牙行动”本身并没有麦克尤恩一丁点“自传体”的痕迹。麦克尤恩本人与军情五处最近的距离，不过是读了一堆相关传记（详见“致谢”），查过一些相关档案，外加跟儿子一起，在互联网上试着申请过军情五处的职位，回答了几个莫名其妙的问题，比如“加拿大大雁的迁徙模式”。他的游戏之举当然以失败而告终。“我无法用这样的方式报效祖国，”他的结论照例半真半假，世故得让人微微愠怒。这种口吻在他的小说中无处不在。

《甜牙》对于间谍世界的展示，刻意与老套程式中的“谍战”拉开距离，我们看不到神秘的、大规模的智力游戏，只有琐碎可笑、被一整套官僚主义和机构内卷化效应拖得一步一喘的办公室政治。无论是一份理由暧昧的密控档案，一篇只消上级一个眼神就推倒主旨的报告，还是一位因为个性张扬就遭到解雇的女职员（塞丽娜的闺蜜），都折射着某种早已被习以为常的荒诞性。甚至“甜牙行动”本身，究其实质，不过是在冷战处于胶着期时，五处与六处对日渐紧张的资源的争夺，以及英国特工机构与财大气粗的美国中情局之间微妙关系的曲折反映而已。按照汤姆恍然大悟后的说法，“这是在发疯。这是那些特务官僚机构让自己一直有活干的办法。不晓得哪个妄自尊大的年轻人，怀揣暧昧的梦想，拿出这条诡计取悦他的上级。可是谁也不知道这样做有什么目的，有什么意义。甚至没人会问。这真够卡夫卡的。”

作为“文学”与“谍战”的特殊“嫁接”形式，“甜牙行动”当然不是无本之木。英国文学圈与政治素来深厚的关系，英国小说界与间谍业之间素来纠结的瓜葛（我们熟悉的毛姆、格林，弗莱明和勒卡雷之类，都是著名的“跨界”人物），均可视为《甜牙》的灵感源泉。更直接触发麦克尤恩写作动机的是近年来不断解密的关于“软性冷战”的档案，其中既有英国外交部情报司对乔治·奥威尔的作品《一九八四》和《动物农场》的全球性推广，也包括中情局对《日瓦戈医生》及《邂逅》杂志的资助。

基于以上背景，我们就可以理解《甜牙》与典型的间谍小说之间，究竟有多大程度的不同（当然，这仅仅是“不同”之一）。尽管麦克尤恩对间谍小说有浓厚的兴趣，并且多次在访谈中宣称英国文坛欠约翰·勒卡雷一个布克奖，但你如果纯粹以勒卡雷式的间谍小说标准来衡量《甜牙》，恐怕会怅然若失。话说回来，从《最初的爱情，最后的仪式》到《追日》，麦克尤恩什么时候给过我们意料之中的，纯粹而表象的东西？哪一次我们不需要费力拨开表面的蛛网，才能窥见作者的用心？

至少有一部分用心，是揭示人，尤其是知识分子保持思维独立、心灵自由的困难——这种困难往往潜移默化，钝刀磨人，最后让“初心”变成一个惨淡的笑话。当你以为你获得了自由，当你以为在用自己的脑子思考时，恰恰可能是你走入囚牢的开始。把这个无形囚牢的外延扩大，几乎可以把整个世界装进去。一如既往地，麦克尤恩并不让作者的立场干涉读者的视角，最大程度地克制了在意识形态问题上跳出来评判是非的冲动。毕竟，在并不算太长的篇幅里，通过有限的视角，将历史政治揉碎后编入生活细节的能力，以及对于泛政治的社会生活的复杂性的全景展示，是麦克尤恩一向擅长的绝活。

就像大部分读者在前半段就能猜到的那样，汤姆和塞丽娜相爱了。爱得步步为营，爱得亦真亦假，爱得绝处逢生。即使不揭开结尾的玄机，未曾感受到关键性的逆转给这段感情增加的冲击力，我们也足以通过前二十一章体会其复杂、细腻与吊诡。对结构敏感一些的读者，还能在读到总页数的一半时，从汤姆创作的小说《逢"床"做戏》中若有所悟——没错，你确实可以把这个故事看成是对整部小说，或者是对汤姆和塞丽娜的"整个爱情"的隐喻。从读书到阅人，从俘获到被俘获，从完成任务到摧毁任务，从欺骗到被欺骗，这些因素到了麦克尤恩笔下，成了丝丝入扣、令人信服的情感催化剂。

"过于娴熟的技术导致真实的情感力量缺失"是近年来麦克尤恩的作品常常会被人扣上的帽子，但在我看来，《甜牙》是个例外。当汤姆和塞丽娜的情感被置于角度复杂的棱镜中时，当"真实"不再像许多传统小说那样具有唯一的维度时，《甜牙》在很多章节（尤其是下半部）中的情感力量饱满到几乎要溢出来的地步，让我在翻译的过程中几度为之深深感动。《甜牙》中引用过奥登的名作《一九三九年九月一日》，其实，如果拿奥登的另一首短诗形容汤姆与塞丽娜的爱情，也格外恰切。那首诗写于一九二八年，标题是"间谍"，但经过考证，它却是一首借间谍的意象表达思慕爱人的情诗："……黑暗中，被奔腾的水流声吵醒/他常为已然梦见的一个同伴/将夜晚责备。他们会开枪，理所当然/轻易就将从未会合的两人拆散。"

上述这些关键词——政治与文学、间谍与作家、读者与作者、欺骗与爱情——都将被最后一章的反转赋予新的意义。你会看到，那些你在前面的情节中已经熟识的人物及其相互关系，怎样在突然间都站到了镜子的另一面，怎样在新的叙事光芒的照耀下产生了别样的张力。这样的处理有点像《赎罪》，但麦克尤恩显然找到了更能渗透到细节中的表达方式。这种反转，无论在技术难度上，还是最后推进的强度上，都要比《赎罪》高一个台阶。

所以我们终于跟着结尾又回到了开头。我们再次默念第一句："我叫塞丽娜·弗鲁姆（跟'羽毛'那个词儿押韵），约莫四十年前，我受英国军情五处派遣，履行一项秘密使命。我没能安然归来。干了十八个月之后，我被他们解雇，非但身败名裂，还毁了我的情人，尽管，毫无疑问，他对于自己的一败涂地也难辞其咎。"按照麦克尤恩的说法，他之所以写这句话，之所以强调弗鲁姆与"羽毛"这个词儿押韵，是在暗示读者，更是要提醒自己，这个故事讲的是"谁在控制叙事，谁拿着那支笔"。

《甜牙》是继《在切瑟尔海滩上》和《追日》之后，我翻译的第三部伊恩·麦克尤恩的作品。说实话，尽管各有特色，但《甜牙》无疑是其中我个人最偏爱也倾注最多心血的一部。一如既往地，翻译麦克尤恩的小说，我个人的知识储备总是不够用，只能一边译一边查资料，补了不少关于政治、历史、宗教方面的课。这里尤其要感谢作家小白先生，凭借丰富的间谍史知识和敏锐的语感，他在我翻译这部小说的过程中提供了不可或缺的帮助。

译　者

二〇一四年八月

1

我叫塞丽娜·弗鲁姆(跟“羽毛”[1]那个词儿押韵),约莫四十年前,我受英国军情五处派遣,履行一项秘密使命。我没能安然归来。干了十八个月之后,我被他们解雇,非但身败名裂,还毁了我的情人,尽管,毫无疑问,他对于自己的一败涂地也难辞其咎。

我不想浪费大把时间描述童年往事和青春岁月。我是一名圣公会主教的女儿,生于英格兰东部一座迷人的小城,在教堂一带长大。我的家温良而优雅,井井有条,满溢书香。父母之间情深意笃,对我疼爱有加,我对他们也一样。妹妹露西比我小一岁半,虽然青春期我们动不动争得鸡飞狗跳,但彼此都不记仇,随着年事稍长而日渐亲密。父亲对上帝的信仰温和低调,合情合理,从未对我们的生活横加干涉,只不过让他在教会等级体系中应付裕如,同时得以把我们安置在一栋舒适的、建于安妮女王时代的房子里罢了。那房子俯瞰着一个花园,四面围着古意盎然的绿草带[2],时至今日,对那些精通植物的人士而言,这些绿草带仍然很有名。言而总之,一切都波澜不惊,教人艳羡,简直是一阕田园诗。我们在一个四面筑起围墙的花园里长大,体验过其中必然蕴含的一切愉悦与局限。

六十年代末期，我们的生活被倏然照亮，却并未随之瓦解。除了请病假，我没有在当地的文法学校里缺过一天课。十六七岁时，从花园围墙外飘进某些被他们称为“热烈爱抚”的实验，尝试烟草、酒精和一点儿大麻，摇滚乐唱片，更亮丽的颜色以及与别人更热络的关系。十七岁那年，我和我的朋友们都有那么点羞羞答答、兴致勃勃的叛逆，可我们照样完成学校里的作业，将不规则动词、数理化公式、小说人物的动机烂熟于胸，再一泻千里地“吐”出来。我们乐意把自己想象成坏女孩，可我们其实乖得很。我们喜欢一九六九年空气中普遍洋溢着的兴奋躁动的气息。与此密不可分的是，我们都指望很快就能离家远走，到别处去求学。在我此生的前十八年，没出过一丁点古怪恐怖的事情，所以我权且略过不提。

若是全依着我自己的性子，我会在我家的西北面，远远地找一所“地方大学”[3]，选择可以偷懒的英语专业。我喜欢读小说。我读得飞快——一周能干掉两三本——就这样打发掉三年，对我再合适不过。然而，那时别人把我看成天生的怪物——一个碰巧有数学禀赋的女孩儿。我对这门课提不起兴致，几无乐趣可言，可是我喜欢拔尖，何况还不用费什么劲。甚至早在我知道如何解答之前就已经知道了答案。当我的朋友们还在奋力计算

---

① 在英语中，plume(羽毛)与 Frome(弗鲁姆)押韵。

② 原文为 herbaceous border，英式园艺专用名词，指花园边缘种植多年生草本植物的地带。

③ 在英国，所谓“地方大学”(provincial university)，通常指除牛津、剑桥之外的大学。

时，我就通过一串轻飘飘的步骤——有些是看得见的，有些只是出于某种直觉——得到了答案。很难解释这些我所知道的东西，究竟是如何知道的。显然，应付一场数学考试要比英语文学考试容易得多。毕业前那年我成了学校国际象棋队的队长。你得将这种情形放到历史背景上去想象，才能懂得，在当时，让一个女孩跑到邻近的学校里，打击一个居高临下、洋洋得意地笑着胡说的男孩，到底意味着什么。无论如何，数学也好，象棋也好，还有冰球、百褶裙和唱诗，在我看来这些都只是学校里玩的花样。我想，既然现在要开始考虑申请什么大学，那趁此机会抛开这些幼稚的玩意，倒是正当其时。可我没考虑到我的母亲。

对于先当教区牧师太太、继而升格为主教夫人的那一类人而言，她要么堪称个中典范，要么可算诙谐戏仿——她的记忆力令人敬畏，对本堂信众的名字、面相乃至他们的满腹牢骚都如数家珍，还有她那副戴着爱马仕围巾在街上游弋自如的气派，对于日间女佣和园丁和颜悦色却从不任意迁就的态度。无论从哪个社会等级、哪种基调衡量，她的魅力都无懈可击。碰上从住宅区跑到教堂地下室来参加母婴俱乐部的那些紧绷着面孔、一根接一根猛抽烟的女人，她也能以诚相待，这是何等洞察世情之举。圣诞夜，当她在我们的客厅里给围在她脚边的来自“巴纳多慈善会”[①]的孩子们念故事时，又是何等引人入胜。有一回，坎特伯雷大主

① 巴纳多慈善会(Barnardo's)，1866 年由托马斯·约翰·巴纳多开创，专为青少年募集资金，迄今已在英国各地开设了 800 多个分支机构。

教为修葺一新的教堂门面祈福，完事之后过来喝茶，吃雅法橙子蛋糕，我母亲以落落大方、教人信服的态度，营造了多么宾至如归的气氛。他来做客的那段时间里，我和露西都给赶到了楼上。与这一切密不可分的——难就难在这里——是她对我父亲的事业的无限忠诚和服从。她鼓励他上进，为他忙前忙后，帮他轻松挨过每一道坎。袜子装在盒子里，熨烫平整的白色法衣挂在衣橱中，书房一尘不染，当他在周六写布道词时，整栋房子里鸦雀无声。她需要的回报——当然这只是我的猜测——只是要他爱她，或者，至少永远不会离开她。

然而，我不明白，在母亲貌似寻常的外表下，其实深埋着微小而强韧的女权主义的种子。我敢肯定她的双唇间从没溜出过这么个词儿，但提不提都一样。她那股斩钉截铁的气势吓了我一跳。她说，作为一个女人，我有责任去剑桥攻读数学。作为一个女人？那个年代，像我们这样的出身，是不会有人用这种口气说话的。没有哪个女人会“作为一个女人”去干任何事。她告诉我，她不允许我浪掷天分。我得把别人甩在身后，出类拔萃。我一定得在理工科或者经济领域里干出点像样的事业。她由着自己的性子，信口开河地说着陈词滥调。我既聪明又漂亮，而我妹妹两样都不行，真是不公平。如果我不把目标定得高一点，会让这样的不公平雪上加霜。我弄不懂这话是什么逻辑，可我什么也没说。母亲对我说，如果我跑去念英语专业，到头来沦为一个比她教养稍好的家庭主妇，那她就永远不会原谅我，也永远不会原谅她自己。我险些就要荒废人生了。这是她的原话，意味着她在承认一个事实。平生唯有这一次，她表达了，或者说暗示了对命运的不满。

接着，她搬来了我的父亲——我和妹妹都管他叫“主教大人”。某天下午我放学回家，母亲告诉我他在书房里等我。那天我穿着绿色上装，戴着饰有拉丁文箴言——Nisi Dominus Vanum（若没有主，一切皆空）——的纹章，懒懒地倚在他那张只让自家人坐的皮制扶手椅上，而他则端坐于书桌边，像洗牌似的翻弄着文件，一边整理思路，一边哼哼唧唧地自言自语。我以为他要冲着我操练一套“天生我才必有用”的警世箴言，但出乎意料，他用的是实实在在的口吻。他提出了几个问题。剑桥巴不得别人把他们看成“向崇尚人人平等的现代世界敞开大门”。既然我背负着三重厄运——毕业于文法学校，身为女孩，又要申请一个被男性霸占的科目——那我一定能进得去。反之，如果我申请去剑桥攻读英语专业（我可从来没想过去剑桥，主教大人向来疏于细节），难度倒是会大得多。过了一周，我母亲已经跟校长谈妥。某些科目的老师也被他们说动，不仅照搬我父母的那套说辞，还加上他们自己提出的理由，我当然招架不住。

于是我放弃了在达勒姆大学或者阿伯里斯特威斯大学念英文的志向——我敢肯定如果去那里我一定会开心——转而去剑桥纽恩汉姆学院[①]，在第一堂导师辅导课（这事发生在三一学院）

① 剑桥牛津的制度，都是将“学院”作为学生的住宿和生活管理单位，并非专业意义上的区分，同一学院里有攻读各种专业的学生。所以后文到导师所在的三一学院去上导师辅导课是合情合理的。纽恩汉姆是剑桥的女子学院之一，而三一学院是剑桥规模最大、财力最雄厚、名人出得最多的学院。

上，我就发现自己的数学天分其实是多么乏善可陈。第一个学期我过得郁郁寡欢，差点逃走。那些长得粗粗笨笨的男孩子，既没有个人魅力，也缺乏人类的其他属性——比如同情心和所谓的“生成语法”[①]，他们跟我以前下象棋时轻松击败的那些傻瓜是同一类人，只不过智商更高一点罢了，他们总是斜着眼睛看着我跟那些他们认为理所当然的观念奋力抗争。“啊，是高贵娴雅的弗鲁姆小姐呀，”每周二上午我走进教室，总有位导师满含讥讽地嚷起来，“威尼斯[②]，蓝眼睛！快来将我们照亮！”显然，在我的导师和同学们看来，我之所以学业不佳，就是因为我是个穿着迷你裙、有一头金色鬈发垂于肩胛骨之下的漂亮姑娘。事实上，我学业不佳，是因为我跟几乎所有的别人都差不多——对数学不太擅长，没到那个水准。我竭尽全力想转到英语或者法语甚至人类学专业，可没人要我。在那个年月，人人都恪守规则。将这个冗长而忧郁的故事简短截说，就是我好歹挺住了，最后勉强得了个丙级。

既然我将童年时代和青春岁月一笔带过，那么当然也不能在描述本科生涯时拖泥带水。我从来没坐过剑桥的平底船，不

① 生成语法(generative grammar)也称转换—生成语法，是20世纪50年代兴起的一种语言学说，创建人是N·乔姆斯基。其概念艰深复杂，大体上研究范围限于人的语言知识或语言能力，而不是语言的使用，以描写和解释语言能力为目标，提出语法假设和理论来揭示其规律，说明其原因。此处用这个词儿意在揶揄这些男孩的语言沟通能力糟糕得离谱。

② 此处的“威尼斯”用的是其拉丁写法 Serenissima，和前文“高贵娴雅”(serene)一词一样，其读音和拼写都与塞丽娜(Serena)相近，属同一词源，显然是被这位导师拿来讥讽塞丽娜的。

管身边有没有手摇留声机，我既没有去过“脚灯剧社”——看戏总是让我局促不安——也没在剑桥花园饭店的骚乱中被人逮捕。不过，我在第一学期就失去了童贞，似乎分了几次才成其好事，大体而言，整个过程的风格可谓既缄默又笨拙，此后我交了一连串还算合意的男朋友，九个学期里一共有六个或者七个或者八个，到底有几个得看你如何定义云雨之欢。在纽恩汉姆的女同学里我交了几个好朋友。我既打网球也读书。全拜母亲所赐，我选错了专业，可我并没有放弃读书。在学校里我从来没读过诗歌或戏剧，不过，我觉得我从小说中得到的乐趣，要比我那些在大学里每周都得为了应付《米德尔马契》或者《名利场》①的论文而挥汗如雨的朋友更多。这些书我也飞快地读过，没准儿也能就此聊上几句，如果身边的什么人能忍受我低劣的理论水准，那我就继续往下说。借着读书，我便可以不去想数学问题。更重要（也许我的意思是“更次要”?）的是，这样我什么都可以不用想了。

我说过我读书飞快。《红尘浮沉录》②只用了四个下午，躺在床上就看完了！我可以一目十行或者整整一段，任凭眼睛和思维如软蜡一般轻盈滑过，书页上的种种，便在蜡上落下了新鲜痕印。每隔几秒钟，我就会啪地一抖手腕，很不耐烦地翻过一页，这动静总是让周围的人火冒三丈。我的需求很简单。我不会费

① 分别为英国作家乔治·爱略特和威廉·萨克雷的小说代表作。
② 即 The Way We Live Now，英国著名作家安东尼·特罗洛普的小说，原著有八百页之多。

心琢磨小说表现的是什么主题，或者遣词造句有多么贴切，碰上对天气、景物和屋内陈设细细描摹的段落，就跳过去。我想要的是能让我信赖的人物，我希望自己的好奇心能给勾起来，想知道他们身上会发生什么样的事情。大体而言，我喜欢人物爱得死去活来，不过假如他们试着干点别的，我也不太介意。虽然有点俗气，可我喜欢有人会在结局说“嫁给我”。缺少女性角色的小说如同一片毫无生机的沙漠。所以我从来就不考虑康拉德，吉卜林和海明威的大部分小说亦属此列。我向来不会冲着名气去读书。凡是周围目之所及的东西，我都会拿来看。低俗小说也好，伟大的文学名著也罢，还有那些介于两者之间的作品——我都给它们同样潦草的待遇。

哪部小说名著的开头如此简洁有力？*她抵达的那天气温高达华氏九十度*。这个开头难道没有冲击力？你难道看不出来？当我跟纽恩汉姆的那些主修英语的朋友说《玩偶之谷》[①]不比简·奥斯丁的任何一部作品逊色时，他们都笑了。他们笑话我，讽刺我，长达数月之久。苏珊的那本书，他们其实一行字都没有看过。可谁会在乎呢？谁会真的关心一个劣等的数学专业学生的幼稚言论呢？我无所谓，我的朋友们也无所谓。就这点而言，至少我是自由的。

说到我念本科时的阅读习惯，其实并非离题。我之所以会

① 美国作家杰奎琳·苏珊(Jacqueline Susann)出版于1966年的著名通俗小说，轰动一时，小说以真实描摹富人私生活为卖点，一般被认为开启了美国女作家(如杰基·考琳丝)撰写所谓的“影射小说”的风气之先。

在情报机关谋职，正是拜那些书所赐。本科最后一年，我的朋友罗娜·坎普创办了一份周刊，名叫《？谁？》[①]。类似的项目往往是一窝蜂而来、一阵风而去，可是她办的这一份既雅且俗、参差混搭，领一时风气之先。诗歌与流行音乐，政治理论与八卦流言，弦乐四重奏与校园风尚，新浪潮与足球。十年之后，到处都能见到这样的搭配方式。这也许不能算是罗娜发明的，可她属于那类最早发现其诱人之处的。她拿《泰晤士报文学增刊》当过跳板，进而转到《时尚》杂志，后来，经过一番激动人心的起起落落，她在曼哈顿和里约热内卢都创办了新杂志。至于她生平创立的第一份刊物，刊名上的两个问号也算一种革新，这份杂志之所以能一连发行十一期，这一点功不可没。当时她想起我点评苏珊作品的那件事，就约我写个专栏："一周阅读"。我写的摘要必须"明白如话，杂学旁收"。这个简单！我的文风就跟说话差不多，通常只是在快速浏览之后概括一下书里的情节，同时，为了刻意自嘲，我在偶尔下判语时还会附上一排感叹号加重语气。我那幼稚轻浮、动不动就押个头韵的散文颇受欢迎。有好几次，路上撞见的陌生人都跟我这么说。就连我那位向来不分场合乱开玩笑的数学导师也恭维了一句。这是我平生最近乎于尝到那甜蜜而醉人的炼金药——在校园里大出风头——的时刻。

就像许多刚刚尝到成功甜头的作家那样，我在写了半打轻松时髦的文章之后，事情有点不妙了。我开始太拿自己当回事了。

---

① 这份时髦杂志的刊名构成比较奇特，两个问号中夹着拉丁文"谁"（？Quis?）。

我是个在品味问题上缺乏教养的姑娘，我胸无点墨，时刻等待着被人收容管教。我在等待——正如他们在某些我当时读到的小说中所言——等待白马王子倏忽而至，让我拜倒在他脚下。我的“白马王子”是个严厉的俄国人。我发现了一位作家，一类题材，渐渐为之狂热。突然间，我有了一个主题，一项使命，可以拿来说服别人。我开始由着自己的性子反复改写。我不再于稿纸上直抒胸臆，而是忙着写第二稿第三稿。按照我谦恭而审慎的看法，我的专栏已经成了至关重要的、服务于大众的事业。我在半夜里爬起来，整段整段地推倒重来，在字里行间画满箭头，打满“补丁”。我追求的是那种举足轻重的分量。我知道我对普罗大众的吸引力会下降，可我不在乎。这样的下降恰恰证明了我的观点，我知道如此充满英雄气概的代价是一定要付出的。我想要的读者并不是以前那种。我也不在乎罗娜的抗议。实际上，我反倒觉得这样一来就证明我是对的。“这篇完全不能算‘明白如话’啊，”某天下午在铜壶餐厅里，她一边把我的文章退还给我，一边冷冷地说，“这不是我们当初说好的写法。”她说得没错。我的活泼风趣连同感叹号一起荡然无存，一腔怒火与满心急躁挤压着我的情趣，摧毁了我的文风。

我的“堕落”始于那天花了五十分钟读完亚历山大·索尔仁尼琴的《伊凡·杰尼索维奇的一天》，纪伦·艾特肯刚刚将它翻译成英语。[1] 当时，我刚看完伊恩·弗莱明的《八爪女》[2]，紧接着

---

① 俄罗斯作家亚历山大·索尔仁尼琴（1918—2008）的处女作——中篇小说《伊凡·杰尼索维奇的一天》发表于1962年，文中所说的艾特肯的英译本则出版于1971年，正是索尔仁尼琴获得诺贝尔文学奖（1970）的次年。

② 这是伊恩·弗莱明的007系列间谍小说中的一个短篇。

就读到了这一篇。两者之间的落差让人寒意陡生。此前我对苏联劳改营一无所知，也从未听说过“古拉格”这个词儿[①]。我在教堂一带长大，怎么会知道共产主义包含着“残酷的荒诞”，怎么会知道，日复一日，那些勇敢的男男女女在遥远而荒凉的囚牢地里沦落到何种境地——除了活下去，他们还能有什么别的念想？数十万人给流放到西伯利亚荒原，因为曾在异域为祖国而战，因为当过战俘，因为触怒了党的官员，或者因为自己就是党的官员，因为戴着眼镜，或者因为自己是犹太人、同性恋、诗人抑或拥有一头奶牛的农民。谁能替这些流离失所的人伸张正义？我以前从来没被政治扰乱过心绪。我对于上一辈人的争议与幻灭一无所知，我也没听说过什么“左派反对党”。学校之外，我受到的教育不过是补充点数学知识，多读了几堆平装小说而已。我不谙世故，我的怒火纯粹出于义愤。我没用过，甚至从没听说过“极权主义”这个词。也许，我原本以为这个词儿说的是拒绝一杯饮料之类的事儿。我相信我的目光穿透了一层面纱，我在开辟崭新的领域，从一道隐蔽的阵线上发送檄文。

一周过后，我已经读完了索尔仁尼琴的《第一圈》。标题来自但丁。他笔下的地狱第一圈是留给希腊哲学家的[②]，那里恰巧有一座怡人的花园，四面围墙将地狱中的种种苦难阻隔在外，但逃离这座花园并进入天堂的行为是被严令禁止的。我犯了狂热

① 指苏联内务部劳改局。

② 原文如此。不过《神曲》里的地狱第一圈其实除了住着希腊哲学家，还有包括荷马、奥维德以及但丁本人在内的六位诗人。

崇拜者常见的错误，以为别人都跟我一样，在此之前对这些事情全然无知。我的专栏成了慷慨激昂的演说。难道志得意满的剑桥不知道，向东三千英里，已经发生并且仍在发生着什么样的事情？难道剑桥没有注意到，这一败涂地的乌托邦，这个需要排队领取配给食品、人人衣衫褴褛、出行处处受限的地方，对于人类精神造成了多大的损害？我们该怎么办？

《？谁？》容忍我发动了四轮反共战役。我的兴趣扩展到凯斯特勒的《正午的黑暗》、纳博科夫的《庶出的标志》以及米沃什那部优美动人的专著《被禁锢的头脑》[①]。还有，我觉得我才是天底下第一个读懂奥威尔的《一九八四》的人。可我的心始终与我的初恋——亚历山大同在。那如东正教堂穹顶般隆起的额头，那宛若乡间牧师般的倒三角胡须，那令人生畏的、打着古拉格烙印的威仪，还有他那顽固不化、不为政客所动的脾气。即便是他的宗教信仰也没能吓住我。尽管他说人们已经忘却了上帝，我还是原谅了他。他就是上帝。谁能与之匹敌？有谁能否认他的诺贝尔奖实至名归？凝视着他的肖像，我有多想当他的情人啊。我会像母亲对待父亲那样侍奉他。把他的袜子装在盒子里？我会干脆跪下来洗他的脚。用我的舌头！

---

① 此处提到的作家作品分别是：匈牙利裔英国小说家阿瑟·凯斯特勒（1905—1983），曾为共产党员，被关进法西斯集中营，《正午的黑暗》是其代表作；俄裔美籍作家弗拉基米尔·纳博科夫（1899—1977），《庶出的标志》是其出版于1947年的反乌托邦小说，被认为是其创作生涯中政治性最强的作品；切斯瓦夫·米沃什（1911—2004），波兰当代诗人、翻译家，1980年诺贝尔文学奖得主，《被禁锢的头脑》以非虚构作品面目出现，夹叙夹议，却又不乏寓言小说的特质，是反极权文学的代表作，常常被拿来与乔治·奥威尔的《一九八四》相提并论。

那年头，反复声讨苏俄体制的十恶不赦，乃是西方政客和大多数报纸社论的日常功课。置之于校园生活和学生政治的语境中，这就让人有点反感了。既然美国中央情报局是反共的，那共产主义就一定有可取之处。工党内部仍然有一些组织在替克里姆林宫里那些日渐衰老、长着方下巴的野兽以及他们一手策划的骇人听闻的行动秉烛祈祷，他们仍然在一年一度的大会上唱国际歌，仍然在用“友好交流”的名义将学生派遣过去。冷战时代的思维二元对立，非此即彼，关于苏联问题，你是不能跟一个正在向越南举兵的美国总统所见略同的。不过，约在铜壶餐厅的那顿茶点上，罗娜说——甚至在说出这话时她还是显得那么有教养，浑身散发着香水的味道，用词是那么清晰准确——并非是我专栏里的政治倾向惹恼了她。我的罪过是为之狂热。她的下一期杂志不会出现我的名字。占掉我版位的是一篇访谈，采访那支妙不可言的弦乐队。《？谁？》就此与我告别。

* * *

惨遭解雇的那些日子里，我开始迷上科莱特[1]，耗去数月之久。而我还有别的要紧事得操心。过几周就是各门课的结业考试，而我却在此时结交了一个新男友，他叫杰瑞米·莫特，学历史。他是那种很老派的类型——身材过于瘦长，大鼻子，喉结更

---

① 西多妮·加布里埃尔·科莱特（1873—1954），法国女作家，作品大多描述爱情的欢乐和痛苦，著有小说《流浪的女人》等，她的私生活放荡不羁、颇多争议。

是大得离谱。他不修边幅，聪明却不张扬，格外谦恭有礼。我发觉身边颇有几个这样的人。他们似乎都来自单亲家庭，毕业于英格兰北部的公学，在那里都得穿派发的一模一样的衣服。他们是地球上最后一拨还在穿哈里斯粗花呢夹克衫的人，肘部补上两块皮，袖口镶着边。虽然杰瑞米自己没有提过，可我知道大家都觉得他能当上甲等生，而且他已经在一份关于十六世纪研究的学术期刊上发表了一篇论文。

后来我发觉他原来是个温柔体贴的情人，尽管他那倒霉的、角度尖锐的耻骨在第一次上床时弄得我痛得要命。他为此而道歉，就好像替一个发了疯的远亲道歉。我的意思是他并没显得特别难为情。我们的解决方案是做爱时在两人之间垫一块折起来的毛巾，我能察觉到，这个法子他以前也经常用。他做得很上心，也颇有技巧，我想要多久他就能坚持多久，不仅如此，他可以坚持到我忍无可忍为止。他自己的高潮却飘忽不定，尽管我已经费尽了心力，我开始猜测，他大概想要我说点什么，做点什么。他不肯告诉我那到底是什么。更准确一点，是他一口咬定根本没什么好说的。我不信。我希望他能有一种隐秘的、难以启齿的欲望，只有我才能满足。我想让这个高深莫测、彬彬有礼的男人完全属于我。他是不是想在我后面啪啪地打两下？还是想让我打他？他是想试穿我的内裤吗？不在他身边时，这个谜让我魂牵梦萦，于是愈发难以停止对他的挂念，而那时我本应聚精会神攻克数学的。科莱特成了我的避难所。

四月初的某个下午，我们刚在杰瑞米的房间里隔着折好的毛巾“会晤”完毕，正穿过古老的谷物交易所边上那条马路，我兀自沉浸在高潮过后的晕眩和腰背肌肉拉伤的酸痛中，而他——呃，我拿不准。一路上我都在琢磨是不是应该把这个话题再挑起来。他心情愉快，胳膊重重地揽住我的肩膀，跟我说起他关于“星法院”[①]的论文。我相信他并没有得到严格意义上的满足。我觉得我听出他的喉咙发紧，步子迈得慌慌张张。在那些翻云覆雨的日子里，他不曾有幸得到一次高潮。我想帮帮他，而且我也挺好奇。同时，一想到我可能不中他的意，我就好生烦恼。我能惹得他兴起，这一点显而易见，可是也许他对我的欲望还不够强烈。我们路上经过谷物交易所，在这潮湿的春天里，黄昏略有寒意，情人揽着我的胳膊就像是一袭狐狸的毛皮，一阵肌肉的刺痛让我的快乐略有减损，再想到杰瑞米的欲望之谜，这层不悦就又添了几分。

冷不防，有个人从一条巷道上冒出来站在我们面前，借着昏暗的街灯，我们发现这是杰瑞米的历史导师托尼·坎宁。我们相互介绍的时候，他跟我握手，我觉得他把我的手攥得实在是太久了。他五十出头——大约与我父亲年龄相仿——我对他的了解，仅限于之前杰瑞米跟我说过的那些。他是教授，一度是内政

---

① 1570年，伊丽莎白一世将枢密院的司法委员会改组为直属女王的皇家出版法庭，即“星法院”，组成人员包括枢密院人员和大法官三人。星法院颁布特别法令，也就是著名的“星法院法令”，严厉管制出版活动，一切印刷品均须送皇家出版公司登记；皇家特许出版公司有搜查、扣押、没收非法出版物及逮捕嫌疑犯的权力等。该法令一直维持到1641年，是英国新兴资产阶级新闻自由的最大桎梏。

大臣雷吉·莫德林[①]的朋友,后者曾经到他学院里来共进晚餐。某天晚上,这两个男人喝得烂醉,说起在北爱尔兰推行不经审判即可拘留的政策,双方争执不下,就此失和。坎宁教授担任一个历史遗址委员会的主席,在好几家名目多样的顾问委员会里挂着名,他是大英博物馆理事会成员,还写过一部有关维也纳会议的权威著作。

他是个大人物,对这类人我也不算陌生。三不五时,像他这样的人会到我家来拜访主教大人。对二十五岁以下的人而言,他们在年逾六旬之后当然惹人生厌,可我倒是挺喜欢他们的。他们有时颇为迷人,甚至妙趣横生,而且环绕在他们身边的雪茄烟雾与白兰地气味让这个世界看起来秩序井然,富庶美满。他们很会替自己着想,可他们似乎并不骗人,而且他们对于公共服务事业具有——或者说让人觉得他们具有——强烈的责任心。他们以认真的态度寻欢作乐(美酒,佳肴,垂钓,桥牌),其中有些人显然还在一场饶有趣味的战争中打过仗。我记得孩提时的圣诞节,他们这些人里会有一两个来给我和妹妹一张五便士的纸币。就让这些人统治世界吧。看看别人,有的是比他们坏得多的家伙。

坎宁的风格是那种有所克制的高傲,这也许是为了与其担

① 全名雷吉纳尔德·莫德林(1917—1979),英国保守党著名政治家,一度成为爱德华·希思的主要竞争者,两度与首相职位擦肩而过。莫德林担任内政大臣期间,作风强硬,是英国政府北爱尔兰政策的主要制定者和执行者,与著名的1972年屠杀北爱尔兰游行民众事件“血腥星期日”直接相关。

任的力戒浮夸的公众角色相称。我注意到他那波浪形的鬈发优雅地向两边分开，双唇湿润而丰满，下巴中央有一个小小的凹陷，在我看来倒是挺可爱的，因为尽管光线昏暗，我还是能看出那块地方给他刮脸造成了一点难度。不听话的黑色毛发从纵向的皮肤凹陷中冒出来。他是个挺好看的男人。

互相介绍完之后，坎宁问了几个关于我自己的问题。尽是些温文有礼、不会叫人为难的问题——我的学位啦，纽恩汉姆啦，校长是他的好朋友啦，还有我的家乡，那座教堂之类。杰瑞米插进来闲聊两句，于是坎宁顺势打住话头，感谢他把《？谁？》上面我最近写的三篇文章拿给他看。

他又转向我。“文章真是太棒了。你真是个天才，亲爱的。你想进入新闻业？”

《？谁？》只是学生鼓捣的小玩意，从不敢指望有人严肃看待。他的赞扬让我很受用，可我太年轻了，不知道该怎么领受恭维。我咕哝了一句表示自谦的客套话，可是听上去倒像是在反驳，然后我傻乎乎地想纠正自己的失误，于是显得愈发局促不安。教授对我颇为同情，便邀请我们一起吃茶点，我们接受了，或者说是杰瑞米接受了。于是我们跟着坎宁往回走，穿过集市，向他学院的方向走去。

他的房间比我预想的要更小、更暗、更混乱，我吃惊地看着他把茶点弄得一团糟，他清洗着马克杯上厚厚的棕色污迹——也只能洗掉一部分而已，他操起一把脏兮兮的电水壶，热水溅在文件和书本上。这一幕与我后来对他的了解完全对不上号。他坐在书桌后面，我们坐在扶手椅上，他继续提问。这情形简直像是一堂辅导课。既然我正在嚼他的“福特纳姆 & 梅森”牌巧克力饼干，那就有义务回答得更详尽一些。杰瑞米在鼓励我，我说什么他都笨拙地点点头。教授问起我的父母，问起我“在教堂的阴影中”长大是什么感觉——我机智地说，我想不会有什么阴影，因为教堂在我家北面。两个男人都笑了，弄得我反倒纳闷起来，怀疑自己的玩笑是不是包含着什么我自己都浑然不觉的暗示。我们的话题转到核武器和工党吁请政府单方面裁军。我把自己在什么地方读到过的说辞重复了一遍——后来我才意识到那真是陈词滥调：“把神话里召之即来的魔仆放回瓶子里”是不可能的。核武器必须被利用，而不是被禁止。年轻人的理想主义还是到此为止吧。实际上，我对这个话题并没有什么固定的看法。若是换一个场合，我完全可能声称支持核裁军。也许我会否认，但我当时确实是想取悦于人，想拿出正确答案，想显得风趣动人。我喜欢当我说话时，托尼·坎宁身子往前倾的样子，让我大受鼓舞的是他那赞许的浅浅微笑——他鼓鼓的嘴唇因此而伸展，却没有完全张开，还有每当我停顿时，他说“我明白”或者“确实如此”的样子。

也许，当时我应该已经心知肚明，照这样下去事态会发展到哪一步。在一个狭小的、如同温室般的本科生新闻圈里，我已经宣告了自己是“冷战斗士”的一员新兵。如今看来，这一点显然是确凿无疑的。毕竟，那可是在剑桥啊。要不然我还有什么必要将这次会面说得如此详细呢？当时，这场邂逅对我而言根本没什么重大意义。我们本来准备去书店，结果却跟杰瑞米的导师一起用了茶点。这事并没有什么蹊跷之处。当时招募新兵的方式是在改变，可也只是变了一丁点儿。西方世界也许正在经历着一场稳健的变革，年轻人也许认为他们发现了一种新的交流方式，昔日的壁垒屏障据说正在从根基处土崩瓦解。然而，那著名的套路——“拍拍肩膀的手”如今还在用，也许用得比以往少，也许压力有所减轻。在大学环境里，某些教师还在持续关注着可造之材，提供可以约谈的名单。某些在公务员考试中大获成功的候选人仍然会被人带到一边，问他们是否想到“另一个”部门去。通常，人们一旦出道混过几年之后，就会有人悄悄靠近他。压根就不需要有谁道破天机，不过出身背景还是至关重要，我的背景中有位主教大人，这绝非劣势。常有人感叹，即便在伯吉斯、麦克林和菲尔比[①]的东窗事发之后，人们也还是过了好久才摒弃成见的——他们一直认为某个阶层的人可能会比其他阶层更忠于祖国。在七〇年代，虽然那些著名的投敌叛国事件不时激起回响，但以前那套招募新人的方法仍然很有生命力。

通常，不管是“手”还是“肩膀”，都属于男人。用这种广为流

① 这三位都是著名的“剑桥五人帮”成员。“剑桥五人帮”是指苏联在英国的五名双重间谍（另有一说是只有四人），早在第二次世界大战伊始便潜伏下来。已知的四人分别是：盖·伯吉斯、唐纳德·麦克林、基姆·菲尔比和安东尼·布朗特。第五人的身份虽众说纷纭，但根据四人的苏联上司兼接应奥列格·戈迪夫斯基的说法，此人是英国情报人员约翰·凯恩克洛斯。五人帮均出身于英国中上流社会，他们在剑桥大学就读时，因反对法西斯主义而同情共产主义者，毕业后被克格勃正式招募。盖·伯吉斯、安东尼·布朗特及约翰·凯恩克洛斯都是剑桥秘密组织“剑桥使徒”的成员。

传、享誉持久的套路来接近一个女人，绝非寻常做法。尽管后来托尼·坎宁确确实实将我招进了军情五处，可他的动机很复杂，而且事先并没有得到官方许可。如果说，在他看来，事情的关键是我既年轻又迷人，那么，我也是过了好一阵子才发现这教人伤感的整个玄机的。（如今镜子里叙述的已经是截然不同的故事了，所以我能把这话说出来，不再骨鲠于喉。我那时确实很漂亮。不仅仅是漂亮的问题。杰瑞米有一回在一封少见的激情澎湃的信中写过，我"绝对是个大美人"。）即便是六楼①那些身居高位的白胡子老头，那些我在短暂的从业生涯中从未会过面、只是偶尔看到一两眼的人物，也没弄懂我是怎么会送到他们麾下的。他们两面都下注，可他们从来没想到，身为军情五处的老手，坎宁教授其实是怀着赎罪的目的，给他们送上一份礼物。谁都想不到，他的情况更复杂更忧伤。他将会改变我的人生，他的所作所为都会带着无私的残忍，因为他准备踏上的是一段不可能回头的旅程。如果说，哪怕时至今日我对他的了解也还是少得可怜，那是因为我只不过陪他走了一小段路而已。

① 在英国谍报圈里，通常用"六楼"代指军情五处高层聚会议事之地。

2

我跟托尼·坎宁的私情持续了几个月。起初我同时也跟杰瑞米约会，可是到了六月末结业考试之后，他搬到爱丁堡，开始攻读博士学位。从此我便不用再那样担惊受怕，不过，直到他离开，关于他为什么无法满足的问题，我还是没能揭开谜底，这事儿仍然让我烦心。他从来没抱怨过，似乎也没替自己伤心过。几周之后，他写了一封温柔的、满含歉意的信，说他某天晚上在厄舍音乐厅听布鲁赫的协奏曲[①]，爱上了一位小提琴手，那是一个来自于德国杜塞尔多夫的年轻人，其演奏格调精致，慢板尤佳。他的名字叫曼弗雷德。没错。但凡我的思维更老派一点，我就会猜到了，过去确实有那么一段时间，男人只要在床笫之欢上碰到问题，就只有一种原因。

多么省事啊。谜底就此揭开，我可以不再顾忌杰瑞米是不是幸福。他很体贴地考虑我的感受，甚至提出要回来一趟，跟我当面解释清楚。我回信祝福他，故意夸张地表示只要对他有好处我就高兴，这种口气让我觉得自己很成熟。这样的私情合法化也只有五年历史[②]，对我来说还是个新事物。我告诉他，没必要大老远地来剑桥一趟，我会让最美好的回忆永驻心头，他是最可爱的男人，我期待有朝一日能见到曼弗雷德，保持联系吧，再会！我真想感谢他将托尼介绍给我，可我觉得没必要让人心生疑窦。我也没跟托尼提起他以前的学生。人人都只知道他需要知道的事情，这样才能幸福。

我们确实挺幸福。我们每个周末都在离萨福克郡伯里圣埃德蒙兹镇不远的一座与世隔绝的乡间小别墅里幽会。你先得从一条安静狭窄的小巷拐到一条昏暗的小路，沿着它穿过一片田野，然后你在一片古老的、截去树梢的林子边上停下脚步，一扇小小的白色尖桩篱栅门就藏在一丛彼此缠绕的山楂林里。一条石板路蜿蜒曲折地穿过枝蔓丛生的乡间花园（羽扇豆，蜀葵，硕大的罂粟），路之尽头是一扇重重的、缀满铆钉或元钉的橡木门。你一打开门就是餐厅，那里到处都是巨大的石板和满是蛀孔、半埋在灰泥中的横梁。对面墙上挂着一幅地中海风景画，白屋粉墙，一根绳子上晾着被单。这幅水彩是温斯顿·邱吉尔一九四三年在马拉喀什会议间歇画的。我一直没弄明白这幅画是怎么会被托尼收藏的。

弗里达·坎宁是位艺术品经纪人，常常出国，却不喜欢到这里来。她抱怨这里潮湿，散发着一股子霉味，还数落有了第二个家就多出成堆的麻烦事儿。碰巧，此地只要暖和起来，那股气味就会消失，于是所有这些任务都落到了她丈夫身上。干这些活

---

① 厄舍音乐厅是爱丁堡最著名的音乐厅，其建筑也是当地地标。马克斯·布鲁赫（1838—1920），德国作曲家，代表作是其三部小提琴协奏曲。

② 指 1967 年英格兰及威尔士规定将 21 岁以上成年人自愿的同性性行为合法化。

儿需要点特殊的知识和技巧：如何点燃那台笨重的雷伯恩牌火炉，如何奋力打开厨房的窗，如何让浴室里的管道畅通好用，如何将那些被捕鼠器夹断了脊梁骨的老鼠处理干净。我甚至连做饭都不用怎么操心。尽管托尼将茶点弄得乱七八糟，可他在厨房里倒是颇为自得。有时候我会替他打打下手，他教了我很多东西。他做的是意大利菜，那是当初他在锡耶纳担任四年讲师时学来的。他的背有点毛病，所以每次约会开始，我就得从他那辆泊在田野里的 MGA 老爷车上把几麻袋吃的喝的卸下来，吃力地扛着穿过花园。

以英国人的标准衡量，那真是个惬意的夏天，托尼把生活节奏安排得庄严持重。我们经常在古老的栒子树的浓荫下吃午餐。通常，从午后小睡中醒来，他会先去洗个澡，接着，如果天只是比较暖和，他就会在两棵白桦树之间悬一张吊床，躺在上面看看书。如果天确实太热，他有时候会出点鼻血，所以只能仰面躺在屋里，脸上压一块法兰绒布和若干冰块。有几个傍晚，我们到林子里野餐，用一块挺括的茶巾包起一瓶白葡萄酒，在一只雪松木盒子里装酒杯，外加一只装满咖啡的扁壶。这番排场堪称“草地上的高脚贵宾桌”①。茶碟茶杯，织花台布，瓷盘银器，一应俱全，还有一张铝骨帆布折叠椅——我毫无怨言地将这些东西运来运去。那年夏末，我们并没有沿着那条小路走到远处，因为托

① 此处的“在草地上”用的是法语，这种表述显然套用的是马奈的名画“草地上的午餐”。

尼说步行时腿脚会痛，而且他动不动就累。入夜，他喜欢在一台老式留声机上放歌剧唱片，尽管他迫不及待地跟我解释《阿依达》、《女人心》和《爱的灵药》[①]里的人物和种种吊诡的情节，可我对那些尖锐纤弱、充满渴望的嗓音几乎无动于衷。那老旧而奇特的嘶嘶声，还有早就被磨钝的唱针随着弯曲变形的唱片表面起起伏伏，发出噼噼啪啪如爆裂般的声响，听起来仿如飘入太空般失真，透过唱片，那些死去的幽魂在绝望地向我们呼喊。

他喜欢跟我讲他的童年。他父亲在一战中当过海军指挥，其帆船驾驶水准达到专业级别。二〇年代末，他们家常常会去波罗的海度假，在那些小岛间穿梭游玩，他父母就是在那里邂逅的，他们还在库姆灵厄[②]的一座偏僻岛屿上买了一幢石块垒的小别墅。在怀旧情愫的不断打磨下，那里渐渐成了他童年回忆中的天堂胜地。在那里，托尼和哥哥或四处游荡，或在海滩上点起篝火野营，或划船到一座无人居住的小岛上掏鸟蛋。他还拿出以前那种方镜箱照相机拍的快照，证明这样的梦境曾真实存在。

八月末的某天下午，我们走进树林。我们常常这么走，不过这回托尼在那条小道上拐了弯，我茫然地跟在后面。我们笨手笨脚地穿过灌木丛，我还以为我们会在哪个只有他知道的隐秘地点做爱。反正地上的树叶是足够干燥的。可他心里只想着蘑菇，想着牛肝菌。我并没有流露自己的失望，反倒学会了一套鉴

---

① 这三部均为著名歌剧，其作者依次为意大利的威尔第、奥地利的莫扎特和意大利的多尼采蒂。

② 芬兰著名旅游景点。

别技巧——那些气孔不是菌褶，它就像是装在茎秆上的精雕细琢的工艺品，当你把大拇指按进蘑菇肉里时，不会留下污迹。那天晚上他煮了一大锅，他喜欢管它叫 porcini[1]，跟橄榄油、胡椒、盐和烟熏猪胸肉一起炖，佐餐的是玉米糊、色拉和红酒——一瓶巴罗洛。在七〇年代，这样的菜式显得很有异国情调。每件事我都记得清楚——擦得锃亮的松木桌子，褪了色的鸭蛋青色桌腿上有凹痕，宽大的彩陶碗里装着滑溜溜的牛肝菌，玉米糊盛在磕破了一块釉的淡绿色盘子里，圆圆的就像是个小太阳在闪光。蒙上一层灰的黑色酒瓶，带着缺口的白碗上装着撒过一层胡椒粉的芝麻菜，眨眼间托尼就做好了色拉汁，甚至——反正当时看来就是如此——他一边端着色拉上桌，一边淋上油，同时从拳头里捏住的半只柠檬里挤出汁来洒上一圈。(我母亲调汁的动作都得在视平面上进行，搞得像工业化学师似的。)类似的饭我和托尼在这张桌边吃过多次，可这一顿足以涵盖其余。那样的简洁，那样的滋味，天下竟有那样的男人！那天晚上起了风，一株梣树的粗大枝干砰地落下来，擦过茅草屋顶。晚饭之后会读点书，当然还会聊天，不过，只有先喝上一杯酒，再做完一场爱，才顾得上这些。

以情人的标准衡量呢？呃，显然不会像杰瑞米那么精力充沛、取之不竭。尽管就托尼的年龄而言他算保养得不错，可第一次上床时，我还是没想到五十四年光阴会将一具肉身变成这副

---

① 意大利语中的“牛肝菌”一词。

样子，所以有点不知所措。他当时坐在床边，弯下腰脱一只袜子。他那只可怜的光着的脚看起来就像是一只破烂不堪的旧鞋。我在各种匪夷所思的地方看到层层褶皱，就连他胳膊下面也有。说来奇怪，尽管我惊诧莫名——而且这份惊诧很快就被我压了下去，可我居然没有想到，我所目击的正是我自己的未来。那时我二十一岁。那些被我视为司空见惯的正常现象——紧实，光滑，柔韧——其实只是转瞬即逝的青春特质。对我而言，老人是另一个种群，就像麻雀或者狐狸。而今，但凡我能再回到五十四岁，我拿什么交换都甘心！人体最大的器官[①]承受着巨大的冲力——人一旦衰老，就会跟自己的皮肤配不上套。皮肤松垂于他们之外，松垂于我们之外，就像是一件预留成长空间的大尺寸校服。或者睡衣。在某种光线下（尽管也许是卧室的窗帘作祟），托尼看起来泛着黄，宛若一本老旧的平装书，你可以从中读到种种不幸遭遇——读到暴饮暴食，读到膝上的以及阑尾切除手术留下的伤疤，读到一次被狗咬过的痕迹，读到一场攀岩事故，一场童年灾难：某次早餐时一把煎锅导致他长阴毛的区域秃了一小块。他的右侧胸腔上有一道四英寸伤疤，直指颈部，他从来不肯解释这到底有怎样的历史。然而，即便他有那么一点……泛黄变色，有时候就像是我那教堂旁边的家里藏着的那只饱经磨损的旧泰迪熊，可与此同时，他毕竟是个老于世故、富有教养的情人。堪称风度翩翩。他替我脱衣服，把我的衣服搭

① 指皮肤。

在他的前臂上，像一个在泳池边听差的侍卫，这一套能让我的身体兴奋起来，还有，有时候他想让我跨坐在他的脸上——对我而言，这种方式就像芝麻菜色拉那样新鲜。

我也并非全盘满意。他行事潦草，没有耐心到下一步——他的人生激情都倾注在喝酒聊天上。后来，我有时候觉得他挺自私，无疑属于老派，只顾着一路往自己的高潮冲刺，然后总是气喘吁吁地大叫一声抵达目标。而且他对我的乳房实在是太着迷了，那时它们当然很讨人喜欢，可是，让一个跟主教大人年龄相仿的男人，用一种近乎婴儿的方式对此恋恋不舍——他简直就是在“吃奶”，还发出一种奇怪的抽抽搭搭的声音——那总不太对劲吧。他就像很多英国男人一样，年方七岁就被人从母亲怀里拽开，坐车驶入冷漠的寄宿学校里惨遭流放。这些可怜的家伙，他们从来不承认这构成了多大的伤害，他们只是把那些日子挨了过去。不过，上述种种不过是些小问题罢了。一切都是全新的感受，是一场足以证明我自身成熟的冒险。我因此而知晓，年长的男人是那么溺爱我。对他的一切我都能宽宥包容。而且我喜欢他柔软得像垫子一般的双唇。他的吻很销魂。

话说回来，我还是最喜欢他重新把衣服穿上，将他的头路恢复到原来的优雅模样(他会用头油和一把钢梳)。此时他又变得尊贵庄重起来，把我安顿在一张扶手椅上，灵巧地拔出一瓶灰比诺酒的塞子，开始指导我读书。从此以后我就时时留心到这一点——在一丝不挂的男人和衣冠楚楚的男人之间，横着一座山。就像是共用一张护照的两个男人。不过，这其实也没什么要紧，一切都是融为一体的——食与色，美酒与散步，聊天。而且我们也真够用功的。起初那些日子，也就是那一年的春天和初夏，我在忙着应付我的结业考试。在这些领域托尼帮不上什么忙。他坐在我对面，写一部关于约翰·迪①的专著。

他有好几十个朋友，不过，当然啦，只要我在，他就不会邀请任何人到这里来。只有一次我们接待了几个客人。某天下午他们坐着一辆配有司机的汽车过来，都穿着黑色套装，我猜他们有四十多岁。托尼的态度委实突兀，他要我到林子里散步，把时间拖得久一点。一个半小时之后那些人才走。托尼没有做出任何解释，当天晚上我们就回到了剑桥。

那座小别墅是我们唯一能见面的地方。剑桥太像个小村落，而托尼在那里又实在太有名。我只能拎着手提箱长途跋涉到镇子的偏远角落，就在一片住宅区边缘，我待在公交车站上等着他开着那辆又老又破的跑车过来。那本应是一辆折篷汽车，可是支撑帆布顶篷的六角形风箱式折叠金属零件锈得太严重了，没法再折起来。这辆MGA老爷车的一根镀铬的导杆上装着一盏地图灯，仪表盘摇摇欲坠。车子散发着引擎机油和因为摩擦生热而逸出的气味，也许一九四〇年代的喷火式战斗机会有这样的气味。你能感觉到发热的铁皮车底在你脚下震颤。在普通乘客憎恶的目光中从等候公交车的队列里走出来，这可真够

① 约翰·迪(1527—1608)，英国数学家、占星家和炼金术士，曾得宠于伊丽莎白一世，对英国数学的复兴亦有所贡献。

刺激的，刹那间我从青蛙变成了公主，俯身入车，坐在教授身边。这就跟上床一样，公然地。我把包胡乱塞进我身后狭窄的空隙里，感觉到座椅皮面上的裂口略微戳到了我的丝绸衬衫——这件衬衫是他在利伯蒂商场买给我的——与此同时，我侧过身子，领受那份属于我的亲吻。

考试一结束，托尼就宣布，从此以后我读什么东西由他说了算。小说读得够多了！他很震惊，我对于他所谓的“我们的岛国往事”竟然如此无知。这话他倒没说错。十四岁以后，我在学校里就没学过一点历史。如今我二十一岁，有幸受到得天独厚的教育，然而，阿金库尔战役、君权神授说和百年战争对我而言仅仅是几个短语而已。一提起“历史”这个词儿，我的眼前就浮现出一连串单调乏味的画面，不是王位更替，便是残忍的教派争讼。可我还是乖乖地听从了他的教导。这些材料总比数学有意思，更何况他开给我的书单也不长——温斯顿·邱吉尔和G·M·特里维廉[①]。至于其他内容，教授会当面讲授。

我的第一堂辅导课在花园里的栒子树下展开。我学到了一点：十六世纪之后，先是英格兰、继而是整个英国的欧洲政策，是以追求权力平衡为基础的。他要求我认真研读一八一五年维也纳会议[②]的有关史料。托尼认定，各国彼此之间达成某种平衡是

---

① G·M·特里维廉(1876—1962)，英国历史学家，曾任剑桥大学历史教授，著有《19世纪英国史》和《英国社会史》。

② 维也纳会议是从1814年9月18日到1815年6月9日之间在奥地利维也纳召开的一次欧洲列强的外交会议，由奥地利政治家克莱门斯·文策尔·冯·梅特涅提议和组织，其目的在于重划拿破仑战败后的欧洲政治地图。

依法建立国际和平外交秩序的基本要素。至关重要的是，国家与国家之间能互相钳制。

通常，午餐之后，我一个人读书，而托尼会打个盹——随着夏日流逝，他午睡的时间越拉越长，我本该注意到这点的。起初，我的速读能力让他刮目相看。两百页只要几小时！然后我又让他大失所望。我没能条理清晰地回答他的问题，我没记住多少信息。他让我再看看邱吉尔关于“光荣革命”的说法[①]，他考查我，像演戏似的夸张呻吟——你这个粗枝大叶的讨厌鬼！——要我再去读书，问我更多的问题。这些口试总是在林间散步时发生，在吃完他做的晚餐、随即喝下几杯酒以后。我讨厌他这么不依不饶。我希望我们是一双情侣，而不是一对师生。当我说不出答案的时候，我既生他的气，也生我自己的气。接着，在经过几堂吹毛求疵的课之后，我开始得意起来，不仅因为我的表现越来越好，而且我已经开始就这些故事本身做起笔记来了。这一点弥足珍贵，就好像那都是我自己的发现——比如苏联政府的高压政策。难道十七世纪时英国不是世界上最自由最喜欢质疑的社会吗？难道英国的启蒙运动不比法国的意义更为重大吗？在反抗天主教会在欧陆专制统治的斗争中，难道英国的贡献不是格外突出吗？毫无疑问，我们就是这种自由精神

---

① 这里的邱吉尔指约翰·邱吉尔，第一代马尔博罗公爵(1st Duke of Marlborough)，英国军事家、政治家。在西班牙王位继承战争中大展神威，成为近代欧洲最出色的将领之一。英国的伟大首相温斯顿·邱吉尔是他的直系后裔。“光荣革命”发生在1688年，当时邱吉尔站在詹姆斯二世的对立面，拥戴威廉三世取得王位，次年国会通过《权利法案》，英国的君主立宪制就此形成。

的继承者。

我轻易就给带上了道。我实际上在为平生的第一次面试做准备,这场面试将会在九月发生。他知道他们想要,或者说他想要录用怎样的英国女人,他担心我那狭隘薄弱的教育程度会让我败下阵来。他相信——事实证明他想错了——那群主考官里会有他以前的某个学生。他非要我每天看一份报纸——他当然指的是《泰晤士报》,在那个年月,它仍然是赫赫有名、教人敬畏的报纸。以前我没怎么关注过新闻界的事儿,甚至从来没听说过社论是什么东西。显然,社论是一份报纸"跳动的心脏"。第一眼看去,那文风就像是在描述一个关于象棋的问题。我给迷住了。那些就公众关心的事务所发表的言论句句庄严高贵、掷地有声,让我为之倾倒。至于他们的判断,多少有点晦涩不明,顶多就是援引塔西佗或者维吉尔的说法,从来不会更深入。多么老到的手段啊!我觉得,在这些不知其名的作者里,随便找一个都能成为全世界的总统。

当时人们关注的焦点在哪里?在那些社论中,华美的从句语焉不详地绕着星光熠熠的主句转,可是在"读者来信"版上,人人都显得斩钉截铁。整个世界都乱了套,这些写信的人个个都揣着一颗焦虑的心,他们觉得国家陷入了绝望、愤怒与破罐子破摔的自残状态。有一封信宣称,大英帝国已经陷入了一种疯狂的 akrasia 状态——托尼提醒我,这个希腊词儿的意思是"行事与更为明智的判断背道而驰"(我难道没读过柏拉图的《普罗泰哥拉篇》吗?)真是个有用的词儿。我记住了。然而,实际上并不存在什么“更为明智的判断”，也并不存在什么与之背道而驰的东西。人人都疯了，人人都这么说。在这喧嚷放荡的年代，那个古老的词儿“冲突”已经给用滥了，通货膨胀引发罢工，工资标准调整方案又进一步加剧通货膨胀，愚不可及的午餐酒局政治，还有那些根本无意合作、野心勃勃地煽动叛乱的工会，懦弱的政府，能源危机与停电事件，光头党，肮脏的街道，此起彼伏的爱尔兰暴乱，核武器。颓废，颓丧，难挽颓势，沉闷低效，末世预言……

《泰晤士报》读者来信的热门话题，既涉及矿工的处境，也包括“一个工人国家”的概念，还有伊诺克·鲍威尔和托尼·本恩的势不两立、仓促组织的示威抗议，以及“索尔特利抗争事件”①。有一位退役海军少将来信说这个国家就像是一艘生锈的战舰，吃水线下千疮百孔。托尼一边吃早饭一边看那封信，然后冲着我哗啦啦地摇着他那份报纸——那年头，新闻纸总是沙沙作响，动静很大。

“战舰？”他怒气冲冲地说，“那玩意连轻型护卫舰都算不上。也就是艘该死的、正在下沉的划艇罢了。”

那年，一九七二，其实只是开了个头。在我开始看报纸的年代，无论是“每周三天工作制”②，还是下一次停电事件，乃至政府宣布进入第五次紧急状态，都已为时不远。我相信报上的话，可

---

① 在这句中，伊诺克·鲍威尔和托尼·本恩都是活跃在英国六十七年代政治舞台上的风云人物，前者是保守党政要，后者为工党党魁。而“索尔特利抗争事件”是指1972年发生在伯明翰索尔特利的矿工罢工示威事件。

② 指1974年保守党政府为了节电，规定每周只能连续三天供给商业用电，不少企业就只能工作三天，而且在这三天中不能加班。

这些事似乎离我很遥远。剑桥看起来没多少变化，坎宁小别墅附近的树林也大抵如常。尽管上过这么多历史课，我还是没觉得祖国的命运与我休戚相关。我拥有一行李箱的衣服，不到五十本书，家里的卧室中有几件儿时旧物。我有个喜欢我、替我做饭，而且从来不会威胁说要离开他妻子的情人。我有一项任务，一场求职面试——再过几周。我是自由的。既然如此，那么我报名到军情五处去保卫这个年老体衰的国家，这个欧洲病人，到底是在干什么？没什么。我什么也干不了。我不知道。有个机会落到我头上，我只不过抓住了它。既然托尼想这样，那我就想这样，再说当时也没什么别的事儿可忙的。所以，为什么不呢？

除此之外，我当时仍然觉得自己有责任向父母交待，他们听说我正在考虑到"卫生及社会保障部"麾下的一个体面的政府部门求职，都很高兴。我母亲也许没想到原子对撞机之类的玩意，可是在动荡年代，这份工作的稳定性一定让她深感欣慰。她想知道结业考试之后我为什么不回家住，于是我告诉她，一位亲切和蔼的导师替我安排了"住宿"。这当然说得通：在耶稣草坪租到一个廉价的小房间，投入"热情洋溢的工作"，哪怕周末也不例外。

如果不是我的妹妹露西在那年夏天惹出一个大麻烦，转移了我母亲的注意力，她本来多少会有点怀疑。露西向来更闹腾，脾气更暴躁，更热衷于冒险，而且对于"自由解放"的六〇年代——彼时六〇年代已经一瘸一拐地走进了下一个十年。当时她又长高了两英寸，而且她是我所见过的第一个穿毛边牛仔短裤的人。放松点，塞丽娜，要自由！她在嬉皮风即将过时之际才赶上这波时髦，不过乡野小镇向来都是这么慢一拍的。她还向全世界宣告，她平生的唯一目标是从医，当个全科大夫或者儿科医生。

在实现理想的道路上，她绕了个大圈子。那年七月，作为一名背包旅客，她从加来摆渡到多佛时被一名海关人员半途拦截。更准确一点，拦住她的是那人的狗，她背包里散发出的气味让这条寻血犬突然兴奋起来，狂吠不止。包里，裹在没洗过的T恤和几层专门防备狗的塑料布里的，是半磅土耳其大麻。而在露西体内——尽管当时秘而不宣——是一个正在发育的胚胎。至于孩子的父亲是谁，她自己也拿不准。

接下来几个月，母亲每天都要匀出大把时间同时应付四件事。第一件是把露西从监狱里搭救出来，第二件是不让她的故事见诸报章，第三件是不让曼彻斯特——她在那里念医科二年级——开除她，第四件是安排她堕胎，这倒没经过多少痛苦的思想斗争。为了这场危机我赶回家，据我观察（露西浑身散发着广藿香的味道，一边抽泣一边用她那被阳光晒成古铜色的胳膊紧紧地抱住我），主教大人已经准备好低下头，接受上帝派发的任何命运了。可我母亲已经控制住了局面，她以旺盛的精力激活了本地乃至全国的关系网，每一个建于十二世纪的天主教堂都不放过。比方说，本郡的警察局长是个循规蹈矩的传道俗人，他有个熟人跟他情况相仿，是肯特郡的警察局长。有个保守党联盟的朋友跟多佛那个第一次拦下露西的治安官正好熟悉。本地报纸的编辑想让他那对无法辨别音高的双胞胎加入教堂唱诗班。音调当然跟唱歌有关，可是什么事情都不是天经地义的嘛。母亲还对我承认，这些事情都很难办，可是没有一件比流产更难办。尽管这在医院里只是个常规手术，可是连露西自己都没想到，整个过程让她非常难受。末了，她获刑六个月，缓期执行，报上风平浪静，我父亲向一位在曼彻斯特的大学里担任教区长的朋友或者诸如此类的名人保证，在即将举行的教会会议中，在某个深奥晦涩的问题上，一定会支持他的意见。我的妹妹在九月返校读书。两个月之后她还是退了学。

总之，七八月份没人关注我，我得以在耶稣草坪闲荡，读点邱吉尔，读烦了便眼巴巴地等着周末，好徒步去城市边缘的公交车站。没过多久，七二年的这个夏天就被我供奉于记忆的神龛，它是黄金时代，是一段弥足珍贵的牧歌岁月，可是当时其实也只有周五到周日才算舒心写意。那些周末是一堂漫长而广泛的辅导课，教我如何生活，如何吃喝以及吃喝什么，如何看报，如何在一场辩论中坚持到底，如何“消化”一本书。我知道一场面试迫在眉睫，可我从来没有闪过一丝狐疑，问问托尼为什么要在我身上倾注那么多心血。即便我想过，我也可能会认为，既然是跟一个上了年纪的人谈情说爱，那么领受这样的关切就是分内的事儿。

这种情形当然不会永远持续，就在我即将奔赴伦敦参加面试的两天前，在一条川流不息的主干道边，经过历时半个钟头的狂风暴雨，一切分崩离析。有必要精确记录此事的来龙去脉。

有一件丝绸衬衫，之前我曾经提过，是托尼在七月初买给我的。那是他精心挑选的。我喜欢在温暖的夜晚摩挲它时那种昂贵的手感。托尼不止一次告诉我，他有多么喜欢这简洁宽松的剪裁样式穿在我身上的效果。我很感动。生平第一次，有个男人替我买了件衣服。真是个“糖心爹地”[1]。（我想主教大人从来没进过商店。）这件礼物颇为老派，多少带点“刻奇”[2]味儿，而且太过阴柔，可我喜欢。我一穿上它，就投入了他的怀抱。商标上的浅蓝色手写体看起来格外色情——“野蚕丝，手洗”——领口与袖口上镶着英式刺绣饰带，肩上的两处褶子与背上的两个小裥相映成趣。我觉得这份礼物是一种象征。每当离别在即，我就会把衬衫带回我那个集卧室与起居室于一身的小单间，放在盆里洗净、熨平、叠好，准备迎接下一次约会。就像我自己。

然而，九月的这次约会有所不同，当时我们都待在卧室里，我在整理自己的行李，托尼打断他正在谈论的事情——他当时在说乌干达的伊迪·阿明[3]——叫我把这件衬衫扔进洗衣筐里，跟他的衬衫放在一起。这也合情合理。我们很快就会回来，管家特拉弗斯太太明天就会来把一切收拾好的。坎宁太太要在维也纳待十天。那一刻我记得清清楚楚，因为这事让我很高兴。

---

① 原文为 sugar daddy，俚语，指给年轻女人滥送钱物以博取欢心的老男人。

② 此处用的是德语词 kitsch，是一个始自二十世纪初的文化艺术概念，没有现成的中文词可以完全对应，文化艺术界如今往往用音译“刻奇”指代。就词源而言，这个词与廉价、虚假、媚俗等接近，但经过在不同语境中的发展、延伸，这个词的含义越来越丰富，尤其在文化艺术作品中，常常带有戏仿及自我愚弄的意味。

③ 伊迪·阿明（1925—2003），乌干达军阀，国家元首，在位期间屠杀政治异己，驱逐亚裔，被推翻后流亡沙特阿拉伯，被称为非洲现代史上三大暴君之一。

想到我们的爱情能融入家常生活，仿佛成了理所当然的事，而且估计再过三四天又能见面，我深感快慰。以往在剑桥，我通常孤身一人，老是守在走廊的投币电话边等托尼的电话。倏忽间准太太的头衔似乎落到了我头上，我掀开柳条筐的盖子，把我的衬衫扔进去盖在他的衬衫上面，然后就没再多想。莎拉·特拉弗斯住在离此地最近的村子里，一周来三次。我们曾经愉快地共度半小时，坐在厨房的桌边剥豌豆，她告诉我她的儿子到阿富汗当嬉皮士去了。她说这话的时候相当自豪，就好像他是参了军，去打一场虽然危险却非打不可的仗。我不乐意细想此事，可我猜她见过一大串托尼的女朋友穿过这座小别墅。我想她不在乎，反正她是领薪水的。

回到耶稣草坪，四天一晃而过，我什么消息也没得到。我乖乖地研究《工厂法》和《谷物法》，细读报纸。我见了几个正好路过的朋友，可我压根不敢远离那台电话。第五天我去了托尼的学院，在门房那里留了张条子便赶回家，生怕错过电话。我不能给他打——我的情人很谨慎，没给过我家里的电话号码。那天晚上他打来了电话。他的声音平板而呆滞。他没有寒暄，直接命令我明天早上十点等在公交车站。我正想向他提个哀怨的问题，他就把电话挂了。那天晚上我当然没睡好。匪夷所思的是，一夜无眠中，我居然一直担心他出了什么事，其实，我那颗愚蠢的心本来应该意识到，要完蛋的那个人是我。

凌晨，我洗了个澡，给自己洒上香水。七点之前我已经整装待发。我真是个满怀希望的傻瓜，居然在包里塞了他喜欢的那种内裤(当然是黑色,还有紫色)和适合林中漫步的胶底帆布鞋。我在九点二十五分抵达车站,一路上都在担心他到的早,因为发现我不在那里而大失所望。他是十点一刻来的。他打开副驾驶座,我钻进车,可他没亲我。相反,他两只手一直握在方向盘上,猛地发动汽车驶离路缘。我们开了大约十英里,他一直不肯跟我说话。他握得太紧,连指关节都发白了,双眼一直紧盯前方。出什么事了?他不肯告诉我。我要疯了,我被他的做派吓得魂飞魄散:他开着那辆小车摇摇晃晃地来回变道,歪歪扭扭、横冲直撞地超车,就好像在警告我,一场暴风雨就要来了。

他在一个弯道上折回来,直奔剑桥方向,然后驶入A45公路旁的一条停车带,那里油腻腻的,长满杂草,饱经风霜的光秃秃的地面上有个亭子,专门用来向卡车司机出售热狗和汉堡。在上午的这个时段,这个小摊关着门上着锁,也没有别人停在那里。我们从车里出来。这是夏末最糟糕的那种天气——出太阳,刮风,尘土飞扬。我们右边有一排间距宽阔、干枯憔悴的西克莫无花果幼树,而另一边则是时而呼啸时而轰鸣的车流。我们就像是站在一条赛车道的边缘。停车带足有几百码长。他沿着停车带迈开步子,我在他边上跟着。为了交谈,我们几乎得大声喊。

他劈头就是一句,“这下你的小花招落空了。”

“什么花招?”

我飞快地把最近发生的事儿回忆了一通。根本没什么花招可言,所以一时间我又燃起了希望,以为只是小事一桩,我们立马就能摆平的。我甚至以为我们可以对此一笑置之。我们还能赶在正午之前做场爱。

我们来到停车带与马路交汇的地方。

“跟你挑明了吧，”他说，我们停下脚步。“你永远也别想在我跟弗里达之间插一杠子。”

“托尼，什么花招?”

他又回过头朝他的汽车走过去，我跟在后面。“该死的噩梦。”他自言自语。

我在喧嚣声中嚷起来，“托尼，告诉我!”

“你难道不开心吗? 二十五年来，昨晚我们俩吵得最凶。你得逞了，难道不兴奋吗?”

即便是像我这样向来缺乏经验，当时又给弄得既困惑又害怕的人，也能觉察到这件事有多么荒唐。他要用他自己的方式告诉我，所以我一言不发地等着。我们往回走，经过他的车，那个亭子在眼前越来越清晰。我们右边是高高的、覆满尘土的山楂树篱。颜色鲜亮的糖纸和薯片袋缠挂在长着刺的树枝上。有一只用过的安全套，尺寸长得可笑，躺在草丛里。这真是风流云散的理想场所。

“塞丽娜，你怎么会那么蠢?”

我确实觉得很蠢。我们又停下脚步，我用颤抖的、失控的嗓音说，“我真的不懂。”

“你想让她找到你的衬衫。好吧，她是找到了你的衬衫。你以为她会勃然大怒，你想的没错。你以为你能拆散我的婚姻，自己挤进来,可你想错了。”

这事太不公平,把我整个人都打蒙了,很难说出话来。在舌根后上方,我的喉头开始发紧。我生怕眼泪掉下来,赶紧转过头。我不想让他看见。

“当然,你年纪轻,如此而已。可你应该感到羞耻。”

我发觉自己在哑着嗓子哀求他,我讨厌自己发出这样的声音。“托尼,是你说把衬衫放进洗衣筐的。”

“得了吧。你知道我不会说这种话的。”

他说这话时轻轻柔柔,几乎可算满含爱意,就像一个慈爱的父亲,而我很快就要失去他了。我们应该好好吵一架的,应该比他跟弗里达吵得更凶,我应该朝他扑过去才对。可我偏偏觉得自己快要哭出来了,我决定忍住。我轻易不哭,一旦非哭不可就想一个人待着。可他那柔和圆润、不由分说的嗓音穿透了我。那声音是多么自信多么和蔼,我简直要相信它了。我已经意识到,我非但不可能改变他对上周日的记忆,而且也不能求他别把我赶走。而且我知道,我现在的举止,大有坐实罪名的危险。我活像一个在店里扒窃的贼,被人当场抓住以后反而如释重负地哭出来。太不公平了,太绝望了。我百口莫辩。那些守在电话边等待的时间,那些不眠之夜已经将我摧毁。我的喉头开始发紧,颈部下面的其他肌肉也跟着紧张起来,牵扯着嘴唇,努力想把它撑开,好把牙齿露出来。有什么东西要绷断了,可我不能让它断,不能当着他的面断。为了控制住局面,为了维护我的尊严,唯一的办法就是保持沉默。一旦开口,我就会一泻千里。可我真想说话啊。我得告诉他，他这样是多么不公平，就因为记忆出了点岔子，他就可能输掉我们之间的一切。类似的情形时常发生：脑子里想的是一回事，肢体上呈现的却是另一回事。好比考试时想做爱，婚礼中却几欲呕吐。我越是默默地奋力控制自己的情绪，就越是讨厌自己，他却反而愈加冷静。

“这是个阴招，塞丽娜。我还以为你不至于这么卑劣。这话很难说出口，但我真是对你失望透顶。”

他继续沿着自己的思路往下说，而我一直背对着他。他曾经多么信任我，鼓励我，对我寄予多么大的希望，而我却让他失望透顶。像现在这样冲着我的后脑勺说这些话，而不用直视我的双眼，一定能让他好受一些。我开始猜测这根本不是一个简单的错误，不是一个忙忙碌碌、德高望重的老人司空见惯的记忆故障。我想我看得够清楚了。弗里达提早从维也纳回来。不知怎么的，也许出于某种阴暗的预感，她专程出门去了小别墅。要不就是他们俩一起去的。卧室里摆着我那件洗好的衬衫。然后戏码就在萨福克郡或者剑桥上演，她下了最后通牒——要么把女孩赶走，要么他自己开路。于是托尼做出了显而易见的决定。不过重点在下面。他同时做了另一个选择。他决定把自己塑造成受害者，横遭欺骗，备受冤屈，所以怒火中烧是理所应当的。他已经说服了自己：他根本没跟我提过什么洗衣筐。那段记忆给抹掉了，他是故意的。不过，如今连他自己也不知道他已经把它给抹掉了。他甚至不是在装腔作势。他真的相信自己对我失望透顶。他真的以为我做了什么阴险下作的事儿。他是在逃避那个念头——他已经做出了选择。是懦弱，是自欺，还是虚妄浮夸？都有，不过更关键的是他失去了理智。什么贵宾桌啦，学术专著啦，政府使命啦——都毫无意义。他的理性已经离他而去。据我看，坎宁教授罹患了严重的心智功能失调症。

我从紧绷绷的牛仔裤口袋里摸出一张纸巾，捂在鼻子上发出哀怨的、犹如吹喇叭似的声音。我还是不相信自己的控制力，不敢开口说话。

托尼说，"你知道这一切会导致什么结果，难道不是吗？"

他那柔和的嗓音依然颇具疗效。我点点头。我很清楚。他其实已经告诉我了。他一边说，我一边看着一辆卡车飞快地开过来，然后刹住车，在亭子边上的沙砾道上机灵地滑行了一段。驾驶室里的流行音乐开得震天响。开车的小伙子扎着马尾辫，穿着鼓手T恤，炫耀着他肌肉强健、肤色棕黑的胳膊。他从车里出来，把两大塑料袋用来做汉堡的圆面包扔在亭子边的泥地上。然后他开着车呼啸而去，扬起的那团蓝色烟雾被风吹起，向我们直扑过来。没错，我正在被他抛弃，就像那些圆面包。刹那间我恍然大悟，终于明白我们为什么会待在这条停车带上。托尼在等着好戏上演。他可不想把舞台搬到他那辆狭小的车里。他怎么能将一个歇斯底里的姑娘从副驾驶座上轰走呢？既然如此，那为什么不在这里上演呢？这样他就可以开车扬长而去，扔下我搭别人的车回城。

我为什么要忍受这样的事儿？我从他身边走开，直奔他的车。我知道我只有一件事可做了。我们可以双双待在停车带上。如果逼他跟我再待上一个钟头，他也许能恢复理智。也许不能。无所谓。我有自己的计划。我的手伸向驾驶室的车门，随即打开，从点火装置上拔下钥匙。他的整个人生都挂在这沉甸甸的钥匙圈上，这一大串看起来杂乱无章，阳刚气十足：丘伯锁，班恩哈姆锁，耶尔锁；他的办公室，他的房子，他的第二个家；他的邮箱、保险箱和第二辆车；还有其余种种，反正都是他不肯让我介入的生活。我把自己的胳膊往回收，想把这全套钥匙都扔出去，越过山楂树篱。如果他有本事进去，那就让他连滚带爬地穿过田野吧，在奶牛和小粪池之间寻找他那些性命攸关的钥匙，而我会袖手旁观。

我毕竟在纽恩汉姆练过三年网球，当时如果真的扔出去了，力量自然不小。可我终究没能出成这个风头。我的胳膊刚刚往回抡到极限，就感觉到他的手指环绕在我的手腕上，愈攥愈紧。顷刻间他已经逼得我松开了钥匙。他的动作并不粗野，我也没奋力挣扎。他推开我，一言不发地钻进车里。他已经说得够多了，更何况我刚才的举动已经让他愈发坚信，我彻底辜负了他的期望。他把我的包扔到地上，甩上车门，发动引擎。现在我能发出声音了，可我说什么呢？我又成了一条可怜虫。我不想让他走。我傻乎乎地冲着他的汽车折篷喊，“托尼，你别装得好像你不知道真相似的。”

多么荒唐啊。他当然在装。这根本就是他的失败。他连着发动了几次引擎，防备着我万一说出别的什么话来，他正好可以用那些轰鸣声来淹没它。接着他向前行驶——起初开得慢，担心我没准会扑到挡风玻璃上，或者横在他轮下。可我像个悲剧感十足的傻瓜那样站在那里，眼睁睁看着他走。我看见他的刹车灯闪了闪，他在放慢速度等待汇入车流。接着他就走了，一切就此告终。

3

我没有取消到军情五处的面试。那会儿我的生活里再没别的事可干，再加上当时刚刚解决露西的麻烦，所以就连主教大人都看好我到“卫生及社会保障部”谋事的职业前景。停车带事件过后两天，我就到索霍区西侧的大马尔伯勒街上接受了面试。昏暗的水泥地走廊上，一位沉默寡言、但看起来不太喜欢我的秘书让我坐在一张硬邦邦的椅子上等着。我想我以前从没见过这么压抑的建筑。我坐的这一边有一排窗户，铁窗框里镶嵌着那种让我联想到地窖的气泡玻璃砖。不过，真正阻挡光线的并不是这种玻璃砖，而是窗户上里里外外蒙着的灰尘。窗台上靠我最近的是几堆报纸，蒙着一层黑色沙砾。我不知道，到头来，我会不会发现这份工作——如果我被录用的话——原来是某种被托尼遥控的、旷日持久的惩罚。楼梯井上方漂浮着某种复杂的气味。为了打发时间，我努力辨别着这些气味从哪里来。香水，香烟，以氨水为主的清洁液以及某种有机物——没准以前是能吃的东西。

第一场面试，我见到了一个名叫琼的活泼而友好的女人，大致是填填表，回答几个简单的、有关个人简历的问题。一小时之后，我回到同一个房间，里面除了琼之外，还有一位看起来像军人，他叫哈利·塔普，长着浅黄色的、像牙刷一样的八字胡，不停地从一只细长的金盒子里拿烟抽。我喜欢他那种老派的、清脆明晰的嗓音，还有他说话时轻轻叩击发黄的右手指、聆听时又会停下来的方式。整整五十分钟，我们三个人都在合力打造关于我的人物特写。本质上我是个数学专业人士，其他的爱好也算得体合宜。然而，到头来我的成绩怎么只得了个“丙级”呢？为了满足要求，我说了谎，也可以说是歪曲事实，我说最后一个学年我迷上了写作（鉴于当时那点工作量，我这样说可真傻），迷上了苏联问题和索尔仁尼琴的作品。塔普先生听到我的观点，显得颇为感触，不过那套词儿是我背出来的，毕竟我曾经按照我那位旧情人的建议通读过几本老书。大学生涯之外，我塑造的“自己”完全脱胎于跟他共度的那个夏季。除了他，我还有谁呢？有时候我成了托尼本人。他们发现我原来对英格兰乡间充满热情，特别是萨福克郡，我迷恋某种截去树梢的林子，喜欢在秋天漫步其间，采摘牛肝菌。琼对牛肝菌略知一二，塔普很不耐烦地看着我们俩飞快地交流了菜谱。她从来没听说过烟熏猪胸肉。塔普问我对编密码感不感兴趣。我没兴趣，不过我承认自己对时事颇有偏好。我们匆匆聊了几句时下的话题——矿工和码头工人的罢工，欧洲共同市场，贝尔法斯特的暴动。我说话的时候用的是《泰晤士报》社论的口吻，重复着那些高贵的、听起来深思熟虑、几乎不可能被驳斥的观点。比方说，当我们说到“性自由社会”时，我引用了《泰晤士报》的观点：必须在个体性自由与儿童对安全与爱的需求之间求得平衡。这话谁能反对？我发挥得越来越好。接着谈到我对英国历史的热爱。哈利·塔普再度兴奋起来。对哪段历史特别感兴趣呢？光荣革命。哦，那一段确实很有意思！接着，又问，就智识水准而言，谁是我心目中的英雄？我说是邱吉尔，并非因为他是政治家，而是因为我将其视为史学家（我大体概括了他对特拉法尔加海战“无与伦比”的叙述），诺贝尔文学奖得主，以及水彩画家。对于他那幅鲜为人知的《马拉喀什屋顶洗衣坊》，我心仪已久，并且相信如今它已经落入了私人收藏。

塔普说了点什么让我大受鼓舞，于是我在自画像上又添了一笔，说我对国际象棋如何热爱，却不提我已经有三年没碰过棋了。他问我是否熟悉一九五八年齐尔伯与塔尔的残局[①]。我并不熟悉，不过我可以煞有介事地描绘著名的“萨维德拉局面”。说实话，那次面试的表现，是我有生以来最机灵的一次。自从我在《？谁？》上发表了几篇文章之后，我还从来没对自己这么满意过。我几乎无所不谈。无论什么话题，即便一无所知，我也有办法洒上一层金光。我是在替托尼说话。我的口气活像学院院长，政府咨询委员会主席或者哪位乡绅。加入军情五处？我简直都准备领导它了。于是，他们先是要我离开房间，五分钟之后就把我叫了回去，当我听着塔普先生告诉我他们决定给我一份

---

① 指 1958 年拉脱维亚国际象棋锦标赛的决定性一役，对阵双方是以色列选手齐尔伯与苏联选手塔尔，最终齐尔伯胜，并获得冠军。

工作时，根本没有一丝惊讶。他还能怎么做呢？

有好几秒钟我都没弄懂他话里的意思。等我回过神来，我觉得他不是在逗我玩，就是在考验我。我得到的职位是初级文职助理。当时我已经知道在文职部门的阶层序列里，这是低得不能再低的头衔。我的主要职责将是文件归档、编制索引以及与此相关的资料室工作。如果工作勤勉、提拔及时，那我也许能升到文职助理。我尽力不让自己的表情流露出我刹那间领悟到的事实——我犯了个可怕的错误，或者说这个错是托尼犯的。又或者，这其实是他原先就设计好用来惩罚我的。如今他们招募我并不是去当“官”的。这样就没法当间谍了，不会掺和第一线的工作。我假装挺高兴，然后试探着问了一句，琼便向我坦承，确实有那么一项惯例：男性与女性分别沿着两条职业轨道前进，只有男人才能当“官”。当然，当然，我说。这个我当然知道。我是一个年轻聪慧、无所不知的女人嘛。我生性骄傲，不愿意让他们看出我原先得到的信息是多么不靠谱，现在我又是多么恼火。我听任自己热情洋溢地接受了这份工作。太棒了！谢谢你！我从此就有了一个“起步纪念日”。等不及啦！我们站在那里，塔普先生握了握我的手就走了。琼陪着我走到门口，她跟我解释说他录取我的决定还将按惯例经受一系列审查。如果我最终被录用，那就要到柯曾街工作。我必须签署“公务保密条例”，并受其各项严格规定的约束。当然当然，我不停地说。太棒了。谢谢你。

我离开大楼时，头脑混乱，心情抑郁。甚至在跟琼道别之前，我已经打定主意，我不想要这份工作。这是在侮辱我，一个低等文秘的职位，薪水却只有此类工作惯例的三分之二。如果当个女侍应，加上小费我的收入还能翻倍呢。他们自己留着这职位好了。我会给他们留张条子的。尽管大失所望，至少事态明朗了。我觉得自己心里空荡荡的，不知道现在应该做什么，到哪里去。在剑桥租的那间房已经耗尽了我的钱。当时我别无选择，只能回去找我父母，再当个乖女儿，好孩子，面对主教大人的冷漠和母亲张罗各种事务的热情。不过，比这些前景更可怕的是，此时突然袭来一阵失去情人的悲伤。在刚才那一个小时里，我假扮成托尼，还将我们在夏日的共同记忆劫来为我所用，这样一来，往事顿时在脑海中栩栩如生。我已经说服自己，要学会理解我的损失到底有多大。这就好像我们正在进行一场长长的对话，他突然转过身，撇下我独自面对他的离去所带来的那种排山倒海的痛苦。我想念他，渴望他，我知道我永远也没法让他回头。

形影相吊中，我缓缓地走在马尔伯勒大街上。这份工作和托尼是同一件事的两个面，它们都属于这一个夏季的“伤感教育”，而这一切在四十八小时里便分崩离析。他回去找他的妻子和他的学院，而我一无所有。没有爱情，没有工作。只有孤独带来的寒意。一想到他甩掉我的方式，我便愈发悲伤。太不公平了！我瞥了一眼马路对面，发现一个可恶的巧合，迎面正是利伯蒂商场的仿都铎建筑，托尼就是在那里替我买了那件衬衫。

我努力不让自己消沉，飞快地拐上卡纳比街，迈步汇入人流。哀嚎的吉他乐声和从一家开在地下的商店里飘出的广藿香气味让我想起我妹妹，想起家里碰上的那些麻烦。成排成排"迷幻风"T恤和佩珀中士[①]穿的那种流苏军装挂在人行道上的衣架上。都是卖给那些志趣相投、一心想表达个性的家伙。好吧，我现在的情绪有点尖酸刻薄。我沿着摄政街往前走，然后左转，步入索霍区深处，街上肮脏不堪，遍地都是垃圾、被人扔下的零食、涂上番茄酱的汉堡和热狗，压烂的纸盒子躺在人行道和阴沟里，灯柱边堆着一只只垃圾袋。红色霓虹灯上的"成人"字样随处可见。橱窗里，仿天鹅绒底座上陈列着各色物件：皮鞭、假阴茎、催情药膏、铆钉面具。一个穿着皮夹克的胖子——貌似是在替脱衣夜总会招徕生意——在门口冲着我嚷嚷一个含混不清的词儿，发音听起来像"玩艺儿"！也可能是"喂"！有人朝我吹口哨。我加快脚步，刻意显得目中无人。我还在想露西。看到这块地方就联想到她，这样并不公平，然而，这种崭新的自由精神，既害得我妹妹被捕、怀孕，也纵容了这些商店的存在（不仅如此，也许我还能加一句，它也纵容了我跟长者之间的风流韵事）。露西不止一次跟我说过，历史是一种负担，现在到了将一切都推倒的时候了。好多人都这么想。空气中弥漫着一种污秽下流、随心所欲的叛逆气息。不过，拜托尼所赐，如今我懂得，尽管西方文明不尽完美，却是经历了多少劫难才构筑起来的。由于管理上的

① 典出披头士乐队1967年的划时代专辑《佩珀中士的孤心俱乐部乐队》，其中著名的拼贴画插图上有"佩珀中士"的形象，穿着肩上有流苏的军装。

失误，我们拥有的自由不够完整。可是，在世界的这个角落，我们的统治者已经不再拥有绝对的权威，那些残忍的暴行大部分都是个人行为。在这些索霍区的街道上，无论脚下是什么样子，我们终究能出淤泥而不染。那些教堂、议会、绘画、法庭、图书馆和实验室——它们实在太珍贵了，不容摧毁。

也许是因为剑桥，也许是因为日积月累，我看到那么多古建筑和草坪，看到时光对于那些石头是何等仁慈，也可能只因为我缺乏青春的勇气，谨小慎微，为人古板。反正我对这场可耻的革命无动于衷。我不希望每个小镇都有性用品商店，我不希望经历我妹妹那样的人生，我不希望将历史付之一炬。去旅行？我想跟托尼·坎宁那样有教养的人同行，他们认为法制的重要性天经地义，他们时时刻刻都在思考如何加以改进。如果他乐意与我同行该有多好。如果他不是这样一个混蛋该有多好。

我花了半小时信步从摄政街踱到查令十字街，这段路改变了我的命运。我改弦易辙，决定接受这份工作，好让我的人生井井有条、目标明确、独立自主。我的决定里也许有一丝转瞬即逝的受虐狂意味——作为一个被遗弃的情人，我只配在办公室里打打下手。再说也没别的工作。我可以把剑桥，连同它与托尼之间的关系都抛到脑后，我可以在伦敦的人群中忘乎所以——这其中多少蕴含着某种讨喜的悲剧意味。我将会告诉父母，我在卫生及社会保障部找了一份体面的文职工作。现在我发觉当初根本没必要搞得这么鬼鬼祟祟，不过，那会儿我也是故意误导他们的，因为那样让我觉得很刺激。

那天下午我回到了那个小单间，告知我的房东，然后开始收拾房间。第二天，我带着所有的东西回到了教堂边上的家里。母亲很替我高兴，满怀爱意地抱住我。让我惊讶的是，主教大人给了我一张二十英镑的钞票。三周之后，我就在伦敦开始了新生活。

我认识米莉·特里明汉姆吗？——就是那位后来当上处长的单亲妈妈。[①] 后来，等到我能够告诉所有人自己曾在军情五处工作时，别人经常这样问我。如果说这问题让我恼火的话，那是因为我猜他们真正想问的是：凭着剑桥背景，我为什么不能爬到这么高的位置？我入行比她晚三年，而且，没错，我确实是沿着她的路径起步的，就是她在回忆录里描述过的那条路——位于梅费尔区[②]的同一幢阴森森的大楼，待在同一个狭长而暗淡的房间里，接受同样虽然没有意义却颇能让人好奇的任务。不过，当我在一九七二年入行时，特里明汉姆在新来的姑娘眼里已经成了一个传奇。记住，我们当时不过二十出头，而她已经三十五六。有一次我的新朋友雪莉·先令指给我看，特里明汉姆正站在一条走廊的尽头，边上那扇窗户脏兮兮的，所以光线昏暗，她一只胳膊下面夹着一叠文件，正在跟人说着什么要紧事，那人我们不认识，看起来像是来自云山雾罩的权力顶峰。她神态自若，

① 据作者说，这个人物的原型是曾担任军情五处处长的斯黛拉·利明顿。
② 梅费尔是位于伦敦西区的高级住宅区。

几乎像是跟那人平起平坐，逗得他发出一阵狂笑，一只手还飞快地在她的前臂上碰了一下，好像在说：收敛一点你的聪明劲吧，要不我这日子没法过啦。

我们这些新手对她顶礼膜拜，因为我们听说她很快就掌握了文件管理和登记造册这类复杂的花样，所以不到两个月就升了职。有人说是几周，甚至几天。我们相信她穿的那些衣服有一点离经叛道的意味，那些明丽的印花衫和围巾，都是从巴基斯坦买回来的真货，她曾受军情五处派遣，到那里的某个无法无天的军事基地里工作过。这说法其实是我们自己传的。我们本应该问问她。很久很久以后，我才在她的回忆录中读到，她只是在伊斯兰堡办事处里当过文书罢了。不过我还是不知道她有没有参加过那年的女职员抗议活动，当时军情五处的女毕业生正在发动战役，争取更好的职业前景。她们希望获准由自己来调度特工，就像那些男性文官一样。我猜特里明汉姆是同情这些诉求目标的，可她对于集体行动、言论和决议都怀有戒心。我从来没搞懂，为什么关于这场抗议活动的流言，一点都没传到我们这里。也许她们觉得我们资历太浅了。归根结底，是时代潮流慢慢改变了军情五处，可她是第一个脱颖而出的，第一个在女人的小隔间的天花板上凿出了洞。她干得不动声色、富有技巧。我们其余人等就跟在她身后闹哄哄地往上爬。我就是其中之一，属于队伍尾梢的那拨。当她从培训部调离，迎接她的是全新的硬骨头——爱尔兰共和军的恐怖主义——而我们这些跟在她身后的人，有好多还是继续原地踏步了好一会儿，照旧跟苏联在老战场上周旋。

底楼大部分地盘都被登记处占据，这个庞大的储存库里有三百多名出身良好的秘书，像修建金字塔的奴隶那样埋头苦干，处理各种调档需求，返还或分发文件给大楼里的专项主管，还要将新来的材料分类归档。在人们看来，这个系统运转得如此良好，以至于直到电脑时代它还继续维持了好久，时间长得离谱。这是最后一道防御工事，是纸张最后的专制。就像入伍新兵总是被人打发去削土豆、用一把牙刷清洁阅兵场，我的头几个月都在忙着编制大不列颠各地共产党员的名单，还要为所有那些尚未明确定性者建立案卷。我重点关注的是格洛斯特郡。（当初特里明汉姆负责的是约克郡。）头一个月我替斯特拉德一家文法学校的校长建立了案卷，他在一九七二年七月某个周六晚上，参加了当地共产党组织的一次公开会议。他在“党员同志”们流传的一张纸上写下自己的名字，不过后来他一定是改变了主意，没有加入组织。在我们已经掌握的正式名单中没有他。可我还是决定给他建一份案卷，因为他所处的地位可能会影响年轻人的思想。这是我工作的起点，我的第一步，所以我记得他的名字叫哈罗德·邓波尔曼，还记得他的出生在哪一年。如果邓波尔曼有朝一日决定放下管理学校的工作（他只有四十三岁），转而申请当公务员，那他就会牵涉到密控档案问题，经过一系列审查程序，自会有人查到这份案卷。邓波尔曼会受到盘问，问到那个七月的夜晚（他当然会对那天印象深刻），也可能他的申请会被否决，而他永远也不知道为什么。完美无瑕。至少理论上是这样。

我们仍然在学习必要的规章条款，判断需要具备怎样的材料，才能建立一份案卷。在一九七三年的头几个月，这样一个封闭的、运转自如的系统——不管它是多么无聊——对我而言倒是种宽慰。我们这十二个在那个房间里工作的人都很清楚，那些受苏联总部领导的特工们，根本就不会跑来向我们宣告他加入了大不列颠的共产党组织。我无所谓。

上班路上，我不时陷入沉思，琢磨这份工作的表象与现实之间有多么大的差距。我只能对自己说——既然我没法跟别人说——我替军情五处当差。它好歹笼罩着某种光环。直到今天，一想起当年那个苍白羸弱的小东西居然想为国家效犬马之劳，我的心情还是很难平静。但我不过是又一个穿着超短裙的姑娘罢了，挤在人堆里，像我这样的人成千上万，拥进肮脏的地铁隧道，通过中转站换乘，去往“绿色公园”，在那里，我们对垃圾、沙砾以及地下臭烘烘的风早已见怪不怪，它们抽打我们的脸，弄乱我们的头发(如今的伦敦可真是干净多了)。上班之后，我也只是个办公室女职员，挺直脊梁在一台硕大的雷明顿打字机上敲敲打打，我所在的房间烟雾缭绕，在首都这样的房间何止千万，我在那里忙着取文件、辨认男人的笔迹，中午吃完饭便匆匆赶回。我甚至比大多数人都赚得少。托尼以前给我念过一首贝杰曼①写的诗，我就像诗里提到的那种女工，也在自

---

① 约翰·贝杰曼(1906—1984)，英国桂冠诗人，其赞美英国乡村的作品常有怀旧情绪，如诗集《几朵晚菊》(1955)，还写了许多关于维多利亚建筑的作品。

己的小单间里用洗脸盆洗内衣。

作为一名最低级的职员，我第一周的薪水减去扣除额之后是十四镑三十便士，当时刚实行十进位币制，这新玩意尚未褪去那种不够严肃、半生不熟、看起来就像是骗人的气息。我每周房租要用去四英镑，外加一英镑电费。我的交通费一镑多一点，剩下八英镑解决饮食和其他一切开销。我把这些细节列出来，不是为了抱怨，而是秉承简·奥斯丁的精神，她的小说我是在剑桥时迅速翻完的。如果想理解一个人物——无论是真实还是虚构——的内心世界，你怎么能不知道她的经济状况呢？弗鲁姆小姐，刚刚在圣奥古斯丁大街七十号的蜗居中安顿下来，每年收入不足一千，怀着一颗沉重的心。我一星期一星期地挨过去，可我并没觉得自己属于那个激动人心的隐秘世界。我还年轻，如果每天从早到晚都“怀着一颗沉重的心”，那我可受不了。在午休时间和晚上下班时与我做伴的是雪莉·先令，她的名字与姓氏押着头韵，而姓氏又正好是那种靠得住的旧币，这一点倒是与她那丰腴的脸上歪着嘴的微笑，以及她的老派品味相得益彰。她刚来一个礼拜就因为“在盥洗室里逗留太久”，惹毛了我们那位烟瘾巨大的上司林小姐。实际上，那天雪莉是在十点钟冲出大楼的，去给自己买一件当晚派对上要穿的礼服，她一路跑到牛津街上的马莎百货，找到目标就试穿，接着又试了大一号的，付完账以后坐巴士回来——总共耗时二十分钟。那天中午她没时间，因为她计划在中午买鞋子。我们这些新来的姑娘，除了她没人敢这么离谱。

那么我们怎么看她呢？虽然这几年文化沿革貌似深远，可这些变化剪不断人们的社交天线。只用了一分钟，不对，比一分钟更短，雪莉只说了三个词儿，我们就知道她出身寒微。她父亲在伊尔福德开一家床具沙发店，名叫“床天下”，她曾就读于当地一家庞大的综合性中学，然后是诺丁汉大学。她是全家唯一十六岁后就去住校的。军情五处原本大概是想实行更为开放的招募政策，不过雪莉的表现也正好是出类拔萃的。我们其余人等，打字最快的速度也只有她的一半，她的记忆力——无论是对于人脸、对话还是事情发生的过程——比我们都强，她的提问既勇敢又有趣。颇有一批身为“弱势群体”的姑娘崇拜她，这也算时代风尚使然——她轻柔的伦敦东区口音里有某种时髦的魅力，她的嗓音和举止让我们想到崔姬、凯斯·理查兹或者鲍比·摩尔①。实际上，她的弟弟是一名职业足球运动员，在狼队足球俱乐部里当替补。就因为他，我们才知道这家俱乐部在当时刚刚创办的欧洲联盟杯②里杀进了决赛。雪莉是个奇人，她代表着一个自信的新世界。

有些姑娘对雪莉很势利，可是我们没有哪一个能像她那样既入世又脱俗。我们好多新人的出身都很体面，完全可以作为

---

① 这里的三个人名都是活跃在六七十年代英国娱乐体育界的明星，依次是历史上公认的第一个超级模特崔姬，著名的滚石乐队的主音吉他手凯斯·理查兹和足球明星鲍比·摩尔。

② 欧洲联盟杯，简称联盟杯，是欧洲足联组织的欧洲足球俱乐部之间的赛事，创建于1971年/1972年赛季，其前身是城市博览会杯，现已改制成为欧足联欧洲联赛。

首度进入社交界的淑女进宫觐见伊丽莎白女王——如果这项礼仪没有在十五年前废止的话。有几个是现役或退休官员的女儿或侄女。我们这些人三分之二都有老牌大学的学位。我们说话的腔调一模一样，我们在社交中颇为自信，在乡间别墅的周末聚会中也能表现得令人满意。可是在我们的行事风格中，总有那么一丝愧意，一种彬彬有礼、甘愿俯首帖耳的倾向，尤其是在一个高级军官——就是那种前殖民地军官的类型——走进我们昏暗的房间时。我们大多都是(我当然将自己排除在外)那种垂着眼帘、温文尔雅、看起来似笑非笑的女人。新人们纷纷心照不宣地低调搜寻，想找到出身合宜的体面丈夫。

然而，雪莉从无愧色，行事高调，她并不急着嫁人，不管面对谁都能坦然直视。她有个绝活，或者说是嗜好，喜欢把自己的事儿拿出来肆意嘲笑——我觉得，这并不是因为她觉得自己很可笑，而是因为她认为人生需要及时行乐，还想把别人也拉进来一起开心。高调的人，尤其是高调的女人难免树敌，雪莉也有一两个敌人全心全意地讨厌她，不过，总体上她的方式畅行无阻，人缘不错，跟我特别要好。有一点也许帮了她的忙：她不是那种美得咄咄逼人的。她是个大个子，至少超重三十磅，衣服要买十六号，而我只要十号，而她真的跟我们说过，我们务必要用“婀娜多姿”这个词儿来形容她。说完她就笑了。她的圆脸原本略显短胖，但脸上几乎一直在变化的表情，非但替她藏了拙，甚至颇添了几分光彩，让她显得那么生气盎然。她最漂亮的地方，是将那一头自然卷黑发、鼻梁上的浅浅雀斑和灰蓝色的眼睛搭配在一起，这样的组合并非司空见惯。她微笑时嘴角总是向右下方倾斜，这表情我实在找不到合适的词儿来描摹。介于放荡不羁与敢作敢当之间。尽管她并不宽裕，她外出游历的次数还是超过了我们大多数人。大学毕业之后的那年，她独自搭车去伊斯坦布尔，卖血换来一辆轻型摩托车，然后摔断了腿、肩膀和手肘，爱上一位叙利亚医生，堕了一次胎，最后才跟着一艘船从安纳托利亚回到英国，坐船的条件是在船上帮厨。

不过，在我看来，这些历险记没有一件比得上她一直随身携带的那个笔记本更古怪，本子上套着稚气的粉色塑料封皮，里面夹着一支短短的铅笔。她一度不肯说自己写的到底是什么，不过某天晚上在莫斯威尔山酒吧里，她承认记录的是人们说过的那些"或机智或风趣或癫狂的话"。她还会写一点"关于故事的小故事"，要不就是纯粹记录一点"想法"。这个笔记本总是放在伸手可及的地方，这样哪怕是聊到一半的时候她也能动笔。办公室里别的姑娘都拿这事嘲笑她，而我却很想知道她有没有更大的写作野心。我跟她谈起我正在读什么书，尽管她礼貌地聆听着，甚至可以说听得相当认真，可她从来不发表自己的意见。就连她到底读不读书我都拿不准。她要么就是什么都不读，要么就是在守着什么大秘密。

她的住处在我北面，距离只有一英里，那是个位于四楼的小房间，俯瞰着喧闹的霍洛威大街。经过一个礼拜的熟络，我们就开始在晚上约好一起行动了。没过多久，我就发现我们的友谊替我们在办公室里赢来了"劳莱与哈代"的诨号，这并不是说我们喜欢打打闹闹，而是因为我们的身材对比强烈。① 我没有告诉雪莉。她从来没想过，除了酒吧之外，夜晚还能在别处度过，而且她更喜欢那种吵吵闹闹、乐声震天的酒吧。她对梅费尔一带毫无兴趣。过了几个月，我就对人类的生存状态、各种不同程度的体面与颓废以及卡姆登、肯特镇和伊斯林顿的酒吧了如指掌。第一次出游，我就在肯特镇的一家爱尔兰酒吧里看到了一场可怕的斗殴。在电影里，一拳头打在下巴上司空见惯，可是眼睁睁地目击这一幕就非同寻常了，尽管那声音、那骨头的嘎吱作响，都要比电影里静默得多，潮湿得多。对于一个向来被人保护得好好的女人来说，这一幕鲁莽得教人难以置信，对于可能会招来的报复，对于未来的后果、对于生命本身都是那么漫不经心，那些白天替墨菲建筑公司挥舞丁字镐的拳头重重地砸在一张脸上。我们坐在吧凳上看着他们。我看见有什么东西在空中划过一道弧线，越过啤酒泵的手柄——一粒扣子，或者一颗牙齿。更多的人加入战斗，喊声此起彼伏，酒吧侍者是个看起来颇为机灵的家伙，手腕上刺着墨丘利节杖②图案，他正在打电话。雪莉单手揽住我肩膀，推着我向门口走去。身后的酒吧里，留着我们的朗姆酒和可乐，可乐里的冰块正在融化。

“警察快到了，他们没准会找目击证人。最好赶快走人。”跑到大街上，我们才想起她的外套。“啊，忘了它吧。”她一边说一

① 劳莱与哈代是美国早期影片中最受欢迎的一对滑稽搭档，以身材对比强烈及肢体动作夸张滑稽著称。

② 希腊神话中墨丘利的节杖，杖上盘绕两条蛇，杖顶有双翼，是诸神使者的标志。

边挥手。说话间她已经又在往前走了。“我讨厌那件外套。”

我们晚上外出并不是为了找男人。相反，我们之间聊了很多——聊我们的家庭，聊我们过往的人生。她说她的叙利亚医生，我说杰瑞米·莫特，但没提托尼·坎宁。传播办公室里的小道消息是被严令禁止的，哪怕是我们这些底层的新手，而服从命令是关乎尊严的大事。除此之外，我能感觉到如今雪莉手头已经在干比我更重要的工作。对她问长问短是不智之举。每当我们在酒吧里的聊天被中断，每当男人靠近我们，他们起初都是奔着我来的，结果却总是被雪莉迷倒。我很乐意默默地待在她身边，让她来接管。他们绕不过那善意的戏谑与大笑，机智而亲切的问题，比如问他们是干什么的，从哪里来，经过一两轮朗姆酒加可乐，他们就撤退了。在卡姆登水闸——当时那里还不是一个旅游景点[①]——一带的嬉皮酒吧里，那些长发男子更狡猾也更难缠，他们用更柔和的声调说“得了吧”，说他们内心深处埋藏着女权主义精神，谈论集体无意识、金星凌日[②]以及与之相关的俗套噱头。雪莉摆出一副虽然亲切可人却不解其妙的样子，把他们打发走，而我看到这些人就想起我妹妹，避之唯恐不及。

我们总是在城里的那一带听音乐，一路喝着酒去往公园路上的“都柏林城堡”。雪莉对于摇滚乐就像男孩子一样狂热，而

---

① 如今那里的集市在伦敦相当有名，是一个另类文化的聚集地。

② 都是当时的热门话题。集体无意识是心理学术语，指由遗传保留的无数同类型经验在心理最深层积淀的人类普遍性精神。金星凌日则指位于太阳和地球之间的行星金星直接从太阳的前方掠过，成为太阳表面的可见暗斑（并且遮蔽一小部分太阳对地辐射）的天文现象。

且七十年代早期，最好的乐队都在酒吧里——通常是那种如洞穴般深邃幽暗的维多利亚时期建筑——演出。我惊讶地发现自己也对这种活力十足、毫不做作的音乐有了一点短暂的兴趣。我住的单间沉闷无聊，所以我很高兴能在晚上除了读小说之外，还有点别的事可干。在我们日渐熟络之后，某天晚上，我跟雪莉聊起了我们的理想情人。她告诉我，她的梦想是要一个善于自省、身型瘦削的男人，身高刚过六英尺，穿牛仔裤、黑 T 恤，平头，脸颊凹陷，脖子上挂一把吉他。当她护着我一路经过坎威岛和谢泼兹布什之间的所有酒吧时，我们一定是看到了二三十个这样的类型。我们听到了酿蜜乐队(我的最爱)，鲁格雷塔乐队(她的最爱)——还有"惬意博士"、"奢华宝贝鸭"、"基尔伯恩"和"公路"。我跟平时判若两人，手里端着半品脱酒，站在挥汗如雨的人流中，耳边一片嘈杂。想到我们身边这些反文化的人群会有多么可怕，我的心里就会生出某种单纯的愉悦来，因为我知道我们来自军情五处那"正直"的灰色世界，是他们的死对头。劳莱与哈代，崭新的"震撼内务特工组"。

4

1973年临近冬季,我收到一封母亲转来的信,是我的老朋友杰瑞米·莫特写的。他还在爱丁堡,仍然在开开心心地忙着博士学业和他的新生活——那些半地下的风流韵事。按照他的说法,每一次恋情告终都没有什么麻烦,也不会追悔莫及。我读到这封信是在某天早上,当时我正在上班路上,遇上难得一见的情况,居然成功地从拥挤的、臭气熏天的车厢里一路突围,给自己找到了一个座位。那个要紧的段落出现第二页写到一半的时候。在杰瑞米看来,那最多也就是条比较重大的八卦消息而已。

> 你记得我的导师托尼·坎宁吧。我们有一回去他房间里喝过茶。去年九月他跟太太弗里达分手了。他们的婚姻超过三十年。没什么明确理由。学院里有传闻说他跟一个年轻女人在萨福克郡的一个小别墅里幽会。据说他也把她给甩了。上个月有个朋友写信过来。他是听院长亲口说的。这些事儿在学院里是公开的秘密,只是没人想到告诉我罢了。坎宁病了。为什么不说呢?他的病很严重,已经没法治了。十月份他辞去了学校里的职位,跑到波罗的海

的一个岛上，租了一所小房子。照顾他的是一个当地的女人，她的职分也许比管家还多了那么一点。弥留之际他给转到了另一座岛上的一家小医院里。他儿子去看了他，弗里达也去了。我估计你没在二月份的《泰晤士报》上看到讣告。我相信如果你看到，一定会告诉我的。我从来不知道他在战争将近尾声时加入过特别行动处。他几乎得算是个英雄，曾在夜晚乘降落伞潜入保加利亚，在一次伏击中胸口受过重伤。后来，四十年代末期他在军情五处干过四年。我们父辈的时代——他们的人生要比我们的有意义多了，你觉得呢？托尼对我很好。我真希望能有人早告诉我。至少我能给他写信。你为什么不来让我高兴高兴呢？厨房边上有个甜美小巧的空房间。不过我想我上回就告诉过你啦。

他为什么不说呢？癌。在七十年代初，只要有人说到这个词儿，那就是行将就木的意思了。癌是一个耻辱，是病人的耻辱，它是一场败局，一道污迹，一个肮脏的瑕疵——与其说那是肉体上的，不如说是人格上的。当时我觉得，理所当然地，托尼需要悄悄走开，没有一句解释，带着他那可怕的秘密跑到冰冷的海边过冬。那里有他童年的沙丘，刺骨的寒风，没有一棵树木的内陆沼泽，而托尼穿着他那件风雨衣弓着背走在空旷的海边，怀揣着他的耻辱、他那可恶的秘密以及对“再打个盹”越来越强烈的渴望。睡意如潮水般袭来。他当然需要一个人待着。我相信我当时对此没有一点疑问。让我挥之不去、思之骇然的是他的全盘规划。先是叫我把衬衫扔进洗衣筐，再假装忘了这件事，好让我觉得他面目可憎，这样我就不会再追随他，不会把他临终的那几个月搞成一团乱麻。真的有必要如此精心筹划吗？有必要如此残忍吗？

上班路上，我想起当初经过一番推理，我还认定自己的情感比他更高尚，不由涌起一阵羞愧。甚至在羞愧还没完全涌上来之前，我就哭了。地铁上的人流中，离我最近的乘客礼貌地将视线移开。他一定知道，当我听说事情的真相时，会将过去的多少恩怨一一改写。他相信我会原谅他，想到这里他一定心生宽慰。看起来真是悲惨。可是，为什么没有一封遗书，解释几句，回忆我们之间的种种，说声再见，打个招呼，给我某种能与之相伴余生、能替代我们之间最后一幕的东西？此后好几个星期，我都在折磨自己，怀疑这封信给“管家”或者弗里达扣下了。

托尼自我放逐，在孤寂的海滩上步履蹒跚，曾与他共度无忧岁月的弟弟不在他身边——特伦斯·坎宁在诺曼底登陆中捐躯——他的学院，他的朋友，他的妻子也不在他身边。最重要的是，我不在他身边。托尼本来可以让弗里达来照顾他的，他本来可以待在那栋小别墅里，或者待在家里的卧室中，让书本环伺左右，让朋友和儿子时时来看望他。就连我也可以想法子跑去看他，装作是他以前的学生。鲜花，香槟，家庭与老友，旧照片——人们辞别人世之际，至少，当他们没有在呼吸衰竭中挣扎、在疼痛中扭曲、在惊恐中僵硬时，不都是这样安排的吗？

此后的几个星期里，过往的几十个细节在我脑海一一重演。那些曾让我如此不耐烦的午睡，那张在早晨让我不忍直视的苍白的脸。当时我以为，五十四岁的情形本应如此。尤其是那场对话，总是历历在目——卧室里，洗衣筐边，前后不过数秒，当时他正在跟我讲伊迪·阿明和那些被他驱逐的乌干达亚裔。当时这条新闻轰动一时。邪恶的独裁者把他的国民赶出国门，他们持有英国护照，爱德华·希思政府并不理会小报上的怒火中烧，而是以优雅得体的态度，坚持说这些人必须获准在此定居。托尼的看法也是如此。他话说到一半，连气都没有换一口就飞快地插了句，"就扔在那里，跟我的衣服放在一起好了。反正我们很快就要回来的。"就是这样，随口交代一句家务而已，然后他又接着刚才的思绪往下说。那时他的身体已日渐衰弱，而他的计划却悄然成形，这难道不是天赋异禀吗？精心谱写那个要紧的时刻，机会一来，便让计划插翅腾飞。或者在事后再补上几笔，使之愈臻完满。也许，与其说这是花招，不如说这是他当年在特别行动处养成的习惯。行业花招。作为一种手段，一场骗局，它真是给筹划得机智过人。他甩掉我，而我因为受到莫大的伤害，不愿去追根究底。在小别墅的那些时光，我并没觉得我是真的爱他，然而，当我骤闻他的死讯，我立即让自己相信，我爱他。这个花招，他的骗术，要比任何已婚男人的外遇都要狡猾。甚至，为了这一点我还崇拜他，可我不太能原谅他。

我跑到霍尔伯恩的公共图书馆，那里收藏着往期的《泰晤士报》，我在那里查到了那篇讣告。我像个白痴一样浏览着，试图搜寻我的名字，接着，我又看了一遍。整个人生都浓缩在那几栏里，连一个段落都算不上。牛津附属猛龙小学，马尔伯勒中学，牛津大学贝列尔学院，近卫团，西部沙漠战役，一段没有说明的空当，然后就像杰瑞米说的那样去了特别行动处，紧接着就是自一九四八年始，他在军情五处待了四年。对于托尼战时与战后的生涯，我以前是多么缺乏好奇啊，尽管我知道他跟军情五处素有瓜葛。这篇讣告寥寥几笔便交代了五〇年代以后的情况——新闻，著作，公众事务，剑桥，去世。

对我而言，什么都没有改变。我继续在柯曾街工作，同时祭奠着那座将悲伤隐匿于其中的小神龛。这份职业是托尼替我挑的，他把他的树林、牛肝菌、观点和处世之道，都借给了我。可是我没有关于他的任何证物、纪念品和照片，没有信，连一张纸条都没有，因为我们的约会都是在电话里定的。我很勤快，他借给我的那些书，我都是一边读一边还，只有一本除外：R·H·唐尼的《宗教与资本主义的兴起》。我到处找它，好多次，我都回到相同的地方孤零零地翻箱倒柜。那本精装书的淡绿硬封被太阳晒得褪了色，作者的名字缩写旁有一圈杯子的印痕，前环衬上用紫色墨水签着简单的“坎宁”字样，笔迹看起来飞扬跋扈，整本书几乎每页上都有他用铅笔作的旁注。太珍贵了。可是它消失得无影无踪——只有书才会这样，也许是我从耶稣草坪的那个房间搬走时丢的。我仅存的纪念品是一张他后来随手送给我的书签，还有我的工作。他把我打发到莱肯菲尔德宅邸的这个脏兮兮的办公室里。我不喜欢这里，可那是他留下的遗产，如果现在让我到别处去，我可受不了。

我耐心地工作，没有一句怨言，谦卑地服从林小姐的非难——我用这种方式让激情延续。如果我工作效率低下，如果我上班迟到或者怨声载道，甚而考虑离开军情五处，那我就会让他失望。我说服自己，这是在废墟中诞生的伟大爱情，所以我将痛苦一层层堆积起来。Akrasia！①我之所以会花费额外的精力，将某些文官的潦草笔迹转化成一式三份、无懈可击的备忘录打字稿，是因为：向我爱过的男人致敬，是我应尽的职责。

我们这一拨新来的一共十二个，包括三个男人。其中有两个是年过三十的已婚商务人士，对谁都没兴趣。第三个姓格雷特雷克斯，他那野心勃勃的父母替他起名马克西米利安②。他三十来岁，长着一对招风耳，极度沉默，究竟是因为害羞还是目中无人，我们谁也吃不准。他是从军情六处调来的，此前已经爬到了文官的级别，他跟我们这些新手坐在一起，仅仅是为了看一看我们的系统是怎样运转的。另两个商务型男士也很快就要提拔到文官级别了。无论我在面试时有过怎样的感受，如今我是再也无所谓了。随着我们乱哄哄的培训日渐深入，我领会了此地的大体精神，从其他姑娘的暗示中，我开始接受这样的观念：这

① 希腊词。前文第二章中，托尼对这个词的解释是“行事与更为明智的判断背道而驰”。

② 神圣罗马帝国有两位皇帝和数位王侯都叫马克西米利安（Maximilian），而前面提到的他的姓“格雷特雷克斯”（Greatorex）则很难不让人联想到“伟大”一词（great）。

个小小的成人世界与其他公共服务机构有所不同，在这里，女人从属于一个低等阶层。

如今我们甚至会花更多的时间，跟登记处的另外几十个姑娘待在一起，学习严格的文件检索与发掘规则，没有人告诉我们，可是我们渐渐领悟：保密许可是一层层同心圆，而我们被扔在外围的一片黑暗中，备受冷落。那些叮叮咣咣作响、时好时坏的手推车载着文件送往整栋大楼的各个部门。它们只要有一辆出点错，格雷特雷克斯就知道该怎么用他随身携带的迷你螺丝刀修好它。于是，那些比较势利的女孩就给他起了个“杂务工”的绰号，她们认定他的仕途前景不妙。这一点对于我而言倒是挺幸运的，因为尽管当时我仍然满怀悲伤，却开始对马克西米利安·格雷特雷克斯有了一点兴趣。

偶尔，将近傍晚时，我们会“受邀”参加一场讲座。不去是不可思议的。主题向来都是围着共产主义转，讲它的理论与实践，讲地缘政治斗争，讲苏联赤裸裸的称霸世界的企图。我这么说，弄得好像这些讲座还有点意思，其实不是那么回事。理论与实务都冗长臃肿，其中大部分是理论。因为主讲人是一位退役的皇家空军，名叫阿奇博尔德·乔威尔，这一整套他自己都钻研过——没准是从什么夜校里学来的——急于将他知道的辩证法及其相关理论跟我们分享。但凡你闭上双眼，便能轻易想象此刻你正置身于某地——好比斯特劳德[①]的某一场共产党会议，因

① 英国格洛斯特郡的纺织中心。

为乔威尔的目的，或者说他的职权范围，并不是为了驳斥马列主义思想，甚至也不是为了表达质疑。他想让我们深入敌人的“内心”，懂得他们的思想，彻底领会它的大行其道，究竟是基于怎样的理论基础。我们这些新手刚刚经过一天的劳碌——一边打字一边试图领会在可怕的林小姐心目中，究竟怎样的事实才值得建立一份档案——此时，乔威尔热情洋溢、慷慨激昂的演讲让我们大多数人都昏昏欲睡。人人都相信，如果在颈部肌肉松弛、脑袋猛地向前磕的时候被当场抓住，进而颜面扫地，那一定会毁掉自己的职业前途。可是光相信是不够的。向晚时分那重重的眼皮有它们自己的逻辑，有它们自己的重量。

那么，当我在那一整段时间里都将身体挺得笔直，小心翼翼地坐在椅子边沿，交叉双腿，把笔记本紧贴在光溜溜的膝盖上做笔记时，我究竟为何如此异样？我的专业是数学，我以前当过象棋手，我也是一个需要安逸享受的女孩。辩证唯物主义是一个安全的封闭系统，这一点跟审查程序差不多，但它更严苛精密，也更吊诡复杂。更像是一道莱布尼兹或者希尔伯特的公式①。人类的雄心壮志、社会关系、历史沿革，与一种分析方法错综交缠，其表现力惊人，就像巴赫的赋格曲一般，完美到了非人的地步。有谁能对此充耳不闻，从头睡到尾呢？答案是，别人都可以，只有我和格雷特雷克斯不能。他总是坐在我左前方，相隔一

---

① 莱布尼兹和希尔伯特均为著名德国数学家，前者活跃于十七、十八世纪，是数理逻辑的先驱，后者生活在十九、二十世纪，代表作为《几何基础》。

步棋的距离，我能看见他的笔记本上写满了他的圆体字。

有一回听讲座时我走神，将他打量了一番。他头颅两侧的骨头古怪地鼓起来，耳朵就支楞在上面，而且那两只耳朵的颜色显得特别粉嫩。不过，令视觉效果大大夸张的是他的老派发型，后脑和两侧的头发都按照标准的军人规格削短，这样的发型让他后颈上的一道深沟显露无遗。他让我想起杰瑞米，更让我不快的是，他还让我想到剑桥数学专业的本科生，就是那些在辅导课上让我颜面扫地的家伙。不过，他的面相颇有欺骗性，因为他的体格看起来精瘦而强壮。我在想象中重塑他的发型，让他头发留长，这样就能盖住耳垂和整个头部，一直留到衣领顶部，即便在莱肯菲尔德宅邸，这样的发型也是完全允许的。这件芥末黄的格子花呢夹克衫应该换掉。即便从我的角度斜斜地看过去，也能看出他的领带结打得太小了。他应该开始管自己叫马克斯啦，然后把他的螺丝刀放进抽屉里。他写字用的是棕色墨水。这也得改一改。

“我还是回到开头那个说法吧，”前空军指挥官乔威尔在总结陈词。“马克思主义的强大威力和生命力，辅之以其他任何假定的阴谋，便具备了引诱那些才智过人的男男女女的能力。这一点毫无疑问。谢谢。”

我们这群睡眼惺忪的人终于醒过来，毕恭毕敬地站起来看着演讲者离开房间。他一走开，马克斯就转过身直盯着我看。他后脑上的那道纵向的深沟格外敏感，似乎有什么特异功能。他知道我暗地里将他的整个人都重新组合了一番。

我把视线移开。

他指了指我手中的钢笔。“记了一大堆笔记嘛。”

我说，“这话题挺诱人的。”

他开口想说什么，接着又改变主意，一只手往下做了个不耐烦的手势，然后转过身从我身边走开，离开了房间。

不过我们还是成了朋友。既然他让我想到杰瑞米，我就懒惰地假设他也喜欢男人，可我希望我弄错了。我并不指望他能说这事儿，尤其是在这些办公室里。特工世界是鄙视同性恋的，至少对外是这样宣称的，这一点让他们很容易被要挟敲诈，一旦犯事就会在情报机构失业，从而身败名裂。不过，当我对马克斯浮想联翩时，我至少能告诉自己，我已经过了托尼这道坎。而马克斯这个人——我尽力怂恿大家都这么叫他——算是我额外得到的好处。我起初打算拉上雪莉，三人结伴在城里玩，可她告诉我，此人叫她毛骨悚然，没法产生信任感。而且他不喜欢酒吧、烟草和那些吵吵闹闹的音乐，所以，通常下班以后我们就坐在海德公园或者伯克利广场的长椅上。他不能说的事我也不会问，不过我有大致的印象：他曾在切尔顿汉姆干过一阵信号情报。他三十二岁，独自居住在泰晤士河的一个弯道旁的伊格汉姆镇附近，在某个乡间别墅区里。他不止一次说过我应该去那里做客，可是从来没有一次正式邀请。他出身书香门第，先后在温彻斯特和哈佛上学，他在哈佛先取得法学学位，接着又拿到心理学学位，可是有个念头老是萦绕在他心中：他选错了专业，应该学点儿像工程学那样实用的东西。有一阵子他想跟着日内瓦的一个钟表设计师学手艺，可他父母说服他改弦易辙。他父亲是一位哲学家，母亲是一名社会人类学家，马克西米利安是他们的独生子。他们想让他用头脑谋生，而不是整天动手忙这忙那。在一段短暂的郁郁寡欢的时光中，他先后在一所补习学校里教过书，当过新闻自由撰稿人，接着又四处旅游，最后通过叔叔的一个生意伙伴介绍，来到军情五处。

那年春天暖意融融，我们的友情与我们坐过的各种长椅周围的大树和灌木一样，尽情盛开。起初，我迫不及待地超越了亲疏界线，问他，学者父母施加给独子的压力是不是导致他生性羞怯的原因。这问题冒犯了他，就好像我侮辱了他的家庭。他跟典型的英国人一样，讨厌解释自己的心理活动。他态度生硬，解释说他并不觉得自己属于这种情况。如果说他见到陌生人态度比较保守的话，那是因为他相信，在弄清自己正在处理什么样的局面之前，最好言行谨慎。在那些他熟知的、喜爱的人面前，他是相当放松的。后来事实证明果然如此。在他温和地鼓励之下，我把一切都告诉了他——我的家庭，我的剑桥，我可怜的数学学位，我在《？谁？》上的专栏。

“我听说过你的专栏，”他说，这句话让我大吃一惊。接着他又加了两句让我开心的话。“这里盛传你把所有值得一读的书都读遍了。你精通现代文学，诸如此类。”

能跟人聊聊，至少聊聊托尼，让我如释重负。马克斯甚至听说过他，还记得一个政府委员会，一本历史学著作和其他一鳞半爪的印象，其中包括一场关于拨款资助人文学科的公共辩论。

“你说他的那座岛就什么来着?”

那一刻,我的大脑一片空白。我曾经对那个名字烂熟于心。它是死的同义词。我说,“我突然想不起来了。”

“芬兰的? 还是瑞典的?”

“芬兰的。在群岛中。”

“是莱姆兰吗?”

“听起来不太对。我会想起来的。”

“想起来了就告诉我。”

他这么坚持,让我挺吃惊的。“这有什么要紧呢?”

“你知道么,我在波罗的海地区待过一段。几万个岛屿。保存最完好的现代旅游业奥秘之一。感谢上帝,每年夏天人人都往南方逃。显然,你的坎宁是个很有品位的男人。”

我们说到这里便打住了。不过,大约一个月之后,我们坐在伯克利广场,试着回忆那首著名歌曲的词儿,关于夜莺在此地歌唱的那首。马克斯跟我说过,他无师自通学会弹钢琴,喜欢弹轻音乐和那些多愁善感、浅吟低唱的流行曲,都是四五十年代的玩意,就跟他的发型一样落伍悖时。我碰巧在一场学校的讽刺秀①里听到过这首歌。我们半是唱半是说地念叨那迷人的歌词:我也许做对也许做错/但我愿意立下誓言/当你回头向我微笑/一只夜莺……马克斯突然打住,说,“是库姆灵厄吗?”

---

① 原文为 revue,是一种轻松的娱乐性戏剧演出,常以讽刺时势、风俗、人事为主要内容,由歌唱、舞蹈、滑稽短剧和讽刺模仿独角表演组成。

“对，就是它。你怎么知道的？”

“哦，我听说那里很漂亮。”

“我想他喜欢离群索居。”

“一定是这样。”

随着春意渐浓，我也越来越喜欢马克斯，渐渐到了稍稍迷恋的地步。不跟他待在一起的时候，晚上我就跟雪莉出门，我会觉得自己缺了一点什么，我会烦躁不安。回去上班我便松一口气，在那里，隔着几张办公桌，我能看到他埋头看文件的样子。可是这根本就不够，很快我就会试着安排下一次约会了。必须面对的一点是，我确实喜欢这类穿着品味拙劣的老派男人（托尼不算），骨架大，身型瘦，有股子教人很难驾驭的聪明劲。马克斯为人处世，有点儿孤高傲世、宁折不弯的味道。他那种习惯成自然的克制淡定，让我觉得自己非但很笨，而且凡事都看得太重。我担心他其实并不喜欢我，只是出于良好的教养才没说出口。我想象他私下里定了各种各样的规矩，种种正确的观念秘而不宣，而我常常会越界冒犯。我心里越是惴惴不安，对他就越是感兴趣。唯一能激活他，能让他的态度温和起来的话题，就是苏共。他真是一流的“冷战卫士”。在那些让别人心生憎恶、义愤填膺的地方，马克斯却相信，是良好的意愿与人的本性加在一起，才联合设计出了这一场充满阴郁圈套的悲剧。俄罗斯帝国数以亿计人的幸福美满因此遭到了致命的危害。没有人——哪怕是帝国的领袖们——愿意选择他们如今陷入的局面。对策的要诀是：循序渐进地使其逃离，无须丢失颜面——通过耐心地劝诱与刺激，通过建立信任来达到目的，同时，对于他所谓的“真正可怕的念头”，也要坚决予以反击。

他当然不是那种我可以随便探听其恋爱史的人。我真怀疑他在伊格汉姆是不是会有个同性恋人。我甚至还冒出一个念头，想去实地看一眼。事情就是这么变糟的。就算坐实我的猜测，对我的这份感情也不会有任何好处。可我还在怀疑，没准他会像杰瑞米那样，能满足女人，自己却得不到什么乐趣。这当然不够理想，不够对等，可对我倒也不算很糟糕。总比可望而不可即要好些吧。

某天傍晚，下班后我们在公园里散步。话题说到爱尔兰共和军临时派①——我猜他知道点内幕。正当他跟我讲到一篇他读过的文章时，心血来潮地，我挽起他的手臂，问他想不想亲我。

“不算特别想。”

“我想让你亲。”

我们停在路当中，恰巧就在这条路从两棵树之间穿过的地方，逼得路人只能从我们身边挤过去。这是一个深深的、饱含激情的吻，要不就是对这类吻模仿得几可乱真。我想他也许是因为自己对我缺乏渴望，所以亲吻时着力弥补。等他放开我时，我试图把他拉回来，可他抵挡住了。

“这回就这样吧，”他一边说，一边用食指碰碰我的鼻尖，摆

① 爱尔兰共和军分为正统派和临时派，正统派自称信奉马克思主义并放弃所有恐怖主义活动，转向非暴力斗争；临时派思想极左，坚持恐怖活动。

出一副家长的样子,居高临下地跟一个要这要那的孩子说话。于是,我一路都跟他要着心机,闷闷不乐地噘起嘴,逆来顺受地让自己的手握进他的手里,继续往前走。我知道这个吻会让我行事更难,可是至少我们第一次握了手。过了几分钟,他松开了手。

我们坐在草地上,避开别人的视线,话题又回到爱尔兰共和军临时派。上个月白厅和苏格兰场[①]都发现了炸弹。最近军情五处正在继续调整组织结构。我们这些新手,有一小部分,就是包括雪莉在内的更有前途的那拨人获得提拔,他们从“托儿所级别”的登记处工作中脱身,也许已经全力投入了这个新热点。他们占了一个个房间,紧闭的房门里会一直开到很晚。我给落在了后面。为了驱散挫败感,我像过去一样,抱怨自己总是困在过时的战役中。那些讲座的迷人之处,类似于某种死去的语言。世界被稳稳地分成两个阵营,我说。苏共对于扩张的传教士般的狂热,就跟你在英国教会里看到的那种没什么两样。俄罗斯帝国固然压迫民众、腐败堕落,却也陷入了麻木不仁的昏迷状态。新的威胁来自恐怖主义。我在《时代》周刊上读到一篇文章,自以为在这方面已颇有见识。不仅仅是爱尔兰共和军临时派,或者各种各样的巴解组织,遍布欧洲大陆的地下无政府主义者和极左组织已经开始放置炸弹、绑架政治家和工厂主了。红色旅,巴德尔—迈因霍夫团伙,在南美洲有图帕马罗城市游击队

① 白厅是英国政府机关所在地,苏格兰场则是伦敦警察厅。

以及几十个类似的组织，在美国有共生解放军——这些嗜血的民粹主义者和自恋狂都跨越国境彼此勾连，在这里，他们很快就会成为某种威胁势力的代表。我们的面前已经有了“愤怒之旅”，那些比他们可怕得多的家伙都会陆续跟上的。而我们在做什么呢，我们还是在把大部分的人力物力，用在跟苏联商贸代表团那些无关紧要、趋炎附势的家伙玩猫鼠游戏吗？

我们的大部分人力物力？区区一个刚刚上岗受训的新人，怎么会了解军情五处的内部配置？可我想让自己听起来充满自信。我被那个吻唤起了激情，我想打动马克斯。他凝视着我，忍着不让自己笑出来。

“我很高兴你对这些恐怖集团了如指掌。不过，塞丽娜，前年我们驱逐了一百零五个苏联特工。他们就潜伏在我们周围。这是军情五处的重要时刻：让白厅吸取教训干正事。传说让内政大臣跟我们站在一起是非常难的。”

“他曾是托尼的朋友，直到他们……”

“这都得归功于奥列格·利亚林的投诚。他原本受命在英国伺机而动，一旦英国出现危机，就策划阴谋，蓄意破坏。[①] 后来众议院发布了声明。你那时肯定看到过。”

“对，我记得。”

---

① 奥列格·利亚林是六十年代克格勃派到英国的特工，乔装成苏联商贸代表团的一员。他在英国因酒驾被捕，被军情五处发现疑点后叛变招供，导致一百零五名在英国境内的苏联行政官员被怀疑为苏联间谍而遭到驱逐。此举是当时西方政府对苏联采取的最强烈的政治行动，在英国国内也引起争议，工党就攻击时任外交部部长反应过激。

我当然不记得了。这些驱逐事件并没有在我给《？谁？》写的专栏里占有一席之地。当时我身边还没有托尼督促我看报纸呢。

“我要强调的是，”马克斯说，“你所谓的‘麻木不仁的昏迷状态’，说的不太对，你说呢？”

他仍然在用某种特殊的方式揣摩我，仿佛希望能将这场谈话引到什么具有深远意义的方向。

我说，“我猜是不太对。”我颇为不安，当我感觉到他是在刻意让我不安时，就愈发不安了。我们是最近突然好起来的。我对他一无所知，而此刻，他看起来就像是个陌生人，他那双特别大的招风耳冲着我支楞着，活像雷达的抛物面天线，捕捉我最轻柔也最不诚实的低语，他那瘦削而紧绷的脸上，整个表情都专注在我身上。我担心他想从我身上得到什么东西，而且，即便他终于得到了那样东西，我也不知道那究竟是什么。

“你愿意让我再亲你吗？”

这个吻跟第一个一样长，这生疏的吻，打破了我们之间的紧张情绪，所以愈发教我心醉神驰。我觉得自己放松下来，简直快要融化了，就像浪漫小说里的人物那样。我再也不许自己猜想他是在跟我虚与委蛇了。

他放开我，温和地说，“坎宁有没有跟你提过利亚林？”不等我回答，他又吻了我，只是唇与舌的蜻蜓点水。我被他勾引得好想点头称是，因为他就想让我这么说。“没，他没提过。你为什么要问这个？”

“纯粹好奇。他有没有把你介绍给莫德林[①]?”

“没有。怎么啦?”

“如果你见过,我很想听听你对他的印象,仅此而已。”

我们又吻起来。我们斜躺到草地上。我的手搁在他大腿上,顺势向他的腹股沟滑过去。我想知道他是不是真的被我勾起了欲火。我不希望他是个聪明过人的骗子,然而,正当我的指尖离那个“坚实的证据”仅有几寸之遥时,他一扭身躲开,费力地站起来,然后俯身把裤子上的干草掸开。这手势看上去格外挑剔。他伸出手把我拉起来。

“我要去赶火车。我得替一个朋友做晚饭。”

“哦,真的啊。”

我们继续往前走。他从我的嗓音里听出了敌意,便用手碰碰我的胳膊,像是在试探,抑或道歉。他说,“你有没有去过库姆灵厄看看他的墓地?”

“没有。”

“看到讣告吗?”

就因为这个“朋友”,我们今夜哪里都没法去了。

“看到。”

“是在《泰晤士报》还是在《每日电讯报》?”

“马克斯,你在审问我吗?”

“别傻了。我只是特别爱管闲事罢了。原谅我。”

---

① 即当时的内政大臣雷吉纳尔德·莫德林。详见第一章中注释。

"那就让我一个人待着吧。"

我们默默地走着。他不知道说什么好。他是独生子,从小在寄宿男校长大——他不知道当事情跑偏了方向时,该如何跟一个女人说话。我也一言不发。我生气,可我不想赶他走。当我们在公园栏杆外的人行道上停下来道别时,我比刚才平静了一些。

"塞丽娜,你很清楚,我越来越喜欢你了。"

我高兴,我很高兴,可我没流露出来,什么也没说,等着他再说两句。他似乎想开口,但终究还是改变了话题。

"顺便说一句。不要对这份工作失去耐心,我碰巧知道有一个非常有趣的项目正在上马。甜牙[①]。正是合乎你追求的东西。我已经替你说了句好话。"他没等我回应。他噘起嘴唇,耸耸肩,沿着公园巷往大理石拱门方向走去,而我还站在原地看着他,琢磨他到底有没有说真话。

---

① "甜牙"对应的英文单词是 sweet tooth,在英语中原指对甜食的特殊爱好或酷爱甜食之人。在小说中,"甜牙"是一项特工行动的代号,也是小说的标题,取其简洁而神秘、具有多层联想空间的字面意思直译,似更符合作者需要传达的意味。

5

我住在圣奥古斯丁街，房间朝北，正对着街上一棵七叶树的枝杈。那年春天树长出叶子，白天房间便暗了些。我那张占掉房间一半大小的床，顶着胡桃木镶面的床头板，堆上沼泽般柔软的褥垫，显得摇摇欲坠。烛芯纱床罩发霉泛黄。我几次拿到自助洗衣店，却怎么也除不掉那股子又冷又湿的贴身气味，没准来自一条狗，要不就是某个郁郁寡欢的人。除此之外屋里唯一的家具是一座五斗橱，橱顶上斜斜地搁着一面镜子。整座橱就立在一个小壁炉前面，后者在暖和的日子里散发出一种酸酸的煤油气味。当七叶花怒放枝头时，每逢多云天气，屋里的天光就不够读书了，于是我花了三十便士，从卡姆登街上买来一盏“装饰派”风格①的台灯。一天之后，我跑回那家店，花了一英镑二十便士买下一张小巧而方正的扶手椅，这样我就可以坐在椅子上读书，不用整个人都塌在床上。店主背起椅子帮我扛回家，走了半英里路，上两层楼，我们原来谈好运费是一品脱啤酒的价钱——十三便士。不过后来我给了他十五。

那条街上的大多数房子都经过地产商重新拆分，而且没有经过现代化改造，尽管我不记得那时有人用过这个词儿，或者用这些术语来考虑问题。取暖用电炉，走廊和厨房地板上盖着古旧的棕色亚麻地毡，别处则铺着印花地毯，脚踩上去黏乎乎的。也许早在二三十年代，这里曾稍事整修——电线给埋进了灰扑扑的管子，管子给钉在墙上，电话机固定在吹着穿堂风的门厅里，浸入式电热水器藉由一只“饥饿”的水表接入，将接近沸点的水输送到一个狭小而寒冷的浴室里，由四个女人共用。这些房子尚未摆脱维多利亚时代的暗影，难免因袭旧式，可我从来没听到有谁抱怨过这一点。在我的记忆里，即便到了七十年代，那些恰好住在此类老城区的普通人也只是刚刚开始省悟：如果这里的物价持续升高，那也许搬到市中心以外，日子能过得更舒服一些。卡姆登镇后街上的那些房子正在等待着一个崭新的、生机勃勃的阶层搬来入住、工作，在这里安装集中供暖设备，同时，出于没人能说清的理由，他们掀掉松木的壁脚板和地板，去掉每一扇留着油漆残迹或者帷幔饰物的门。

所幸，我的室友——宝琳，布丽奇特，特莉西亚——是三个来自特伦河畔的斯托克城的工人阶级姑娘，她们自幼相识，通过了学校里的所有考试，在她们接受的大抵可算完整的法律培训中始终形影不离。她们都很乏味，都踌躇满志，也都酷爱整洁到了让人望而生畏的地步。整幢房子运转自如，厨房里总是很干净，小小的冰箱里塞得满满的。即便她们真有男朋友，我也从来

① 即所谓的 art deco，其字面意思为“装饰艺术”，发源于法国，兴盛于美国，是世界建筑史上的一个重要的风格流派，后来此概念被广泛用于时尚界。这种风格通过新颖的造型、艳丽夺目的色彩以及豪华材料的运用，成为一种摩登艺术的符号。

没有见过。没有酗酒，没有嗑药，没有吵吵闹闹的音乐。在那个年月，一幢房子里若是住着像我妹妹那样的人，还显得更合理一些。特莉西亚在考律师牌照，宝琳专攻公司法，而布丽奇特在钻研财产权。她们用形式各异但同样目空一切的口气告诉我，她们再也不会回去了。说起斯托克时，她们并没把它看做是纯粹的地理概念。不过我也没问得太细。我当时正在努力适应自己的新工作，对她们的阶级斗争或者往上爬的可能性没什么兴趣。在她们看来，我是个呆头呆脑的公务员，而我觉得她们是呆头呆脑的实习律师。绝配。我们的时间表不一样，极少在一起吃饭。没有人乐意在唯一舒适的公共空间——起居室里多待。连电视机多半也不开。晚上她们在房间里用功。我在自己的房间里看书，要不就跟雪莉出门。

我的阅读习惯还是老一套，每周读完三四本。那一年平装本还算是比较时髦的事物，我平时去慈善机构和高街上的二手书店买，有时觉得自己手头还不算太紧，就到卡姆登水闸附近的“清单”书店买。我读书照旧狼吞虎咽，这里头也多少夹杂着一丝厌倦，我尽量忍却忍不住。但凡有谁看到我那副样子，都会以为我在查工具书，我实在是翻得太快了。我猜，无意中，我是在寻找某种东西，寻找属于我自己的文本，寻找一个能让我套进去的女主角，就像穿上一双最合意的旧鞋子。或者一件野蚕丝衬衫。因为这是我想成为的那个“最好”的我，不是这个每天晚上弓着腰坐在从旧货店淘来的椅子上、捧着一本书脊开裂的平装本的小姑娘，而是一个生活放荡的年轻女子，拉开一辆跑车副驾驶座的车门，俯下身领受情人的热吻，然后一路疾驶，直奔乡间幽静之处。我不会向自己承认，我其实应该去读一本层次更低的小说，好比那种针对大众市场的言情小说。我终究还是从剑桥，从托尼那里学会了某种程度的品位，或曰势利。我再也不会将杰奎琳·苏珊的地位抬得比简·奥斯丁更高了。有时候，我的“他我”[①]在字里行间闪着转瞬即逝的微光，她像一个友善的幽灵，从多丽丝·莱辛、玛格丽特·德拉布尔或者爱丽丝·默多克[②]的书页中浮起，向我漂过来。然后她便走了——她们写的人都太有教养太聪明了，或者就是不够茕茕孑立、形影相吊，没法让我代入。我估计，我手里非得有一部这样的小说才会满意：描写一位居住在卡姆登单间公寓的姑娘，她是军情五处的低级职员，身边一个男人都没有。

我渴望读到某种稚拙的现实主义。我寻寻觅觅，每当书里提到一条我认得的伦敦街道，或者我见过的一款女装，某个真实的公众人物，甚至某个牌子的汽车，我就会伸长我那读书人的脖子。而且，我觉得我有一个标准，我能根据小说描写的准确性、在多大程度上与我自己对事物的印象保持一致以及它是否在此基础上有所升华，来评估其写作品质。幸而当时大多数英国人的作品都是那种非严格意义上的社会纪实作品。有一类作家（他们散布于南美和北美）打动不了我：他们潜入自己的书页，自

① Alter ego，心理学术语，字面意思是“另一个自我，第二个我，个性的另一面”。
② 均为首屈一指的英国当代女作家。

己充当某个角色，他们打定主意要提醒可怜的读者，所有的人物，乃至他们自己，都是彻头彻尾的杜撰，小说和人生有所不同。要不就反其道而行之，坚定地宣称人生就是一部小说。在我看来，只有作家才有将两者混为一谈的危险。我生来就是个经验主义者。我相信人们付钱给作家，就是要他们"做假"的，碰上合适的时候，他们应该利用真实的世界，即我们所有人共享的这个世界，从而将自己的作品构建得煞有介事、栩栩如生。所以说，不要要着花腔争辩什么他们的艺术极限，不要背叛读者，装模作样地穿过想象的疆界，再穿回来。在我喜欢的书里，没有这类"双重间谍"的位置。那一年，我尝试了剑桥那些老于世故的朋友逼我读的书，随即扔在一边——博尔赫斯、巴斯、品钦、科塔萨尔以及加迪斯①。没一个是英国人，也没有任何种族的女人。我颇有点像父母那辈人，他们非但不喜欢大蒜的味道和气息，而且不信任所有吃大蒜的人。

在我们热恋的那个夏天，托尼·坎宁曾经责备过我，因为我将一本书翻开，面朝下扔在一边。这样会弄坏书脊的，会让书在某一页开裂，对于作者的意图展示，对于另一位读者的判断，都会构成一种紊乱的、教人分心的干扰。于是他送给我一枚书签。这几乎算不上是一份礼物。他肯定是从抽屉底层翻出来的。这是一枚狭长的绿色皮制锯齿边书签，表面凸起的金字刻的是某

① 分别是阿根廷作家豪尔赫·路易斯·博尔赫斯，美国作家约翰·巴斯，美国作家托马斯·品钦，阿根廷作家胡里奥·科塔萨尔以及美国作家威廉·加迪斯。均为著名后现代小说家。

座威尔士城堡或者城防土墙的名字。这是他和他太太当年相处愉快时——或者说愉快得足以一起远足时，在度假胜地的纪念品商店买的刻奇味儿十足的东西。我对它略感厌恶，这枚皮书签阴险地诉说着别处的另一段人生，那里没有我。我想我当时并没用过它。我记住了那个页码，不再弄坏书脊。失恋数月后，我发现那枚书签卷成一团躺在一只筒状包底部，跟一张巧克力包装纸粘在一起。

我说过，他死后并没给我留下什么爱情信物。可我有这枚书签。我将它洗净、抚平，开始珍藏它，使用它。据说作家都有点迷信，有自己的一套小仪式。读者也有。我的仪式就是将书签夹在指间，一边读一边用大拇指抚摩它。夜渐深，到我需要放下书本时，我的仪式是用嘴唇碰碰书签，将它夹在书页间，然后合上书，搁在我椅子边的地板上，这样下一回我便能轻易够到。托尼会赞成的。

在我和马克斯初吻之后，又过了一个多星期，便是五月初的那个傍晚，我们俩在伯克利广场上聊天，聊得比平时更久。那天他谈兴颇浓，跟我讲起一只十八世纪的钟，说关于这只钟他总有一天会写点什么。等我回到圣奥古斯丁大街时，整栋房子一片漆黑。我记得那天是某个无足轻重的法定假期的第二天。宝琳、布丽奇特和特莉西亚尽管老大不情愿，还是回到斯托克过了一个长周末。我把客厅里以及通往厨房的过道上的灯全部打开。我闩住大门，上楼去我的房间。我突然想念起那三个聪明懂事的北方姑娘，想念从她们房门下漏出的灯光，我有点不安起来。不过我也算聪明懂事。我并不怕超自然的东西，但凡有人恭恭敬敬地说起直觉和第六感之类的玩意，我向来是要嘲笑两句的。我安慰自己，我骤然加快的脉息不过是因为上楼太费劲。然而，独自待在一栋又大又老的房子里，我多少有那么一点焦虑，以至于当我走到自家门口准备打开顶灯时，禁不住在门槛前踌躇片刻。一个月前卡姆登广场的人行道上发生过一场持刀凶案，一个三十岁的精神病人毫无动机地乱杀一气。我相信并没有人闯进这栋房子，可是，像这样一条报道恐怖事件的新闻会潜伏在你心底深处，用几乎难以觉察的方式影响你。它会让你的感官愈发敏锐。我一动不动地站着，听着，在静默中嘶嘶作声的耳鸣音之外，我听到嘈杂的市声，更近些，我听到大楼的外壳在夜空中变凉、收缩，发出嘎吱嘎吱、咔哒咔哒的声音。

我伸出手，按下贝克莱电木开关，一眼瞥见房间里纹丝未动。或者说我以为纹丝未动。我走进去，放下包。昨晚我在读的那本书——马尔科姆·布拉德伯里[①]的《吃人是错的》——还搁在原来的位置，椅子旁边的地板上。可是书签躺在我的扶手椅上。自从我上午离开之后就没人进过这栋房子。

自然，我首先猜测是我昨晚没有执行那道仪式。人一累就很容易忘。我当时可能站在那里，准备穿过房间拿水盆洗漱的时候，书签掉落下来。然而，我的记忆格外清晰。那本小说很短，我只要坐着分两次就能读完。可我眼皮沉重。不到一半时

① 英国当代著名小说家和评论家，是学院派文学的代表人物。

我亲亲皮书签，然后把它夹在九十八页和九十九页之间。我甚至记得最后读到的那一段，因为在我合上书以前又瞥了一眼。那是一行对话。“知识界不可能始终秉承开放自由的观念。”

我在房间里转悠，想找找还有没有其他动过的痕迹。我没有书架，书全靠着墙，按照读过的和没读过的分作两堆。搁在没读的那一堆最上层的，也就是接下来我要读的那本，是A·S·拜厄特[1]的《游戏》。一切秩序井然。我翻遍了五斗橱，翻遍梳妆袋，我看了看床上和床下——都没动过，也没什么给人偷掉。我回到椅子边上，盯着看了好一会儿，就好像这么看看就能解开谜底似的。我知道我应该下楼看看有没有闯窃的痕迹，可我不想去。布拉德伯里的小说标题在底下瞪着我，现在看起来它就像是一道徒劳的、反对主流道德规范的抗议。我拿起这本书，飞快翻到我昨天合起来之前读到的那一页。我出门走到楼梯平台上，斜倚在扶手上，听不见任何异常的声响，可我还是不敢下楼。

我的房门上没有锁，也没有门闩。我把五斗橱拖过来顶住门，开着灯上床。大半个晚上我都仰面躺着，被子拉到下巴底下，竖起耳朵听，兜着圈子瞎琢磨，等着黎明将至，就像等一个能抚慰人心的母亲，然后一切就能好起来。黎明真的来了，一切也真的好了起来。第一道曙光照进来，我立即说服自己，先前是因为太累，我的记忆乱作一团，所以误将意图当成了动作，当时把

① 英国当代著名小说家，其代表作《占有》获得布克奖，同布拉德伯里一样，拜厄特也是英国典型的“高眉”作家。

书放下来那会儿，里面应该是没有夹书签。我昨天一直在拿自己的影子吓唬自己。接着，阳光似乎为常识提供了实实在在的佐证。我必须休息一会儿，因为第二天我得参加一场重要的讲座。能解释这枚书签的理由已经多得足够让我在闹钟响起之前再睡上两个半小时。

第二天早上，我在军情五处留下了不良记录，毋宁说，是雪莉·先令替我招来了这个污点。我是那种偶尔能读懂她心思的姑娘，可是我更强烈的愿望是积极上进，得到上级的赞赏。雪莉生性好斗，简直不计后果，这点与我的本性相去甚远。可我们毕竟是一对，劳莱与哈代嘛，或许这也是迟早的事，我难免会被她的骄傲拖累，难免成为一个替她背黑锅的共谋犯。

这事就发生在那天下午，我们在莱肯菲尔德宅邸听讲座，讲座的题目是“经济无政府主义，市民骚乱”。现场人都到齐了。有条不成文的规定，只要有尊贵的客人来，座位就按职级高低依次排列。前排坐着六楼下来的各位大人物。三排之后是哈利·塔普，跟米莉·特里明汉姆坐在一起。他们后面相隔两排坐着马克斯，他在跟一个我从未见过的男人说话。再后面就是满满几排女人，级别都在文职助理以下。末了，我和雪莉这两个淘气的女孩自觉坐在最后一排。至少我还准备了一个笔记本。

处长上前来介绍主讲人，一位陆军准将，有长期平定叛乱的经验，目前担任军情五处的顾问。从屋子的各个角落里响起一片掌声，欢迎这位军人。他吐字飞快，发音清脆，这种风格通常能让我们联想到英国老电影和四十年代无线电广播里的实况报道。我们身边那些上了年纪的人里，总是有那么几个隐隐散发出百折不挠、严肃认真的气质，这种气质是在一场漫长而彻底的战争中形成的。

不过，这位陆军准将偶尔也喜欢舌灿莲花，搬几句华丽的词儿。他说他知道这间屋子里有不少退役军人，他要说一点他们早就知道、但别人未必清楚的事情，希望他们多多包涵。首先——我们的士兵正在打仗，可是没有哪个政治家有勇气如此定义。晦涩难解、年深岁久的宗派仇恨引发种种纷争，而那些被派来解决纷争的人们发现，自己给夹在两派之间腹背受敌。按照军规，那些训练有素的士兵明知做出什么样的反应是最好的选择，却无法获准实施。那些来自诺森伯郡或者萨里郡的年方十九的新兵，也许原本以为他们是来保护天主教少数派免受新教主流势力欺凌的，到头来，他们发觉自己流血牺牲、未来流离失所，只不过是为了一头扎进贝尔法斯特和伦敦德里[①]的贫民窟，而那些天主教徒的孩子们，还有那些十几岁的小流氓们，对他们尽情讥讽、肆意嘲笑。这些士兵被狙击手的枪撂倒，通常都是从高层建筑上往下射击，还伪装成有组织有预谋的暴乱或者街头骚乱。比如去年的“血腥星期日”，让那些伞兵不堪压力从而失控的，正是这些屡试不爽的花招，不外乎伦敦德里的那些背后有狙击手撑腰的街头阿飞们。去年四月的威杰里[②]报告出台

---

① 贝尔法斯特和伦敦德里均为北爱尔兰城市。

② 指时任英国首席大法官的威杰里勋爵，1972 年受首相希思委派提交关于“血腥星期日”的调查报告。

的速度之快，值得称道，报告为上述事实提供了佐证。报告声称，派遣一支像伞兵部队那样冲动好斗、目标明确的队伍去维持一场民权游行的秩序，显然是一次操作失误。这本来应该是北爱尔兰皇家武装警察的任务嘛。哪怕是派皇家英吉利军团[①]，动静也不至于闹得这么大。

可是事情终究还是这么发生了，当天杀掉十三个平民所造成的后果，是爱尔兰共和军的两派人都乐于见到的。钱，武器以及新招募来的士兵如蜜般流成大河，滚滚而来。多愁善感、幼稚无知的美国人，还有许多新教徒而非天主教徒捐出大把大把愚蠢的美元，通过“劫掠者滚开”之类的募捐会喂饱了爱尔兰共和军。美国非得等自己也遭到恐怖分子的袭击之后，才会开始懂道理。为了替那些枉死在伦敦德里的人偿命，爱尔兰共和军正统派屠杀了五个清洁女工、一个园丁和一个奥尔德肖特的天主教神父，而爱尔兰共和军临时派则谋杀了贝尔法斯特的阿伯康恩饭店里的几对母亲和孩子，其中有些人是天主教徒。在全国罢工期间，我们的男孩们遭遇无耻的新教暴民，被北爱尔兰先锋党刺伤，这伙人下流卑鄙的程度完全超乎想象。接着是停火，停火失败之后，两边教派都冒出了丧心病狂的家伙，搬来枪支弹药，向北爱尔兰公众施以彻头彻尾的野蛮暴行，数千起持枪抢劫和目标混乱、滥杀无辜的案子，包括长钉炸弹、枪击膝盖以及暴

① 原文为Royal Anglians，其全称应为Royal Anglian Regiments，即现在英国陆军(British Army)的前身。

力私刑，五千人受重伤，数百人被亲英分子和爱尔兰共和军的民兵所杀，还颇有几个死在英国陆军手里的——尽管，当然，不是故意的。这就是一九七二年大致的流水账。

陆军准将戏剧性地叹了口气。他是个大个子男人，相对于他那颗硕大而骨感的头颅，眼睛显得小了点。无论是其毕生过分整洁的习惯，还是他那套剪裁得当的正装，抑或是插在胸袋上的手帕，都无法掩饰他那毛发丛生、迟滞笨重的六英尺三英寸的肥硕身躯。他似乎已经准备好，凭着自己的赤手空拳就能把那些变态杀人狂统统解决。他告诉我们，如今，爱尔兰共和军临时派已经自己分解成若干小组，散布于内陆，他们摆出的是经典的恐怖主义阵势。经过十八个月的毁灭性攻击，据说他们正变得越来越恶贯满盈。很久以前他们作势要追求纯粹的军事资产，如今早已偃旗息鼓。恐怖活动才是他们要玩儿的把戏。在北爱尔兰，孩子、店主、普通工人，都是合适的攻击目标。鉴于工业衰落、失业率居高不下、愈演愈烈的通货膨胀和能源危机导致各界普遍预期社会将面临崩溃，所以那些放在百货店和酒吧里的炸弹就具有更大的威力。

让我们集体蒙羞的是，我们没能让这些恐怖小组一一暴露，也没能捣毁他们的供给线路。而这正是他这场报告的重点——我们之所以做不到，其首要原因在于缺乏整合良好的情报系统。机构林立，官僚作风横行，眼巴巴地看守着自己的一亩三分地，各自为政，壁垒森严，中央的管控远远不够。

屋子里只有椅子嘎吱作响和人们窃窃低语的声音，我看见在我前排，人们在克制地动作着，脑袋或是往旁边歪一下，或是略转个方向，要不就是肩膀轻微地向邻座斜靠过去。陆军准将触碰到了莱肯菲尔德宅邸里大家一直在抱怨的问题。就连我也从马克斯那里略有耳闻。在那些彼此猜忌的王国的边境线上，是不会有什么信息流通的。不过，我们这位客人是故意挑这一屋子人爱听的话说吗，他真的是站在我们这边的吗？确实如此。他说军情六处正在管辖着不该他们管的地方——贝尔法斯特和伦敦德里都是大英帝国的领土。六处的权限是海外情报，他们历史上是管过国内的事，但那得追溯到分家之前，现在已经不相干了。眼下这个问题属于内政。所以理应是五处的地盘。军队情报机构冗员过剩，总是陷在“程序优先”的泥潭里。北爱尔兰皇家警队的特别行动处自认为是这块地盘的主人，他们笨手笨脚，也没多少资源，更重要的是，作为新教徒的世袭领地，他们本身就构成了问题的一部分。除了他们，还有谁会在一九七一年这样乱抓人？

五处与那些可疑的审讯技巧——不外乎严刑拷打——保持距离的做法是完全正确的。如今五处正在一个拥挤不堪的地盘上竭力周旋。然而，即便每一家情报机构都配备绝世天才和效率极高的楷模，四家联手，也休想击败爱尔兰共和军临时派这块浑然一体、坚不可摧的磐石，他们堪称迄今为止全球范围内最让人闻风丧胆的恐怖组织之一。北爱尔兰是关乎国内安全的重大焦点。军情五处必须掌握主动，在白厅的走廊里积极运作，收买其他“游戏”玩家，让他们如愿以偿，渐渐成为这块领地的合法继承人，从而步步逼近问题的根源。

没有掌声，部分原因是陆军准将的口吻听起来像是在谆谆教导，而这一套在这里是吃不开的。而且人人都知道，单单在白厅的走廊里展开攻势，是远远不够的。陆军准将和处长讨论的时候，我没做笔记。在提问环节我只记了一个问题，要不就是把几个问题堆在一起，算是笼统地概括了一下。这些问题都来自前殖民地官员——有一个我记得很清楚，那人叫杰克·麦克格里格，表情呆板，面色萎黄，带着那种紧绷绷的、将元音囫囵吞掉的南非口音，尽管他原本出生于萨里郡。他和几个同事都很想知道，如果社会崩溃了，该如何正确应对。军情五处将会担任怎样的角色？军队又该如何？如果政府无法坚守阵地，我们难道能袖手旁观，眼看着公共秩序分崩离析？

处长回答了——简明扼要，且彬彬有礼。军情五处受命于联合情报委员会和内政大臣，军队则归国防部管辖，这种局面将会持续下去。应急处置权足以应对任何威胁，而这种权力一旦启动，对其内部的民主制度多少会构成某种挑战。

几分钟之后，问题又扔了回来，这回提问的是另一个前殖民地官员，换了个更尖锐的方式。假设在下一次大选中工党政府重新执政。假设其左翼与激进的工会成员结盟，人们发现议会民主制度受到直接的威胁。届时当然应该有某种形式的处置突发事件的规划付诸实施。

我记下了处长的原话。“我觉得我已经将自己的立场说得够清楚了。所谓的‘恢复民主制’，陆军和军情五处没准需要在巴拉圭干这样的事。但不会在这里。”

我觉得处长很是尴尬，因为他本来把那几位当成像牧场主和茶叶种植园主那样的人物，现在只好由着他们暴露出自己的底色，当着一个外人的面，而这个外人此刻正在庄严地点着头。

就在这个节骨眼上，雪莉让整个房间吓了一跳，她就在后排我隔壁的那个位子上嚷起来，“这些伯克佬[①]就想策划一场政变！”

大家齐刷刷倒吸一口气，所有的脑袋都转过来看着我们。她这一个举动就破了几条规矩。她未经处长许可就自说自话，她还用了个可疑的词儿“伯克佬”，有人肯定知道这句押韵的俚语是什么出处。所以她既怠慢了礼数，又侮辱了两名级别远远高于她自己的文官。当着一位客人的面她表现得毫无教养。更何况她级别低，而且是个女人。最最糟糕的是，她说的也许是对的。上述种种本来也跟我没什么关系，可雪莉偏偏淡定自若地坐着，毫不理会大伙的目光，而我倒涨红了脸，而我的脸越红，大伙儿就愈发确信，我就是那个开口说话的人。我觉察到了，脸愈发红得厉害，连脖子都热乎乎的。他们的眼睛不再盯着我们俩，而是单单盯着我。我都想钻到椅子底下去了。就为了这项我并没有犯的罪，我的羞愧一路上升到了嗓子眼。我随手摆弄着笔记本——我本来还以为那些笔记能赢得别人的尊重——垂下眼

① 原文为 berk，现一般泛指，约等于“傻瓜、笨蛋”之类的贬义词。但其词源来自“伯克郡”(Berkshire)，是 Berkeley 或 Berkshire Hunt 的缩略语，而后者又是粗话 cunt (女阴)的同韵俚语，所以才有后文的“可疑”之说。

帘，盯着我的膝盖，这么一来，就等于提供了更确凿的罪证。

处长向陆军准将表示感谢，总算藉此恢复了正式场合该有的气氛。响起一片掌声，陆军准将和处长离开房间，人们一边站起身往外走，一边转过身又看了我一眼。

马克斯突然出现在我眼前。他静静地说，“塞丽娜，这不是个好主意。”

我转过头向雪莉求助，可她已经置身于拥向门口的人群中了。我不知道是怎样一种受虐狂式的荣誉感，让我没有一口咬定我不是那个嚷嚷的家伙。不过我确信此时此刻，处长一定在打听我的名字，而且有人，比如哈利·塔普，会告诉他。

后来，我追上雪莉，跟她面对面说话，她告诉我，整件事都微不足道，引人发笑。我不该担心的，她这么跟我说。让人们知道我会独立思考，对我没什么坏处。可是我知道事实正相反。这事会让我深受其害。我们这种级别的人压根就不应该独立思考。这是我的第一次不良记录，却不是最后一次。

6

我本来以为会挨骂，不料却等来了我的机会——我给派去执行外勤，完成一项秘密使命，搭档是雪莉。某天上午我们接到一位名叫蒂姆·勒·普雷沃的文官的指令。我在这里见过他，可以前他从来没跟我讲过话。他把我们叫到他的办公室，请我们认真听。他长着小巧的嘴唇，扣子系得很紧，肩膀狭窄，表情僵硬，几乎可以肯定是退伍军人。梅费尔区的一条街上，有辆货车停在一个上了锁的车库里。这是一座所谓的“安全屋”①，毫无疑问，他从桌子对面扔过来一个棕色的信封，里面装着各种不同的钥匙。在货车背后，我们会找到清洁设备，一台胡佛吸尘器和几件塑料围裙，我们穿上围裙以后就出发。我们的“掩护身份”是一家名叫斯普林格克莱恩的公司员工。

抵达目的地之后，我们必须把那个地方“好好翻个底朝天”，包括换掉所有床上的床单，将窗户擦干净。干净的床单已经送过去了。一张单人床上的一块床垫需要翻一翻。它早就该换掉了。厕所和浴室需要格外关照。冰箱里腐烂的食物得处理掉。所有的烟灰缸都得倒空。勒·普雷沃一字一顿地交代着这些家务细节，一边说一边满脸嫌恶。当天结束之前，我们要去富勒姆大街上的一家小超市，买点生活必需品，外加三天之内两个人的一日三餐。还得专门跑一趟持有外卖酒类执照的店，买四瓶尊尼获加的红标。别的事儿用不着我们管。眼前另有一个信封里装着五十英镑。他说得把收据和找头拿回来。我们得记住，出门时要将大门上的三道班汉姆锁都锁好。最重要的是，我们一辈子都不能把这个地址说出去，哪怕对这栋大楼里的同事也不能提。

"否则的话，"勒·普雷沃说，小巧的嘴巴扭了一下，"我够强调了吧？"

他打发我们出门，我们走出大楼，沿着柯曾街往前走，破口大骂的人不是我，而是雪莉。

"我们的掩护身份，"她不停地说，压着嗓子却还是很大声，"什么狗屁掩护。我们本来就是清洁女工，还得假扮成清洁女工！"

这当然是侮辱，不过在当时，这种侮辱的程度不如现在那么严重。我没有把明摆着的事情说出来，军情五处是不可能把外面的清洁工叫来掺和这种事的，正如他们也不可能把我们的男同事派到那里去——不仅仅因为他们太尊贵，而且他们也会把这种活儿干得一团糟。我居然如此隐忍寡欲，这一点连我自己都很吃惊。我想我一定是学会了"同志之间情义无价"的精神，同时也秉承了女性甘心忠于职守的特点。我正变得越来越像我

---

① 原文为 safe house，特指谍报人员或秘密警探等藏身用的安全房屋。

的母亲。她有主教大人，而我有军情五处。像她一样，我也有说服自己甘愿服从的顽强意志。不过，我还是担心，这是不是马克斯说起过的那份“正合乎我追求”的工作。若果真如此，那我再也不跟他说话了。

我们找到了车库，穿上围裙。雪莉奋力挤进驾驶座，一边嘴里还在不服气地嘟哝，一边已经发动汽车，我们直奔皮卡迪里大街。货车还是大战前的样式——辐条式车轮，一块踏板，驾驶时只能像小狗一样坐直身子高抬双手作乞求状，如此神奇的机械装置在大街上肯定已经十分罕见了。我们的公司名写在车的两侧，字体是装饰派风格。“斯普林格克莱恩”里的那个“k”给画成了一个兴高采烈的女佣，手里挥舞着一把羽毛掸子。我觉得我们俩看上去实在太招摇了。雪莉开车时自信得让人吃惊，她飞快地左转右晃，绕过海德公园角，将变速杆玩得眼花缭乱，她告诉我，这叫连挂两次空挡，在这种老爷车上只能这么干。

这套公寓位于一条安静的小路，在一栋乔治王时代建造的房子里占掉整个底层，比我想象得更漂亮。所有窗户都加了栅栏。我们拿着拖把、清洁液和提桶，一进门先四处转了一圈。那叫一个脏啊，甚至比勒·普雷沃暗示的更教人沮丧，这显然是男人住过的，浴缸边居然有一截曾经被水打湿的烟头，还有堆到一英尺高的《泰晤士报》，有几份给胡乱撕成四份，偷偷充当厕纸。起居室里洋溢着放荡午夜的气息——放下的窗帘，伏特加和苏格兰威士忌的空瓶子，成堆的烟灰，四个玻璃酒杯。公寓里有三个卧室，最小的那间里摆了张单人床。条纹床垫上有一大摊干了的血迹，也许曾有什么人的头靠在这里。雪莉大声干呕，我也大受刺激。有人被严刑审讯过。登记处那些文件与真实的命运休戚相关。

我们一边收拾残局，她一边继续大声抱怨，显然是想让我跟她一起讨伐。我试着附和，可我的心思不在这里。如果说，我在这场反独裁的战争中只能充当这样的小角色，将腐烂的食物装在袋子里，将浴缸上积的硬垢刮下来，那我也乐意。这活儿也不见得比打印一份备忘录无聊多少。

到头来还是我对这份差事的理解更透彻——考虑到我的童年备受宠爱，家里既有保姆也有日间女佣，这一点就显得颇为古怪。我提议我们从最脏的活儿干起，厕所，浴室，厨房，清除垃圾，然后我们可以清洁各种表面，接着是地板，最后收拾床铺。不过在做其他所有的事情之前，我们先将床垫翻了个，这样雪莉能好受些。起居室里有一台收音机，我们打定主意，放点流行音乐好跟我们的掩护身份合拍。我们忙活了两个钟头，然后我从那些五英镑纸币中掏出一张，买些吃茶点的必备用品。回去的路上我又用了一点找头付停车计时费。回到那栋房子的时候，雪莉正坐在一张双人床的边沿，往她那本粉红色的小本子上写东西。我们坐在厨房里，喝茶，抽烟，吃巧克力饼干。收音机在放音乐，新鲜空气和阳光透过敞开的窗户飘进来，雪莉的心情又好起来，一边吃光所有的饼干，一边跟我讲起关于她自己的惊人的故事。

她在伊尔福德那所综合性中学里的英语老师——此人对她

一生颇具影响力，正如某些老师那样——是一位工党的顾问，没准以前还加入过共产党，通过他的关系，她十六岁那年去德国当交换生。也就是说，她跟着学校组的团去了东德的一个村落，从那里坐巴士一小时能到莱比锡。

“我以为那里过得一塌糊涂。人人都这么说。塞丽娜，其实那里是他妈的天堂啊。”

“民主德国？”

她寄宿在村子边缘的一户人家。那房子模样丑陋，狭窄拥挤的两卧室平房而已，不过那里有半亩果园、一条小溪，不远处还有一座大得足以让你迷路的森林。父亲是位电视工程师，母亲是医生，而那两个不到五岁的小姑娘一下子就爱上了新房客，大清早爬到她床上。东德总是阳光灿烂——当时正值四月，那一年的这段时间恰巧特别温暖。有森林里寻觅羊肚菌的远足，有和蔼友善的邻居，人人都夸她德语讲得好，有人拿了把吉他，还会弹几首迪伦的歌，有一个漂亮的、一只手上只有三根手指的男孩，非常喜欢她。某天下午，他将她带到莱比锡看一场正儿八经的足球比赛。

“没人富有。可他们很满足。十天将尽时我想，不，这一套真的管用呢，这里比伊尔福德强。”

“没准儿任何地方都比伊尔福德强呢。雪莉，你可能只要一走出杜金镇，就能乐在其中。”

“真的，这不是一回事。那里的人们互相关心。”

她的话真耳熟。报纸上有过这样的新闻，还有一部电视纪录片也报道过东德的生活水平已经完胜英国。多年以后，柏林墙一倒，民智一开启，人们这才发现，这些都是胡说八道。民主德国是一场灾难。人们曾经相信也乐意相信的事实和数据，都是党自己创造的。不过，在七〇年代，英国人一味自我割裂，人们普遍喜欢假设世上所有国家，包括上沃尔特[①]在内，都要把我们远远甩在后面了。

我说，“这里的人们也互相关心。”

“哦，好吧。我们都互相关心。那么我们在吵什么呢？”

“一个偏执狂一党制国家，没有新闻自由，没有自由行动的权力。一个活像战俘集中营的民族，诸如此类。”我仿佛听到托尼在我耳边说话。

“这里也是一党制国家。我们的新闻是个笑话。穷人也不能想去哪儿就去哪儿。”

“哦，雪莉，是吗？”

“议会就是我们的唯一政党。希思和威尔逊属于同样的精英集团。”

“真是一派胡言！”

我们以前从来没谈过政治。向来都只聊音乐、家庭和个人趣味。我以为我的所有同事都持有相同的观点。我在桌子对面细细打量她，判断她是不是在嘲笑我。她的视线移向别处，猛地从桌子对面伸过手来抓起一支烟。她生气了。我可不想和我的

---

① 上沃尔特是西非国家布基纳法索的旧称。

新朋友开足火力大吵一场。我压低嗓门柔声说,“可是,既然你这样想,雪莉,为什么要掺和到这些事里来?”

“我不知道。部分原因是为了让我爸爸高兴。我告诉他这是当公务员。我想他们不会让我进的。后来他们居然让我进了,于是大家都很骄傲。包括我。感觉就像是场胜利。可你知道那是怎么回事——他们必须招一个非牛津剑桥出身的类型。我只是你拿来装门面的无产阶级罢了。所以,”她站起来,“还是继续干我们的要紧事吧。”

我也站起来。这场对话很尴尬,我很高兴终于结束了。

“我去把起居室的活儿收个尾,”她说,接着,她在厨房门口逗留了一会儿。她看来像一尊悲伤的雕像,塑料围裙底下鼓出来,她的头发还湿着,粘在额头上,那是茶点之前那通忙活熬出的汗水。

她说,“行了,塞丽娜,你不能把这一切想得太简单。别以为我们就恰好站在天使这边。”

我耸耸肩。说实话,相对而言我觉得我们确实就站在天使这边,可是鉴于她的口气如此刻薄,我不想把这话说出来。我说,“如果东欧地区,包括你的民主德国能自由投票,他们就会把苏联人踢走的,共产党一点机会都没有。他们是靠武力进驻的。我反对的就是这一点。”

“你以为在这里,人们就不想把美国人从他们的基地上赶走?你肯定注意到了——我们别无选择。”

我正打算回答,雪莉一把抓起她的羽毛掸子和一只装着薰衣草油上光剂的喷雾罐，转身离开。她一边去客厅，一边大声嚷嚷，“你对所有的宣传伎俩都照单全收，姑娘。现实并非总是那么中产阶级。”

这下我生气了，气得话都说不出。刚才说最后几个字的时候，雪莉骤然加重了她的伦敦东区口音，这样就能更好地利用工人阶级正直善良的形象来攻击我。她怎么敢如此居高临下？现实并非总是那么中产阶级！真是忍无可忍。她说“现实”的时候用的是那么滑稽的喉音。她怎么能诋毁我们的友谊，说她是我拿来装门面的无产阶级？而且我从来没有一秒钟想过她上的是什么学校，反倒是想过，假如我能去她那所学校，我能过得更开心。至于她的政治观——这一套早就过时的、白痴才会相信的正统观念。我简直想追上她，冲她大喊大叫。

我的脑子里全是尖刻的反驳，而且我想把这些词一股脑儿全用上。可是我默默地站着，绕着厨桌子走了几圈，然后拿起吸尘器，这可是件重活，然后我走进小卧室，就是那间血染床垫的卧室。

所以我才会把房间打扫得这么彻底。我怒气冲冲地干着活，那段对话在我脑海中一遍一遍地循环，将我已经说过的话和我希望自己说过的话串在一起。刚才就在我们的茶点之前，我已经装满一桶水，准备擦窗户周围的木制构件。我决定先擦踢脚板。假如我打算跪在地板上，就得先用吸尘器将地毯弄弄干净。为了便于操作，我把几件家具搬到走廊上——一只床头柜，两把搁在床边的木椅子。房间里唯一的电插座是在床底下的墙面上，一台阅读灯就在这里接通。我只能侧躺在地板上，尽力伸直手臂去够到它。那里很久没人清扫过了。灰尘缠成球状，东一团西一团，几张用过的纸巾，还有一只脏兮兮的白袜子。插头很紧，我费了很大劲才拔出来，然后将上面的灰抖掉。我心里还想着雪莉，想我接下来该怎么对她说。碰上需要针锋相对的紧要关头，我总是畏首畏尾。我猜想我们都会选择英国人的解决方式，假装这场对话从来没有发生过。一想到这里，我就愈发生气了。

我的手腕碰到一张被一条床腿压住的纸片。纸片是三角形的，斜边不到三英寸，是从一张《泰晤士报》撕下来的右上角。正面上有熟悉的字体——“奥运会：完整节目表，第五版”。在反面，一条直角边底下有淡淡的铅笔字迹。我往后退，坐在床上细看。我凝视良久，直到发觉我其实是把纸片拿倒了，才回过神来。我先是看到两个小写字母“tc”。从报上撕下的那道线正好从这个词儿底下划过。字迹很淡，就好像只是用铅笔轻轻往下压了压，可是这几个字母构成的词儿很清晰：umlinge。就在 u 字之前还有一笔，一定是 k 的一部分。① 我又把那张纸颠倒过来，企图从这些字母里看出别的名堂来，好证明我只不过是在捕风捉影。可是一切都毫无疑问。他的名字缩写，他的岛。可这并不是他的笔迹。顷刻之间，我的情绪已经从勃然大怒变成了五味俱全——既有困惑不解，又有无所适从的焦虑。

---

① 这两部分拼起来就构成托尼的那个岛屿名字：库姆灵厄(Kumlinge)。

自然而然地，我首先冒出的几个念头里，有一个想到了马克斯。在我认识的人里，他是唯一知道这个岛屿名字的。那份讣告没有提过这个茬，而且杰瑞米·莫特可能也不知道。可是托尼在军情五处有一大堆老相识，尽管其中几乎没有什么现役的。可能有几个是挺大的人物。他们当然不会知道库姆灵厄。至于马克斯，我的直觉是，如果我跑去要他给我一个解释，那可不是一个好主意。那样我就会把我本应该保守的秘密泄露出去。如果对他不利，他就不会把真相告诉我。如果他真的知道什么值得告诉我的事，那么他已经用三缄其口的方式欺骗了我。我回想我们在公园里的谈话，还有他那些固执的问题。我又瞧了一眼纸片。看起来很旧，微微泛黄。如果这是个重要的谜，那么我现在没有足够的信息去解开它。茫然中我又冒出一个无关紧要的念头。我们货车侧面的那个 k 就是这个缺席的字母，打扮得像个女仆——就像我。没错，一切都有关联！既然我确实愚不可及，那倒几乎也算是个解脱。

我站起来。我很想把床垫再翻回来，再看看那摊血。它就在我刚才一直坐着的那块地方下面。它的历史是不是跟那张纸一样长？我不知道留下血迹的时间如何判定。可它确实在那里，眼前是最简单的构成谜团的材料，还有造成我焦躁不安的核心：这个岛的名字和托尼的名字缩写与血迹之间，是否有什么关系呢？

我将纸片放进我的围裙口袋，沿着走廊到厕所，希望别撞上雪莉。我锁上门，跪在那堆报纸边上，开始分拣。报纸不全——

这座安全屋肯定已经空关了挺长一段时间。所以那些报纸得往回追溯好几个月。慕尼黑奥运会是去年夏天的事，十个月之前。谁能忘记十一个以色列运动员被巴勒斯坦游击队员屠杀呢？直到离这堆报纸底部还差几英寸的地方，我才找到那张缺了角的，便把它抽出来。报上有“节目”这个词儿的上半截。一九七二年八月二十五日。“八月失业率创一九三九年以来新高。”我对这条新闻稍有印象，不是因为这条与失业有关的标题，而是因为在这一版的上半部分，有一篇文章与我昔日的英雄索尔仁尼琴有关。当时他在一九七〇年接受诺贝尔奖时发表的演讲稿刚刚公开发表。他抨击联合国未能将发表人权公告作为成员国的必备条件。我认为他说得对，而托尼则认为这想法很天真。有几句关于“死者的阴影”和“从西伯利亚荒原上的痛苦和孤独中涌起的艺术观”，让我心潮起伏。我尤其喜欢那一句：“那个让文学受困于权利干涉的民族是何等悲哀。”

是的，我们确实花过一点时间讨论那场演讲，颇有分歧。此后没过多久便上演了我们在停车带上的分手好戏。后来，当他的撤退计划逐渐酝酿成形时，他会不会到这里来过呢？可是为什么呢？谁的血迹？我什么问题也没解决，不过毕竟有所进展，我还是觉得自己挺聪明的。而且我一向认为，如果能感觉到自己干得聪明，那离兴高采烈也就只差一口气了。我听到雪莉过来的脚步声，便飞快地把这堆报纸理好，冲了下马桶，洗了洗手，打开房门。

我说，“我们应该记得把卷筒厕纸列在购物单上。”

她正好站在走廊靠后的地方，我想她没有听到我的话。她看上去很后悔，突然间，我心里对她涌起一丝暖意。

“刚才我很抱歉。塞丽娜，我不知道我为什么要这么干。蠢死了。吵着吵着我就一下子过了火。”接着，为了缓和气氛，她又加了句玩笑，“这只是因为我喜欢你！”

我发觉她故意把“一下子”的“下”字说得特别响，这本身就是一句无声的道歉。

我说，“我没事。”我确实没事。相对于我刚才发现的事情，我们之间的这点问题真不算什么。我已经打定主意不跟她讨论这件事。我从来没跟她说过多少托尼的事儿。我把这些都留给了马克斯。我这样做可能不对，不过现在即便向她敞开心扉，也于事无补。那张纸已经深深地塞进了我的口袋。我们换上了惯常的友好口吻，聊了一会儿，然后就回去继续干活。这是漫长的一天，直到六点以后，我们才把大扫除和买东西的任务完成。我带走了那张八月份的《泰晤士报》，说不定能从里面研究出更多的东西。那天傍晚，当我们把货车扔在梅费尔区并互相道别时，我觉得我和雪莉又成了最要好的朋友。

7

翌日上午，我受到邀请，十一点去哈利·塔普的办公室。我还以为是雪莉在讲座上的鲁莽行为连累我挨批。十点五十分，我进女厕所看看自己仪容是否端正，一边梳头一边想象自己遭到解雇之后坐火车回家，在路上编好故事应付我母亲。主教大人会不会压根就没注意到这些日子我一直住在外面？我上了两层楼，来到这栋大楼里对我而言全然陌生的地方。这里只不过没有别处那么昏暗邋遢罢了——走廊上铺着地毯，墙上乳黄色和绿色的油漆没有剥落。我怯生生地敲门。出来的是一个男人——他看起来甚至比我还年轻——既紧张又和蔼地叫我等着。他指了指那几张散布在办公室里的鲜亮的橙色塑料椅子。一刻钟之后，他又出现了，打开门迎候我。

在某种程度上，这个故事从此时，从我走进办公室听头儿布置任务起，才算拉开帷幕。塔普坐在办公桌后面，面无表情地冲着我点头。屋里除了那个领我进门的家伙之外，还有三个人。有一个显然最年长，满头银丝往后梳，他懒洋洋地张开手脚，坐在一张磨损的皮制扶手椅上，别人则坐在硬实的办公椅上。马克斯也在那里，抿着双唇欢迎我。我看到他并不吃惊，只是笑了笑。有个硕大的暗码锁保险箱放在角落里。空气里烟雾浓重，而且被人们呵出的气弄得湿漉漉的。他们刚才开了好一阵子会。没有互相介绍。

我给领到一张硬椅前，我们面向办公桌，围坐成马蹄形。

塔普说，“哦，塞丽娜。你在这里还适应吗？”

我说我觉得挺适应，也很喜欢这份工作。我知道马克斯很清楚事情并非如此，可我无所谓。我补充道，“叫我到这里，是不是因为你们认为我踩不上及格线，长官？”

塔普说，“没必要动用我们五个人来跟你说这句话吧。”

四周响起低低的笑声，我小心翼翼地跟着笑。以前我从来没用过“踩上及格线”这种说法。接着是一轮无关紧要的寒暄。有人问我的住处，另一个问我每天上下班的公交线路。大家讨论了几句地铁北线有多么不靠谱。还有人不咸不淡地嘲弄了两句食堂的饭菜。这局面持续得越久，我就越紧张。扶手椅上的那个男人一言不发，他的两只大拇指托住下巴，其余的手指搭成一座塔，他的视线便越过塔尖观察着我。我努力不往他的方向瞧。在塔普的引导下，话题转到了时事上。我们难免要说到首相和矿工。我说自由工会是至关重要的机构。不过他们的职权范围应该仅限于会员的薪酬和待遇。他们不应该政治化，推翻民主选举的政府与他们无关。这是正确答案。他们鼓励我谈谈对英国近来加入欧洲共同市场[①]的看法。我说我赞成，这样对于

---

① 欧洲经济共同体的非正式名称，主要用于二十世纪六七十年代。

我们的商业，对于改善我们的闭塞岛国状态、提高我们的食品质量有好处。其实我也不知道该怎么想，不过我拿定主意，口吻还是决断一点比较好。这一次我知道我跟屋里的其他人有点分歧。我们继续讲到英吉利海峡隧道。已经有了一份白皮书，而且希思刚刚跟法国总理蓬皮杜签署了一份初步协议。我举双手赞成——想象一下坐上从伦敦到巴黎的特快列车！我突然爆发的激情让自己都吓了一跳。又一次，我成了孤家寡人。扶手椅上的男人扮了个鬼脸，视线移到别处。我猜他年轻时曾立志要穷其毕生精力，捍卫联合王国免受欧陆政治激情的侵扰。一条隧道对于安全构成了威胁。

于是我们继续往下说。我正在接受面试，可我不知道通向什么样的终点。我在下意识地努力取悦他们，我越是感觉到自己刚才说得并不成功，就越是努力。我猜想，整件事都是被刻意引导着说给银发男人听的。除了刚才那不满的一瞥，他并没有流露出什么来。他的一双手仍然保持着那种类似祈祷的姿势，只是用食指尖摸了摸鼻子。我努力不去看他。我很想得到他的赞许，这念头让我颇为气恼。不管他怎么看我，我还是希望讨他的欢心。我想让他要我。我不能朝他看，不过，每当我跟另一位说话的人对视前，目光总会在整个房间里扫一遍，顺便往他那里瞥一眼，可我什么也没看出来。

说到一半，我们稍事休息。塔普指指桌上一只漆盒，发了一圈烟。我以为会像以前一样给打发到屋子外面去。然而，那银发男人一定是发了个安静的信号，因为塔普清清嗓子，摆明了要开始讲一个新话题，他说，“是这样，塞丽娜，我们从马克斯那里听说，除了数学之外，你对现代的写作也很在行——就是文学，小说，诸如此类——很赶得上潮流，那个词儿怎么说来着？”

“当代文学，”马克斯补充道。

“对，你读得不少，也赶得上趟。”

我犹豫起来，说，“我平时有空是喜欢读点书，长官。”

“没必要叫‘长官’。你对这些当代的新鲜出炉的玩意，都跟得上吧。”

“我读的小说大部分都是二手平装书，比它们的精装初版要晚几年。精装书有点超出我的预算。”

这过于细致的区分似乎让塔普有点困惑，或者有点恼火。他往椅子上一靠，闭上眼睛歇了几秒，等着困惑消散。直到他的下一个句子说了一半，他才又睁开眼睛。“那么，如果我跟你说起金斯利·艾米斯或者大卫·斯多雷或者……”他低头瞥了一眼下面的一张纸，“威廉·戈尔丁。你完全知道我说的是什么吧。”

“这些作家的书我都读过。”

“那说到他们你知道该怎么聊的吧。”

“我想是这样。”

“那你给他们排个名？”

“排名？”

“对，你懂的，从最好到最糟。”

“他们是完全不同类型的作家……艾米斯是位喜剧小说家，洞察秋毫，而且他的幽默感里有某种冷峻无情的东西。斯多雷是工人阶级生活的编年史家，在他那一路堪称杰出，还有，呃，戈尔丁更难定义，也许是个天才……”

“那么怎么排呢?”

“单论阅读快感我首推艾米斯，然后是戈尔丁，因为我相信他很深刻，斯多雷排第三。”

塔普查了查他的笔记，然后抬起头露出快活的微笑。“跟我做的笔记完全一致。”

我的准确引起一阵赞许的低语。不过我倒不觉得这有多么了不起。说到底，这张榜单一共也就只有六种排法。

“这些作家你私底下有认识的吗?”

“不认识。”

“那你认识什么作家或者出版商，或者任何跟这个行业有瓜葛的人吗?”

“不认识。”

“那你遇上过什么作家，或者跟哪个作家共处一室过吗?”

“没有，从来没有。”

“或者给什么作家写过信吗，就是那种书迷给偶像的信?”

“没有。”

“有没有哪个剑桥的朋友立志想当作家的?”

我搜肠刮肚。在纽恩汉姆的英国文学社里倒是有一拨人渴望朝这个方向发展，不过，据我所知，我那些女朋友后来都去忙各种别的事儿了，比如找一份体面的工作，嫁人，怀孕，要不就是出国后没了踪影，或者在一团大麻的烟雾中遁入反文化的残渣中。

“没有。”

塔普满怀期望地抬起头。“彼得？”

扶手椅上的男人放下双手，开口说话。“我叫彼得·纳丁。顺便问一句，弗鲁姆小姐，你有没有听说过一本叫‘邂逅’[①]的杂志？”

纳丁手一放开，就露出了他的鹰钩鼻。他的嗓门是音量较轻的男高音——这多少有点惊人。我以为我听到的这个名字应该是一张裸体主义者征求异性朋友的广告单页，可我吃不准。我还没来得及说话，他就接着说道，“你要是没听说过也没关系。这是一份月刊，知识分子的玩意，政治，泛文化之类。还不错，挺有口碑的，或者说，这份杂志覆盖的观点较为广泛。大致覆盖中左到中右，后者更多些。不过重点在下面。它跟大多数知识分子刊物不同，一旦涉及共产主义，尤其是苏联那种，它往往抱着怀疑的态度，或者干脆就是敌意。它支持的是那些如今已经不再时髦的东西——言论自由，民主，诸如此类。实际上，目前它依然如此。还有，在美国外交政策的问题上，它采取的是刻意低调的态度。你有没有一点儿印象？没有？六年前，先是一家不起眼的美国杂志，再是纽约时报，他们先后披露，赞助《邂逅》的

① 《邂逅》杂志原文为 Encounter，亦曾译作《文汇》。

金主是美国中央情报局。当时此事恶名远播，很多人振臂高呼，各类作家都表现得义愤填膺。马尔文·拉斯基[①]这名字你一点儿都没听说过？不过没听说过也很正常。四〇年代以后，中央情报局一直都在支持它那套自以为高级的文化观念。他们通常都通过各种基金会，隔开一段距离间接运作。他们打的算盘是诱导欧洲持中左立场的知识分子远离马克思主义观念，凭着他们在知识界广受尊崇的地位，替自由世界说话。我们的这些美国朋友已经撒下大把大把的现钞，建立起各种各样的政治联盟。有没有听说过'文化自由协会'？没听说过也不要紧。

"这是美国人的方式，基本上，自从《邂逅》东窗事发之后，这股潮流就随之破产。每当有某某先生从一个庞大的基金会里冒出来、愿意拿出六位数时，人人都会尖叫抗议。但这终究还是一场文化战争，而不仅仅是一个政治及军事事件，值得为之努力。苏联人很清楚这一点，他们把钱花在交流计划上，参观，游览，会议，大剧院芭蕾舞团。此外他们还把钱投入全英矿工工会的罢工基金，通过……"

"彼得，"塔普轻声说，"这个问题我们就不要再往下深挖了。"

"好吧。谢谢你。现在尘埃落定，我们决定推进自己的计划。预算有限，没有国际文化节，没有浩浩荡荡、排场华丽的管

---

① 即马尔文·J·拉斯基(Melvin J. Lasky，1920—2004)，美国记者，知识分子，持中左立场，长期担任英国《邂逅》杂志的编辑。一直有传言他的真实身份是美国中央情报局的特工，但没有十分确凿的证据。

弦乐队巡回演出，没有飞机头等舱，没有年会大餐。我们付不起，我们也不想付。我们希望做到定位精准，长期有效且成本不高。所以就把你找来了。听到这里你有什么问题吗？”

“没有。”

“你没准听说过外交部的情报司。”

我没听说过，可我点了点头。

“那么你就该知道这种事情历史悠久。情报司跟我们，还有军情六处都合作了很多年，培养作家、报纸、出版商。乔治·奥威尔临终时给了情报司一份三十八名‘共产主义同路人’的名单。而情报司则帮忙将《动物农场》翻译成十八种语言，同时替《一九八四》做了大量推广工作。这些年他们还培养了几家相当出色的出版企业。有没有听说过‘背景书业’——那是情报司搭的班子，接受财政秘密拨款。真是了不起的玩意。伯特朗德·拉塞尔。盖伊·温特。威克·费伊泽。可是近来……”

他叹了口气，环视整个房间。我能感觉到大家满腹怨气。

“情报司已经没了方向。愚蠢的想法太多，跟军情六处靠得太近——实际上，六处内部有人就在情报司管事。你知道吗，卡尔顿府联排大街[1]上到处都是像你这样努力工作的姑娘，每当军情六处有人来造访，就会有某个傻瓜跑在最前面，穿梭于各个办公室一路高喊，‘脸对着墙，每个人！’你能想象这样的事儿吗？你敢打赌那些姑娘一定会透过指缝偷看的，对吧？”

---

① 位于圣詹姆士区的一条街道，因其南侧一栋著名的联排建筑得名。

他满怀期望地四下张望。周围响起善解人意的笑声。

“所以我们要重新开始。我们想把精力集中在合适的年轻作家身上,主要是学者和记者,事业刚刚起步,亟须资助。典型的情况是,他们想写一本书,需要从一份严苛的工作中解脱出来,这样才能有时间写。我们认为,如果名单上能有一位小说家,那也许会很有意思……”

哈利·塔普插话进来,异乎寻常地兴奋,“别把这事儿想得太重,你瞧,可以看成那种轻松好玩的事情。没什么大不了的。就是某个会让报纸感兴趣的家伙。”

纳丁继续说道,“因为你喜欢那些玩意,所以我们觉得你也许乐意参与进来。我们对所谓西方的没落、对于阻碍发展以及其他任何时髦的悲观主义,都不感兴趣。你明白我的意思吗?”

我点点头。我想我明白。

“你的任务会比别人的更微妙一点。你和我一样清楚,我们无法直接从一个作家的小说推断出他的观点。所以我们一直在找一个同时也写新闻的小说家。我们在留心寻找的也许是这样一类人,他们愿意匀出时间来替那些在东欧饱受压迫的家伙做点事,肯到那边跑一趟,或许施以援手,或许送点书过去,签请愿书声援那些惨遭迫害的作家,跟他那些撒谎成性的马克思主义同事针锋相对,还会毫无惧色地在公众场合谈论那些在卡斯特罗统治的古巴身陷囹圄的作家。笼统地说,就是逆主流而上。这需要勇气,弗鲁姆小姐。”

“是的,长官。我是说,是的。”

“尤其如果作家很年轻的话。”

“对。”

“言论自由，集会自由，法定权利，民主进程——如今好多知识分子都不太珍惜这些东西了。”

“是的。”

“我们得鼓励合适的人①。”

“是。”

屋里一阵沉默。塔普把烟盒里的烟发了一圈，先给我，再给别人。我们都抽着烟等纳丁说话。我感觉到马克斯的眼睛在盯着我看。当我与他四目相对时，他的头微微一动，好像在说，“坚持住。”

起初略有点困难，但纳丁终于还是从扶手椅上站起来，径直走到塔普桌前，拿起笔记。他翻了几页，直到找到想找的东西为止。

“我们要找的是你的同代人。他们会让我们少花点钱，千真万确。这样我们通过掩护组织支付的薪水就足够供养一个小伙子，他一两年甚至三年都不用上班干活了。我们知道不能着急，我们也不指望下礼拜就能见到成果。我们希望能有十个目标，不过你只需要考虑这一个。有一份计划……”

他脖子上绕着根绳子，绳子上系着一副眼镜，他低头透过镜片往下看。

---

① 这里用的 right 一词有双关含义，既能表示“合适”，又可指“右翼”。

“他的名字叫托马斯·黑利，或者T·H·黑利，在刊物发表时他喜欢用后者。在苏塞克斯大学拿到英语本科学位，甲等生，接着他又在该校师从彼得·卡尔沃科雷西，获得国际关系专业的文科硕士，目前正在攻读文学博士。我们偷看了黑利的医疗记录。没什么特别的情况。他发表过几个短篇小说，还有一些新闻报道。他正在找一家出版商。不过，他同时需要给自己找一份合适的工作，这样一毕业就能上班。卡尔沃科雷西对他评价很高，这样的评价无论用在谁身上都足够了。本杰明已经整合了一份文件，我们想听听你的意见。如果你乐意，我们希望你能坐上火车到布莱顿跑一趟，看看他。如果你竖起大拇指，那我们就用他。否则我们就把目标转到别处去。这事儿由你定。当然，在你动身之前，得先给他写封信介绍一下情况。”

他们都在看着我。塔普的手肘撑在办公桌上，也用手指搭出了尖塔。接着，他的手掌没有分开，手指却互相敲击出声音来。

我觉得有必要提出一点聪明的异议。“这样我不就成了你说的那个拿着支票本突然冒出来的某某先生吗？也许他一看到我就逃跑了。”

“一看到你就跑？我很怀疑这一点，我亲爱的。”

周围再次响起低声窃笑。我脸红了，有点恼。纳丁在冲着我微笑，我只好也报以微笑。

他说，“这笔钱的数额还是很有吸引力的。我们会通过一个独立的、现成的基金会给他。不是什么大型或知名的机构，我们跟他们有一点靠得住的关系。如果黑利或者别的什么人一定要查,那我们也身正不怕影子斜。这事一旦定下来我就会告诉你那机构的名字。显然,你将成为这个基金会的代表。如果有给你的信,他们会告诉我们的。我们还会给你一些印着他们抬头的信纸。”

“有没有可能做一点善意的推荐,推荐给,你知道,就是那种把钱发给艺术家的政府部门?”

“人文艺术委员会?”纳丁露出苦笑,仿佛在哑剧中发出一声咆哮。别人也都咧开嘴笑了。“我亲爱的姑娘,我真嫉妒你的天真啊。不过你说得没错。本来是应该有这个可能性的!主管文学部分的是一位小说家,安格斯·威尔逊①。听说过他吗?光从文件看他应该是那种可以跟我们合作的人。他是雅典娜神殿俱乐部②的会员,战时当过海军专员,在著名的八号棚屋③里干过秘密差事,关于,呃,我无权披露。我请他吃午饭,一礼拜之后又到他办公室拜会。我开始解释我想要干什么。你猜怎么着,弗鲁姆小姐,他差点把我从四楼窗户扔下去。”

他以前就讲过这个故事,能有机会添油加醋地再讲一遍,他很得意。

---

① 安格斯·威尔逊(Angus Wilson,1913—1991),英国小说家、文学评论家和剧作家,在七八十年代具有很高的影响力。

② 成立于1824年的伦敦上流社会俱乐部,名人云集,起初专为绅士所设,如今也邀请女会员参加。

③ 战时英国破译敌国密电的机构设在布莱切利庄园,密码分析都在庄园里十五个临时搭建的棚屋里进行,其中三、四、六、八号因为负责破译Enigma密码而名声大噪。

“刚刚他还待在办公桌后面，穿着上好的白色亚麻正装，淡紫色领结，讲着机智的笑话，转眼间他的脸一下子涨成紫红色，一把抓住我的翻领，把我往室外推。我不能在一位女士面前重复他的话。迂腐得就像一根帐篷桩子似的。天知道他们怎么会让他在一九四二年靠近海军密码的。”

“你瞧，”塔普说，“我们干这种事就是无耻的宣传洗脑，而他们却跑到阿尔伯特音乐厅听红军合唱团演唱，成为别人的牺牲品。”

“现在马克斯巴不得威尔逊当时就把我从窗口扔下去呢，”纳丁一边说，一边朝我使眼色，这个动作真让我吃惊。“我说的不对吗，马克斯？”

“我已经把我要说的都说了，”马克斯说，“现在我们是一条船上的。”

“好，”纳丁冲着本杰明，就是刚才带我进屋的那个小伙子点点头。他把文件夹搁在大腿上摊开。

“我能确定这是他所有发表过的东西。有些不太容易查到。我提议你先看新闻。我得提醒你注意他替《聆听者》写的一篇文章，谴责报纸将恶棍浪漫化。此文主要与‘列车惊天抢劫案’有关——他反对使用‘惊天’这个词——不过文章里有一处闲笔颇为犀利，他讲到伯吉斯和麦克莱恩[1]，讲到他们应该为死了这么

---

① 指英国作家安东尼·伯吉斯（1917—1993）和阿利斯泰尔·麦克莱恩（1922—1987），前者的主要作品《发条橙》等和后者的主要作品《纳瓦罗恩的枪》等，都不同程度地包含了某些“美化”社会边缘人物的内容。

多人承担责任。你瞧，他是‘读者与作者’教育信托基金会的成员，这个组织支持东欧的持不同政见者。他去年替信托基金会写了一篇文章。你还可以看看他替《今日历史》写的一篇长文，关于一九五三年的东德起义[①]。《邂逅》上有一篇写柏林墙的相当不错。基本上，看这些新闻是靠谱的。不过，你给他写信，主要谈的应该是他的短篇小说，那些才是他自己的东西。彼得说过，统共五篇。实际上，一篇发在《邂逅》，其他的都登在你从来没听说过的刊物上——《巴黎评论》，《新美国评论》，《凯尼恩评论》以及《大西洋评论》。”

“这些作品很有天分，我是说这些玩创意的作品，”塔普说。

“值得注意的是，那四篇的情节都发生在美国，”本杰明继续说，“他骨子里是个大西洋主义者。我们在他周围打听过，人们说他前程似锦。不过有位了解内情的人告诉我们，这套标准说辞适用于任何年轻作家。他被企鹅出版社的短篇书系退了三次稿。他还被《纽约客》、《伦敦杂志》和《君子》退过稿。”

塔普说，“纯属兴趣，我想问问这些你是从哪里弄来的？”

“说来话长。我先是遇上从前的一位……”

“你们继续，”纳丁说，“我得在十一点半上楼。顺便说一句，卡尔沃科雷西跟一个朋友说过，黑利是个讨人喜欢的家伙，装束优雅得体。所以，完全可以成为年轻人的偶像。抱歉，本杰明，

---

① 1953 年 6 月 17 日，数十万名东德民众走上街头，反对政府的独裁统治，抗议政治迫害和不断恶化的生活条件。俄军联合东德执政党的武力镇压导致至少 55 人丧生，超过 13 000 人被捕。

你继续。”

“一家著名出版社说他们喜欢这些短篇小说，不过，要等到他着手写长篇以后，才能替他出版短篇集。短篇卖不好。出版商通常都是把出版这样的短篇集作为特殊优惠，拿去巴结那些著名作家的。他必须写点更长的东西。知道这一点很重要，因为写长篇需要时间，如果你有一份全职，就会很艰难。而他渴望写长篇，据说已经有了清晰的构思。还有一点，他没有经纪人，想找一个。”

“经纪人？[1]”

“完全是另一类人，哈利。把作品卖出去，处理合同，从中抽成。”

本杰明把文件夹递给我。“都在这里了。这点无须强调吧，注意不要到处乱放。”

一直都没有开口的那个苍白的、皱巴巴的、头发油腻且中分的家伙终于说话了，“我们是不是该指望对这些人写的东西至少有那么一丁点影响力？”

纳丁说，“这向来不管用。我们只能相信自己的选择，并且期待黑利以及其余人等能发展顺利，变得越来越，你知道，越来越重要。这是件慢热的事情。我们的目标是让那些美国佬看看事情是怎么做成的。不过，他这一路我们没法架着他走，这没什

---

① 在英文里，“经纪人”和“特工”用的是同一个词：agent，所以塔普条件反射地产生了误解。

么道理可讲。你知道,有些人是欠我们一点情的。就黑利的个案而言,我们的人迟早会在那个新成立的布克奖评委会里担任要职。我们也许还会深入研究经纪人行业。可是,就事情本身而言,必须让他们觉得自己是自由的。”

他一边说一边站起身,看着自己的手表。然后又看看我。“如果对于背景知识还有什么疑问,本杰明会负责。在具体的行动上,听马克斯的。行动代号‘甜牙’。行了吧?就这些了。”

我在冒险,不过我已经开始觉得我这个角色不可或缺。过分自信了,也许吧。可是在这间屋子里,除了我,还有谁在成人之后,会在闲暇时读上一个短篇?我可不能往后退。我渴望极了。我说,“我的位置有点尴尬,我可没有冒犯马克斯的意思,不过如果我的工作得直接听命于他,那我想,也许先将我的职位界定清晰,会有好处。”

彼得·纳丁又坐下来。“我亲爱的姑娘,你这是什么意思呢?”

我谦卑地站在他跟前,就像以前在书房里站在父亲眼前。“这是一个巨大的挑战,我能接受这样的任务,真够刺激的。黑利的个案虽然激动人心,却也微妙棘手。实际上,您是在要求我调度黑利的行动。我倍感荣幸。不过,调度特工……呃,我希望弄清楚我到底处在什么位置。”

紧接着是一阵教人难堪的沉默,唯有女人才能让满满一屋子男人陷入这样的沉默。然后纳丁咕哝了一句,“呃,好吧,真是……”

他绝望地转向塔普:“哈利?”

塔普将他的金烟盒顺手塞进上衣内袋,同时站起身。“这个容易,彼得。我们俩午饭后下趟楼,跟人事科谈谈。我想不会有人反对的。塞丽娜可以升到文职助理。她也该升职了。”

“就这样吧,弗鲁姆小姐。”

“多谢。”

我们都站起来。马克斯正看着我,我觉得他的眼神里含着刮目相看的意思。我耳边仿佛听见歌声,类似于复调合唱曲。我在军情五处只待了九个月,尽管在新来的这一拨里,我属于最后几个得到升职机会的,可我爬到的高度,毕竟跟一般女人能爬到的最高位置不相上下了。如果托尼还在,他会为我骄傲的。他会带我出去,在他的俱乐部里吃顿好的,庆祝庆祝。他的俱乐部不就是纳丁的俱乐部吗?我想,至少,等我们从塔普的办公室里鱼贯而出后,我可以给我妈打个电话,告诉她我在卫生及社会保障部里干得有多出色。

8

我在自家椅子上坐定，将我的新阅读台灯调整一个角度，同时拿起我那枚“神圣书签”。我手里备好一支铅笔，就像是准备听一场辅导课。我梦想成真——我正在研究的是英语而非数学。我终于摆脱了母亲为我立下的雄心壮志。文件夹摊在我的大腿上，暗黄色。上面有“英国文书局”的字样，外面用绳子捆了好几道。能在家里放一份档案，这是多么严重的犯规啊，换言之，我拥有了多大的特权啊。从开始接受培训起，这一条就牢牢钉在我们心里——档案是神圣的。谁也不能从一份档案中挪走一丝一毫，谁也不能把档案从大楼里带走。本杰明陪着我走到大门入口，并且应要求打开文件夹，证明这并不是登记处里的一份个人档案，尽管颜色是一样的。正如他跟当值警卫解释的那样，这仅仅是背景资料。不过，在那天晚上，我把这看作“黑利档案”，并且乐在其中。

刚开始看他小说的那几个小时，是我在军情五处里度过的最美好的时光之一。除了性，我所有的需求都在这几个小时里融为一体：我在读书，而且我读书的目的是为了一个更崇高的、能满足我职业自豪感的目的，而且我很快就要见到作者了。对于这个项目，我有没有什么疑虑，有没有一点内疚呢？当时没有。想到自己能被选中，我颇感自得。我想我能把这份差事干好。我以为我能得到楼上那些人的表扬——我是个喜欢被表扬的姑娘。当时如果有人问，我会说这不过就相当于一个秘而不宣的人文艺术委员会罢了。我们提供的机会不逊于任何机构。

这个短篇一九七〇年冬天发表在《凯尼恩评论》上，那一期整本杂志都摊在我面前，里面夹着一张科文特花园隆吉克的一家特色书店的购书小票。小说主人公有个教人敬畏的名字——埃德蒙·艾尔弗雷德斯，他是一名教授中世纪社会史的大学老师，四十五六岁时在一个冲突激烈的伦敦东部选区里成为一名工党下院议员，在此之前他已经在当地担任了十几年的政务会委员。他在党内偏左，某种程度上是个喜欢惹是生非的家伙，一个满腹经纶的花花公子，既热衷于到处寻花问柳，又善于在公众场合妙语如珠，[①]跟"地铁司机工会"里的几个重要人物过从甚密。说来也巧，他有个跟他长得一模一样、性情却比他温和的双胞胎兄弟吉尔斯，作为一名英国圣公会的教区牧师，他在西苏塞克斯过着惬意的乡野生活，自行车骑上一段就能到佩特沃斯庄园——透纳画过那里。他那些为数不多且都上了年纪的信众，聚集在一座前诺曼式教堂里，教堂那凹凸不平的石灰墙上有多

① 从这里开始，本书在复述黑利写的小说时，均采取间接引用与直接引用夹杂的方式，其中包含大量直接引用黑利小说的句子。本书的原文一律将这些直接引用的句子以斜体区分，对应的译文则以仿宋体标识。

层覆盖的撒克逊壁画①，描绘受难的耶稣，上面覆盖着一圈正在飞升的天使，画面里有种拙朴的优雅与简洁，仿佛在对吉尔斯诉说着一个个不解之谜，它们是一个工业化、科学化的时代所难以企及的。

它们同样是埃德蒙难以企及的，作为一个坚定不移的无神论者，他暗地里对吉尔斯安逸的生活和荒谬的信仰不屑一顾。而在牧师看来，埃德蒙的觉悟始终停留于他在青春期接受的那套布尔什维克观念上，这也委实令人尴尬。不过兄弟俩关系亲密，通常都会刻意避开争论宗教或者政治问题。他们八岁时，母亲因乳腺癌去世，向来冷漠的父亲将他们送到学龄前寄宿学校，当时他们整天黏在一起，往小处说是寻求慰藉，往大里说便是相依为命了。

两个男人都在将近三十岁时结婚，都有孩子。然而，埃德蒙在下议院得到席位之后才一年，因为搞出一桩纯属多余的外遇，他妻子莫莉一下子就失去了耐心，把他赶出了家门。眼看着家庭破裂、离婚将近，新闻界对此事也蠢蠢欲动，一场风暴在所难免，为了寻求庇护，埃德蒙直奔苏塞克斯的教区牧师宅邸，在那里待了一个长长的周末，故事就是从这里真正开始的。当时吉尔斯弟弟正在受苦。那个礼拜天他应该当着主教的面布一场道，而主教挑剔偏狭的火爆脾气尽人皆知（我自然要把我父亲的

① 这里指的是由另外的画家于不同时间在原画上再次作画，从而形成的层层堆积的壁画。

形象投射到这个角色上。）主教大人是打算好要视察这位教区牧师表现如何的，假如他被告知牧师先是被流感击倒，喉炎又让他雪上加霜，那是断断不会高兴的。

埃德蒙一到那里，就被牧师的妻子——他的弟媳径直领到顶楼的旧育儿室，吉尔斯被单独隔离在那里。尽管艾尔弗雷德斯家的双生子已年过四十，尽管他们俩性格大相径庭，可他们都挺喜欢搞点恶作剧。吉尔斯大汗淋漓，哑着嗓子尽力把话说清楚，他们商量了半小时就做出了决定。对埃德蒙而言，在次日——礼拜六花上一整天学学礼拜仪式和整套程序，琢磨琢磨布道辞，倒是能让他不用再去想家里的麻烦。事先已经跟主教交代过布道的主题：《哥林多前书》十三章，詹姆斯一世钦定译本中那段著名的韵文，宣扬信仰、希望和博爱，“其中最伟大的是博爱”。吉尔斯坚持说，为了跟现代学术合拍，埃德蒙得用“爱”来替代“博爱”。对此两人并无分歧。作为研究中世纪问题的专家，埃德蒙既熟悉《圣经》，又对钦定版颇为赞赏。非但如此，他还很乐意谈论爱。礼拜天早上，他套上弟弟的白法衣，模仿着吉尔斯的样子梳了个干净利落的侧分发型，悄悄从房子里溜出去，穿过墓地来到教堂。

听说主教要亲临现场，信众数目扩大到约莫四十人。常规套路次第上演，祈祷与赞美诗接踵而至。一切进展顺利。一位年迈的、被骨质疏松症折磨得只能垂下目光的教士，麻利地帮着张罗礼拜仪式，压根就没注意到吉尔斯给换成了埃德蒙。到了该上场的时候，埃德蒙就登上了石雕布道坛。即便是那些坐在长椅上的上了年纪的常客，也注意到他们这位素来柔声细语的牧师，今天表现得特别自信，简直是直奔主题，他显然渴望给那位尊贵的客人留下深刻的印象。一开始，埃德蒙就把《哥林多前书》的那几个选段从头开始重读了一遍，像男演员那样声如洪钟——那些去过剧院的人（黑利加了这么一条插入语），没准会觉得他是在戏仿奥利维尔[①]。埃德蒙的声音在近乎空旷的教堂中回响，碰上动词里有 th 的时候，他的舌头从齿间伸出来，将这个音念得津津有味。*爱是恒久忍耐，又有恩慈；爱是不嫉妒，爱是不自夸，不张狂，不做害羞的事，不求自己的益处，不轻易发怒，不计算人的恶，不喜欢不义，只喜欢真理……*

接着，他开始讨论爱，说得激情澎湃，这激情，既来自于他最近因为背叛、因为抛妻弃子而导致的羞愧与悲伤，也来自他认识的那些好女人带给他的温暖回忆，以及一位出色的公共演说家一旦入戏便自然产生的那种纯粹的快感。那里音响效果绝佳，而且他一站上布道台便高高在上，言谈的起承转合便愈发肆意挥洒。他施展出那套曾经煽动地铁司机在数周时间里举行三次全天罢工的本事，指出如今被我们非但熟知而且极力颂扬的“爱”，其实正是基督教的一大发明。在《旧约》中呈现的那个冷酷的堕落时代里，整个道德体系是毫不留情的，那个善妒的上帝唯有一腔冷血，他最推崇的价值观不外乎以牙还牙、极权至上、

---

① 即英国国宝级演员及导演劳伦斯·奥利维尔（Laurence Olivier，1907—1989），以在舞台及电影中扮演莎士比亚戏剧人物著称。

压迫奴役、种族灭绝以及强奸妇女。说到这里，有人发觉主教大人正在艰难地咽着口水。

在这样的背景下，埃德蒙说，我们就能理解，新教为什么要如此迫切地把“爱”置于中心地位。他们提出的是一种截然不同的社会组织准则，这在人类历史上是独一无二的。事实上，一种新的文明就此生根。无论与理想境界相距有多远，他们毕竟设置了一个崭新的方向。耶稣的信念既难以抗拒，亦无可逆转。

即便那些不信教的人也必须在这种信念中生活。因为爱并非单独存在，也不能单独存在，它如同一颗炽烈的彗星倏然飘过，随之熠熠闪光的还有——谅解，仁慈，宽容，公平，善意以及友谊，这一切都与爱密不可分，在耶稣的要旨中，爱是核心。

在一座西苏塞克斯的圣公会教堂里，布道时是向来都不兴鼓什么掌的。可是，当埃德蒙经过一番引经据典，陆续背完莎士比亚、赫里克、克里斯蒂娜·罗塞蒂、威尔弗莱德·欧文和奥登[①]的句子，话音刚落，长椅上人们鼓掌欢呼的冲动就已经到了一触即发的地步。牧师将他洪亮的嗓音降了调门，领着一干信众祈祷，这声音吐露着睿智而忧伤的气息，在教堂中殿悠悠回荡。主教挺直身板，因为他刚才一直努力向前倾斜，此刻脸上有点发紫。他在微笑，其他所有人也都在微笑，不管是退役军官还是马夫，抑或前马球队队长，以及所有这些人的太太们，都在微笑，当他们鱼贯而出走到门廊、挨个跟埃德蒙握手时，又微笑了一次。

① 上述均为英国各个时期具有代表性的诗人及剧作家。

实际上主教大人跟他不是握手而是击掌，他的恭维简直过了头，接着，他满怀善意地深表遗憾，说自己另有约会，没法留下来喝杯咖啡。那位教士一言不发地走了，少顷，其余人等也都忙着去吃周日午餐了，至于埃德蒙，此番既然凯旋，步履未免为之轻盈，他蹦蹦跳跳地穿过墓地，回到牧师宅邸，将前后经过与弟弟一一道来。

到这里，总共三十九页的小说读罢十八页，两个段落之间空开一块，一枚星标点缀其间。我盯着星标看，以免目光溜到这一页下方，看穿作者下一步的走向。我多愁善感，盼望埃德蒙这番关于爱的高尚言辞能帮助他与妻子儿女破镜重圆。现代短篇小说里不太可能出现这样的情节。也许他会就此说服自己，皈依基督教。也许吉尔斯在亲耳听到他的信众如何被一个无神论者的巧言辞令鼓噪得激情澎湃之后，自己的信仰反倒为之幻灭。叙述视角也可能跟着主教展开，跟着他回到家，看着他当天晚上躺在浴缸里，热气腾腾地回味他今天听到的那些话，这个可能性对我很有吸引力，因为我不想让主教大人——我父亲从镜头中消失。究其实质，让我着迷的是小说里那些具有教会特征的物件——黑利让我想起诺曼式教堂，黄铜上光剂的气味，薰衣草上光蜡，老旧的石头和陈年积垢，圣水盂后面那些黑色、白色和红色的拉铃索，歪歪斜斜的橡木盖子上，有人用铁制铆钉和绳索修补了一道巨大的裂缝，最要紧的是牧师宅邸，厨房再过去便是吵吵闹闹的后厅，埃德蒙跑到那里，将他的包往那块棋盘格地毯上一扔，育儿室在顶层，就跟我们家一模一样。我有点想家了。真希望黑利能够走进，或者说安排埃德蒙走进浴室里去看看齐腰高的、榫槽契合的镶板，漆成一水的婴儿蓝，还有那只巨大的浴缸，水龙头下面被藻类染上了蓝绿色，浴缸方方正正地屹立在生锈的猫脚支架上。再到厕所去瞧瞧，那里有只褪了色的浴室玩具鸭，从抽水马桶的水箱链末端上挂下来。我是那种层次最低的读者。我只想要我自己的世界，还得把我自己嵌进去，然后塑成巧夺天工、触手可及的形状，再交还到我手里。

出于同样的原因，性情温和的吉尔斯固然对我不无吸引力，但我真正想要的人是埃德蒙。什么叫“想要”？就是乐意一路同行。我希望黑利能替我探究埃德蒙的心灵，将它打开，供我细细察看，然后向我解释清楚，把男人分析给女人看。埃德蒙让我联想到马克斯，联想到杰瑞米，但最多的还是托尼。这些聪明过人却让你无从定义好坏的男人，这些花样层出不穷却又极具破坏力的男人，都是率真而自私的，他们冷漠寡情，但这份冷漠又不无魅力。我想，比起耶稣的爱来，我宁可要他们的爱。他们是那么不可或缺，这不仅是对我而言。如果没有他们，我们到现在还住在烂泥房子里，等着发明轮子呢。三圃制①永远也没法推行。时值女性主义第二次浪潮方兴未艾之际，这样的念头真可谓大

① 三圃制是一种典型的西方农庄的轮耕制度，八世纪后盛行于中欧和西欧等地。这种制度把耕地分为面积大体相等的休闲地、春播地、秋（冬）播地三个耕区，作物在各区轮作，三年一个循环。与二圃制相比，三圃制一年可以收获两次，休闲地面积由二分之一减少到三分之一，既有利于减少农业灾害或歉收的风险，又有利于耕地和劳动力利用率的提高，因而农业生产水平高于二圃制。

逆不道。我凝视着那枚星标。黑利已经潜到了我的皮肤底下，我猜想着他会不会也属于这类不可或缺的男人。一方面我的心思被他搅乱，另一方面我又有点想家，有点好奇，这些情绪同时涌上心头。截至此时，我还没有用铅笔做过一丁点标记。像埃德蒙这样的坏家伙，竟然能够做出如此华丽动人且愤世嫉俗的演讲，还能博得满堂喝彩，真是不公平，但这个情节是准确的，看起来符合现实。他欢天喜地地穿过墓地赶回去告诉弟弟他的表现是多么出色，这一幕真可谓傲睨神明。黑利在暗示，他以后一定会遭受惩罚，或者面临厄运。我可不希望如此。托尼就受到了惩罚，我受够了。作家有义务照顾读者的感受，应该对他们有点同情心。在我的拼命凝视下，《凯尼恩评论》上的这枚星标开始旋转起来。我眨了眨眼睛，让它停住不动，继续往下读。

我没有想到，故事差不多已经讲了一半，黑利还会引入一个重要人物。不过，其实整场礼拜仪式她都在，坐在第三排末尾，旁边就是一堵墙，墙根上堆着赞美诗集，埃德蒙完全就没有注意过她。她叫琼·阿利斯。人物很快就建立起来：她三十五岁，住在附近，守着寡，家境也算富庶，是个虔诚的教徒，尤其是丈夫死于一场摩托车事故之后就愈发虔诚了，她过去得过一点精神病，此外，理所当然地，她长得很美。埃德蒙的这场布道对她产生了深远的，甚至压倒性的影响。

她钟爱其主旨，领会其真谛，迷恋其诗意，对这讲道的男人，更是爱得如痴如醉。她一夜无眠，反复思量该怎么做。尽管并非其初衷，她还是堕入了爱河，打定主意要去牧师宅邸表白。她忍不住，她要去破坏牧师的婚姻。

翌日九点，她按响了牧师宅邸的门铃，来应门的是穿着晨袍的吉尔斯。他大病初愈，依然苍白无力。让我大大松了一口气的是，琼一下子就明白过来，这不是她要的那个男人。她恍然大悟，原来还有那么一个兄长，于是便一路追他到伦敦，吉尔斯浑然不知内情，把地址给了她，她就去上门寻人。这套小小的装修过的公寓位于乔克法姆①，埃德蒙在那里暂住一阵好挨过离婚危机。

他在那段日子里备受压力，面对一个似乎他要什么都愿意倾情奉献的美女，根本无法抵挡。她在那里待了整整两周，埃德蒙跟她做爱做得欲仙欲死——黑利描写的床上细节让我颇感难堪。她的阴蒂大得骇人，尺寸跟一个男孩发育前的阴茎不相上下。他从没见识过如此丰饶润泽的情人。琼旋即决定要跟埃德蒙厮守余生。她一听说她的男人是个无神论者，便恍然大悟，原来命中注定，她的天职就是要把上帝的光芒带给他。她颇有心计，只字未提使命，只是等待时机。只用了几天时间，她便原谅了他假扮成自己弟弟的渎神之举。

与此同时，埃德蒙在悄悄地、反反复复地读一封莫莉写来的信，信中明显暗示想破镜重圆。她爱他，只要他不再出轨，他们也许又能成为一家人。孩子们想他想得厉害。他很难自拔，可是他知道他别无选择。好在琼突然回到苏塞克斯的那栋有护城

① 伦敦西北角卡姆登镇附近的地名。

河围绕的房子，去照料她的马、狗以及其他杂事。埃德蒙趁机到家跟他太太待了一小时。一切顺利，她看上去楚楚动人，而他赌咒发誓，说自己一定能遵守。孩子们放学回家，他们一起喝茶。宛如时光倒流。

次日，在当地一家油乎乎的小饭馆里，就着一盘权充早餐的油煎杂菜，他告诉琼自己要回到妻子身边，一出可怕的心理变态剧就此上演。直到此时，他才意识到她的心理状态是多么脆弱。她先是操起他正在吃饭的那个盘子砸了个粉碎，然后一边尖叫一边从饭馆跑到大街上。他决定不去追她，而是匆匆赶回公寓，收拾行装，留下一张自以为对琼善意的字条，便搬回家找莫莉去了。破镜重圆的狂喜只持续了三天，琼便带着复仇的怒火又闯进了他的生活。

噩梦始于她敲响房门、出现在莫莉和孩子们面前的那一刻。她给莫莉，也给埃德蒙写信，孩子们上学途中她跑过去搭讪，她每天要打来几次电话，而且通常都在凌晨三四点。每天她都站在屋外等候，这一家子有谁胆敢出来，她就过去跟谁说话。警察无能为力，因为他们说，琼并没有违法。她跟着莫莉去上班——莫莉是一家小学的校长——并且在操场上将她可怕的一面表现得淋漓尽致。

两个月过去了。偷猎者既能轻易让一个家庭分崩离析，也能轻易让他们同仇敌忾。然而，艾尔弗雷德斯的婚姻纽带本来就太脆弱了，以往的伤害还没修补好。这场家庭劫难——在最后一次推心置腹的谈话中，莫莉告诉埃德蒙——是他自己招来的。她必须保护孩子，保护自己健全的心智，还得保护她的工作。再一次，她要他走。他承认目前的局面确实不堪忍受。他刚刚拿着行李跨出大门，琼便等在人行道上。他挥手招来一辆出租车。莫莉在卧室窗口眼睁睁地看到，经过一阵激烈的扭打，琼硬是挤进车里，坐到她的男人身边，男人的脸被她抓得惨不忍睹。他哭着哀悼他的婚姻，一直哭到乔克法姆，回到那栋公寓里——她把那里当成他们的爱情圣殿，所以一直不曾退租。当她欣慰地张开手臂揽住他的肩膀，嘴里发誓要爱他、要永不分离时，他毫无感觉。

他们终于在一起了，她神志恢复正常，非但能面对现实，而且对他含情脉脉。有一阵子简直很难想象那些可怕的桥段真的上演过，他已是万念俱灰，由着她嘘寒问暖地照看，再当回她的情人，倒还省心些。然而，时不时地，*她仿佛腾空而起，向着那些曾经积聚起情感龙卷风的乌云飞升。*哪怕已经走完了离婚的法律程序，琼也不肯满足。他惧怕她大发雷霆的样子，只好尽可能避免。什么样的事情会让她发作？当她猜疑他正在想着或者看着另一个女人时，当他在下议院里通宵开会时，当他和几个左翼朋友出门喝酒时，当他在婚姻登记处再度拖延时。*他讨厌跟她针锋相对，也懒得纠缠，于是渐渐地，她一次次的泼天醋意将他训练得俯首帖耳。*这过程是缓慢的。他发觉，要息事宁人，就得远离那些已经渐渐成为朋友的老情人，远离女同事，罔顾下议院的分组表决铃、组织秘书的敦促以及他的选民，事实上，他还得娶她，省得面对继续拖延登记的后果——那些可怕的疾风暴雨。

一九七〇年的大选将爱德华·希思推上台，埃德蒙非但丢了他的席位，而且被他的竞选经理人扔到了一边，后者告诉他工党不会在下一个回合中提名他候选了。于是这对新婚伉俪干脆搬到苏塞克斯她的家里。渐渐地，他开始花琼的钱过日子。在这段日子里，他将地铁司机工会或者其他左翼的朋友都抛在脑后。这倒正好，因为如今他的生活环境富庶优渥，让他颇为尴尬。每回孩子们来看他似乎都会引发激烈冲突，于是，渐渐地，他也成了那类满怀内疚的、“不得已抛下孩子只求取悦第二任妻子”的男人。同样地，为了息事宁人，他宁愿每周都去做礼拜，以免又得互相叫嚷，比谁嗓门更大。年近半百时，他开始对家里花园中的玫瑰产生了兴趣，还成了护城河里的鲤鱼专家。他学会了骑马，尽管他觉得自己骑在马上的样子很可笑，而且这种感觉始终挥之不去。无论如何，他跟弟弟吉尔斯的关系有所改善。至于琼——教堂里，可敬的艾尔弗雷德斯布完道之后，众人齐声祷告，当琼偷偷半睁开双眼，看到埃德蒙跪在她身边时，她知道，尽管过程千辛万苦，尽管饱受折磨，她终究还是拉着她的丈夫靠近了耶稣，通过救赎，通过爱的永恒力量，她毕生唯一的重大成就终将实现。

故事到此为止。一直读到结局我才意识到，刚才我根本没看到小说标题。“这便是爱”。这个即将成为我的无辜猎物的二十七岁的男人，似乎太熟谙人情、通晓世故了。这个男人知道爱上一个情绪暴烈、极具破坏力的女人，会出现何种局面；这个男人也注意过一只古老的圣水盂的盖子，知道有钱人在护城河里放养鲤鱼，而那些被压榨欺凌的人上超市总是把购物车塞得满满的——无论是超市还是购物车，当时在英国都是新生事物。如果琼那个基因突变的生殖器不是他臆想的产物，而是出自真实经历，那么我可真是相形见绌，或者说等而下之啊。我是不是对他的风流韵事有了一丁点醋意？

我开始整理文件夹，我太累了，不想接着看下一个短篇。我已经领略到了一种特殊的风格，堪称任性的叙事施虐狂。艾尔弗雷德斯的人生之路变得如此狭窄，也许是他自作自受，可是黑利把他整得太惨了。他性格里一定有厌世或厌己的成分——这不是昭然若揭的事吗？我发觉，一旦你认识，或者即将认识作者，那么读他的作品时就会跑偏了方向。我仿佛闯入了一个陌生人的心灵。出于俗不可耐的好奇心，我对每一个句子都充满怀疑，疑心它或是证实或是否认或是掩盖着一个隐秘的动机。我觉得，如果汤姆·黑利在登记处跟我做了九个月的同事，那么我们之间的距离反倒不如现在这样近。可是，即便我能觉察到那种亲近感，我也很难准确地说出我究竟知道些什么。我需要一种仪器，某种计量设备，某种在叙事上的功效与便携式罗盘针类似的东西，才能度量黑利与爱德蒙·艾尔弗雷德斯之间的距离。也许作者始终让他自己的精灵待在一臂之遥的地方。也许艾尔弗雷德斯——他甚至未必是个男人——象征着黑利自己惧怕的或者当初险些成为的那种人。也可能，他之所以要惩罚艾尔弗雷德斯，是因为他的道德洁癖容不下通奸之举，刻意模仿虔诚信徒的姿态。黑利没准是个道学家，搞不好还是个笃信宗教的道学家，要不就是个对许多事物都充满畏惧的人。而古板和恐惧，可能构成了一个更大的性格缺陷的两面。但凡我没有虚掷三年光阴，在剑桥把数学念得一塌糊涂，也许我就能进入英语专业，学会如何读书了。然而，即便如此，我真的能学会如何解读 T·H·黑利吗？

9

次日晚上我跟雪莉约在伊斯林顿的“希望与起锚”酒吧里听“酿蜜”乐队唱歌。我迟到了半小时。她一个人坐在酒吧抽烟，俯身看着笔记本，装着一品脱啤酒的玻璃杯搁在几英寸开外。外面挺暖和，但一直在下大雨，所以此地充斥着一股子湿牛仔裤和湿头发的难闻气味。扬声器上的小灯在角落里熠熠闪光，一位巡回乐队管理员正在那里孤零零地调试着设备。酒吧里的人数，即便把乐队和他们的同伴都算上，或许也不会超过两打。在那个年头，至少在我的圈子里，即便女人之间见面也不会互相拥抱。我溜到雪莉身边的吧凳上坐下，叫了饮料。两个女孩子跟男人一样，把酒吧看成自己的地盘，跑到那里去喝酒，这在当时可是一件不同寻常的事情。在“希望与起锚”，还有伦敦的其他几个屈指可数的地方，倒是没人在乎这些。变革已经来临，你完全可以悄悄地逃脱责罚。尽管我们装出一副理所当然的样子，但这终究是标新立异之举。若是搁在联合王国境内的其他地界，他们会把我们当成妓女，要不就是像对待妓女那样对待我们。

上班时我们一起吃午饭，但我们之间总存着一丝芥蒂，这是那回短暂交锋以后留下的一点抹不掉的痕迹。既然她的政治观念如此幼稚,或者说如此愚蠢,那她又算得上什么朋友呢?然而,有时候我又相信,时间会解决这个问题,只要在工作中稍经耳濡目染,她的政治观自然就会成熟起来的。有时候,面对一个困难,最好的办法便是保持沉默。那种一时心血来潮,非得追求“真理”、迎难而上的行为,在我看来会造成极大的伤害,同时也摧毁了很多友情和婚姻。

在我们约会前不久,雪莉曾有一天半离开她的办公桌,不见踪影。她没生病。有人看见她进了电梯,还看见她按了哪层的键。传闻她给叫到了六楼,那个云山雾罩的楼层是我们的头儿商议秘事的地方。传闻还暗示,既然她比我们其他人都聪明,所以她上楼是去接受某种非同寻常的升职。在“新手训练营”里,这条消息惹来了几句温和而势利的刻薄话,类似于“哦,我要是也生在工人阶级就好啦”。我扪心自问。如果被我最好的朋友抛到身后,我会嫉妒吗?我想我会。

她回来以后,对别人的问题充耳不闻,什么也不肯告诉我们,甚至连个谎都没编,大多数人都觉得这一定是高升的信号。我没那么确信。她胖胖的脸蛋有时候会让她的表情很难猜,她的皮下脂肪成了一副面具,她就躲在这面具后面过日子。这个特点倒是能帮她在这一行里如鱼得水,只要女人的外勤任务能比清扫屋子更高级点。不过,我想我对她已经很了解。她的举止神态里没有一丁点凯旋的迹象。我是不是稍稍松了口气?我想是这样。

从那以后，这还是我们俩头一回在大楼之外的地方碰面。我打定主意不问她六楼的事儿。如果问就显得太没面子了。何况，如今我也有了自己的任务，我也升了职，尽管发出这些指令的地方要比她低两层楼。她改喝金酒加橙汁，我也下了一样的单。在头十五分钟里，我们压低嗓门扯了几条办公室八卦。既然现在已经不能算是新来的姑娘，我们便觉得可以由着性子无视几条戒律了。新闻还真不少。我们有个新来的姑娘丽莎——牛津高中，牛津大学圣安妮学院，既聪颖又迷人——刚刚宣布与一位名叫安德鲁的文官——伊顿公学，牛津大学国王学院，男子气与书卷气并重——订婚。近九个月里，这样的联姻已经是第四桩了。哪怕波兰加入北大西洋公约组织，大伙儿也不会比现在看到这些“双边洽谈”更兴奋了。有些人津津有味地猜测，谁会是下一个。用某个能言善辩的列宁主义者的说法就是“谁搞谁”。[①] 早先，有人看到我在伯克利广场上跟马克斯坐在一条长椅上。那会儿当我听到我们的名字经过严格筛选被人提出时，我的胃都禁不住痉挛起来，不过现在已经没人提这档子事了，因为那些进展更为确凿的消息层出不穷。我跟雪莉聊了会儿丽莎的事儿，都觉得现在说她到底几时成婚还为时尚早，于是转而讲到温迪，跟她好的那位也许头衔高了点——她的奥利弗是部门领导的助理。不过，我觉得我们俩这么聊，多少有点不咸不淡、

① 这里的原文是 who whom，都解释为“谁”，但前一个是主格，后一个是宾格。列宁认为革命的重要问题就是这两个“谁”，大致就是谁能战胜、压制谁的意思，这里借用在办公室八卦里，所以此处译者以戏拟的口吻译作“谁搞谁”。

按部就班。我能感觉到雪莉在装，她举杯的次数太频繁了，就好像在努力鼓起勇气似的。

果然。她又叫了一杯金酒，喝上一大口，犹豫片刻，说道，“我要跟你说件事。不过，你先得为我做件事。”

“好。”

“微笑，就像你刚才那样。”

“什么？”

“就按我说的做。我们正给人监视着呢。笑一笑。我们聊得正开心呢。好吗？”

我咧开嘴。

“你能做得更好。别那么僵。”

我又努力了一下，点点头耸耸肩，好让自己看起来活泼好动。

雪莉说，“我给解雇了。”

“不可能！”

“自今日起。”

“雪莉！”

“保持微笑。你不准告诉任何人。”

“行，可是为什么？”

“我什么也不能告诉你。”

“你不可能给解雇的。这说不通。你比我们其他人都出色。”

“我本来可以找个私密点的地方告诉你的。可是我们俩的房间都不保险。而且我也想让他们看见我跟你说话。”

主音吉他手刚才一直在兴致勃勃地摆弄他的吉他。现在他和鼓手跟管理员凑在一起，三个人都弓下身子伺弄地板上的一台仪器。那仪器报以一声嘶吼，不过很快就给制服了。我瞪大眼睛盯着人群看，他们三三两两，背对着我们，大多都是男人，手里拿着啤酒站着等乐队开场。里面会不会有一两个来自 A4 部门，就是那些搞监视的？我很怀疑。

我说，“你真的觉得被人跟踪了？”

“不是，不是我。是跟踪你。”

我的笑声是发自内心的。“真荒唐。”

“我是说真的。那些负责监视的家伙。从你进军情五处就开始了。他们也许还进过你的房间。轻松点儿。塞丽娜，保持笑容。”

我回过头看看那群人。当时男人留披肩长发还只是少数人的趣味，至于可怕的大胡子和长鬓角，那还得过一段时间才会出现。所以，好多人看起来都形迹可疑，好多人都有嫌疑。我觉得我能看见六七个都有可能。紧接着，突然间，屋里每个人看起来都有可能。

“可是，雪莉，为什么？”

“我以为你能告诉我。”

“没什么可说的啊。都是你编的吧。”

“你瞧，我有事情要告诉你。我做了点蠢事，我深感羞耻。我不知道该怎么说。我本来打算昨天说的，但我没有勇气。可是我得说实话。我把事情搞砸了。”

她深吸一口气，伸手再摸一支烟。她的双手在打颤。我们都朝乐队方向看过去。鼓手已经就位，在调整踩跋的位置，还操起鼓刷玩了个眼花缭乱的手势。

雪莉终于开口，“我们去打扫那栋房子之前，他们把我叫过去。彼得·纳丁、塔普，还有那个让人毛骨悚然的小家伙，叫本杰明什么的。”

“耶稣。为什么？”

“他们有备而来。说我干得不错，升职有望，反正就是挑我爱听的说呗。然后他们说知道我们俩是好朋友。纳丁问你有没有说过什么异常的或者可疑的话。我说没有。他们就问我们都聊些什么。”

“基督。那你怎么说？”

“我就应该叫他们滚开。可我没有勇气。其实也没什么好藏着掖着的，所以我就跟他们说了真话。我说我们聊音乐、朋友、家庭、过去，瞎聊，根本没什么大不了的事儿。”她看着我，眼神里含着一点谴责的意味。“若是换作你，也会这么说。”

“我不一定。”

“如果我什么都不说，他们会更疑心。”

“好吧。那后来呢？”

“塔普问我俩有没有谈过政治，我说没有。他说他很难相信，我说事实就是如此。我们围绕这个问题兜了一会圈子。然后他们说好吧，他们要让我干点敏感的事儿。不过此事关系重大，如果我能帮忙他们不胜感激，诸如此类，说个没完，你知道他们说好话的时候那股子蜜里调油的黏糊劲儿。”

“我想我知道。”

“他们想让我跟你聊聊政治话题，装出一副很左的样子，把你的想法勾出来，看看你到底站在哪一边，然后……”

“然后告诉他们。”

“我知道。我深感羞耻。可你别这么酸。我想跟你坦诚相见。记得要保持笑容。”

我盯着她，盯着她胖乎乎的脸以及散布在脸上的雀斑。我努力想恨她。几乎就是恨。我说，“你倒是在笑。演戏是你天生的本事。”

“我很抱歉。”

“那么那场对话整个就是……你在执行任务。”

“听着，塞丽娜，我的选票是投给希思的。所以，好吧，我是在执行任务，为了这一点我讨厌自己。”

“那个什么莱比锡附近的工人的天堂，也是谎言？”

“不是，学校里真的组织过那样一次旅行。没劲透了。我一直在想家，哭得像个小娃娃。可是，听着，你全都做对了，你每句话都说对了。”

“然后你就回去汇报了！”

她哀怨地看着我，直摇头。“问题就在这里。我没汇报。当天晚上我去找他们，跟他们说这事我干不了，我是认真的。我甚至没告诉他们我们有过那么一场对话。我只是说我不想打我朋友的小报告。”

我的视线移向别处。这下我可真的困惑了，因为我其实倒是希望她把我说的话告诉他们。可我不能对雪莉这样说。接下来半分钟，我们默默地喝着金酒。贝斯手上台了，地板上的那个类似于接线盒的玩意还在捣乱。我四下打量。酒吧里没人朝我们看。

我说，“既然他们知道我们是朋友，那他们一定猜测你把他们布置的任务讲给我听了。”

“正是。他们会给你一点信息的。也许警告你。我已经对你和盘托出了。现在你告诉我吧。他们为什么对你感兴趣？”

当然，我其实不知道为什么。可是我对她很恼火。我不想让自己看起来一点都不知情——不，不仅如此，我还想让她相信，有些事情我不愿意跟她讨论。我可没法肯定，她说的话我都能相信。

我把问题扔回给她。“这么说来，他们解雇你就是因为你不愿意打同事的小报告？这话我觉得说不通啊。”

她花了很长时间才把烟掏出来，分给我一支，然后将两支都点燃。我们叫了更多的酒。我不想再喝金酒，可是我的思绪太混乱了，除此之外我想不出什么别的选择。于是我们又下了一样的单。我的钱都快用完了。

“好吧，”她说，“这事儿我不想说了。事已至此。这份职业算是完蛋了。反正我从来也没觉得能长久。我打算搬回家里，照看我爸爸。他最近脑子有点糊涂。我要在店里帮忙。没准儿我还会写点什么。不过，听着，我希望你能告诉我发生了什么事。”

接着，她仿佛想起我们的昔日友情，突然做了个充满感情的手势，拉住我棉外套的翻领，摇了摇。她要把理智摇到我心里。“你被什么东西给迷住了。这是发疯，塞丽娜。看他们的模样，听他们的谈吐，俨然一群道貌岸然之人，可实际上他们，他们可能很卑鄙。这是他们擅长的。他们就是卑鄙小人。”

我说，“我们等着瞧。”

我焦躁不安，彻底迷糊了，可我还是想惩罚她，让她替我担心。我几乎可以骗自己了，我确实有个秘密。

“塞丽娜。你可以告诉我的。”

“太复杂了。我为什么要告诉你？你又做得了什么呢？你跟我一样都在最底层。或者说你曾经跟我一样。”

“你是不是在跟‘对面’勾搭？”

这个问题很吓人。我当时处在微醺状态，借着一点酒胆，我倒真希望能有个苏联人遥控我，我能过上双重生活，在汉普斯代德希斯有个秘密信件的取放点，最好我干脆就是个双重间谍，专给异己的体制喂点没用的真相和具有破坏性的谎言。至少我有了T·H·黑利。如果他们真的怀疑我，为什么要把他派给我？

“雪莉，在我‘对面’的是你。”

她的回答淹没在《膝盖发抖》的开头一组和弦里，这是我俩最喜欢的老歌，可这回我们没法好好听。我们的对话到此结束。陷入僵局。她不肯告诉我她为什么被解雇，我也不想告诉她我那个其实并不存在的秘密。过了一分钟，她从吧凳上起来，既没有说一句话，也没有做什么告别的手势，就走了。反正就算有，我也不会回应的。我在那里坐了一会儿，努力欣赏乐队的表演，努力让自己平静下来，理清思路。喝完我自己那杯金酒以后，我又把雪莉那杯剩下的也一饮而尽。不知道是什么更让我心烦意乱，是我最好的朋友，还是我的雇主。雪莉的背叛是无法宽恕的，而我的雇主如此作为，则让我不寒而栗。如果我有嫌疑，那监管我的过程中也必然会有漏洞，可是这一点并没有减少纳丁和组织的威慑力。他们派监视人员闯进我的屋子，出于一时疏漏搁下了我的书签——省悟到这一点，并没有带给我丝毫宽慰。

乐队一点都没有耽搁，直奔下一首《我的摇滚岁月》。如果监视人员真的在这里，混在那些端着啤酒的酒吧顾客里，那么他们跟扬声器之间的距离，就要比我近得多。我猜他们不会中意这种音乐的。A4 部门那些古板的家伙会喜欢更悦耳讨巧的那种。他们会讨厌这样丁零当啷、律动强劲的场面。想到这里我略感安慰，但除此之外就没什么开心的地方了。

我决定回家去，再读一个短篇。

没人知道尼尔·卡德的钱是从哪里来的，也不知道他独居在海格特的一栋有八个卧室的豪宅里，到底在干些什么。大部分偶尔能在街上撞见他的邻居，连他的名字都不知道。他将近四十，相貌平平，长着一张狭长而苍白的面孔，生性害羞，举止笨拙，对于那种轻松随意的闲聊毫无驾驭的天分，而后者本来是可以帮他打开局面、在当地结识几个熟人的。话说回来，他也不惹麻烦，只顾着把他自家的屋子和花园拾掇得井井有条。如果有人在传小道消息的时候提到他的名字，那一般是在讲那辆停在他屋外的一九五九年款的宾利车。像卡德这样安静低调的家伙，为什么要配如此张扬的座驾？还有一个可以嚼嚼舌头的话题是他那个年轻活泼、衣着五彩斑斓的尼日利亚女管家，一周上六天班。阿贝姬买东西、洗衣服、做饭，她长得很好看，跟那些虎视眈眈的家庭主妇也挺合得来。可她是不是也兼任卡德的情人呢？这事情显得如此不可思议，以至于人们都忍不住要琢磨，没准儿这倒是真的呢。那些脸色苍白、沉默寡言的人哪，你是永远也料不到的……但是从没有人看见他们俩在一起，她从来没坐进他车里，她总是等茶点时间一结束就离开，在这条街的尽头等巴士载她回威尔斯登。如果尼尔·卡德真跟她有一腿，那也只局限在室内，而且严格限制在九点到五点之间。

一场转瞬即逝的婚姻，一大笔让人咋舌的遗产，再加上他生性内向、不爱冒险，这三个条件合而为一，便清空了卡德的人生。在伦敦的这个陌生的地区买那么大一栋房子，这么干并非明智之举，可他懒得搬出去，再买一栋。换了又怎样呢？他屈指可数的几个朋友和公务员同事都因为他突然发了这笔横财，对他颇为反感。也许他们是嫉妒。不管怎么样，反正也没人排队等着帮他花钱。除了大宅豪车，他在物质方面倒也没有什么天大的胃口，没有什么心心念念的目标可以让他最终实现，他对慈善事业、出国旅行之类也没什么兴趣。阿贝姬当然是意外之喜，他对她也多少有点儿想入非非，可她已经结婚，还有两个年幼的孩子。她先生也是个尼日利亚人，一度向往加入国家足球队。只消瞥他一眼，卡德就知道自己不是对手，自己不会是阿贝姬喜欢的那种类型。

尼尔·卡德本来就是个迟钝的家伙，这样的生活让他愈发迟钝。他习惯晚睡，核查文件夹，跟股票经纪人说两句，读会儿书，看看电视，三不五时到汉普斯代德希斯那边走走，偶尔去酒吧和俱乐部里转转，巴望能撞上什么人。可他实在太腼腆了，套不来近乎，所以毫无进展。他始终悬着一颗心，等着开启崭新的人生，可他又觉得自己没什么动力。后来，当事情终于发生的时候，也是以一种平淡无奇的方式展开的。当时他正在大理石拱门街区的尽头，沿着牛津街走，去往魏格莫尔街上的牙医诊所，路上经过一家百货商店，那家店硕大的玻璃橱窗里陈列着一排姿态各异的人体模型，都穿着晚礼服。他驻足片刻，向里面张望，他姿态忸怩，向前走了几步，又踌躇起来，再往回走。那些人体模型——他讨厌这个词儿——给摆得有模有样，看起来像是一个风格老辣的鸡尾酒会现场。有个女人身子往前倾，像是要散布什么隐私，另一个抬起一只雪白僵硬的胳膊，像是被这个消息逗乐了，不相信这是真的，第三个女人满是懒洋洋的倦意，侧转头，视线越过自己的肩膀落在门口，那里有个壮硕的家伙，穿着小礼服，手里夹着没有点燃的香烟。

不过尼尔对这些没什么兴趣。他盯着其中一个年轻女子瞧，在整个这群模型里，只有她背对着别人。她正在凝视着墙上的一幅版画——画面上是维纳斯。不过她看得也并不怎么认真。可能是橱窗设计师在位置排布上出了点纰漏，也可能——正如他突然发觉自己在凭空臆想——这女人本身就有那么点儿桀骜难驯的劲头，她的视线从那幅画上挪开了几英寸，直接移到角落里。她在捕捉一道思绪，一个念头，她也不在乎自己看起来是什么模样。她根本不想待在那里。她身穿一袭橘色真丝晚装，裙褶简洁，与别人不同的是，她光着脚。她的两只鞋——那肯定是她的——都侧躺在门边上，她一进门就把鞋子踢掉了。她喜欢自由。她一只手里攥着一只小小的、黑橘两色相间且表面缀着珠子的晚宴包，另一只手垂在一边，手腕向外翻转，她显然是想心事想出了神。也没准是在回忆。她的头略略低下，露出完美的颈线。她的双唇分开，不过也只是微启而已，就好像要表达什么想法，说出一个词儿，叫响一个名字……尼尔。

他耸耸肩，从他的白日梦里挣脱出来。他知道这样实在荒唐，于是颇为刻意地一边往前走，一边往手表上瞥两眼，好让自己确信，他这样走是有目标的。可他其实没有。等待着他的，不过是海格特那栋空荡荡的房子。等他到家时，阿贝姬应该已经走了。他甚至没有机会听到她发布她那几个蹒跚学步的孩子们的近况。他逼着自己不要停下脚步，他很清楚，某种疯狂正蓄势待发，有个念头正在渐渐成形，向他步步紧逼。他的意志还不算太弱，一路走到牛津环形广场才转身。不过也不算太强，他终究还是加快脚步赶回了那家商店。这一回，他觉得站在她身边，凝视着她这个隐秘的时刻，也没什么尴尬可言了。现在他看到了她的脸。如此思绪万千，如此忧伤难解，如此美丽动人。如此与众不同，如此孤独无依。她身边的谈话都浅薄得很，她以前都听过，这些都不是她中意的人，这里也不是她喜欢的场合。她该想个什么法子才能逃走呢？这真是个甜美的幻想，教人不胜陶醉，在这一刻，卡德心地坦荡，认定这是一个幻想。他觉得这就说明自己神志清醒，于是愈发由着性子沉醉其中，任凭人行道上购物的人流在他身边走来走去。

后来，他也记不清自己究竟是如何权衡、如何决定的。总之，怀着某种油然而生的宿命感，他走进那家商店，先跟一个人攀谈，那人打发他去找另一个，第三个人级别高点，断然拒绝。完全不合规矩嘛。他提了个数目，对面挑起了眉毛，叫来一个级别更高的，数目翻倍，成交。周末再送来？没门，现在就要，身上的礼服也得跟着走，同样尺寸的他还想再买几件呢。店员和经理将他团团围住。送上门来的是一个——这也不是第一回了——怪人。一个坠入爱河的男人。所有在场的人都知道这是一笔大买卖。因为这样的礼服本来就要价不菲，再配几双鞋和闪色绸内裤也一样昂贵。还有——这家伙是多么冷静多么决断啊——珠宝。略加思忖，他又加上了香水。两个半小时统统搞定。一辆运货车很快安排停当，他们记下了他在海格特的地址，钱一次付清。

那天晚上，没人看见她夹在司机的胳膊底下，悄然而至。

读到这里，我从那张专供读书用的椅子上站起来，下楼沏茶。我仍然略有醉意，跟雪莉之间的那场谈话仍然在困扰着我。

我想，如果我从现在开始东翻西找，看看房间里有没有一支暗藏的麦克风，那我就得怀疑自己的神志是否清醒了。我还发觉，尼尔·卡德无力抓住现实，这一点很容易影响我。它会让我也无力抓住自己的现实。他是不是又一个将所有的事情搞得一团糟，即将被黑利那叙事的鞋跟踩在脚下、碾得粉碎的人物？我多少带着点不情愿，端茶上楼，坐在床边，命令自己接着看黑利的作品。显然，他是不打算让读者从百万富翁发疯这件事上得到任何安慰的，读者休想就此置身事外，窥见事情的本来面目。这个阴郁病态的故事，不可能有什么好结局。

最后我还是回到那张椅子上，发现那个人体模型被命名为赫尔弥俄涅[①]，而卡德的前妻碰巧也叫这个名字。后者嫁给他不到一年光景，就在某天早上离他而去。当天晚上，赫尔弥俄涅光着身子躺在床上，他替她在更衣室里清空了一个衣橱，挂上她的衣服，藏好她的鞋子。他跑上楼，将阿贝姬替他准备好的饭菜盛在两个盘子里。只要再热一热就行了。然后他回到卧室，把她带到漂亮的餐厅里。他们默默地吃饭。事实上，她没有碰自己那份，也不愿意看他的眼睛。他知道原因何在。他们之间的紧张气氛简直让人无法忍受——这也是他一连喝下两瓶酒的原因之一。他醉得不轻，带她上楼时只能拖着她走。

那是一个怎样的夜晚啊！在他这样的男人眼里，女人若是

① 这个名字在希腊神话中对应的人物，是梅内莱厄斯和海伦之女，俄瑞斯忒斯之妻，以美貌多情、反复无常著称，最后自杀身亡。

消极被动，倒反而构成某种刺激，某种尖锐的诱惑。哪怕在心醉神驰之际，他也能看到她眼中的厌倦，而这就愈发推着他攀上狂喜的巅峰。末了，天将破晓他们才分开，他满足得近乎生厌，那种精疲力竭的感觉让他动弹不得。几个小时之后，他被窗帘透进来的阳光照醒，于是翻过身转到他自己那边。她一整晚都仰面躺着，这一点深深打动了他。他喜欢她一动不动的样子。她是那么内向，以至于这种内向反而构成了一种反向的力量，征服他，吞噬他，推波助澜，让他的爱演变成持久而敏感的迷恋。始于商店橱窗外的遐思幻想，如今成了一个完美无缺的内心世界，一种教人目眩神迷的客观现实，他怀着一种宗教狂热般的激情守护着它。他不许自己琢磨她究竟有没有生命力，因为爱情之所以能让他陶醉，正是出于他那受虐狂式的感受：她忽视他，她鄙夷他，她觉得他不配被她亲吻、爱抚，甚至不配跟她说话。

当阿贝姬走进卧室打扫时，她惊讶地发现赫尔弥俄涅躲在一个角落里，瞪着窗外，身上的真丝礼服已经给撕烂。不过，当这位管家在衣橱里发现一排上好的女式礼服时，大为高兴。她是个聪明的女人，平时干活的时候，她能感觉到东家的目光在她身上久久逗留，次次都徒劳无功，而且他似乎也在努力压抑着自己，尽量少看她。现在他总算有了一个情人。真让她如释重负。虽说他的女人居然把一个人体模型运过来挂衣服，可这又有什么要紧呢？正如乱作一团的床单暗示的那样，正如当天晚上她为了挑逗她那肌肉发达的丈夫，用约鲁巴土语转述的那样，他们真是爽透啦。

哪怕是那种彼此交流最为融洽的情事，起初如癫似狂、欲仙欲死的状态，一般最多维持几周。纵观历史，也就只有几个善于随机应变的人没准能延长到几个月。然而，一旦两性的领地只有一个人的心灵在看管照料，一个人孤孤单单地在荒野边缘耕耘不息，那么，不消几天工夫，这种状态就会分崩离析。赫尔弥俄涅的沉默曾经充当过卡德的爱情养料，到头来却注定要反过来摧毁它。她跟他同居了不到一周，他就发现她的情绪有了变化，她将自己的沉默做了一点几乎难以觉察的微调，其中包含着某种几乎难以听见的、微弱然而坚定的不满的信号。这种耳鸣般的疑虑逼得他愈发尽心竭力地讨她的欢心。那天晚上，他们双双上楼，一丝疑虑在他心头滑过，他吓出了一个激灵——那真的是一个激灵。她心里在想着别人。当初他在商店橱窗里看到她远远地站在一众客人边上盯着角落时，就是这样的眼神。她想到别处去。跟她做爱时，这种思虑与快感纠结在一起，如外科医生手中的柳叶刀一般尖锐，仿佛将他的心劈成两半。不过那毕竟只是猜疑罢了，他一边想，一边退回到自己睡的那一边。那天晚上他睡得很沉。

第二天早上，他的疑虑卷土重来，因为阿贝姬服侍他吃早饭的时候（赫尔弥俄涅总是在床上待到中午），态度也有类似的变化。他的管家显得既活泼，又躲躲闪闪。她不肯直视他的双眼。咖啡不够热，他抱怨了一句，发觉她的脸顿时阴沉下来。她又端来一壶，一边搁下，一边说这壶又热又浓，他突然回过神来。很简单。真相总是很简单。她们是一对爱人，赫尔弥俄涅和阿贝姬。闪电偷情。就趁他出门的时候。因为自从赫尔弥俄涅来之后，除了阿贝姬，她还见过谁？所以才会有这种竭力转移渴望的眼神。所以今天早上阿贝姬才会有这样突兀的表现。所以一切都顺理成章。他是个傻瓜，一个无辜的傻瓜。

疑团迅速解开。当晚，手术刀愈发锐利，切得愈发深，刀子插进去还转了一圈。而且他知道，赫尔弥俄涅知道这一点。他从她恐惧而茫然的眼神里看出她知道。她的罪孽是他无心纵容的结果。他的爱情惨遭辜负，气得他使出浑身蛮力，对她大打出手，当他的双手紧紧扼住她的咽喉时，她的高潮来了，他们的高潮都来了。完事之后，她的胳膊、双腿和头颅都脱离了躯干，他抓起躯干砸向卧室的墙壁。她七零八落地散布在各个角落里，这个堕落的女人。这回没有什么抚慰人心的酣眠了。次日早上，他把她躯体的各个部件装进一只塑料袋，把她和她的所有物件全都扔进了垃圾箱。在一阵头晕目眩中，他给阿贝姬写了张便条(他压根没有再见一面的情绪了)，宣布解雇她，“立即执行”，并且在厨桌上留下当月的工资。他出门，在汉普斯代德希斯一带走了很久很久。那天傍晚，阿贝姬把那只她从垃圾箱里找出来的袋子打开，将里面的衣物一样样穿戴给丈夫看——珠宝，鞋子，真丝裙装。她结结巴巴地用他的家乡话——卡努里语(他们俩是跨部落通婚)告诉他，她离他而去，于是他就崩溃了。

从此以后，卡德始终独居，畏畏缩缩地步入中年，再无高调豪气之举。那件往事没有在他身上留下一丝痕迹。他也没有从中得到什么教益或启示，因为尽管他这个庸人在当时突然发现想象具有多么惊人的力量，他还是竭力让自己不去思索到底发生了什么。他决定把这件事，把精神分裂能迅速产生怎样的后果彻底遗忘，他做到了。他把关于她的一切都忘了。此后他再也没有活得那样激烈过。

10

马克斯跟我说过，他的新办公室比那种搁扫帚的壁橱都要小，其实还是略大一些的。若是将扫帚竖着放，办公桌和门之间可以塞十几把，椅子和墙壁之间还能再塞几把。不过，确实没有能装上一扇窗户的空间。这间屋子呈三角形，马克斯挤在顶点处，我则背对底边而坐。门没法完全关上，所以并无真正的隐私可言。门是往里开的，所以一旦有人想进来，我就只能先站起来，把椅子塞到办公桌底下。办公桌上有一叠信纸，抬头印着位于上摄政街的“自由国际基金会”的地址，还有毕加索画风的图案：一只正在飞升的鸽子嘴里叼着一本打开的书。我们每个人面前都摆着一份该基金会的宣传册，封面上只斜斜地印着一个词儿——“自由”，红色的字母看起来凹凸不平，让人联想到橡皮图章。“自由国际”是一个登记在案的慈善组织，倡导“世界各地人文艺术之杰出成就及其自由表达”。对他们可不是能够随便敷衍行事的。通过翻译或者各种迂回曲折的方式，这家组织资助或者扶持过南斯拉夫、巴西、智利、古巴、叙利亚、罗马尼亚和匈牙利的作家，身在弗朗哥统治时期的西班牙和萨拉查统治时期的葡萄牙的记者，以及苏联的诗人。它资助过纽约哈莱姆区的一家演员团体，亚拉巴马的一个巴洛克管弦乐团，还成功地倡议废除宫务大臣掌管监控英国戏剧的权力。

“这件外套挺像样的吧，”马克斯说。“我希望你能同意。他们到处表明立场。没人会把他们跟那些情报司的共产党间谍混为一谈。总体上更微妙一些。”

他穿着深蓝色正装。比他平时天天穿的那件芥末黄夹克衫好多了。他正在蓄发，所以两只耳朵看起来似乎不那么招风了。屋里唯一的光源摆在高处，铁皮灯罩下只有一只灯泡，勾勒出他的颧骨和嘴唇的弧形轮廓。他看起来肤发光洁，相貌堂堂，而且与这个狭窄的房间颇不相称，就像是一头野兽困进了小一号的笼子。

我说，“为什么要解雇雪莉·先令？”

听到话题变了，他连眼睛都没眨一下。“我以为你也许知道。”

“跟我有关？”

“你瞧，在这种地方工作就是这样……这些都是你的同事，他们性情讨喜、可爱迷人，出身好、有教养，反正诸如此类吧。你们如果不在一起执行任务，你就不会知道他们在忙点什么，干的是什么工作，是否胜任。你不知道他们究竟是笑眯眯的白痴，还是平易近人的天才。他们突然得到提拔，突然被解雇，而你根本不明就里。事情就是这样的。”

我不相信他一无所知。我们沉默了一会儿，将此事不了了之。自从马克斯在海德公园门口告诉我他越来越喜欢我以后，我们几乎没有在一起相处过。我能感觉到他正在往上爬，我高攀不上。

他说，“前几天那场会上，我记得你对情报司不太了解。情报调查司。它并不是个正式存在的官方组织。八四年成立，隶属于外交部，由卡尔顿联排街派任务，在那一带办公，其成立的目的是通过友好的新闻记者、通讯社，将与苏联有关的信息发布到公共领域，派发事实清单，驳斥谬论，赞助某些读物的出版。好比——劳改营啦，罔顾法制啦，生活腐败啦，压制异见啦，就是常见的那一套。通常会对非共左翼施以援手，还会扶持所有揭穿东欧生活幻想的材料。可是现在情报司变味了。去年它居然试图说服左派，我们有必要加入欧共体。荒唐。感谢上帝，北爱尔兰那摊事已经不归他们管了。他们在全盛时期活儿还是干得很漂亮的。如今他们太自以为是，也太粗糙了。行事还不得要领。传说他们很快就要给砍掉了。不过对于咱们这栋楼而言，重要的是现在情报司渐渐成了军情六处的家畜，一头钻进‘黑色宣传’[①]，玩那些谁也不会上当的骗子把戏。他们的情报信息源很不靠谱。情报司及其所谓的行动组一直在帮着六处重温上一场战争的旧梦。他们一心追求的是童子军式的痴言妄语。所以在五处，人人都喜欢彼得·纳丁讲的那个‘脸对墙’的故事。”

---

① 即 black propaganda：意识形态宣传的术语，通常指一方散布对敌方不利的消息，却又将信息源伪装成与敌方较友好的阵营。

我说，“是真的吗？”

“我怀疑。不过这故事让军情六处显得很白痴很浮夸，所以在这里广为流传。无论如何，甜牙行动的目的就是要辟出一块我们自己的天地来，不受六处和美国人的牵制和约束。至于让一个小说家掺和进来，那是后来彼得的突发奇想。在我看来，这是个错误——太难掌控了。可我们现在就得做这件事。这位作家并不一定得是个冷战狂人。只要对东方的乌托邦或者西方那若隐若现、萦回不去的灾难阴影心存疑虑就行了——这种事情你懂的。”

“如果作家发现我们一直在替他付房租，会怎么样？他会火冒三丈的。”

马克斯移开视线。我以为我问了一个愚蠢的问题。没想到他沉吟片刻，说，“我们的运作与‘自由国际’之间还隔了好几个环节。即便你成竹在胸，也得将事情安排利落。我们估计，一旦走漏风声，作家们宁愿回避难堪之处。他们会保持沉默。如果他们开口，那我们就会解释，有各种方式可以证明他们本来就知道钱是从哪里来的。而且这条财路不会断。时间一长人就会对某种生活方式习以为常，不愿轻易失去。”

“那就是敲诈了。”

他耸耸肩。“瞧，情报司在他们要风得风要雨得雨的时候，从来就没要求奥威尔或者凯斯特勒应该把什么写到书里去。不过他们尽其所能，保证让他们的观念在整个世界上获得最广泛的传播。我们面对的是自由的灵魂。我们不会告诉他们该怎么思考。我们为他们的工作提供便利条件。藉此，自由的灵魂曾长驱直入，直抵古拉格。如今，‘苏联精神病’成了新的国家恐怖之源。如果你反对这种制度，就会备受指责，被人当成疯子。某些工党和工会的家伙，还有大学教授、学生以及所谓的知识分子会跟你说，美国也好不到哪里去——”

“因为他们轰炸越南。”

“呃，好吧。不过，在第三世界国家，人们都觉得，关于自由的问题，苏联可以给他们上一课。战斗还没结束。我们要鼓励正确的好事。正如彼得看到的那样，塞丽娜，你热爱文学，热爱你的国家。他觉得把这件事派给你正合适。”

“可你不这么想。”

“我觉得我们应该局限在非虚构领域。”

我弄不清他在想什么。他的态度里似乎不带个人好恶。他不喜欢甜牙行动，或者不喜欢我在里头扮演的角色，可他很冷静，甚至冷漠。他就像是个倦怠的店员，催促我买下一件他明知道不合适的礼服。我想逼他失态，将他拉近。而他在忙着跟我交代细节。我得用我的真名。我得去上摄政街会见基金会的人。在他们眼里，我供职于一家名叫“尽情书写”的组织，该组织捐助资金给“自由国际”，让他们发给被举荐的作家。当我最终去布莱顿时，我必须保证随身没有带着什么能让人联想到莱肯菲尔德宅邸的东西。

我猜马克斯大概觉得我很笨。我打断他，说，“如果我喜欢上黑利怎么办？”

"好啊。那我们就招他进来。"

"我的意思是,如果我真的喜欢他。"

他的视线猛地从他手里的表格上抬起来。"如果你不愿意揽下这桩差事……"他的口气冷冰冰的,我开心起来。

"马克斯,"我说,"我开玩笑的。"

"让我们聊聊你给他写的信吧。我得看看草稿。"

于是我们就这个问题以及其他事项讨论了一会儿,我意识到,从他的角度看,我们已经不再是亲密无间的朋友。我再也不能要求他亲我了。可我不想接受这样的结果。我从地板上拿起我的手提包,打开,从里面拿出一包纸巾。直到去年开始我才停用那块绣花滚边、还在角落里用交织字母绣上我的名字缩写的棉布手帕——那是母亲给我的圣诞礼物。如今纸巾就像超市手推车一样,渐渐成了随处可见的东西。整个世界越来越"一次性"。我轻揉眼角,想下个决心。那张留着铅笔记号的三角纸片就蜷缩在我包里。我改变了主意。如果把纸拿给马克斯看,可能完全正确,也可能大错特错。非此即彼。

"你没事吧?"

"有点枯草热。"

最后我又冒出一个以前就冒出过多次的念头,由着马克斯对我说谎,总比我一无所知好点,至少这样好玩点。我拿出报纸碎片,推给桌子对面的他。他瞥了一眼,把纸片翻了个面,再翻回来,然后放下,凝视我。

"怎么?"

我说，“坎宁，还有那个一下就被你猜到名字的岛。”

“这个你是从哪里弄来的？”

“如果我告诉你，你会对我直言不讳吗？”

他什么也没说，可我还是跟他说了实话，说富勒姆那栋安全屋，还有那张单人床和床垫。

“谁跟你一起去的？”

我告诉了他，于是他静静地用手掩住嘴“啊”了一声。然后他说，“所以他们解雇了她。”

“什么意思？”

他双手从嘴上放开，做了一个无能为力的手势。我无权知道真相。

“这玩意我能留着吗？”

“当然不能。”我赶在他的手移动之前把报纸碎片从办公桌上抢走，藏进我的包里。

他轻轻地清清嗓子。“那么我们应该进行下一个话题。那些短篇。你打算跟他怎么说？”

“我很兴奋，精彩绝伦、耳目一新的天才，写法高级，文风美妙而深邃，高度敏感，尤其写到女人，他好像了解并洞悉她们的内心，跟大多数男人截然不同，我迫不及待地想了解他更多，想——”

“塞丽娜，够了！”

“他当然前程似锦，基金会肯定乐意为他锦上添花的。尤其是如果他考虑写一部长篇小说的话。准备支付——多少来着？”

“每年两千。”

“多久——”

“两年。可以续约。”

“我的上帝。那他怎么会拒绝呢?”

“要是一个素昧平生的人往他大腿上一坐舔他的脸,他就会拒绝。拜托冷静点。让他来追你。就他的情况而言,基金会还有一大把其他候选人要考虑,他们感兴趣的是,比方说,他未来有什么计划?”

“好吧。我尽量打听。然后我就把什么都给他。”

马克斯往后一靠,双臂交叉抱在前胸,朝天花板瞥了一眼,说,“塞丽娜,很抱歉让你心烦意乱。我真的不知道先令为什么会给解雇,我也不知道你那张报纸碎片是怎么回事。就是这么回事。可是,你瞧,让我跟你说一点我自己的事儿,这样公平点。”

看来他准备把我已经猜到的事儿告诉我了:他是个同性恋。这下我倒有些难为情了。我本来不想逼他忏悔的。

“我之所以告诉你,是因为我们是好朋友。”

“是。”

“可是,不足为外人道。”

“当然!”

“我订婚了。”

我猜,我用了零点零几秒调整自己的表情,他一下子就窥破了我的困惑。

“可这是大好消息啊。谁是——”

"她不在五处。露丝是盖伊医院的医生。我们两家一直来往密切。"

我的话冲口而出,来不及收回。"包办婚姻!"

可是马克斯只是羞赧地一笑,没准还有点脸红,可是在昏黄的灯光下分辨不清。所以,也许我说对了,他的父母替他选择了专业,不许他从事体力劳动,现在又替他选好了妻子。想到他内心深处其实脆弱不堪,第一阵悲凉不禁涌上心头。我已经出局了。这情绪里还夹杂着几分自怜。人们都说我长得漂亮,我深信不疑。我应该一辈子都春风得意,享受特权:美女对男人次次都能召之即来,挥之即去。事实正相反,他们要么弃我而去,要么死在我身边。要么跟别人结婚。

马克斯说,"我觉得我应该告诉你。"

"是。多谢。"

"我们要再过几个月才会宣布。"

"当然。"

马克斯轻快地将他手中的笔记在办公桌上码齐。讨厌的事情已经讲完,现在我们又能继续了。他说,"你对那些短篇到底怎么看?那篇关于孪生兄弟的。"

"我觉得相当好。"

"我觉得很糟糕。我没法相信一个无神论者会懂《圣经》。或者装扮成一名教区牧师布道。"

"出于兄弟之爱。"

"但不管什么样的爱他都不会有。他就是个无赖,而且懦弱无能。我不明白他怎么会关心弟弟，关心他出了什么事儿。”

我觉得我们其实是在谈论黑利，而不是埃德蒙·艾尔弗雷德斯。马克斯的声调显得颇为别扭。我想我已经成功地给他灌了一口醋。我说，“我觉得他很有魅力。聪明，杰出的公共演说家，有玩恶作剧的天分，喜欢冒险。只不过他不是她的对手——她叫什么来着？——琼。”

“我觉得她压根就不可信。这些具有毁灭性的、能吃掉男人的女人只不过是某种男人的幻想罢了。”

“哪种男人？”

“哦，我不知道。受虐狂。负罪感，要不就是那种厌憎自己的男人。也许等你回来就能告诉我了。”

他站起身，示意会谈结束。我看不出他有没有生气。我怀疑，也许他会产生一个古怪的念头，觉得他奉命成婚的事儿得归咎于我。也可能他在生自己的气。或者我刚才那个包办婚姻的词儿惹恼了他。

“你真的认为黑利不适合我们吗？”

“这事归纳丁的部门管。奇怪的是，居然会派你去布莱顿。通常我们不会用这种方式介入的。通常是让基金会选人，我们步调一致，共同完成任务。除此之外，我觉得整件事情，呃，不管怎么说，这不是我的，呃……”

他两只手的手指张开撑住办公桌，俯身向前，他微微倾斜的脑袋似乎指向我身后的门。他不费吹灰之力就能扔下我。可我还想说下去。

“还有一件事，马克斯。这话我只能对你说。我觉得有人在跟踪我。”

“真的吗？在你这个级别能有这个待遇，太了不起了。”我没理会话里的嘲讽。“我可不是在说莫斯科中心。我是说那些搞监视的。有人进过我的房间。”

自从那天跟雪莉聊过以后，我回家路上就格外小心，可我并没有看见什么可疑的迹象。话说回来，我也不晓得应该找什么。我们的培训里可没包括这一项。我有一点从电影里看来的模糊概念，于是我走在街上时会原路折回，还会窥视街上数百张出现在高峰时间的面孔。我试过上地铁一路到底，除了绕上一条更远的路抵达卡姆登以外，一无所获。

不过我现在达到了目的，因为马克斯又坐下来，会谈继续进行。他脸上的神色严峻起来，看起来愈发老成了。

“你怎么知道的？”

“哦，你知道，我房间里的东西挪了位置。我想监视人员也够笨的。”他定睛注视我。我开始觉得自己很傻。

“塞丽娜，小心点。如果你假装比我知道更多的事情，如果你在登记处待了几个月就把那些驴唇不对马嘴的见闻拿出来炫耀，那你会让别人误解的。自从出了剑桥那三位[①]和乔治·布雷

---

① 详见第一章中关于“剑桥五人帮”的注解。虽然对这一段史实的细节尚有不少争议，不过通常认为共有五人或四人。

克[1]之后，大家到现在都草木皆兵，士气也多少有点萎靡不振。如今他们总是草草得出结论。所以不要装得好像你比我更懂内情似的。不要再提被人跟踪的事。实际上，我想那是你自己的问题。”

“这仅仅是猜测，还是你确实知道些什么？”

“这是友善的警告。”

“那么确实有人跟踪我。”

“在这里我的级别很低。我应该是最后才知道实情的。别人已经看到我们俩常在一起……”

“以后再也不会了，马克斯。也许我们的友谊危害了你的前程。”

这话说得委实浅薄。我不太愿意向自己坦白，他订婚的消息让我多么心烦意乱。他始终方寸不乱，这一点大大激怒了我。我想刺激他，惩罚他，现在终于得逞，他站起身，微微颤抖。

“女人难道真的不能把职业跟私生活分开？我是在竭力帮助你，塞丽娜。你听不进去。我换一种说法。在这一行，人们的想象和实际情况之间的那条界线可能会非常模糊。实际上，那条线是一大块灰色地带，大到足够让人在里头迷路。你先是想象一些事——然后你就能让它们变成真的。鬼影成真。我说明

① 英国高级情报人员，1961 年被揭穿是苏联情报机构“国家安全委员会”的卧底间谍，他不仅向苏联供出数百名英国间谍身份，也泄露过著名的地道窃听计划。

白了吗?”

我想他没有说明白。我临时想起一句机灵的反驳,可他却已经受够了我。还没等我开口,他就用更为平静的口吻说,“最好还是走吧。做好你的事情就够了。把事情处理得简单一点。”

我本来打算在退场时掀起一阵暴风骤雨的。可是我先得把椅子推到办公桌底下塞好,才能出去,当我来到走廊上时,我没法砰地甩上身后的门,因为门框早就弯曲变形了。

11

此地终究是一个官僚机构，所有拖拖拉拉的程序都像是跟着政策指令亦步亦趋。我草拟了一封给黑利的信，先交给马克斯，他修改后我写第二稿，接着他再修改一遍，第三稿才交到彼得·纳丁和本杰明·特雷斯考特手里，我花了几乎三个礼拜才等到他们的批示。我将他们的意见兼容并蓄，最后马克斯又略加润色，最后我把这份初稿之后历经五周才定下的第五稿寄了出去。一个月过去了，我们没得到一点回音。我方出面查问，得知当时黑利正在国外搞研究。直到九月末我们才等来了他的答复，一张从笔记本上撕下来的划着横线的纸上草草涂着几行斜斜的字。这笔迹似乎在刻意表明他漫不经心。他写他有兴趣了解更多细节。为了维持生计，他一边攻读硕士一边兼课，也就是说，如今他在校园里有一间办公室。最好在那里碰头，他说，因为他的公寓拥挤得很。

我向马克斯做了最后一次简短汇报。

他说，“那篇登在《巴黎评论》的短篇怎么样？就是那篇讲商店橱窗里的人体模型的。”

“我觉得很有意思。”

“塞丽娜！这压根就不可信。任何欺骗自己的人都应该关在精神病医院的禁闭室里。”

“你怎么知道他没进去?”

“那黑利就该让读者知道。”

我离开他办公室时，他告诉我，在甜牙行动中，已经有三个作家接受了自由国际的津贴。我可不能让他、也让我自己失望，迟迟定不下这第四个。

“我想我已经尽力而为了。”

“我们已经落在了所有人的后面。彼得开始不耐烦了。哪怕他不成器，也跟他签吧。”

在十月中旬的某个暖和得反常的上午，放下老一套的日常工作，到布莱顿跑一趟，倒也算是件惬意的事儿，沿途经过如洞穴般昏暗的火车站，空气里闻得到咸味，耳边听到银鸥的鸣叫。我记得我在国王学院草坪上某年夏天演过的一版莎剧《奥瑟罗》里听到过这个词儿。一只笨鸟[①]。我来这里就是找一只笨鸟吗?当然不是。我坐上破破烂烂的只有三节车厢的刘易斯列车，到法尔默车站下来，步行四分之一英里，抵达那栋名叫“苏塞克斯大学”——或者，按照报上的说法，唤作“海滨学院”——的红砖大楼。我当时穿着红色迷你裙和黑色高领外套，足蹬黑色高跟

① “这个词儿”指的是 gull，在英文里既解释为“鸥”，又有“傻瓜、呆子、蠢货”之意。这个词出现在《奥瑟罗》第五幕第二景，剧中人用这个词指斥错手杀妻的奥瑟罗是个“蠢货”。所以，此处塞丽娜应该是从银鸥的叫声联想到了这层意思，语带双关，在中文中无法完美体现，译者只能勉强以“笨鸟”尽量兼顾这两层意思。

鞋，身背白色漆皮短带单肩包。我顾不上脚疼，沿着砖砌路一步一挨地走到校门口，路上从成群结队的学生中穿过，我看不起那些男孩——在我眼里他们就是男孩——他们穿得邋里邋遢，都是从额外军需品商店里淘来的衣服，至于那些留着平淡无奇的中分长发、脸上不施粉黛、身上穿着薄纱短裙的女孩子，就更入不了我的眼了。有些学生赤着脚，我满怀同情地猜想他们都是来自落后国家的农民子弟。在我看来，“校园”这个词儿就是一个轻浮的美国舶来品。贝斯尔·斯宾塞爵士的作品①坐落于苏塞克斯丘陵的某个褶皱，我一边别别扭扭地朝着那边迈开大步走过去，一边对所谓的新式大学不以为然。平生第一回，我为自己出身于剑桥纽恩汉姆而倍感自豪。一家严肃正经的大学怎么可能是新的？当我穿着这一身做工考究的红白黑三色套装，执拗地踩着剪刀步直奔门房问路时，谁又能抵挡得住我的魅力呢？

我走进的这栋房子也许是“四方院建筑”的典型案例。左右两侧有不少浅水结构，矩形池的四边围着光滑的河床石。但池水已经给排干，腾出的地方堆满了啤酒罐和三明治包装纸。从我面前的那栋用砖石玻璃建筑里传来摇滚乐的节奏和嚎叫。我听出杰思罗·塔尔乐队那令人躁动不安、心潮起伏的长笛声。透过二楼的玻璃窗，我能看见人影晃动，比赛选手和观众们都俯身在桌边，他们正在玩一场桌式足球。这是学生会大楼，毫无疑

---

① 贝斯尔·斯宾塞爵士(Sir Basil Urwin Spence，1907—1976)，苏格兰建筑设计师，现代派和粗野派的代表人物，这里的“作品”指的是他设计的苏塞克斯大学校园建筑。

问。不管在哪里,学生会都是一样的,这些地方专供笨头笨脑的男孩出没,大部分念数学和化学。女孩和唯美主义者与此地无缘。作为一所大学的入口,这里给人的印象很糟糕。我加快步伐,心里很讨厌自己的步子居然不由自主地和着鼓点的节奏走。就像是奔赴假日营地似的。

砖砌路一直延伸到学生会大楼,我穿过玻璃门,来到接待区。至少穿制服的门卫我是熟悉的——那种男人都挺特别,仿佛耐心早已耗尽,而且粗暴地坚信,自己要比任何学生都更聪明。随着身后的音乐越来越轻,我沿着门卫指的方向,穿过一大片空地,走到巨大的混凝土橄榄球门柱底下,进入文科大楼的A座,从另一头穿出来,再向B座进发。他们就不能挑几个艺术家或者哲学家来给这些大楼命名吗?大楼里,我转过一条走廊,看到一间间教师办公室的门上都贴着名言警句。一张钉在门上的卡片写着,"世界是一切事实的总和。"[①]还有一张黑豹党人的海报,用德语写的黑格尔警句,用法语写的梅洛庞蒂格言。纯属炫耀。黑利的房间就在另一条走廊尽头。敲门之前,我在门外踌躇片刻。

当时我就站在走廊尽头,身边是一扇窄窄的落地窗,透过窗能看见一方草坪。光线恰到好处,我正好能在玻璃中看到自己那仿佛置身于水中的映像,于是我掏出梳子,飞快地整饬好头

① 德国哲学家维特根斯坦的名言。要言之,这里的"事实"处于逻辑空间中,与通常人们认为的"事物"有显著区别。

发，竖直衣领。如果说我略微有点紧张的话，那是因为近几周我已经跟我自己想象的黑利混熟了，我读过他对性和欺骗、骄傲与失败的种种思考。我们已经建立了关系，我知道这种关系即将被改造或者摧毁。他的本来面目可能是个惊喜，也可能让人失望透顶。我们的手一旦握到一起，我们的“亲密关系”就会自动倒退。来布莱顿的路上，我重读了他写的所有新闻。这些文字跟他的小说不同，它们理性、多疑，颇有点学校师长的口气，似乎他想象自己是专为那些对意识形态问题一窍不通的傻瓜写的。那篇写一九五三年东德起义的文章开篇就写道：“谁也别以为‘工人国家’会爱工人。它恨他们。”他还对布莱希特那首写“分化人民，再挑个新人”的诗[①]冷嘲热讽。用黑利的说法，布莱希特的最初动机，是通过公开支持苏联对罢工的残忍镇压，达到向东德政府“溜须拍马”的目的。当时苏联士兵可是直接向人群开火的。我对布莱希特知之甚少，一向以为他与天使同在。我不知道黑利说的对不对，也不知道如何将他平实直白的新闻腔跟他小说里那种狡黠的亲密感调和起来，而且我估计，等我们见面以后，我对他的了解甚至会更少。

另一篇火药味更重的文章斥责西德小说家都是意志薄弱的懦夫，他们的小说根本就不敢触及柏林墙。他们当然憎恶这堵墙的存在，可是他们害怕这么说会显得刻意跟美国的外交政策

① 指德国著名剧作家、诗人布莱希特写于1953年的著名诗篇《解决》。小说中引到的这句，通常被解读为对政府虚伪做派的反讽。

保持一致。但无论如何，这是一个引人注目、不能回避的主题，将地缘政治和个体悲剧联系在一起。毫无疑问，但凡存在一堵伦敦墙，每个英国作家都会说上几句。难道诺曼·梅勒会对一堵分裂华盛顿的墙视而不见？如果纽瓦克的各色房屋被生生地劈成两半，难道菲利普·罗斯会熟视无睹？难道约翰·厄普代克的人物不会利用一场婚姻变故跨越一个被分裂的新英格兰？这个备受纵容、被过分优待的文学群落，受惠于美国强权之下的世界和平，得以免遭苏联的压迫，却宁肯厌弃那只帮助其享受自由的大手。西德作家都装作那堵墙并不存在，因此在道义上他们完全丧失了威信。这篇随笔发表在《审查索引》杂志上，标题是“知识分子的背叛[①]”。

我用涂着珠光粉红指甲油的手指轻叩房门，和着一声含糊不清的呢喃或呻吟，我推开门。还好我早就做好了失望的思想准备。从办公桌边站起来的是个瘦子，稍稍躬着身，不过当他起身时努力将脊背挺直。他的瘦带点阴柔，手腕纤细，一握到他的手，就觉得那手看起来比我的更小更软。皮肤很白，眼睛深绿，深棕色长发修剪成类似波波头的式样。刚照面那一瞬间，我简直怀疑他的短篇里没准有一点易性癖倾向，而我没看出来。不过他就在那里，双胞胎兄弟，整洁体面的教区牧师，聪明过人、崭

---

① 原文为法语 La Trahison des Clercs，套用的是二十世纪法国哲学家朱里安·班达论述知识分子问题的名著的标题。在这本篇幅短小的书中，班达剖析第一次世界大战后西方知识分子背叛“永恒的原则”去侍奉政治党派的“伪神”，从谴责的角度重新评估他们这一倾向。

露头角的工党议员，茕茕孑立、爱上没有生命的死物的百万富翁。他穿着白色霜花法兰绒无领衬衫，紧身牛仔裤上系着一条阔皮带，脚上是一双几经磨损的皮靴。他让我困惑不解。如此清秀瘦弱的身躯里居然发出那样深沉的嗓音，口音纯正，既听不出地域，也辨不清阶级。

"让我先把东西清一清，这样你就能坐下来。"

他将几本书从一把没有扶手的软椅上挪开。我略感不悦，估计他是故意想让我知道，对于我上门这件事，他根本就没做什么特别的准备。

"路上顺利吗？来点咖啡？"

一路上很愉快，我告诉他，我不需要咖啡。

他在自己的办公桌前坐下，将椅子转过一个角度，面向我，一只脚踝往另一侧的膝盖上一搁，脸上带着一抹微笑，摊开手掌，摆出一副盘问的架势。"哦，弗鲁姆小姐……"

"跟'羽毛'那个词儿的韵脚一样。不过请叫我塞丽娜。"

他把脑袋侧向一边，又念了一遍我的名字。接着，他双眼温柔地凝视着我，等候着。我注意到他的睫毛很长。这一刻我以前排练过，所以轻易就能把来龙去脉跟他交代清楚。开诚布公。"自由国际"的工作及其职权范围，它的触角遍及全球，它思路开明，无关意识形态。他听我说话，脑袋仍然歪着，眼神里含着一丝顽皮的狐疑，嘴唇有点发抖的样子，就好像他随时可能插话进来，或者抢过话头，要么把我的话变成他自己的，要么把说法改得更周全一点。他的表情就像是在听一个意味丰富的笑话，嘴唇又是往外吹又是往里缩是为了强忍住笑意，好等我一锤定音，抖出一个大包袱来。当我一一列举基金会资助过的作家和艺术家时，我简直觉得他已经把我彻底看穿了，而且不想让我知道这一点。他是在逼着我高调游说他，这样他就能近距离观察一个骗子的表演。以后写小说用得上。真可怕，我努力把这个念头推开，忘掉。我得集中思想。于是我转而谈起基金会的资金来源。马克斯认为，应该让黑利知道“自由国际”富到什么程度。这笔钱是一位颇具艺术鉴赏力的遗孀捐赠的，她的丈夫当年从比利时移民到美国，二三十年代通过购买专利权并加以开发利用积累财富。他死后，其妻以大战前的价格，从千疮百孔的欧洲买下大批印象派画作。在她人生的最后一年里，她爱上一位对文化有兴趣的政治家，当时他正在筹建这个基金会。于是她把自己和丈夫毕生的财产都投进了这个项目。

截至此时我说的都是真话，很容易验证。现在我要试着迈出撒谎的第一步。“我得跟你说句实话，”我说，“有时候我觉得‘自由国际’手里没有足够的项目，不知往哪里撒钱。”

“那我可真够荣幸的，”黑利说。也许他看到我脸红了，因为他加了句，“我不想无礼的。”

“你误会我了，黑利先生……”

“叫我汤姆。”

“汤姆。抱歉，我不会说话。我的意思是这样的。有很多艺术家被可恶的政府囚禁或压制。我们竭尽全力对这些人施以援手，让他们的作品广为人知。不过，当然，作品遭到审查，并不一定意味着一位作家或者雕塑家就特别出色。比方说，我们发觉我们资助了一个糟糕的波兰剧作家，只因为他的作品被禁了。而我们还得继续资助他。我们还把一位身陷囹圄的匈牙利抽象印象主义画家的所有垃圾作品都买了下来。所以指导委员会已经决定，要在候选人档案中再加一个种类。我们想鼓励优秀的作品，无论出身哪里，无论是否受到压迫。我们对刚开始写作生涯的年轻人特别感兴趣……”

“你多大年纪，塞丽娜?”汤姆·黑利关切地俯身向前，就好像在问一场大病似的。

我告诉了他。他是在向我暗示他不想接受恩惠。我太紧张了，说话的口气确实显得高高在上、公事公办。我应该放松点，不要那么浮夸，我得叫他汤姆。我发觉我对这一套实在不太擅长。他问我有没有上过大学。我说了，还告诉他我上的是什么学院。

“你学什么专业?”

我犹豫了，结结巴巴地说不利索。没想到他会这么问我，突然间，数学专业听上去颇为可疑，于是，我莫名其妙地脱口而出：“英语。”

他笑逐颜开，似乎因为终于找到共同语言而高兴起来。“我猜你一定是拿到了漂亮的‘甲等’?”

“实际上是乙等一级。”我也不知道自己在说什么。说丙等太丢人，说甲等又会将我自己置于险境。我已经说了两个毫无必要的谎。一步臭棋。据我所知，只要给纽恩汉姆打一个电话，就能弄清楚塞丽娜·弗鲁姆并不是学英语的。我没想到会被他盘问。如此基本的准备工作我都没有做。为什么马克斯没想过帮我编一段天衣无缝的个人经历呢？我慌慌张张，浑身冒汗，恨不得一言不发地跳起来，抓起我的包就从屋子里逃出去。

汤姆仍然用刚才那种眼神看着我，和善中不失嘲讽。“我猜你当时满以为自己能拿到甲等。不过，听着，乙等一级也没什么问题。”

“我很失望，”我说，稍稍缓过神来。“总有点，呃，一般，呃……”

“期望造成的压力？”

我们四目相对了两三秒，我随即把视线移开。我读过他的作品，对他思维的某个角落实在是太熟悉了，我发觉很难长久凝视他。我将视线移到他的下巴底下，一眼看到他的脖子上挂着一条精致的银项链。

“你刚才说到，刚开始写作生涯的新作家。”他在忸忸怩怩地扮演一位友善的教师，对一个紧张的申请人连哄带劝，教她如何应对入学面试。我知道我得重新掌握主动权。

我说，“你瞧，黑利先生……”

“汤姆。”

“我不想浪费你的时间。给我们提出建议的是相当出色、相当专业的人。他们在这个问题上贡献了很多想法。他们喜欢你写的新闻，他们热爱你的短篇。真的是热爱。我们的希望是……”

“那么你呢？你读过吗？”

“当然。”

“你怎么看？”

“其实我只是个信使而已。我的想法没什么要紧。”

“对我是要紧的。你对这些东西怎么看？”

房间似乎暗下来。我的目光越过他，投向窗外。有一块狭长的草地，还有另一栋大楼的一角。我能看到有一间房子内部跟我们这间差不多，屋里正在上辅导课。有个不比我年轻多少的女孩正在大声朗读她的文章。她身边有个穿着短夹克的男孩，一只手托起蓄着胡须的下巴，机灵地频频点头。导师让她的背冲着我。我将目光收回到我们的房间，担心我这样意味深长的停顿是不是弄巧成拙了。我们再度四目相接，我强迫自己要镇定要忍住。那样一种奇特的深绿色，那样孩子气的长睫毛，还有那样漆黑的粗眉毛。他的凝视犹疑不定，好像准备马上移开，这回主导权传到了我这边。

我异常平静地说，“我觉得太出色了。”

他往后退缩，就好像有人冲着他当胸捅了一刀，刺中心脏，他稍稍倒抽一口气，那表情很难算作笑。他想开口说话，却找不到词儿。他瞪大眼睛盯着我，等待着，等我继续往下说，说说他本人和他的才华，可我偏偏忍住了。我觉得，如果想让自己说的话更有威力，那就得拿出不掺水的干货来。可我不相信自己一定能说出什么深刻的言辞。在我们之间，那层繁文缛节的皮已经给剥掉，露出了一个让人颇为尴尬的秘密。我已经发现他是那么渴望肯定和赞扬之类的东西，我怎么说都行。我猜对他来说，没什么比这个更重要了。也许他的短篇在评论界没什么反响，顶多就是编辑照例说一句多谢，再拍拍他的脑袋。可能没有一个人，至少没有陌生人曾经告诉他，他的小说很出色。现在他总算听到了，而且他意识到自己以前一直是这么想的。我送来了石破天惊的消息。如果没有人确认，那他怎么能知道他写的到底好不好呢？现在他知道这是真的，他深为感激。

他一开口，这凝固的一刻就给打破了，屋子里的氛围又恢复了常态。“你有没有对哪篇特别中意的？”

这真是个傻头傻脑、羞怯不安的问题啊，我一下子就喜欢上了他这颗一碰就碎的玻璃心。“每篇都卓尔不群，”我说，“不过那篇讲双胞胎兄弟的《这便是爱》是最有野心的。我觉得它有长篇小说的容量。一部关于信仰与情感的长篇。琼这个人物是多么出色啊，那么危险，那么具有毁灭性，那么魅惑人心。这真是个光彩夺目的杰作。你有没有想过把它扩展成一个长篇，你知道，让它充实一点？”

他好奇地看着我。“不，我不想让它充实一点。”他把我的措辞重复了一遍，不带一丝感情色彩，这口气让我一下子警觉起来。

“我很抱歉，这么说挺傻的……”

“这就是我要的长度。一万五千个词左右。不过我很高兴你喜欢它。”他话里含讥带讽，又有点儿挑逗意味，他虽然原谅了我，我本来占据的优势却为之流失。我还从来没听说过小说可以像科学技术那样量化。我的无知就像一个沉甸甸的物件，压在我的舌头上。

我说，“还有那篇《爱人们》，那个跟商店橱窗里的模型纠缠的男人是那么古怪，却又完全可信，这故事把所有人都给迷倒了。”现在我已经是在故意撒弥天大谎了。“我们这里有两位教授，两位知名评论家。他们看过很多新作品。不过你如果能听到上次开会时大家那股兴奋劲就好啦。说真的，汤姆，他们忍不住反复讨论你的短篇。第一次，选票空前一致。”

微笑渐渐褪去。他的眼睛里闪着光，就好像我在对他催眠似的。程度正在加深。

“呃，”他一边说，一边摇着脑袋好让自己清醒过来。“这些话真让人高兴。我还能说什么呢?”然后他又加了一句。“那两个评论家是谁?”

“恐怕我们必须保守秘密，不能透露他们的名字。”

“我明白。”

他的目光从我身上暂时移开，看起来似乎陷入了什么秘而不宣的心事。然后他说道，“那么，你们准备拿什么出来，又从我这里换走什么呢?”

“我能不能用一个问题来回答你?等你拿到博士学位以后准备干什么?”

“我正在申请各种教职，包括这里的。”

“全职?”

“对。”

“我们希望你不必为生计所累。作为回报，你得集中精力写作，包括新闻，如果你愿意的话。”

他问我能拿到多少钱，我告诉了他。他又问时间持续多久，我说，“大约两三年吧。”

“如果我什么也写不出呢？”

“那我们会深感遗憾，然后转个方向。但我们不会把钱要回来。”

他心领神会，然后说，“那么你们想得到我作品的版权？”

“不是。而且我们不会要求你把作品拿给我们看。你甚至都不用在致谢辞中提到我们。基金会认为你是个独一无二、卓尔不群的天才。如果你的小说和新闻报道能写成、出版，被人读到，那我们会很高兴。等到你的事业起步，能自给自足，我们就会淡出你的生活。我们汇款时会按照约定的条件行事。”

他站起身，转到办公桌最远的那一角，站在床边，背对着我。他的手指从发间划过，轻声咕哝了一句，夹杂着“欧”的音，可能是“好荒谬”，也可能是“真受够”。他在看着草坪对面那个一模一样的房间。现在留着胡子的男孩正在读自己的文章，而那个跟他在辅导课上搭档的姑娘，面无表情地盯着前方发呆。奇怪的是，他们的导师此时正在给别人打电话。

汤姆回到椅子边上，交抱双臂。他的目光被牵引着越过我的肩膀，双唇紧闭。我觉得他准备义正词严地拒绝。

我说，“好好考虑一两天，跟朋友聊聊……想想透。”

他说，“问题是……”说到这里他的声音便轻得听不见了。

他低头看看自己的大腿，继续往下说。“是这样。每天我都在琢磨这个问题。我没有什么更大的问题要考虑了。对我来说没有什么比这个更严重了。弄得我挨到大半夜都睡不着。我的思路总是分四步走。第一，我想写一部长篇。第二，我没钱了。第三，我得找份工作。第四，只要开始工作，我的写作就完了。我看不到出路。无路可走。然后一个年轻漂亮的女士就来敲我的门，要给我一大笔津贴，还不求回报。这事儿太好了，好得不像是真的。我很疑心。”

“汤姆，你这么一说，事情听起来好像倒简单了。在这件事上你并不是被动的。第一步恰恰是你走的。是你写了这些光彩夺目的短篇。伦敦人已经开始谈论你了。你想，除此之外，我们还能凭什么找到你？这份运气是你用自己的才能和勤奋赚来的。”

那含讥带讽的微笑，那歪向一边的头——有进展。他说，“我喜欢听你说‘光彩夺目’。”

“好啊。光彩夺目，光彩夺目，光彩夺目。”我的手伸进搁在地板上的包，拿出基金会的宣传册。“这是我们的工作。你可以到上摄政街的办公室来，跟那里的人谈谈。你会喜欢他们的。”

“你也会在那里？”

“我直接受雇于‘尽情书写’。我们与‘自由国际’合作密切，通过他们的渠道发放津贴。他们帮我们寻找艺术家。我经常出差，不出差时就在家中办公。不过寄到基金会办公室的信会转到我这里。”

他瞥了眼手表，站起身，我也跟着站起来。我是个恪尽职守的年轻女人，下定决心不辱使命。我希望黑利现在，午饭前，就能同意为我们所用。这样我下午就能打电话向马克斯报信，到明天上午，我希望能按惯例收到一张来自彼得·纳丁的道贺便条，不会有什么感情色彩，也不会有签名，连打字都是别人代劳，可这个对我很重要。

“我并没有要求你现在就做出任何承诺，”我说，希望自己的口气不像是在哀求。“你压根就没什么义务。只要摆句话一锤定音，我就安排每月发钱，我只需要你的银行账户信息就够了。”

摆句话一锤定音？我这辈子还没用过这种词儿呢。他赞许地眨眨眼，不过与其说是同意拿钱，还不如说是赞许我这番言辞的主旨。我们两人相隔不到六英尺。他的腰格外纤瘦，在他衬衫有点乱的当口，我一眼瞥见一粒纽扣下面的皮肤和脐下的绒毛。

“多谢，”他说，“我会认真考虑的。我周五要去趟伦敦。我可以顺便到你办公室转转。”

“那好吧，”我一边说，一边伸出手。他拉住我的手，但这并不是握手的动作。他将我的手指捏进他的掌心，用大拇指轻轻摩挲，整个动作只是慢悠悠地掠过。千真万确，就是“掠过”，然后他便久久地看着我。在我把手抽走的过程中，我的大拇指从他的食指根滑到食指尖。我觉得，当时我们本来正打算靠得更近些，没想到突然响起一阵兴冲冲的、响得离谱的敲门声。他一边从我身前往后退，一边叫道，“请进。”门打开，站着两个女孩，中分的金发，先前被刻意晒黑的皮肤正在变淡，她们穿着凉鞋，脚趾上涂着指甲油，光着双臂，脸上绽开甜甜的、满含期待的笑容，漂亮得叫人把持不住。在我看来，她们夹在胳膊底下的书和文件压根都不像是真的。

“啊哈，”汤姆说，“我们要上《仙后》[①]的辅导课了。”

我侧身绕过他向门口走过去。“那一首我倒还没读过呢，”我说。

他笑了，两个姑娘也跟着笑起来，就好像我说了个精彩绝伦的笑话。他们也许都不相信我的话。

---

① 英国诗人艾德蒙·斯宾塞于1590年出版的史诗。

12

午后坐火车回伦敦的路上，我那节车厢里只有我一个乘客。当火车把南部丘陵甩在身后，飞速穿过苏塞克斯旷野时，我在过道里来来回回地走，努力让自己不要那么激动。我坐了几分钟，然后又站起身。我埋怨自己为什么没有坚持到底。我应该等到他上完课，逼着他跟我一起共进午餐，把这件事说深说透，让他点头同意。实际情况却并非如此。我走的时候没有带走他的家庭地址。连这个也没有。我们之间也许发生了点什么，也许没有，不过那只是碰了一下而已——简直什么都算不上。我应该留下来，让这层关系再发展发展，走的时候手里多少再掌握一点东西，一座通往我们下次约会的桥梁。比如在那张想替我说话的嘴上印上深深一吻。衬衫纽扣之间的那截皮肤，肚脐边缘的一个凹涡里的那根灰白的毛，还有那轻盈纤瘦的像孩子一样的身体，都让我心烦意乱。我拿起他的短篇接着读下去，可是很快就走神了。我想可以在海沃兹希斯下车，杀个回马枪。如果他没有抚摩我的手指，我还会这么烦恼吗？我想我也会。那么，他大拇指的动作会不会纯粹是个意外？不可能。他就是那个意思，很明显。留下来。可是，当火车停下时，我没动，我不相信自己。看看过去吧，我想，当我向马克斯奔去时，发生了什么。

塞巴斯蒂安·莫雷尔在伦敦北部的塔福耐尔公园附近的一家大型综合性中学里教法语。他的太太叫莫妮卡，膝下有两个孩子，女孩七岁，男孩四岁，住在芬斯伯里公园附近的一栋租来的联排屋里。塞巴斯蒂安的工作繁重，毫无意义，收入菲薄，学生既没教养又不服管。有时候他会耗上一整天维持课堂纪律，宣布那些他自己都不相信会管用的惩罚措施。让他吃惊的是，这些孩子对基础法语技能是那么冷淡。他想让自己喜欢他们，可是他们是那么无知，那么喜欢挑衅，还有，但凡是他们里面有谁胆敢对读书流露出一点兴趣，他们就会对他极尽嘲弄、尽情欺侮，这些实在让他反感透顶。他们几乎人人都巴不得早一点离开学校，然后找一份根本不需要什么技能的工作，要不就马上怀孕，或者靠一点失业救济金勉强度日。他想帮助他们。有时候他可怜他们，有时候他又得竭力压制自己对他们的鄙视。

他三十刚出头，精瘦而结实，精力很旺盛。在曼彻斯特读大学时，塞巴斯蒂安曾是个狂热的登山爱好者，领着一拨人远征挪威、智利和奥地利。不过如今他再也不会出远门攀高峰啦，因为他的日子过得太紧，钱也好时间也好，从来都不够，再说他的精神也萎靡不振。他塞在帆布袋里的登山装备搁在楼梯下面的壁橱里，正好搁在胡佛吸尘器、拖把和水桶后面。钱始终是个问题。莫妮卡接受过师范培训，本来应该当小学教师。可如今她只能待在家里照看孩子和房子。她干得不错，堪称慈母，两个孩子都招人喜欢，可是，那仿佛与塞巴斯蒂安的情绪互为镜像的焦虑感与挫败感不时发作，让她备受折磨。鉴于他们只是在一条邋遢的街上租了一栋那么小的房子，那房租委实高得离谱，至于他们九年的婚姻，本来就够平淡的了，再加上他们俩整天忧心忡忡，工作艰辛繁重，便愈显无聊，偶尔吵上两架——通常是为了钱——那更是雪上加霜。十二月的某天——三天以后这学期就要结束，昏暗的向晚时分，他走在街上，遭人抢劫。那天莫妮卡让他趁着午餐时间到银行跑一趟，从联名存款账户里取七十英镑出来，供她在圣诞节买点礼物请个客什么的。这笔钱几乎是他们的所有积蓄。当时他刚拐上他们住的那条既狭窄又昏暗的街，离自家大门只有一百码，突然听到背后响起脚步声，有人拍了一下自己的肩膀。他转过身，站在他面前的是个十六岁的孩子，来自西印度群岛，手里攥着一把硕大的刃上带着锯齿的切肉刀。有几秒钟光景，两人站得很近，相距不到三英尺，默默地互相对视。让塞巴斯蒂安心乱如麻的是，这男孩情绪激动，手里握着刀不停打颤，满脸惊恐。局面随时会失控。男孩用发抖的声音问他要钱包。塞巴斯蒂安缓缓举起手伸向外套的内袋。他要送出去的，是自家孩子的圣诞节。他知道自己比那男孩更强壮，他在琢磨，掏出钱包时可以趁势出击，冲着他的鼻子狠狠打上一拳，再将他的刀夺走。

然而，除了那孩子的激动情绪之外，还有别的因素让塞巴斯蒂安迟疑不决。在教师办公室里，通常大家都会有这样的共识：犯罪，尤其是入室或者拦路抢劫，都是由社会不公引起的。抢劫犯都很穷，他们平生得不到公正的机会，简直不该指责他们拿走那些不属于他们的东西。塞巴斯蒂安本人也持这样的观点，不过在这个问题上他从来没有多想。事实上，那甚至都不能算是什么观点，这只是弥漫在教养良好的人士周围的一种宽容的氛围。那些谴责犯罪的人同样也会谴责在街头涂鸦、乱扔垃圾，他们对于移民、工会、税收、战争和绞刑，往往持有一整套教人反感的理论。因此，出于自尊，一旦遭人抢劫，切莫耿耿于怀——这一点是相当重要的。

于是他把钱包递过去，那个贼拿起来就跑。塞巴斯蒂安并没有直接回家，而是往回朝着高街方向走，去警察局报案。当他跟内勤队长说话时，他觉得自己有点儿像个下三滥或者告密者，因为警察显然是那个逼着人民去偷窃的社会制度的代理人。内勤队长对此事颇为重视，他一直在问那把刀，问刀刃的长度，问塞巴斯蒂安能不能看到刀柄，这让塞巴斯蒂安越来越不安。持械抢劫当然是很严重的罪名。那孩子可能得蹲上好几年监狱。尽管队长告诉他，就在上个月，有个老太太想保住她的钱包，结果被一刀毙命，也没有驱散塞巴斯蒂安的不安。他根本不该提那把刀的。他一边沿着那条街往回走，一边后悔刚才为什么会不由自主地想到去报案。他现在已经人到中年，也算个中产。他应该为自己负责。他再也不是那种把自己的人生悬在绳索上，踩着陡峭的花岗岩峭壁往上攀登，对自己的敏捷身手以及力量和技术深信不疑的家伙了。

抢劫事件标志着他的婚姻走向衰败。尽管莫妮卡对此事不置一词,但显然她不相信他的话。这是个老掉牙的故事。他回家的时候浑身酒气,骂骂咧咧地说有人把他们过节的钱抢走了。那年圣诞过得惨极了。他们只好去问她那位傲慢的哥哥借钱。她的不信任让他愤愤不平,他们互相疏远,只能看在孩子的分上,装模作样地欢度圣诞,越是装得辛苦,他们的关系就愈发苍白冰冷,只落得话不投机半句多。一想到她把他看成了骗子,他的心里便仿佛被荼毒了一般。他工作勤奋,对她忠诚不贰,凡事都不会对她保密。她怎么敢怀疑他!某天晚上,等到内奥米和杰克上床睡觉以后,他就逼着她说相信他关于抢劫事件的说辞。她一下子火冒三丈,既不肯说相信也不说不信。她把话题扯到别处去,这是吵架时常用的技巧,他恨恨地想,她向来精于此道,他也应该学会这一招。她对现在的生活反感透了,她对他说,反感靠他挣钱,反感整天待在家里,而他却可以在外面打拼事业。他们为什么不考虑一下有没有可能交换呢?——他待在家里干家务、看孩子,她去找回她的事业,重新出发。

甚至在她说这些话的时候,他也觉得这样的前景是多么鼓舞人心。他再也不用面对那些讨厌的、上课没有片刻安宁也从来不肯好好坐着的孩子们了。他可以不用再假装关心他们到底有没有说过一个法文单词。而且他喜欢跟自己的孩子待在一起。他可以送他们上学,带他们去操场,在接杰克回来给他吃午餐之前,还能留几个钟头给自己,也许能实现当年未竟的理想,写点儿什么。然后,下午管管孩子,干点轻松的家务活。太爽了。让她去为那点工资卖命好了。可是,眼下他们正在吵架,他可没有投其所好、皆大欢喜的情绪。他硬生生地把莫妮卡拉回到抢劫案的话题中。他再次斥责她胆敢把他当成骗子，他叫她自己跑到警察局里看看他陈述的案情。她以牙还牙，从屋里跑出去，狠命甩上身后的门。

自此，屋里鸦雀无声，弥漫着一股酸涩的气息，假日一过，他便回去上班。学校里一如既往地糟糕。那些孩子正在从当下的文化里尽情地吸收一种自以为是的反叛精神。大麻，烈酒和烟草成了操场上的硬通货，而老师们——包括校长在内——个个困惑不解，半是相信这种叛逆的气氛乃是自由与创意的标志，所以他们应当予以理解宽容，半是警觉如今教学形同虚设，学校即将完蛋。无论“六〇后”到底是怎样一伙人，反正他们已经戴着一副不祥的面具步入了七〇年代。那些据说让中产学生“平静而轻盈”的药物如今在侵害那些在刀尖上讨生活的城市底层人的未来。十五岁大的孩子来上塞巴斯蒂安的课，有的刚吸过大麻，有的喝得醉醺醺，还有的既吸过大麻又喝了酒。比他们更小的孩子在操场上嗑迷幻药，只好派人把他们送回家去。小学生毕业以后在校门口卖毒品，公然带着他们的器物站在那些推着折叠式童车的妈妈们身边。校长心惊胆战，每个人都心惊胆战。

塞巴斯蒂安每天上课时总是拔高嗓门喊，快下班时喉咙常常嘶哑。慢慢地走回家能让他略感安慰，从一个惨淡的环境通往另一个惨淡的环境时，他可以独自想想心事。如今莫妮卡每周四晚在外面上课——瑜伽，德语，天使学，这让他松了一口气。其余的日子，他们回到家也绕着对方走，只有碰上家务问题才聊几句。他睡在空置的客房里，跟孩子解释说他打呼噜弄得妈妈睡不着。他已经准备辞职不干，让她回去上班。可他不会忘记，她以为他是那种会用一顿豪饮把孩子们过圣诞节的钱挥霍殆尽的男人。而且挥霍完还撒谎。显然，还有一个更深层次的问题。他们已经失去了互相信任，他们的婚姻陷入了危机。跟她互换角色只是表面文章。他想到可能会离婚，心里不由一阵惊恐。那样会招来多少争吵，闹出多少蠢事啊！他们怎么能让内奥米和杰克遭受这样的痛苦呢？他和莫妮卡有责任把这件事解决好。可他 不知道从何下手。他只要一想到那男孩和他手里的切肉刀，怒火就重新燃烧起来。莫妮卡拒绝相信他，拒绝信任他，这一点拉断了他们之间的一条至关重要的纽带，在他看来，这压根就是一场骇人听闻的背叛。

此外还有钱的问题：钱一直都不够。一月份他们那辆已经开了十二年的车需要换一只新离合器。这样一来，把钱还给莫妮卡哥哥的时间就得推迟——直到三月初这笔债才还清。一周之后，某天午饭时间，塞巴斯蒂安正在办公室里，学校秘书跑来找他。他太太要他去听电话，有急事。他匆匆赶往办公室，一路上被惊恐折腾得直犯恶心。以前她从来没在他上班时打来过电话，肯定是坏消息，弄不好跟内奥米或者杰克有关。因此，到头来当她告诉他那天上午有人上门闯窃时，他反倒松了一口气。那天送走孩子们之后，她先是去了约好的门诊，然后逛商店。她回到家时，大门开着。窃贼从后花园进来，打碎房子后面的一扇窗，抬起窗钩，爬进屋里，把东西一锅端，然后从大门出去。丢了什么？她一样样列出来，声调毫无感情色彩。他那台珍贵的、一九三〇年代的禄来福来双反照相机——那是多年前他在曼彻斯特获得一项法国奖以后用奖金买的。还有他们的晶体管收音机，他的莱卡双筒镜和她的吹风机。她顿了一下，然后用同样平板的声调告诉他，他所有的登山装备都给拿走了。

直到这一刻，他才觉得有必要坐下来。刚刚一直在旁边转悠的秘书知趣地离开办公室，关上门。那么多苦心积攒多年的好东西，那么多让人伤感的价值，当年在暴风雨中，从安第斯山脉上下来的路上，他还用其中一条绳子救过朋友的命。尽管这一切损失都能找保险公司理赔——对这一点塞巴斯蒂安也颇为怀疑——可他心里明白，他再也不可能再去买这样的登山装备了。这样做太奢侈了，还有那么多别的更重要的东西得买。他的青春都给偷走了。把他的正直、善良的好脾气也一并带走了，他禁不住想象自己如何用双手卡住小偷的气管。他摇摇头，把这画面甩掉。莫妮卡正在告诉他，警察已经来了。那扇打破的玻璃窗上沾有血迹。不过小偷似乎戴着手套，所以没留下指纹。他跟她说，能把他的装备从壁橱里拿出来，再迅速从屋里运走，那闯窃的肯定至少有两个人。是，她用她那全无起伏的声调赞同道，肯定至少有两个。

当晚，他在家里忍不住自虐了一番，打开楼梯下的壁橱，盯着原来放那套装备的空地发呆。他把被贼放倒的水桶、拖把和刷子扶直，然后下楼察看他原来搁照相机的杂物抽屉。这小偷倒挺识货，只有吹风机不太重要，因为家里有两个。刚刚过去的这场磨难，这场对家庭隐私的攻击，并没有拉近塞巴斯蒂安与莫妮卡的距离。他们稍稍商量了几句，决定不把闯窃的事情告诉孩子，然后她就去上课了。此后几天他的情绪格外低落，简直打不起精神填写理赔申报单。那本花花绿绿的小册子夸下“可靠保障”的海口，可是理赔清单上的小字既吝啬又严苛。照相机只能赔付原价的一小部分，而那套登山装备压根就赔不了，因为他列不出详细价目单。

他们又恢复了共度无聊时光的常态。闯窃事件发生一个月之后，那位学校秘书在下课时间找到塞巴斯蒂安，告诉他有位先生正在办公室里等着见他。实际上那人是在走廊里等他，胳膊上还搭着一件雨衣。他自我介绍是刑侦督察巴恩斯，有事找他谈谈。莫雷尔先生是否愿意下班后顺便到警察局去一趟？

几小时之后，他回到当初报圣诞抢劫案时接待过他的那张桌子。他待了半小时，一直等到巴恩斯空下来。刑侦督察先道了个歉，然后领着他沿着混凝土阶梯走了三段，引他走进一个狭小而昏暗的屋子。墙上装着一块折叠式屏幕，屋子中央有一台投影仪，搁在一只看起来像吧凳的东西上面。巴恩斯示意让塞巴斯蒂安坐下，然后开始讲述一个成功的圈套。一年以前，警方在一条小街上租了一个破旧的小店，在里面安插了几个便衣警察。这家店专门收购二手货，这样一来，窃贼带着赃物进门时的样子就能给拍下来。随着几桩诉讼案开始启动，这套伪装已经暴露，店也关了。可是仍然有几个疑点悬而未决。他关了灯。

一台隐藏的摄像机安置在“店员”身后，正好能拍到店门通往街道的镜头，前景就是柜台。塞巴斯蒂安猜测他将会看到那个打劫他的小伙子踏进店门。只要他成功指认，那桩持械抢劫案就能顺利告破，于是万事大吉。可是塞巴斯蒂安完全猜错了。那个拎着手提箱进来，拿出一台收音机、一台照相机和一只吹风机放在柜台上的人，是他的妻子。她就在那里，穿着多年前过生日时他送她的外套。她碰巧转过头朝摄像机方向看了一眼，就好像看见了塞巴斯蒂安，还在说，你瞧啊！录像没有声音，只看到她跟店员说了几句，然后两人一起出门，过一会儿回来时拖着三个重重的帆布袋。汽车一定停在门外。店员先是费力地察看每个袋子里装着什么，然后绕回到柜台后面，扫视这些物品。接下来难免要经过一番讨价还价。一道荧光打在莫妮卡脸上。在某种紧张兮兮的状态中，她显得生气勃勃，甚至得意洋洋。她一直在微笑，有一次还被便衣警察讲的笑话逗得放声大笑。他们说定了一个价钱，钞票一张张数出来，然后莫妮卡转身离开。走到门口时，她停下来做了个道别的手势，比单单说一句“再见”显得更刻意一点，她一走，屏幕就黑了。

刑侦督察关掉投影仪，打开灯。他颇有歉意。他们本来可以起诉的，他说。浪费警力时间，滥用司法程序，诸如此类。然而，显然这是一桩家务事，塞巴斯蒂安得自己决定该怎么做。两个男人一起下楼，出门，上街。刑侦督察握住塞巴斯蒂安的手，说自己非常抱歉，他看得出这局面很糟糕，他祝他好运。接着，回警察局之前，他又补充说，在商店里执行任务、做过柜台交易对话记录的警队人员认为，“莫雷尔太太可能需要帮助”。

回家路上——他是不是从来没走得这么慢过？——他本来想在同一个酒吧停下来，再喝一杯好让自己打起精神来，可是他口袋里连喝半品脱的钱都没有。也许这样也不错。他需要清醒的头脑，清新的呼吸。他用了一个小时才走到家里。

他进门时她正和孩子一起下厨。他在厨房门口徘徊，看着他这个小小的家围着一块蛋糕转。随着母亲喃喃地发出指令，杰克和内奥米热切地点着他们可爱的小脑瓜，这一幕真让人伤感。他上楼，躺在客房的床上，盯着天花板。他觉得身子重重的，累极了，担心自己会不会因为震惊而休克。不过，尽管今天听到了这么可怕的真相，现在让他烦恼的却是另一种同样让他震惊的情绪。震惊？这个词儿准确吗？

刚才在楼下看着莫妮卡和孩子的时候，有一刹那，她回过头，目光越过肩膀落到他身上。他们四目相接。他是那么了解她，这样的眼神他看到过多次，每次都为之雀跃。那眼神里含着很多承诺。那是一个心照不宣的提议，等到时机合适，等到孩子入睡，他们要抓住机会把所有家务琐事彻底遗忘。鉴于事情有了变化，鉴于他刚刚知道的真相，他应该厌恶她才对。可是这个眼神还是让他兴奋不已，因为它来自一个陌生人，来自这样一个女人：他对她一无所知，只晓得她显然很有破坏欲。他看她演了一出默片，并且意识到他从来就不懂她。他完全看错了她。她再也不是他熟悉的人了。厨房里，他用新鲜的目光打量她，仿佛平生第一次发现她有多美。美丽而疯狂。眼前这位是他刚刚邂逅的，好比在一场派对上，房间里人头攒动，他一眼看到她在屋子另一头，是那种只凭一个确凿无疑的眼神，就能发出既危险又刺激的邀请的女人。

自从结婚以后，他就一直恪守忠诚。现在看来，他这么忠实，倒成了人生的又一个大局限、大败笔。他的婚姻完了，开弓没有回头箭，现在他怎么还能跟她一起生活呢？他怎么还能相信一个把他的东西偷走还要撒谎的人呢？完了。不过这样一来，就有机会来场外遇了。一场疯狂的外遇。如果她需要帮助，那么这就是他能够伸出的援手。

那天晚上他和孩子一起玩，跟他们一起清理仓鼠笼子，帮他们穿上睡衣，给他们念三遍故事，第一遍一起听，第二遍单独念给杰克听，最后单独念给内奥米。有时候只有这样他才觉得人生有点意义。多么惬意啊，干净床单散发的清香，呼吸中都是薄荷牙膏的气味，孩子们迫不及待地想听到虚幻的历险记；多么感动啊，看着孩子的眼皮愈来愈重，却还挣扎着想过完一天中无比珍贵的最后几分钟，末了，他们终于败下阵来。他一边管着孩子，一边感觉到莫妮卡在楼下忙活，他清清楚楚地听见烤箱门砰砰砰地关上过几次，一个简单而诱人的逻辑让他蠢蠢欲动：只要有吃的，只要他们能在一起吃点东西，就会有性。

等他下楼时，他们那个小小的起居室已经打扫干净，餐桌上的垃圾也给清空，唯有烛光摇曳，高保真音响里放着亚特·布雷基的音乐，桌上有一瓶酒，陶盘上盛着一只烤鸡。当他想起警察局的“电影”时——他的思绪总是忍不住回到那里——他恨她。当她穿着让人眼前一亮的短裙和衬衫从厨房里出来，手里拿着两个玻璃酒杯时,他要她。现在没有爱情,没有满含内疚的爱的回忆,没有对爱的索求,而这正是一种解脱。她成了另一个女人,阴险狡诈,满嘴谎言,全无善意,甚至冷酷无情,而他要跟她做爱。

进餐时他们故意不谈这几个月来让他们的婚姻几近窒息的那团乌云。他们甚至不像以前那样说孩子的事儿。他们聊的是昔日美满的度假时光,聊以后等杰克再长大一点他们准备带着孩子到哪里度假。都是装出来的,这些计划根本不会实现。然后他们聊政治,聊罢工,聊紧急状态,聊他们觉得议会、城市、整个国家的"自我意识"行将崩溃——所有的崩溃他们都聊到了,就是没有说他们自己。她一边说,他一边细细打量她,他知道每个词都是谎言。她的想法难道会跟他不一样?她难道不觉得,经过这么久的沉默,他们居然还能装出一副什么事都没发生过的样子,这有多么了不起吗?她指望只要做一场爱,就能把所有的事情一笔勾销。而他更想要她。当她顺便问起理赔申报单,同时表达关切时,他对她的欲望,甚至越发强烈。惊艳。多好的演员。这情形就好像她在独自表演,而他正透过猫眼偷窥她。他不想当面揭穿她。但凡他这么做,他们一定会吵起来,因为她会矢口否认。或者她会告诉他,她经济上只能靠他,所以被迫出此下策。而他就只能指出,他们所有的账户都是联名的,他的钱跟她一样少。像现在这样,他们非但可以做爱,而且他至少还能知道,这就是他们最后一次上床。他将跟一个骗子加小偷一起做爱,跟一个他从来不认识的女人做爱。而反过来她也会说服自己，她是在跟一个骗子加小偷做爱。她这么做，秉持的是宽恕之道。

在我看来，汤姆·黑利在这顿告别烤鸡大餐上花费了太多笔墨，重读此文时，这一段显得格外冗长。没必要提什么蔬菜，没必要告诉我们那瓶酒是勃艮第产的。此时我的火车快要到克拉彭站，我翻了几页直奔结局。我忍不住把这些都跳了过去。我可不想标榜自己有多么老练纯熟——我就是那种头脑简单的读者，情不自禁地把塞巴斯蒂安当成汤姆的替身，他跟汤姆具有同样的性能力，也跟他一样体验着同等程度的性焦虑。每当他笔下的某个男人跟一个女人，跟另一个女人眉来眼去时，我就会焦躁不安。不过我也很好奇，非得看个真切。如果说莫妮卡既疯狂又撒谎成性（她学的"天使学"是什么玩意?），那么塞巴斯蒂安身上多少有点既费解又阴暗的东西。他决定不当面揭穿老婆的骗局，这可能是为了满足性欲，冷酷地耍了一把手腕，也可能很简单，只是出于怯懦，出于一个典型英国人宁肯避免现开销、不愿把场面闹大的脾性。这一段可没法让人对汤姆产生什么好印象。

多年来，塞巴斯蒂安在床上向来顺着妻子，那一套经过反复操练早就熟门熟路，所以顷刻间他们便脱光了衣服抱在一起滚到床上。这段婚姻长得足够让他们俩对彼此的需求了如指掌，长达数周冷漠的禁欲时光当然也能算是一点情趣作料，可是这些都没法解释为什么此刻的激情如此澎湃，简直要把他们淹没。他们习以为常的那种温暖惬意的节奏被粗暴地扔到一边。他们饥渴而狂暴，放浪形骸，忘情嘶吼。有一瞬间，隔壁房间的小内奥米在睡梦中喊了一声，黑夜里骤然响起一声清脆纯净、声调上扬的呜咽，他们起初还以为是一只猫。两个人一下子僵住了，一直等到她消停下来。

接着便是这出“逢‘床’作戏”[①]的最后几句，两个人物在焦虑中登上了高潮的巅峰。接踵而至的将是一片孤寂，那是纸面之外的事了。读者有幸，不必看到最坏的部分。

那喊声是如此冰冷苍凉，以至于他想象他的女儿在梦中看见了无可逃遁的未来，看见了即将降临的所有困惑与悲伤，他觉得自己在恐惧中缩成了一团。然而，这一刻到底还是过去了，塞巴斯蒂安与莫妮卡很快又沉下去，也可以说是升上来，因为他们时而泅泳、时而翻滚于其中的空间，似乎已经毫无客观实在，只有感觉，只有快感，那快感是那么集中那么尖锐，那么近似于痛楚。

---

① 此处原文为生造词 pawnography，由 pawn（有“典当、人质”的意思，在这个语境中应暗指两人之间各怀心事、尔虞我诈的关系）与这个生造词的谐音词 pornography（色情）的后半部合成。此处无法贴切直译，姑且以成语“逢场作戏”衍生出“逢‘床’作戏”一词，或可代之。

13

马克斯带着未婚妻在陶尔米纳[①]度假一周，所以当我回到办公室时，没法马上向他汇报。我整天揣着悬念度日。时至周五，汤姆·黑利还是没有消息。我断定，如果他那天去过上摄政街的办公室，那么他一定是打定了主意不想见我。周一我从公园巷邮政信箱那边拿到一封信。一位“自由国际”的秘书打印了一份备忘录，说周五临近午时黑利先生曾到访，逗留了一个小时，提出很多问题，似乎对基金会的工作印象深刻。我应该深受鼓舞才对，我想我也确实略感欣慰。不过，更强烈的感受是我给抛弃了。黑利大拇指的那个动作，我断定，不过是条件反射罢了，但凡他觉得跟哪个女人有机会调情，都会这样试探一下。我满含愠怒地盘算着，想象他最终告诉我愿意屈尊接受基金会的钱，那我就可以让他的机会落空，告诉马克斯他拒绝了我们，我们只能找别人。

办公室里的热门话题是中东战争。哪怕是那群秘书里最没心没肺的姑娘，也被这天天上演的戏码吸引。人们在说，既然以色列的身后是美国人，埃及、叙利亚和巴勒斯坦的背后是苏联人，那么这类“代理战争”就大有可能让我们进一步走向互扔核武器的局面。一场新的古巴导弹危机！走廊的墙上出现了一张地图，涂着黏胶的珠子代表敌对地区，箭头指示出他们近来的动向。以色列刚刚在赎罪日被打了个猝不及防，现在开始重整旗鼓，埃及人和叙利亚人犯了几个战术错误，美国把武器空运到他们的同盟国，莫斯科为此发出警告。这一切本来应该更让我兴奋的，每天的生活本来应该对我具有更大的魅力。人类文明饱受核战争的威胁，而我却在琢磨一个用大拇指抚摩我掌心的陌生人。可怕的自我中心主义。

不过，我并不是光想着汤姆。我也在担心雪莉。自从我们在“酿蜜”乐队的表演现场分别之后，已经过去了六个礼拜。她已经在某个礼拜的最后一个工作日离岗，离开了登记处的那张办公桌，跟谁也没有道别。三天之后，一个“新人中的新人”填上了她的空位。有些曾经愁容满面地预测过雪莉即将高升的姑娘现在说，她之所以被迫离开，是因为她终究跟我们不是一伙人。当时我对我的老朋友实在是太生气了，不想把她找出来。她静悄悄地走掉，我还松了一口气。接着，几周之后，遭人背叛的感觉渐渐淡去。我开始觉得，如果换到她的位置，我也会这么做。没准还更主动，更渴望博取上司的赞赏。我猜她说错了——并没人跟踪我。可是我想念她，想念她肆无忌惮的大笑，想念她打算吐露心事时把手重重地压在我的手腕上，想念她对摇滚乐随性不羁的鉴赏力。相比之下，我们这些留在这里上班的人个个

① 意大利西西里岛的一个海滩小镇，著名旅游景点。

胆小怕事、守口如瓶，哪怕我们在议论八卦消息或者互相嘲笑的时候也是如此。

如今每天傍晚我都无所事事。我一下班就回家，从冰箱里属于我的那个角落里拿出各色食品，做晚饭，律师们恰巧在家时跟她们一起待一会，然后跑进自己的房间，在我那张小小的四方扶手椅上读书，到十一点上床睡觉。那年十月我迷上了威廉·特雷弗[①]的短篇。他的小说人物个个活得很压抑，让我不禁猜想，如果我的生活出现在他笔下会是什么样子。一个年轻女子，独自待在她的单间里，一边在盆里洗头，一边做着白日梦，忽而痴想一个来自布莱顿、不跟她联络的男人，忽而惦记那个从她生活中消失的最好的朋友，忽而想起另一个男人，她曾经迷恋过他，而我明天必须去见他，听他讲结婚计划。多么灰暗，多么悲伤。

跟黑利会面之后，又隔了一周，我从卡姆登走到霍洛威大街，一路上心里怀着各种傻乎乎的希望，也想好了道歉的话。可是雪莉已经搬走，也没留下新地址。我没有她父母在伊尔福德的地址，在我上班的地方，他们也不愿意把地址给我。我从黄页上查到“床天下”，打过去却碰上一个不肯帮忙的店员。先令先生不能来听电话，他的女儿不在这里工作，可能在也可能不在别处。写信给她通过“床天下”转交，可能到她手里，也可能到不

① 威廉·特雷弗(William Trevor，1928—)，爱尔兰当代作家，各种体裁均有涉猎，其中以短篇小说最为有名，有“当代契诃夫”之称。

了。我写了张明信片，很不自然地装出一副兴高采烈的样子，假装我们之间什么事情都没发生。我请她联络我。我并不指望会有答复。

马克斯回来上班的第一天，我就得去见他。那天早上，上班路上我走得凄凄惨惨。其实人人都不好受。天冷，雨一直在无情地下，一般城里的雨下成这个样子，你就该知道它整整一个月都不会停。有人恐吓说地铁维多利亚线上放了炸弹。爱尔兰共和军临时派给报社打电话，报了一个特别的号码。所以我最后一英里是步行的，从排队等巴士的人群身边经过，这些队实在太长，不值得排。我的伞布有一部分从伞骨上脱开，弄得我看起来像是卓别林式的流浪汉。我的高跟船鞋皮上裂开了口子，有水漏进去。报摊上每张报纸的头版都登着“石油输出国组织油价危机”的报道。西方对以色列加大支持力度，所以正在遭受惩罚。出口给美国的石油一律禁运。矿工工会的领导正在召开特别会议，讨论他们怎样才能最好地利用眼下的局势。我们四面楚歌。

康迪特大街上天色越来越黑，人群在蹒跚前行，弓着背缩在雨衣里，努力不让自己的伞碰到别人的脸。现在只有十月，气温已经不足四度——已经能感觉一个漫长的冬季即将来临。我忧郁地回想起当初跟雪莉一起听的那场讲座，所有可怕的预言都成了现实。我记得那些转过来的脑袋，那些谴责的眼神，记得我的那个污点，于是以前对她产生的那点旧恨又鲜活起来，我的情绪愈发阴郁了。她的友情是装出来的，我是个容易上当的傻瓜，我压根就不该干这行。我恨不得现在还躺在我那张软塌塌的床上，脑袋下垫着枕头。

我已经迟到了，可还是先检查了一下邮政信箱，再跑过一个转角走进莱肯菲尔德宅邸。我在洗手间里待了一刻钟，想用环套手巾把头发擦干，再把溅到紧身裤上的泥浆擦掉。在马克斯的事情上我一败涂地，可我还是得捍卫自己的尊严。挤进他的三角办公室时我已经迟到了十分钟，只觉得一双脚是那么冷那么湿。我看着他在办公桌对面整理文件，刻意摆出一副公务繁忙的样子。跟露丝医生在陶尔米纳上了一个礼拜床以后，他看起来是否面貌一新？他回来上班之前剪了头发，耳朵又回到原来的水壶状。他的眼睛里并没有闪耀着前所未有的自信的光芒，也没有熬出黑眼圈。除了穿着新的白衬衫，打着一条深蓝色领带，外面套一件新的黑色正装，我看不出有什么变化。有没有可能他们现在分房睡，等到新婚之夜再成其好事？就我对医务人员以及他们漫长而粗野的见习期的了解，这种局面不应该出现。即便马克斯因为顺从他母亲的哪条荒唐的戒律，半心半意地不越雷池半步，露丝医生也会把他给生吞活剥。肉体——及其所有的软肋和弱项——就是她的职业啊。好吧，我仍然想要马克斯，可我同时也想要汤姆·黑利，这其实应该算是某种保护，如果我无视事实的话——事实是，他对我不感兴趣。

“开始吧，”他终于发话了。他从甜牙行动的档案上抬起头，等着我。

“陶尔米纳怎么样？”

"你知道么，我们在那里的时候天天都下雨。"

他等于在告诉我，他们俩整天都待在床上。仿佛为了坐实我的猜测，他很快又加了一句，"所以我们主要在室内，看了好多教堂、博物馆，诸如此类。"

"听起来挺有意思的，"我平静地说。

他猛地抬起头看我一眼，想捕捉一丝嘲讽的痕迹，不过，我想，他找不到。

他说，"我们有没有得到黑利的回音？"

"还没。面谈进展顺利。他显然是需要钱的。不太相信自己会有这么好的运气。上周他自己到基金会实地查看。我猜他在纠结。"

说来奇怪，我用这样的方式说话，居然能让自己高兴起来。是的，我想。我应该努力显得理性一点。

"他是什么状态？"

"很欢迎。"

"不，我，我的意思是，他这人怎么样？"

"不傻。好教养，对写作充满热情，这一点很明显。学生崇拜他。长得好看，不俗。"

"我看过他的照片，"马克斯说。我突然想，他也许在为自己犯的错而后悔。他本来可以先跟我上床，再宣布跟别人订婚。我觉得我有责任捍卫一把自己的尊严，跟他调个情，让他后悔自己放过了我。

"我还指望你寄张明信片给我呢。"

“抱歉，塞丽娜。我从来不写那些玩意——就是没那个习惯。”

“你开心吗？”

我问得如此直接，把他吓了一跳。看到他慌慌张张的样子，我颇为满意。“是啊，是啊，我们确实很开心。但是……”

“但是？”

“有点别的……”

“怎么？”

“度假之类的事儿我们可以过会再说。不过，在我告诉你之前，我们还是回到黑利，再让他考虑一个礼拜，然后给他写信，说我们需要他直接答复，否则要约就得撤销了。”

“好。”

他合上档案。“问题在这里。记得奥列格·利亚林[①]吗？”

“你提到过他。”

“我不该知道这些事情。你当然也不该知道。不过有点谣言。四处流传。我想你还是知道的好。利亚林的事我们干得漂亮。七一年，他想‘过来’，可是很明显，我们让他在伦敦多耽搁了几个月。威斯特敏斯特警察局抓到他酒驾那会儿，五处正打算部署他投诚后的种种安排。我们赶在苏联人之前弄到了他——否则他们肯定会杀人灭口。他是跟他的秘书，他的情人一起过来的。他是克格勃军官，跟他接头的是他们的破坏行动

① 可参考第四章相关注解。

部。这家伙级别很低，显然也就是个打手之类的角色，却堪称无价之宝。他证实我们的噩梦成真，有十几个，几十个苏联特工军官，借着外交豁免权潜伏在这里。我们赶走了一百零五人——顺便说一句，不管现在他们怎么议论希思，在这件事上他是可靠的同盟——这事好像让莫斯科中央政府大为震惊。我们甚至没有告诉美国人，这事儿臭名远扬，时至今日，余波仍未彻底平息。但是，关键在于，此事表明，我们再也没有出现过特别严重的污点。自从乔治·布雷克事件之后就没有了。大家都如释重负。

"我们也许会继续跟利亚林谈话，直到他去世。疑点始终存在，过去的事情，从新角度看老故事，程序问题，结构，战斗序列[①]，等等。有一个不太起眼的谜，一个谁也无法破译的假名，因为信息太含糊。那是一个英国人，代号伏特，活跃于四〇年代晚期至五〇年代末，为我们工作，而不是为六处。关注点在氢弹上。其实并不属于咱们部门。不像福克斯[②]那么惊天动地，不算科技人员。甚至跟长远计划或者后勤也无关。利亚林还在莫斯科的时候看到过伏特的材料。他并没有掌握多少情况，可他知道消息源在五处。他看见几份推测性的文件，你知道，就是那种'假如怎样便怎样'的东西，美国人称之为'预案'。按我们的说法，就是'周末乡间度假妙招'。尽是夸夸其谈。如果中国人弄到原子弹会怎样，先发制人要付出什么代价，如果不计成本且能

① 军事术语，指按作战需要规定的部队的组织系统和指挥关系。
② 克劳斯·福克斯(Klaus Fuchs，1911—1988)，出生于德国的物理学家，致力于英美核武器发展的研究，曾因向苏联提供科学机密被监禁。

保证顺利过港，那么最适合作为应急储备物资的是什么。”

话说到这里，我已经猜到了下文。或者说我的身体猜到了。我的心跳略有加剧。

“我们的人查了几个月，可是我们对伏特的情况了解太少，没法跟在职人员名单或者任何人的履历比对。然后，去年有人从布宜诺斯艾利斯转道投奔美国人。我不知道我们的朋友得到了什么消息。我只知道他们在慢慢地推进，估计他们还在记恨上次驱逐事件没跟他们通气。不管他们给我们什么样的消息，都够我们受的。”

他顿了一下。“你知道我要说的是什么，不是吗？”

我想说“是”，可是舌头有点打结。最后只能咕哝一声。

“大家传来传去的就是这回事。坎宁二十几年前曾把文件传给一个接头人。持续了十五个月。也许危害不止于此，但我们吃不准。我们不知道为什么后来中断。也许因为当时到处弥漫着幻灭的情绪。”

那会儿家里还只有我一个孩子，我戴着童帽神气活现地坐在那辆弹性良好、品蓝布面、银色轮轴的童车上，被人推着从教区长宅邸走到村里的商店，而那时托尼正在跟他的接头人做生意，嘴里冒出几个俄文短语，喜欢卖弄是他的一贯风格。我想象着他待在公交车站边上一个油乎乎的小饭馆里，从双排扣正装内袋里掏出对折的棕色信封。也许还含着歉意笑一笑，耸耸肩，因为这份材料不是顶级的——他喜欢当第一。可我几乎看不见他的脸。近来，每当往事在心中唤起，影像就会在心里的那双眼睛前面碎裂、化开。也许正因为如此，我少受了点折磨。或者，正相反，因为痛苦日渐消逝，所以将他的面容一并抹去。

可是我抹不掉他的声音。藏在心里的耳朵是更敏锐的器官。我可以像打开收音机一样随时播放托尼的声音。他一辈子都不肯在问句末尾将声调挑上去，喜欢把“r”的音发得像是“w”，但凡他想提出异议，就一定会用这样的措辞——“如此说来，悉听尊便”，“我倒不会这样说”，“好吧，某种程度上是这样”，还有“视具体情况而定”——他的上流社会口音带着学院腔和红酒味，他总是那么胸有成竹，既想不到也说不出任何愚蠢极端的言辞。只有经过深思熟虑、不偏不倚的观点。所以他在那栋乡间别墅里一边吃早餐一边跟我解说的情景，总是轻易就能浮现出来，初夏的阳光透过那扇敞开的、缀满莫名其妙的铆钉的门射进来，洒满石板，照亮餐厅对面墙壁上的木条和灰泥，邱吉尔的那幅水彩画就挂在那里。我们俩之间的那张桌上，搁着特制的浓咖啡——用罐子焖煮，还往里面撒上一把盐，没烤透的吐司像陈面包，堆在一只釉面有蛛网般裂纹的淡绿色盘子上，还有管家的妹妹自己做的厚切橘子酱，味道发苦①。

我仿佛能清晰地听到托尼如何为自己辩护，他的声调告诉我，只有傻瓜才敢与他唱反调。我亲爱的姑娘。我希望你记得我们的第一堂辅导课。想让这些可怕的新式武器得到遏制，唯有依靠权力制衡，依靠相互恐吓和相互尊重。哪怕这意味着向

---

① 指把橘子切成较厚的块制作的果酱，因而口味较为苦涩。

暴政泄密，也比一边倒完全听任美国人耀武扬威好。烦请回忆一九四五年之后，美国人敦促苏联在尚无以牙还牙之道时便销毁核武器。谁又能无视这种阴险狡诈的逻辑呢？如果当初日本也有那样的武器，那广岛就不会经历惨绝人寰的灾难了。唯有权力制衡才能维持和平。我做了我不得不做的事。冷战压在我们头上。整个世界已经变成了几个互相敌对的阵营。这样想问题的并不是只有我一个人。无论苏联滥施淫威到了何等荒诞不经的地步，还是应该让他们拥有势均力敌的武装力量。就让那些鼠目寸光的家伙指控我卖国求荣吧，理智的男人是为了全球和平与文明传承而行动的。

“好吧，”马克斯说，“你就没有什么话要说？”

听他的话音，我成了托尼的同谋，或者多少应该承担一点责任。我沉默了一小会儿，好让他的问题显得不那么生硬。我说，“他去世之前，他们有没有跟他对质过？”

“我不知道。我只晓得这条流言，从六楼渗透下来的。他们当然有时间——大约六个月。”

我开始回忆那辆汽车，载来两位身着正装的男人，想起我被迫在树林里散步，突然回到剑桥。马克斯刚刚“揭秘”的那几分钟里，我并没有特别强烈的感觉。我明白事关重大，我知道我的情绪会有起伏，但那得在我独处时才会释放出来。因为，此时此刻，我对马克斯莫名其妙的敌意以及我试图怪罪于通风报信者的冲动保护了我。以前他只要一有机会就要说汤姆·黑利的坏话，现在又在诋毁我的老情人，企图把男人从我的生活中夺走。

他完全可以把坎宁的故事烂在自己肚子里。那只是个谣言而已，就算它是真的，也没有必要非得告诉我。放眼未来，回溯过去，两种时态的嫉妒居然并肩作战，真是个罕见的案例。既然他得不到我，那谁也别想得到我，哪怕发生在过去也不行。

我说，“托尼不是共产党员。”

“我估计他在三〇年代时也略有涉猎吧，那会儿人人都这样。”

“他那会儿加入了工党。他讨厌公审，讨厌清洗。他总是说，如果参加牛津的学生会辩论，他会支持君主和国家。”

马克斯耸耸肩。“我懂，这事儿不好受。”

可他不懂，我那时也不懂。

从马克斯的房间出来，我直奔自己的办公桌，打定主意不说话、多办事。时间太短，我没法多想。或者说，我不敢想。我很震惊，只能像一台自动机一样处理公务。跟我搭档的是一位名叫查斯·芒特的文官，他为人和蔼可亲，以前在军队服过役，干过电脑销售，很乐意把合适的任务交给我。我终于有资格管爱尔兰的事儿了。我们在共和军临时派里安插了两个特工——也许不止两个，但我不清楚。这两位特工并不知道对方的情况。他们潜伏在那里挨年资，只要沿着军阶一路往上爬就行，可是，事情几乎刚开了个头，其中一位与军需供给链挂上钩的特工就送来了潮水般的情报。我们必须扩展档案并使其更趋合理，具体方式是创建档案子目录，同时为供应商和中间人建立新档案，这些子目录能交叉引用，一定程度上互相重叠，这样一来，调查路径一旦发生错位也能被引向正途。我们对自己负责联络的特工一无所知——对我们来说，他们仅仅是“氦气”和“黑桃”，可我经常会想到他们，想到他们要面对多少危险，而我身处后方，待在这个邋遢昏暗、我经常要抱怨的办公室里，是多么安全。他们当然得皈依爱尔兰天主教，在伯格赛德①的教堂小客厅或者酒吧之类的公共聚会场所里跟别人碰头，他们知道，只要出现一点闪失，一个明显前后矛盾的漏洞，后脑勺就会挨一颗枪子。然后抛尸街头，以儆效尤。他们只能住在那里，这样才可信。为了不暴露身份，黑桃曾在一次伏击中重伤过两名英国士兵，此外，杀害北爱皇家警队队员，私刑拷打并杀害一名警局线人，这些事情里都有他的份。

黑桃，氦气，伏特。已经有好几个钟头我努力不去想托尼了，现在我走进女盥洗室，把自己锁在小隔间里，坐了好一会儿，试图弄懂这条新闻意味着什么。我想哭，那些让我心里翻江倒海的东西，不管是愤怒还是失望，都是那么干涩。事情过去那么久，他已作别人世，可是那一幕历历在目，恍如昨天。我想我知道他会怎样争辩，可我接受不了。你让朋友和同事深感失望，我听到自己对他说——身边就是那桌洒满阳光的早餐。这是个大丑闻，一旦败露——这是难免的，人们就只记住你这一件事了。你的其他成就都会给一笔勾销。你的名誉只取决于这件事，因

① 北爱第二大城市伦敦德里的一个著名天主教社区，这里是北爱多年来天主教和新教教派冲突和民权抗议的中心。

为归根到底“现实”就在社会中，我们只能与他人共同生活，他们的评判至关重要。甚至，或者说尤其是，在我们死后。你的整个人生都会浓缩成某种卑劣而无耻的东西，存留在活人的脑海中。人人都会坚信不疑，你想要造成比实际情况更为严重的伤害，但凡你有机会染指，一定会将完整的计划拱手送给敌人。如果你认为你的行为既高尚又合理，那么你为什么不将自己的观点公之于众，自己面对后果？如果斯大林可以为了革命谋杀、饿死两千万人，那么谁又敢说，万一打响核战争，他不会为了同样的目的牺牲更多的生命呢？如果一个独裁者对生命的重视远逊于一位美国总统，那么你说的权力制衡又体现在哪里呢？

在盥洗室里跟一个死人吵架，真是一种能让人患上幽闭恐惧症的体验。我从隔间里走出来，往脸上泼冷水，把自己拾掇干净以后才回去上班。午餐时间一到，我就迫不及待地冲出大楼。雨已经停了，意外地出了太阳，人行道在阳光下闪着洁净的光。但风仍然刺骨，所以不可能惬意地穿过公园闲逛。我沿着柯曾街疾步而行，满脑子荒唐的念头。我生马克斯的气，因为他告诉我这样的消息，我对托尼生气，因为他撒手人寰，扔下我独自背上他犯的错。而且，他是我事业上的领路人——我现在认为这不仅仅是一份工作——我觉得我被他的背叛行为给玷污了。他把自己的名字加在了 一份可耻的名单上——奴恩·梅，罗森堡夫妇，福克斯——不过，跟他们不同的是，他并没有特别重大的泄密行为。他是核间谍史上一个脚注，而我是他变节的脚注。我的名誉已经受到了损害。显然，马克斯是这么想的。这是我生他气的另一个原因。我还生我自己的气，因为我一直都像个傻子一样对他的事浑然不觉，因为我居然指望这个乏味的招风耳白痴会给我带来幸福。我真是走运啊，他好歹给我打了预防针，让我提早知道了他这场可笑的订婚。

我穿过伯克利广场——我们曾在这里记起夜莺的歌唱，然后右转沿着伯克利街走向皮卡迪利广场。我在格林公园站看见晚报午时版上的新闻标题。汽油配给，能源危机，希思发表全国讲话。不关我的事。我朝着海德公园角走过去。我心乱如麻，一点都不想吃午饭。我的脚底突然冒出一种诡异的火烧火燎的感觉。我想跑，要不就踢。我想找一个凶残的对手打一场网球，我好击败他。我想冲着某个人大吼——就是这样，我就是想跟托尼吵到天翻地覆，然后赶在他抓住机会扔下我之前扔下他。风越来越大，我拐上公园巷的时候它迎面刮过来。大理石拱门上空的雨云越积越厚，随时便会大雨倾盆，再把我淋透。我赶紧加快脚步。

路上我经过邮政信箱取信处，便走进去，有一半原因是想避寒。几个小时前我刚查过，所以其实对收信并没有抱什么期望，不料一封盖着布莱顿邮戳、日期标着昨天的信突然就出现在我手上。我摩挲着信封，像一个正在过圣诞节的孩子那样猛地把它撕开。就让今天出一件“对”的事吧，我一边想，一边站在玻璃门旁边读信。*亲爱的塞丽娜*。这口气是对的。还不只是“对”呢。他为自己的拖拖拉拉而道歉。跟我会面他很开心，他仔细考虑了我的要约。他打算接受资助，而且他相当感激，这个机会太好了。然后他另起了一段。我拿着信纸凑近自己的脸。他是用自来水笔写的，划掉了一个词儿，涂了个墨团。他想提个条件。

> 如果你不介意，我希望我们能经常联络——有两个理由。首先，我希望这个慷慨的基金会能有一张人的脸，这样每个月我拿到的那笔钱就不仅仅是一件毫无感情色彩、纯属官样文章的事情了。其次，你的赞赏对我意义深远，远非我用一张便条所能表达。我希望能不时拿出我的作品请你指教。我保证不会一味索求褒奖与鼓励。我想得到你坦率的批评。当然，如果我觉得你说的不对，我也希望能享有置之不理的自由。关键是，偶尔能听到你的说法，我就不会觉得自己是在写给一团空气了，当我开始写长篇时，这一点是相当重要的。至于这“手把手的指导”，应该不会成为什么沉重的负担。只要三不五时喝杯咖啡就可以。我很紧张，因为要写更长的东西，如今既然有人对我有所期待，我就更紧张了。我想让自己配得上这份投资。我希望基金会里那些选择了我的人，最终发觉他们做了一个能为之自豪的决定。
>
> 周六上午我会来伦敦。十点，我可以在国立肖像美术馆里那幅塞弗恩所作的济慈肖像旁跟你碰头。别担心，如果我没得到你的回音，你也没去赴约，我也不会仓促得出任何结论的。
>
> 最深的祝福，汤姆・黑利

14

周六下午五点我们成了情人。事情并不顺利，灵与肉的交会并没有迸发出如释重负、欣喜若狂的火花。不是心醉神迷的那种，不像塞巴斯蒂安和他的小偷老婆莫妮卡。至少一开始不是这样。这感觉有点别扭有点尴尬，颇有戏剧效果，就好像有个看不见的观众，我们能意识到他想看什么。真的有观众。当我打开七十号房门，领着汤姆进去时，我的那三位律师室友都在楼梯脚下，手里端着茶，显然是在回卧室准备整个下午发奋读书之前再磨蹭一会儿。我重重地关上身后的门。我的新朋友站在擦鞋垫上，那几个来自北方的女人毫不掩饰她们的好奇，目不转睛地盯着他。她们意味深长地咧开嘴笑，脚在地上蹭来蹭去，我只好老大不情愿地互相介绍了一下。如果我们能晚到五分钟，就没人会看到了。太糟糕了。

我不想在众目睽睽之下，在她们互相推推搡搡的时候把汤姆领进我的卧室，所以我带着他走进厨房，想等她们散去。可她们磨磨蹭蹭的不挪窝。我沏茶的时候听见她们在客厅里低语。我想不理会她们，自顾自说话，可大脑一片空白。汤姆发觉我很不自在，就跟我说起狄更斯在《董贝父子》中写到的卡姆登镇，说起那条北起尤斯顿站的线路，由爱尔兰劳工开掘的巨大的路堑穿过伦敦最贫穷的地区。他甚至还背了一两句，那些从他嘴里冒出来的词儿倒是将我的困惑清晰地勾勒了出来。“有十万个不完整的形状和物件，交错混杂，上下颠倒，潜藏于泥土，昂扬在空中，腐烂在水里，如同任何梦境那样晦涩难解。”

末了，我的室友终于回到她们自己的书桌边，几分钟之后，我们端着自己的茶杯，走上嘎吱作响的楼梯。一路上，从她们各自门前经过时，里面鸦雀无声，她们似乎都在竖着耳朵听。我一边走一边竭力回忆我自己的床是不是也会嘎吱作响，我卧室的墙壁有多厚——这念头几乎没有什么色情意味。等汤姆终于进了我的房间，在我那张读书用的扶手椅上坐定，而我坐在床上时，我觉得我们俩还是继续说话比较好。

此刻，至少我们俩已经混熟了。我们在肖像美术馆里待了一个小时，交流各自最喜欢哪几幅。我喜欢卡桑德拉·奥斯丁给妹妹[①]画的素描，而他喜欢威廉·斯特朗笔下的哈代。跟陌生人一起看画是一种不太唐突的方式，可以用来互相试探，略带调情。轻易就能从美学讲到生平——显然是画中人的生平，还说到画家，至少这些都是我们知道的玩意。汤姆懂的远比我多。基本上，我们是在聊八卦。多少有点炫耀的成分——这就是我喜欢的东西，我就是这样的人。说布兰维尔·勃朗特给他的姐

① 卡桑德拉的妹妹就是著名女作家简·奥斯丁。

姐们[1]画的肖像没有半点矫饰讨好的意思，或者说哈代告诉别人他经常被误认为一名侦探，这些可不能算是什么重大的贡献。不知怎么的，从一幅画走向另一幅画的路上，我们的胳膊挽在了一起。弄不清是谁主动。我说，"手把手的指导现在开始，"然后笑了起来。也许就在此时，就在十指相扣的那一刻，我们已经预计到终将走向我的卧室。

他很好相处。他不像很多男人在约会时（现在这得算是一个约会了）总像得了强迫症似的，总想把你逗笑，要不就到处指指点点，一本正经地解说，或者彬彬有礼地抛出一大串问题，逼着你回答。他好奇，肯倾听，既分享故事，也接纳故事。他态度轻松，从容问答。我们就像是一对正在热身的网球选手，稳稳地守住底线，发球迅速而不刁钻，打到球场中央，正好落到对方的正手位，这种体贴而准确的作风让我们深感自豪。是的，我想到了网球。我有一年左右没打过了。

我们去美术馆的咖啡座吃块三明治，差点在那里把一切都搞砸。我们的话题离开了美术——我熟悉的作品统共就那么几幅——于是他开始谈论诗歌。真不走运。我跟他说过我有英语学位，可现在我压根都不记得上一次读到一首诗是什么时候的事情了。我认识的人没有一个读诗的。哪怕是读中学那会儿我也总能避开诗歌。我们从来就不学诗歌。小说，当然，外加几部莎剧。他告诉我他正在重读哪些诗歌时，我点头表示鼓励。我

---

① 英国文坛著名的勃朗特三姐妹的弟弟。

知道下一步会怎样，所以想竭力准备好自己的答案，根本就没法好好听他在说什么。如果他问我，我能说莎士比亚吗？可是在那一刻，我连他的一首诗都报不出来。没错，还有济慈，拜伦，雪莱，可是我应该喜欢他们写的什么诗呢？还有现代诗人，我当然知道他们的名字，可是我已经紧张得一点想法都没有了。焦虑越积越高，我眼看着就要陷入一场雪暴。我可不可以宣称短篇也是一种诗歌？就算我真想出一个诗人来，我也得报出作品的标题吧？问题就在这里。我根本报不出诗名。没法当场报出来。他问了我一句，他在盯着我，等我回答。这个男孩站在那里，脖子发烫。接着他又把问题重复了一遍。

“你觉得他怎么样？”

“他其实并不是我的……”说到这里我停住了。我只有两个选择——要么露出马脚，被发现是个骗子，要么就自己坦白。“瞧，我得坦白一件事。我本来想找个合适的机会说的。现在说也可以。我对你说了个谎。我没有英语学位。”

“那你中学毕业以后就直接工作了？”他鼓励我，看着我，我记得上次会面时他就用这样的眼神看过我，既友善又挑逗。

“我拿到了数学学位。”

“剑桥的学位？耶稣。为什么要骗我呢？”

“我想如果我说实话，你就会觉得我对你作品的看法无足轻重。这很傻，我知道。我假装自己是曾经想成为的那种人。”

“想成为哪种人？”

于是我把整个故事告诉了他，说我有速读小说强迫症，说我母亲不准我念英语专业，说我在剑桥的学业是多么悲惨，说我如何继续读小说，一直坚持到现在。说我有多么希望他能谅解我。我有多么喜欢他的作品。

“听着，数学学位可厉害多啦。你的余生有的是时间可以读诗。我们可以从刚刚我说到的那位诗人开始。”

“我连他的名字都忘了。”

“爱德华·托马斯[①]。还有那首诗——甜美，老派。算不上诗歌革命的产物。可是它很可爱，是最广为人知、备受爱戴的英语诗篇之一。你连这首都不知道，真是太好了。这样你以后就有很多很多非读不可的东西啦！”

此时我们的午餐已经结账。他突然站起来，挽起我的胳膊，推着我迈出大楼，走上查令十字街。本来可能引发一场灾难的危机反而让我们靠得更近，尽管这就意味着我的这场约会正以俗套的方式展现在我眼前。我们坐在圣马丁教堂转角的一家二手书店的地下室，手里拿着《托马斯诗集》的旧版精装书，汤姆替我把书打开，翻到那一页。

我顺从地读了，然后抬起头。“很好。”

“你不可能只用三秒钟就读完的。慢慢来。”

实在没多少字可以读。四段诗，每首短短四行。一列火车

---

① 爱德华·托马斯（Edward Thomas，1878—1917），英国诗人，短暂一生中共写下144首诗。虽然托马斯没有被当时主导英国诗坛的“乔治亚朝诗人”阵营所接纳，现在评论家却认为他的诗风“比乔治亚朝诗人还要乔治亚朝”，对后来的“运动派”以及R·S·托马斯、谢默斯·希尼等诗人均有影响。虽然最终死在一战的法国战场上，他却没有留下战地诗歌，战争只是他诗中衬在英国乡野风光后的背景。

在一个昏暗的车站上意外停靠，没人上车也没人下车，有人咳嗽，一只鸟在歌唱，天热，有花也有树，干草在田野里枯黄，还有好多别的鸟。就这些。

我合上书，说，“很美。”

他的脑袋一歪，耐心地微笑着。“你没看懂。”

“我当然懂。”

“那你跟我说说看。”

“你是什么意思？”

“跟我复述一遍，诗里讲到的一切，你记得什么就说什么。”

于是我把我记得的都跟他说了，几乎是每行都讲，我甚至记得锥形干草堆、碎云、垂柳、绣线菊、牛津郡和格洛斯特郡。看起来我给他留下了深刻的印象，他颇为惊讶地看着我，好像发现了什么。

他说，“你的记忆没有出错。现在，试着回忆一下诗里的感情。”

店里的底楼就我们两个顾客，那里没有窗户，只有两个昏暗的灯泡，没有影子。四周洋溢着一种惬意的、灰扑扑的、昏昏欲睡的气息，就好像这些书把空气大半都偷走了似的。

我说，“我肯定诗里一丁点儿都没提到感情。”

“这首诗第一个词儿是什么？”

“是。”

“很好。”

“他是这么写的，‘是，我记得阿德尔斯特罗普’。”

他凑得更近了。“只记得一个名字，没有别的，宁静，美丽，车站的随性无常，两个郡都能听到的鸟鸣，纯粹的存在感，被悬置于时空中的感觉，一场惨烈的战争即将来临。”

我的头一偏，他的嘴唇从我的唇上掠过。我格外平静地说，“这首诗里可没有提到什么战争。”

他从我手里接过书，我们吻在一起，我记得当尼尔·卡德第一次亲吻橱窗里的人体模型时，她的嘴唇既硬且冷，毕竟她这辈子从没相信过任何人。我努力让自己的嘴唇显得柔软一点。

后来我们折回去，穿过特拉法尔加广场，朝圣詹姆斯公园走去。我们散步经过几个蹒跚学步的孩子，他们手里捏着面包在喂绿头鸭，于是我们谈起了各自的姐妹。他姐姐劳拉以前是个大美人，比汤姆大七岁，学过法律，一度前程似锦，然后，渐渐地，因为屡屡遭遇种种不靠谱的境地和不靠谱的丈夫，她成了酒鬼，失去了一切。她的堕落之路迂回复杂，有几次试图康复，眼看着就要成功，甚至英勇地在法庭复出，直到酒精又让她前功尽弃。形形色色的闹剧次第上演，耗尽了家里最后一点耐心。终于，她最小的孩子——一个五岁的小姑娘在一场车祸中失去了一只脚。她跟两个男人生过三个孩子。劳拉跌穿了所有现代自由国家设计的安全网。现在她住在布里斯托尔的一家收容客栈里，可是经理已经打算把她赶走了。孩子由他们的父亲和继母抚养。他还有个妹妹名叫琼，嫁给一个英国牧师，也帮忙照看，每年有两三回，汤姆会带上他的外甥和外甥女去度假。

他的父母也对外孙很好。可是黑利先生和黑利太太已经过了二十年天天受惊、时时难堪、希望屡屡破灭、动辄半夜应对险情的日子。他们害怕她的下一个电话，心里时常涌起悲伤和自责。无论他们有多爱劳拉，尽管他们把她十岁生日、学位典礼以及第一次婚礼的照片嵌进银相框，搁在壁炉上，让她最美好的一面栩栩如生，他们也不能否认她已经成了一个可怕的人，看起来可怕，听起来可怕，闻起来也可怕。回忆她当年的冷静与聪慧，再听听她现在的甜言蜜语、自哀自怜，她的连篇谎话和黏糊糊的誓言，真是一件可怕的事。家里人把所有的法子都试过了，从循循善诱到温和争执再到直言责备，接着去看门诊、觅疗法，找来有希望的新药。黑利夫妇几乎倾其所有，终日以泪洗面，耗尽了时光与金钱，到了眼下这步田地，确实已经无力回天，只有将他们的情感和资源全部倾注在孩子身上，同时等着他们的母亲被关进医院，最后死去。

与劳拉自毁的程度相比，我妹妹露西还差得远。她学医中途放弃，回乡住在父母附近，尽管在心理咨询中发现，她心底深处一直在生母亲的气，埋怨她安排了那次流产。在每个小镇上，都有那么一小群人或不愿或不能——有时候他们颇为此而欢喜——踏上人生的新台阶，开拓一片新天地。露西找到一个中学老同学组成的温暖惬意的社团，他们或是刚在嬉皮士的小路上浅尝辄止，或是曾投考艺术院校受挫，于是回到他们可爱的家乡安顿下来，过清心寡欲的日子。尽管那几年社会上危机四伏，失业者的日子倒还算好过。他们不必回答太多傲慢无礼的问题，国家就会代他们缴房租，每周还会支付一笔津贴给画家、失业演员、音乐家、神秘主义者、治疗师以及一大群这样的人：在他们看来，吸食大麻和谈论如何吸食大麻，是一件引人入胜的工作，甚至事业。他们竭力捍卫这份津贴，将其视为一项来之不易的权利，尽管每个人，甚至包括露西，心底深处都明白，发放这份津贴的目的，不是让中产阶级过得这样游手好闲、无所事事。

既然现在我已经成了一个收入菲薄的纳税人，对妹妹的疑虑难免越来越深。她很聪明，在中学里生物和化学念得尤其出色，她心地良善，谙熟人情。我想要她当医生。我想要她仍然想要她曾经想要的东西。现在她跟另一个女人——一位马戏教练免费合住在一栋经过当地政务委员会翻修的维多利亚时代的排屋里。她领失业救济，嗑药，每周六上午花三个小时在市中心的集市上卖五彩蜡烛。我上次回家，听她说起已经被她抛在身后的那个神经兮兮、竞争激烈、“正统体面”的世界。我说正是因为有这个世界的供养，她才能不工作也活得下去，她大笑起来，说，“塞丽娜，你可真右翼！”

当我把这个故事的来龙去脉告诉汤姆时，我很清楚，他自己也快要成为一个靠政府津贴度日的人了，只不过这种津贴的级别更高，来自秘密经费，而且对于这部分政府开销，议会也许永远都无法审查。可是T·H·黑利想努力创造一部伟大的小说，不是捣鼓一点五彩蜡烛或者扎染T恤混日子。我们在公园里转了三四个弯，一想到对他隐瞒了实情，我就很不安，可是我又想起他毕竟拜访过我们的联络点——基金会，也同意签约，于是稍感安慰。没有人打算告诉他该怎么写作，该怎么思考，该怎么生活。我让一个真正的艺术家获得了自由。也许我这种想法跟文艺复兴时期那些赞助艺术家的恩主差不多。慷慨大方，不像俗人那样目光短浅。如果这种说法显得过于自负，那么你得考虑到我当时已略有醉意，书店地下室里那个绵长的吻余温尚存，让我容光焕发。我们俩都这样。通过谈论我们不那么走运的姐妹，我们在无意中感受到自己的幸福，也让自己的双脚始终安稳地落在地上。否则我们没准会飞起来，飘过正在行进的骑兵卫队，飘过白厅和泰晤士河——尤其是，当我们在一棵枯叶仍未落尽的橡树下停住脚步之后，他把我往树干上一推，我们便吻起来。

这回我用双臂抱住他，感觉到他系着皮带的牛仔裤绷得很紧，里面裹着虽然瘦削却不失健壮的腰，再往下，臀部的肌肉也颇为紧实。我身子软弱无力，想吐，嗓子发干，简直怀疑自己是不是得了流感。我想跟他一起躺下来，深深凝视他的脸。我们决定到我家去，可我们不想坐公交，又打不起车。于是我们步行。汤姆手里拿着我的书，爱德华·托马斯那本，还有一本也是他送我的礼物，《牛津英语诗选》。我们走过白金汉宫，到海德公园角，沿着公园巷，走过我上班的那条街——我没指给他看——然后在艾吉威街上长途跋涉，从新开张的阿拉伯饭馆门前经过，最后右拐走上圣约翰伍德街，经过洛兹板球场，沿着摄政公园进入卡姆登镇。选别的路可以近得多，但我们没注意，也可能根本就不在乎。我们知道在往什么方向走。通常，尽力不去想它，能让我们走得更轻快一点。

像大部分年轻情侣一样，我们聊各自的家庭，把我们自己放在大格局中考量，计算着我们相对而言是多么幸运。有一刻，汤姆说他想不通，没有诗歌做伴，我怎么可能活得下去。

我说，“呃，那你告诉我，没有诗怎么会活不下去。”即便是一边在说着，我一边也在提醒自己，这话只能搪塞一时，我还是得准备好怎么接口。

根据马克斯给我的档案，我大致知道他家里的情况。如果不考虑家里有个劳拉和一位碰到陌生环境就会恐慌的母亲，那么汤姆的运气一直不算坏。战后出生的孩子通常备受呵护、生活富足，这一点我们俩都有份。他的父亲是当地的建筑师，在肯特郡政务委员会城市规划科上班，即将退休。跟我一样，汤姆也毕业于一家优秀的文法学校。七橡树中学。他之所以选择苏塞克斯大学而不是牛津剑桥，是因为他喜欢他们的课程样式（“主题而非概论”），而且以他当时的年纪和心态，能有机会把锦绣前程搅搅乱，也是一件挺有意思的事。他坚持说他一点儿都不后悔，我不太相信。他母亲本来是一个四处走动的钢琴教师，后来越来越害怕出门，就只肯在家里授课。只消瞥一眼天空，看到云的一角，就足以让她无比焦虑。没人知道她的“恐旷症”是怎么会发作的。劳拉酗酒是后面的事。汤姆的妹妹琼在嫁给牧师之前，当过晚装设计师——橱窗里的人体模型和艾尔弗雷德斯牧师都是从这里来的，我想，不过我没说出口。

他读国际关系硕士学位时的研究方向是纽伦堡审判的合法性，博士学位的研究方向是《仙后》。他很喜欢斯宾塞的诗歌，尽管他也拿不准以我现在的程度是不是读得懂。我们沿着阿尔伯特亲王路散步，那里离伦敦动物园只有一步之遥。他在夏天写完了论文，特意用压着凸金字标题的硬皮包装了一下。论文包括致谢、摘要、脚注、参考书目、索引和四百页的缜密分析。现在，想到写小说要相对自由一些，他松了口气。我先说了一通自己的出身背景，然后，穿过公园大路和卡姆登路的那段时间里，我们陷入了默默相伴的状态，对于两个几乎是刚刚认识的人而言，这多少有点古怪。

我在担心我那张软塌塌的床，不晓得我们俩躺上去它是不是承受得了。不过其实我也不在乎。就让床压穿地板、落在特莉西亚的书桌上好了，反正它掉下去的时候，我会和汤姆一起躺在上面。我的情绪颇为古怪。强烈的渴望与悲伤交织，同时默默地享受胜利的快感。悲伤是因为刚才我路过自己上班的地方，冷不防想起了托尼，不由心烦意乱。近一周里，他的死再度让我魂不守舍，却跟上次的情形截然不同。是不是直到生命的最后一息，他都是孤身一人，满脑子翻腾着激烈的念头，不停地替自己辩护？他知道利亚林都已经招了吗？也许六楼派了什么人专程到库姆灵厄去，要他把知道的一切都说出来，好换取他们的宽恕。或者“对面”有人悄然而至，将列宁的命令钉在他那件旧风衣的翻领上。我想克制自己，别在心里讥讽他，可我基本上做不到。我觉得我遭受了双重背叛。他本来可以告诉我从那辆配着司机的黑轿车上下来的两个男人到底是谁，他本来可以告诉我他病了。我会帮他，不管他提什么要求我都会照办。我会陪他待在波罗的海的小岛上。

我的微小胜利是汤姆。我得到了我想要的东西，彼得·纳丁从楼上送来一张打字的便条，上面只有一行，感谢我弄到了“第四个人”。这算是他开的小玩笑。我给甜牙行动输送了第四位作家。我朝他瞥了一眼。他那么瘦，迈开大步走在我身边，双手深深地插在牛仔裤袋里，目光从我身上移开，转到一边，可能是在想什么心事。我已经开始为他骄傲了，还有一点为自己骄傲。既然他不乐意，那么他以后再也不用为艾德蒙·斯宾塞费神了。“甜牙仙后”已经把汤姆从学术圈肉搏战中解救了出来。

于是我们终于来到这里，关上门，置身于我这个十二平米的单间里，汤姆坐在我从旧货店买来的椅子上，而我坐在床的边沿。最好再聊一会儿天。我的那几位同屋会听见我们低沉的说话声，很快就会没兴趣的。我们有不少话题可说，因为有两百五十本平装小说散布在房间里，堆放在地板和五斗橱上，它们可以为我们提词。现在可以让他看看，我也算是一个读书人，不仅仅是个胸无点墨、对诗歌毫无慧根的姑娘。为了放松一下，为了让我们轻松愉快地走向我正在坐着的这张床，我们用一种轻快而随意的口气聊起了这些书，一旦产生分歧——几乎每次都有分歧，也懒得认真争辩。他没时间理会我那些女性文学——他的手从拜亚特和德拉布尔[①]、莫妮卡·狄更斯和伊丽莎白·鲍恩的

① 指英国女作家A·S·拜亚特和玛格丽特·德拉布尔，她们是姐妹俩，后面提到的莫妮卡·狄更斯、伊丽莎白·鲍恩和缪丽尔·斯帕克也都是英国著名的女作家。

书上滑过，而那些小说曾给我带来那么多快乐。他找到缪丽尔·斯帕克的《驾驶座》，大加赞赏。我说我觉得这本写得太提纲挈领，我更喜欢《琼·布罗迪小姐的青春》。他点点头，却并不同意，看起来更像是个治疗师终于弄懂我的问题出在什么地方。他坐在椅子上伸出手，拿起一本约翰·福尔斯的《魔术师》，说他喜欢其中的某些章节，也喜欢整部《收藏家》和《法国中尉的女人》。我说我不喜欢要技巧，我喜欢看到生活在书页上重现。他说如果不用技巧，那生活就不可能在书页上重现。他站起来，往衣橱那边走，拿起一本B·S·约翰逊的《阿尔伯特·安吉洛》，书页上打着洞的那本。他很喜欢这本，他说。我说我讨厌它。他看到一本阿伦·彭斯的《庆典》，大为惊讶——他认定这是迄今国内最好的实验小说家。我说我还没开始看。他看见我有几本约翰·考尔德出版社的书。他们家的书目是最棒的。我走到他站的地方。我说这里面没有一本我读了超过二十页的。而且印得那么糟糕！那么J·G·巴拉德[1]怎样呢——他看到我有三本他的书。受不了，我说，太天马行空了。巴拉德的所有作品他都喜欢。他是个锐意进取、才华横溢的精灵。我们都笑了。汤姆答应要给我念一首金斯利·艾米斯的诗——《书店牧歌》，诗里写到男女读书的口味迥然不同。结尾处略有点故作伤感，但总体上风趣而真诚。我说也许我会讨厌这首诗，除了结尾。他吻

---

① J·G·巴拉德(1930—2009)，英国“科幻小说新浪潮”的代表人物，其作品有深重的“末世情结”。

了我，文学讨论到此结束。我们向床边走去。

真是尴尬。我们刚才聊了好几个小时，装得好像我们并不是一直在想着这一刻似的。我们就像是一对笔友，先寒暄几句，再用各自的语言亲热地通信，然后初次约会，发觉一切都得重新开始。我对他的风格一无所知。我又坐到了床边。亲了一下以后，他也没再抚摸我，直接朝着我俯下身，替我脱衣服，他的动作干净利落、按部就班，就好像他在安置一个孩子上床睡觉。假如他一直在哼哼唧唧地自言自语，那我也不会吃惊。如果换一种情形，如果我们的关系能更亲密一些，那么这一幕也许会成为一出温情脉脉、销魂蚀骨的角色扮演游戏。可是这一切都在无声无息中进行。我不知道这意味着什么，只觉得焦躁不安。当他伸直手臂从我肩上绕过去，进而松开我的胸罩时，我其实可以碰碰他，我想伸手，终于还是没动。他托住我的头，轻柔地将我的背靠在床上，脱掉我的运动鞋。这些动作对我毫无吸引力。气氛太紧张了。我一定得出手干预一下。

我猛地跳起来，说，“该你了。”乖乖地，他坐到了我刚才坐的地方。我站在他面前，这样我的乳房就靠近了他的脸，然后我开始解他的衬衫扣子。我看见他硬了。“大男孩该上床啦。”他的嘴衔住我的乳头，我想这下应该没问题了。我几乎已经忘了那种火辣的、如电击般具有穿透力的感觉了，从我喉咙底部往下蔓延，直抵会阴。不过，等我们拉开被子躺下来以后，我发现他又软了，我想我一定是做错了什么。我一眼瞥见他的阴毛，也吓了一跳——那么稀少，简直不存在，仅剩的几根又直又滑，像头发。

我们又接吻——他善于此道——可是当我的手握住他的阴茎时，它还是软的。我把他的头往我胸口推，因为刚才这一招有用。一个新拍档。我就像是在学习一种新的纸牌游戏的打法。可是他滑过我的胸口一路往下，低下头用舌头漂亮地给了我一个高潮。那感觉美妙绝伦，不到一分钟我就来了，低低地喊了一声，我把喊声伪装成捂着嘴的咳嗽，想骗过楼下的律师。等我缓过神来，我发现他也勃起了，不由松了一口气。我的快感释放了他的快感。于是我把他拉近，开始做。

对我们俩而言，这并不是一次登峰造极的体验，不过我们好歹过了关，算是保住了面子。我已经说过，影响我的因素之一，是我总惦记着三个同屋，她们自己似乎没有什么性生活，所以一定会竖起耳朵，听见除了床里的弹簧在嘎吱作响外，还有人的声音。另外一个原因是汤姆实在太安静了。他没有说过一句深情款款、爱意融融或者大加赞赏的话。连他的呼吸节奏都没变。我挥之不去的念头是，他在静静地把我们做爱的过程记录下来，将来没准用得上，他肯定在脑子里做着笔记，先想出几个词儿来，再反复修改到合意为止，到处寻找有什么特别的细节。我又想到了那个假牧师的故事，想到琼那个“大得骇人”的阴蒂，尺寸跟一个小男孩的阴茎不相上下。汤姆觉得我的阴蒂怎么样？他会不会是在下面用舌头量尺寸？那尺寸大概太平庸了，压根不值得记住它？埃德蒙和琼在乔克法姆重逢，旋即上床，她在到达高潮时发出一连串高音，像羊在尖叫，就像 BBC 的报时信号那样纯粹，那样间隔均匀。那么，我出于礼貌而强自压抑的声音又当如何呢？类似的问题一个接一个，尽是些病态的想法。橱窗模特的“静默”让尼尔·卡德乐此不疲，想到她可能鄙夷他、忽视他，他就倍感兴奋。汤姆是不是就想要这样的东西，就喜欢女人完全被动，喜欢她们内向——这种内向反而构成了一种反向的力量，征服他，吞噬他？我是不是应该一动不动地躺在床上，分开双唇，凝视天花板？我想不会是这样，我也不喜欢这样的猜想。

他没准等我们一完事就会从外套口袋里掏出笔记本和铅笔——这样的胡思乱想愈发让我饱受折磨。如果这样那我一定要把他扔出去！不过，这种作践自己的想法只是我的噩梦罢了。他仰面躺在床上，我躺在他怀里。天不冷，可我们将被单和毯子都盖在身上。我们略打了几分钟的盹。楼下大门砰地关上，我醒了，听见我的同屋出门上街，说话声越来越轻。现在只有我们俩待在这栋房子里。我没看，但我感觉到汤姆也彻底醒了。他沉默了一会儿，然后提议带我出门去一家好餐馆。基金会给他的钱还没到账，可他相信很快就会来。我默认了这一点。两天前马克斯已经签发了这笔款项。

我们到夏洛特街南端的白塔餐厅，吃文火扒羊排配烤土豆，外加三瓶松香味希腊葡萄酒。我们吃得下。用秘密经费吃大餐而且不能点破玄机，这件事可真有异国情调啊。我觉得自己真是长大成人了。汤姆告诉我，打仗的时候这家著名的餐馆只能卖“希腊午餐肉”。我们开玩笑说这样的日子还会回来。他对我如数家珍，说此地分布着多少文学社团，我傻傻地笑着，并没认真听，因为，再一次，有某种音乐在我的脑海中奏响，这回是交响乐，马勒大型作品中一段庄严华丽的慢板。就在这个房间里，汤姆说，埃兹拉·庞德和温德姆·刘易斯[①]携手创立了他们的旋涡主义杂志《疾风》。这些名字对我毫无意义。我们从费兹洛维亚走回卡姆登镇，手挽手，醉醺醺，嘴里胡言乱语。次日早晨，当我们在我的房间醒来时，已经对那种新牌戏驾轻就熟。实际上，我们乐在其中。

---

① 均为活跃于二十世纪上半叶的文化名人，埃兹拉·庞德(1885—1972)是著名美国诗人、翻译家、评论家，而温德姆·刘易斯(1882—1957)则是英国画家、作家、文艺评论家，创立旋涡画派。

15

十月底迎来一年一度回拨时钟的仪式①，黑夜的罩子愈发向我们的傍晚逼近，整个国家的情绪愈发低落。十一月始于又一个寒意凛冽的日子，此后大半时光都在下雨。人人都在谈论“那场危机”。官方在印刷汽油配给券。战后这样的东西还是第一次出现。人们普遍觉得我们正在朝着某种糟糕的、难以预计却又无法避免的方向前进。有人怀疑“社会结构”即将崩解，可是谁也不清楚这会导致什么后果。可我倒是既开心又忙碌，我毕竟有了一个情人，而且我在竭力摆脱关于托尼的思虑。我对他的愤怒已经让位于——或者至少是掺杂了——内疚，当初我不该那样严酷地谴责他。不该忘记远方的田园诗，不该忘记我们那些在萨福克郡度过的、宛若置身于爱德华时代的夏天。现在我的身边有了汤姆，我觉得我有了保护伞，可以带着怀旧而非悲剧心态回想我们在一起的时光。托尼也许背叛了他的国家，可我的人生是他开启的。

我又恢复了读报的习惯。我喜欢看言论版，业内人士管那些叫“投诉抱怨”，依我看，这不过是一堆“为什么啊为什么”。比如，为什么啊为什么，高等学府里的知识分子要对爱尔兰共和军临时派发动的屠杀欢呼雀跃，要把“愤怒旅”和“红军团”[②]浪漫化？我们的帝国和我们在二战中的胜利总是萦绕在我们心头，对我们横加指责，可是，究竟为什么啊为什么，守着前人伟大的废墟，我们现在的日子过得如此死水一潭？犯罪率飙升，礼崩乐坏，街道肮脏不堪，我们的经济和伦理都垮了，我们的生活水准比共产主义东德还不如，我们互相疏离、争端频发、彼此漠不关心。那些煽动叛乱、制造麻烦的家伙在摧毁我们的民主传统，流行电视节目傻得离谱，彩色电视机带来太多的问题，大家众口一词：没有希望了，这个国家要完蛋了，属于我们的历史时刻已经过去。为什么啊为什么？

我也追看每天见报的惨淡新闻。月中，石油进口直线下降，煤炭委员会许诺给矿工加薪百分之十六点五，然而，后者抓住石油输出国组织制裁的机会，咬定百分之三十五不松口，而且开始拒绝加班。孩子们给送回了家，因为学校里不供应暖气，为了节约能源路灯也没法开，人们在谣传，因为电力不足，以后每周人人都只能上三天班。政府第五次宣告进入紧急状态。有人说应该付钱给矿工，有人说不能让流氓行径和敲诈勒索得逞。这些我都看，我发觉我对经济有点兴趣。我知道那些人物，而且我对这场危机的来龙去脉清清楚楚。可我并不怎么关心。“黑桃”和“氦气”让我着迷，我想努力忘记“伏特”，而我的心属于“甜牙”——这一份是属于我

① 指夏令时结束。
② “愤怒旅”是英国活跃于六七十年代的一个左翼团体，而“红军团”指当时联邦德国的一个左翼恐怖组织。

自己的。它意味着每个周末我都要到布莱顿出趟公差，汤姆在那里有一套两居室的公寓房，就在火车站附近的一栋白房子顶上。克里夫顿街看起来就像是一排挂着糖霜的圣诞节蛋糕，空气清新，环境私密，屋里有张摩登的松木床，床垫结结实实，不会发出声响。没过几个礼拜，我就把这里当成家了。

卧室只比床大了一丁点儿。在这点空间里，衣橱门最多只能开九英寸左右。你得钻进去摸索一通，才能找到自己的衣服。有时候，大清早我会在隔壁汤姆打字的声音中醒来。他工作的房间原本是用来做厨房和起居室用的，感觉更宽敞一些。顶上没有天花板，直接露出屋椽，可见汤姆的房东真是个野心勃勃的建筑师。打字键轻重不均的敲击声，银鸥的鸣叫——这些声响将我唤醒，但我闭着眼睛不愿睁开，我的生活状态焕然一新，我要尽情咀嚼个中滋味。当初待在卡姆登的时候我是多么孤单啊，尤其是在雪莉离开以后。多么惬意啊，经过一周辛勤劳作，我能在周五七点抵达，在街灯下步行不到一百码上山，闻着海风的气味，觉得布莱顿就像尼斯或者那不勒斯一样离伦敦好远好远，我知道，汤姆会在迷你冰箱里藏好一瓶白葡萄酒，在厨桌上摆好酒杯。我们的周末过得很简单。我们做爱，我们读书，我们在海边散步，有时候也在南丘上走走，我们会到餐馆吃饭——通常在巷道商业区里。汤姆还会写作。

一张给推到角落里的绿色台面呢牌桌上搁着一台奥利维蒂便携式打字机，他就在那里工作。他会在半夜或者黎明起床，一直干到九点左右，然后回到床上跟我做爱，一口气睡到中午，此时我就出门到集市附近喝杯咖啡,吃块羊角面包。当时羊角面包在英国还是个新鲜事物,所以我在布莱顿的住处就显得愈发具有异国情调。我一版一版地看报,只有体育版除外,然后买点吃的,煎成一锅,权充早午餐。

基金会给汤姆的资助已经到位——否则我们怎么可能有钱在惠乐士餐厅吃饭,往冰箱里塞夏布利白葡萄酒?在那年的十一月和十二月,他既要完成教学工作的收尾阶段,又在忙着写两个短篇。他刚见过伦敦的一位诗人兼编辑伊恩·汉密尔顿,此人正在创办一份文学杂志——《新评论》,希望汤姆能在前几期里登一个长篇。他读过汤姆所有发表过的作品,在索霍区一边喝酒一边说他写得"相当好",或者"不坏"——显然,在这个圈里,这是很高的评价。

刚刚陷入热恋的情人难免要给自己打气,我们渐渐形成了一堆自鸣得意的程序以及夸张炫目的词藻和信物,还建立起一套周六夜晚的固定模式。我们通常在傍晚做爱——那是我们的"当日正餐"。清早的"搂搂抱抱"其实是不作数的。趁着做完爱之后满心欢喜、神清气爽的那股劲头,我们穿好衣服出门,走之前灌下大半瓶夏布利酒。在家里我们不喝别的,尽管我们根本就不懂酒。夏布利酒也是玩笑之选,因为很显然,詹姆斯·邦德喜欢这种酒。汤姆会打开他的新音响,通常放博普爵士乐[1],我

---

[1] 盛行于20世纪40年代末到50年代初,其特点为节奏奇特、使用不谐和音、即兴演奏等。

觉得那不过就是毫无节律可言、随性弹奏的一连串音符而已，不过它听起来老于世故，具有蛊惑人心的都市感。于是我们便迎着清凉的海风出门去，漫步下山，走进巷道商业区，通常是到惠乐士海鲜餐厅。汤姆喝得半醉时常常会给侍者大把小费，所以我们在那里颇受欢迎，总是被人手舞足蹈地带到专属于“我们的”座位上，那个位子缩在角落里，我们可以观察别的客人，嘲笑他们几句。我猜我们的态度很嚣张。我们的保留节目是告诉侍者，前菜按“老规矩”上——两杯香槟加一打牡蛎。我不敢肯定我们是不是真的喜欢吃这些，可我们喜欢那样的感觉：在欧芹和切成两半的柠檬的环绕中，那些壳上粘着藤壶的古老生命围成椭圆躺在冰床上，奢华地在烛光下闪闪发亮，盘子是银色的，装着辣椒酱的调味瓶给擦得锃亮。

不聊自己的时候，我们对政治话题无所不谈——国内危机，中东，越南。按理说，对一场意图遏制共产主义的战争，我们的态度理应犹疑不定，可是我们到底还是随了我们这代人的大流。这场争端屠戮众生，极度残忍，而且显然败局已定。我们也追看了那出充斥着职权僭越和愚蠢行为的肥皂剧——水门事件，不过，汤姆就像大多数男人一样，对这出戏的演员阵容、具体时间以及故事里每一道历史性转折、每一点微小而重大的指涉都太熟悉了，以至于他觉得我在谈起这个问题时只是个义愤有余、见识毫无价值的人。我们本来应该对文学话题也无所不谈。他给我看过他喜欢的诗，这个没问题——我也喜欢。可他没法让我对约翰·霍克斯、巴里·汉纳或者威廉·加迪斯的小说感兴趣，而他也没法喜欢我中意的女作家——玛格丽特·德拉布尔，费·韦尔登以及我最近迷上的詹妮弗·约翰斯顿。我觉得他那堆人太干巴巴，他觉得我这一拨太黏糊糊，尽管对于伊丽莎白·鲍恩，他愿意网开一面，先不做结论。在那段日子里，我们只对一个短篇达成共识，威廉·考兹温克尔的《秘密海洋里的游泳者》，他对这篇是敢打包票的。他觉得它的结构十分精美，而我认为它写得既聪明又忧伤。

既然他不喜欢在小说写完之前谈论它，我就寻思，趁他在周六下午到图书馆查资料的时候偷看一眼，是件既合情合理又是我必须恪尽职守的事。我让门一直开着，这样万一他上楼我也能听见。一个刚在十一月底完成初稿的短篇，叙述者是一只会说话的猿，总是在焦虑地琢磨他的情人——一个正苦于创作她第二部小说的女作家。她的处女作广受好评。她有没有能力把第二部写得同样出色？她开始怀疑自己。这只猿愤愤不平地在她背后徘徊，她忙于写作，对他大为冷落，让他深受伤害。直到最后一页我才发现我正在读的这个故事实际上就是那女人正在写的作品。那只猿并不存在，它只是个幻象，是她在焦躁中想象出来的。不。还是不对。不能这么说。即便撇开扭曲而荒诞的“人兽交”问题不谈，出于本能，我也对这类凭空虚构的玩意缺乏信任。我希望能感知脚下的土地。在我看来，作者必须尊重他与读者之间的那个不成文的契约。在一个想象的世界里，不应该允许任何一种元素或者任何一个人物出于作者心血来潮的臆想。虚构的东西必须像客观实在一样坚实可靠，一样首尾连贯。

这是一个以互相信任为基础的契约。

如果说第一篇让我失望的话，那么第二篇还没等我开始读就已经让我大吃一惊。居然长达一百五十页，最后一句下面还用手写体标记了上周的日期。这是一个小长篇的初稿，他对我守口如瓶。我正打算读，冷不防，通往外面平台的那扇门砰地关上了，吹动它的是一阵从窗缝里漏进来的风。我站起身，用一卷油乎乎的绳子——汤姆以前用这绳子单手把衣橱拖上楼——卡住门不让它关上。然后我打开从屋椽上悬下来的灯，坐定，怀着负罪感一目十行地看起来。

《来自萨默塞特平原》描写了一个男人带着九岁的女儿踏上一段旅程，他们所到之处，触目皆为废墟，村庄和小镇被焚毁，鼠患成灾，霍乱与鼠疫肆虐，水源受到污染，为了争一罐陈年果汁，邻里之间不惜你死我活，当地人一旦受邀参加名流晚宴就会深感荣幸，因为届时会有一条狗和几只骨瘦如柴的猫给架到篝火上烤熟。当父女俩抵达伦敦时，眼前景象甚至更加破败荒芜。在朽烂的摩天大楼、生锈的车辆和房屋成排却杳无人迹的街道之间，老鼠野狗遍地，军阀恶棍横行，他们脸上用三原色画满条纹，让穷困潦倒的市民愈发胆战心惊。电已经成了遥远的回忆。唯一还在运转——尽管只是聊胜于无——的是政府。一栋供内阁办公的塔楼耸立在一大块残破不堪、杂草丛生的混凝土平地上。黎明时分，父女俩站在一个政府办公室门外排队，随着队伍穿过那块平地，故意不去看那些腐烂的、被人踩坏的蔬菜，压扁了以后大半埋进地里的纸板箱，焚烧后的遗迹，还有烤熟的鸽子的骨架，生锈的铁皮罐，呕吐物，残破的轮胎，流着绿色化学液体的小水坑，以及人类和动物的排泄物。那个陈年旧梦——地平线上麇集着朝气蓬勃的钢筋玻璃大楼——如今已遥不可及。

小说的核心情节都发生在这个广场上，这里是一个新的悲惨世界的巨大的缩影。在一个废弃的喷泉中央，上方的空气灰蒙蒙的，苍蝇麇集。男人和男孩每天都跑到那里去，蹲在宽阔的水泥边缘拉屎。这些人影看起来就像是没有翅膀的鸟。随着天色渐晚，此地人头攒动状如蚁穴，空气中烟雾腾腾，喧闹声震耳欲聋，人们在彩色毯子上摆满他们那点可怜巴巴的商品，父亲砍了半天价，好歹买下一条用过的陈年肥皂，尽管很难找到新鲜水源。广场上卖的每件商品都是很久以前生产的，如今那些生产工艺已经没人懂了。后来，那男人（恼人的是，自始至终作者都没告诉我们他叫什么名字）碰上一个老朋友，此人恰巧比较走运，好歹有个房间。她是一位收藏家。她屋里的桌上摆着一部电话，电话线在四英寸处断开，再过去一点，有一根阴极射线管挂在墙上。木制电视机柜，玻璃屏幕和按钮早已拆得七零八落，一捆捆发亮的电线缠绕起来，紧靠在色泽晦暗的金属旁边。她喜欢这些物件，她告诉他这是因为它们是人类发挥创意、精心设计的产物。一旦对“物”无所留恋，便会越发远离对“人”情真意切的境界。可在他看来，她这点收藏癖毫无意义。没有了电话线路，电话机不过是毫无价值的垃圾。

工业文明及其体系与文化正渐渐淡出记忆。人类倒退到了蛮荒时代，人们总是在为稀缺贫乏的资源争夺不休，善意或创意全无容身之地。旧日好时光一去不复返。一切都变化得如此剧烈,我简直无法相信我们是打那时候过来的,说起他们的过去,那女人向他发出了这样的感叹。我们一直都在往这个方向走,有位没穿鞋的颇具哲学家风范的人对那位父亲说。从别处可以明显看出,文明的崩塌始于二十世纪的种种不公和矛盾冲突。

直到最后几页,读者才发现这个男人和这个小女孩要往何处去。他们原来一直在寻找他的妻子,女孩的母亲。没有通讯系统或者官僚机构帮助他们。他们手里只有一张她儿时的照片。他们只能靠口述来打听,在走完很多弯路之后,尤其是当鼠疫渐渐将他们压垮时,他们注定难逃失败的结局。在一个当年名噪一时的银行总部的废墟中,在它臭气熏天的地窖里,父女俩依偎着死在一起。

我花了一个小时外加一刻钟读完。我把稿子放回到打字机边,小心翼翼地把它恢复成刚才我找到它时的那副乱糟糟的样子,然后挪掉绳子,关上房门。我坐在厨桌边,试图梳理一下我的困惑。我轻易就能想象彼得·纳丁和同事们会提出怎样的异议。这种带着末日情结的反乌托邦作品不是我们想要的东西,时下这类"世界末日说"大行其道,对我们曾设计、建造或者热爱的一切都大加鞭挞、全盘抛弃,津津乐道于"大厦将倾、尽归尘土"。这是饱食终日者独享的奢侈和特权:对别人所有谋求发展的希望均嗤之以鼻。T·H·黑利并不觉得对这个世界有所亏欠——这个世界满怀善意地养育了他,让他免费而自由地接受教育,他用不着打仗,也用不着在可怕的宗教礼制或者饥荒或者对神祇复仇的恐惧中长大成人，这个世界还在他二十多岁时赐给他一笔丰厚的津贴，却并不限制他自由地表达思想。这不过是一种偷懒的虚无主义罢了：深信我们曾经创造的一切都已腐朽，从不考虑寻找出路的可能，从不认为能在友谊、爱情、自由市场、工业、技术、贸易及一切艺术与科学中得到希望。

他的故事（我的眼前浮现出纳丁的影子，他继续往下说）从塞缪尔·贝克特那里传承了一种观念，认为人类的状况大抵如是：一个人孤独地躺在万物尽头，茕茕孑立，毫无希望，独自咂摸一块石头的滋味。这个人对民主政权的公共管理有多大的难度，对如何统治数百万要求严苛、有天赋人权且能自由思考的个体一无所知，对我们在短短五百年里就从一个残忍且赤贫的过去进步到现在，其间取得了多大的成就也漠不关心。

反过来……这样写会有什么好处呢？这样写会把他们都给惹恼的，尤其是马克斯，不过单就这一点而言，倒是让我与有荣焉。马克斯本来就认为吸纳小说家是个错误，这样一来便愈发坐实了这个观点，他的火气就会更大。吊诡的是，此事能表明这位作家丝毫不受他的金主的掌控，反过来能让甜牙行动更不易为人诟病。《来自萨默塞特平原》是那个出没在每一条新闻标题里的幽灵的化身，是趴在地狱边缘的窥探，是戏剧化的极端局面——伦敦成了赫拉特、德里、圣保罗。可是，我自己到底是什么看法呢？这部小说让我格外压抑，它是那么黑暗，那么万念俱灰。他至少应该放过那个孩子，让读者对未来多少有一点信心。我猜，我想象中的纳丁也许说得没错——这样的悲观主义里包含着某种时髦玩意,充其量只具有美学意义,不过是一副文学面具或者一种态度而已。这其实并不是汤姆,或者这只是他的一小部分,所以实在有失真诚。我一点都不喜欢。他们会把 T·H·黑利看成是我挑选的人,所以我必须为此负责。又是一个污点。

我盯着房间那一头他的打字机和它边上的咖啡杯,琢磨了一会儿。这个和我正在风花雪月的男人,会不会像那个背上趴着猿猴的女人那样,根本无力完成他最初的宏愿?如果这就是他最好的作品,那我就是判断失误,这真让人尴尬啊。我得担下这罪名,可是实际上,他当初是被人塞进一份档案,搁在盘子上端到我面前的。我先是爱上了那些故事,然后爱上了这个男人。这是一场包办婚姻,是六楼那些大佬们一手安排的,现在为时已晚,我成了没法逃跑的新娘。哪怕我对他大失所望,我也得维护他、支持他,而且这并非仅仅出于私心。因为,毫无疑问,我仍然相信他。几个不够出色的短篇不会动摇我的信念,我相信他风格独特,才华横溢——是我妙不可言的情人。他是我的项目,我的案子,我的使命。他的才华,我的工作和我们的情事已经融为一体。如果他失败了,我也就失败了。这样事情就简单了——我们得荣辱与共。

当时约莫六点。汤姆还没回来,他的书稿令人信服地摊在打字机旁,等待我们的是一夜欢愉。我洗了个洒满香水的澡。浴室长五英尺宽四英尺(我们量过),其中最显眼的就是一个很节省空间的坐浴盆,你可以像米开朗琪罗的雕塑《沉思者》那样,俯身浸入水中，坐在或者蹲在一个壁架上。我就蹲在那里，昏昏然，浮想联翩。如果运气好，如果那位叫汉密尔顿的编辑真像汤姆所说的那样敏锐，那他就会把这两篇都退稿，并且说出像样的理由。如果是这样，那我就应该什么都不说，只管等。整个计划本来就是这样，给他钱让他自由，不插手，指望最好的结局。可是……可是，我相信自己是一个好读者。我相信他错了，如此单调乏味的悲观主义作品跟他的才华不相称，也让他难以展示机智的逆转，就好比那个假牧师的故事，或者那个能做出多重解释的故事——男人明知老婆是骗子，还跟她在床上爱得死去活来。我想汤姆那么爱我，应该能听听我的意见。然而，话说回来，我接受到的指令是清清楚楚的。我应该把自己想对他指手画脚的冲动压下去。

二十分钟之后，我在坐浴盆边把自己擦干，什么问题都没解决，我还在绞尽脑汁，此时我听见楼梯上响起了脚步声。他先敲了门，然后走进我这水汽蒸腾的“闺房”，我们默默地拥抱在一起。我能在他外衣的褶皱上感觉到街上的空气是凉飕飕的。时机完美。我一丝不挂，香气袭人，满心期待。他引着我走进卧室，一切都很好，所有的麻烦事烟消云散。约莫一小时之后，我们穿好衣服共度良宵，一边喝我们的夏布利酒一边听切特·贝克的《我那风趣的情人》，这个男人唱歌就像女人一样。如果说他的那段小号独奏里有点博普爵士乐的味道，那也得算是轻微柔和的那种。我想我甚至可能已经开始喜欢上爵士乐了。我们碰杯，亲吻，然后汤姆转过身，拿着酒杯站到牌桌边，低头盯着他的稿子看了几分钟。他一页接着一页地拿起来，在这堆稿子里查到一段话，拿起一支铅笔做了个标记。他缓缓地、意味深长地鼓捣了一通支架，发出咔哒咔哒的声响，他要看看打字机上的那页纸。等他再抬起头来看我时，我一阵紧张。

他说，“我有事告诉你。”

“好事?”

“晚餐时告诉你。”

他朝我走过来，我们又吻在一起。罩上外套之前，他得先在杰明街定做的三件衬衫里拿一件穿上。这三件衬衫一模一样，料子都是上好的白色埃及棉，肩膀和胳膊剪裁宽大，好让他看起来显得粗犷强壮一点。他跟我讲过，每个男人都应该有“一图书馆”的白衬衫。我拿不准时装潮流是怎么回事，但我喜欢他的身体穿在棉布底下的感觉，而且我也喜欢他已经那么习惯花钱。高保真音响，餐馆，环球旅行箱，还有一台即将运来的电动打字机——他正在轻轻甩掉自己的学生气，甩得优雅漂亮，毫无负罪感。在圣诞节前，他每个月同时也领着教师的那份薪水。他出手大方，容易相处。他给我买礼物——一件丝绸外套，香水，一只上班用的软皮公文包，西尔维娅·普拉斯的诗歌，福特·马多克斯·福特的小说，都是精装本。我的来回车票也是他付的，正好超过一英镑。每到周末，我就把自己在伦敦精打细算的日子抛在脑后，忘记我藏在冰箱一角的那些可怜巴巴的食物，忘记每天早上数出一枚又一枚零钱，用来买地铁车票和午饭。

我们喝完那瓶酒，优雅地沿着女王路散步，经过钟楼，走进巷道商业区，我们在那里停留片刻，只是因为汤姆要给一对带着一个兔唇宝宝的印度夫妇指路。狭窄的街道上有一种孤寂清冷、与这个季节不相符的气息，咸湿而荒凉，地上的鹅卵石靠不住，老是打滑。此时，汤姆正在用一种幽默的、打情骂俏的口吻盘问我，基金会还资助哪些"别的"作家。这事儿我们谈过好几次，几乎成了例行公事。他在尽情释放一腔醋意，不仅关乎性，也关乎作家之间互相竞争的那点心眼。

"就告诉我这个吧。他们是不是大都挺年轻？"

"大都长生不老。"

"得了吧。你可以告诉我的。他们都是很有名的老头子吧？安东尼·伯吉斯？约翰·布雷恩？有女人吗？"

"女人对我有什么用？"

"他们拿的钱要比我多吧？这个你总能告诉我吧。"

"他们每个人拿的至少是你两倍。"

"塞丽娜！"

"好吧。人人拿的都一样啦。"

"跟我一样。"

"跟你一样。"

"是不是只有我一个人没出过书？"

"我只能说这么多啦。"

"你跟他们哪个人上过床吗？"

"上过好几个呢。"

"而你还在继续约见名单上的人？"

“你知道我确实在忙这个呀。”

他笑起来，一把将我拽到一家珠宝店门口，吻我。有种男人喜欢时不时地想象他的情人跟另一个男人做爱，这个念头会让他兴奋起来，他就是这样的男人。虽然，搁到现实生活中，一旦戴上绿帽，他肯定会既恶心又伤心外加火冒三丈，可是，若处在特定的情绪中，做做这样的白日梦，反而会让他“性”致勃发。显然，卡德关于他那个人体模型的幻想，就来源于此。我完全不懂其中奥妙，但我学会了该怎么一起玩。有时候，做爱做到要紧处，他会轻声催促我，我就帮他一把，跟他说我正在约会哪个男人，我会为他做什么。汤姆喜欢把他想成一个作家，此人不像汤姆那么富于潜力、有待开掘，而是已然为赫赫声名所累，而且他身上洋溢的那种优雅精致的痛苦要比汤姆更严重。索尔·贝娄，诺曼·梅勒，还有抽烟斗的君特·格拉斯，反正我勾搭的都是最好的作家。毋宁说是他心目中最好的作家。即便在当时，我也意识到，一个刻意共享的白日梦能有效地把我自己不得不说的谎话冲淡一些。跟一个我如此亲近的男人谈论我在基金会的工作绝非易事。保密事业对我的吸引力是一条化解之道，而这种模棱两可、颇具幽默感的情色梦是另一条。不过这两条都不足以彻底化解。这终究是我的幸福生活中的小小污点。

当然，我们很清楚，为什么我们一到惠乐士餐厅就会受到热烈欢迎；为什么他们会点头致意问长问短——塞丽娜小姐的工作，汤姆先生的健康，还有我们的胃口；为什么他们会迅速抽出椅子，在我们的大腿上铺好餐巾，尽管如此，这些举动还是让我们特别高兴,差点相信他们对我们的欣赏和尊敬,要远远超过其他那些无聊的长者。那年头,除了几个明星之外,年轻人手头都没什么钱。所以每当有食客皱着眉头目送我们走到餐桌边时,我们都会格外兴奋。我们是多么特别啊。如果他们知道我们这一顿是用他们交的税付账,那该多好。如果汤姆能知道这一点,那该多好。不到一分钟,比我们先到的人面前还空空如也,我们的香槟倒已经上了,很快那只盛满冰的银盘子也端了上来,一只只贝壳里躺着一团团闪闪发亮、既腥且咸的肉体,我们一向假装喜欢吃这玩意,现在也不敢不装。诀窍是不要多咂摸滋味,只管囫囵吃下去。我们把香槟也一饮而尽,再叫人再加两杯。照例,我们又提醒自己,下回直接叫一瓶。这样能省很多钱。

餐馆里潮湿温暖,汤姆便脱掉外套。他的手从桌对面伸过来握住我的手。烛光映得他的双眸愈显浓绿,还在他原本苍白的脸色上添了一抹淡而健康、略带棕褐的粉红。头总是微微侧向一边,嘴唇照例微张且绷紧,并不想侃侃而谈的样子,反而更希望听我说,抑或跟我一起说。那一刻,我已略感醉意,只觉得从来没见过比他更好看的男人了。我原谅了他那件定做的高仿衬衫。爱情并非匀速增长,而是波浪式前进,时而疾奔,时而飞跃,这回便是其中之一。第一次是在白塔餐厅。这一回要比上次猛烈得多。我就像"逢'床'做戏"的塞巴斯蒂安·莫雷尔那样,魂灵在失真的幻想空间里跌撞翻滚,尽管此时我的肉身明明坐在布莱顿的一家海鲜餐厅里端庄地微笑。不过,一如既往,在思维无远弗届处,总有那么一小块污点。平时我会尽力对它视而不见，而且通常能做到，这一点曾让我颇为兴奋。此刻，如同一个女人失足滑落悬崖时猛地扑向一丛压根承受不了她重量的野草，我又想起汤姆还不知道我是什么身份，我到底干了什么，我觉得我现在应该告诉他。最后的机会！说啊，现在就告诉他。太迟了。真相太沉重，它会把我们摧毁的。他会恨我一辈子。我已经翻过悬崖，再也回不去了。我可以提醒自己，我给他的人生带来了多少实惠，我让他得以衣食无忧地专事创作，然而，事实上，如果我还要跟他继续约会，那就只能不断地跟他说这些并非无伤大雅的谎言。

他的手往上移，握住我的手腕，攥紧。侍者过来给我们续杯。

汤姆说，“现在到了该告诉你的时候啦。”他举起酒杯，于是我也顺从地举起自己的酒杯。“你知道我一直在给伊恩·汉密尔顿写东西。结果有一篇越写越多，于是我发觉我一不小心滑进了一部小长篇，而这正是我考虑了一年左右的计划。我太兴奋了，真想告诉你，真想给你看看。可我不敢，生怕写不成。上周我写完了初稿，复印了一部分，寄给那位人人都跟我说起的出版人。汤姆·米奇勒。不，是汤姆·麦奇勒[①]。今天上午他的信来了。我没想到他回得这么快。直到下午出门，我才把信打开。塞丽娜，他要这小说！迫不及待。他想让我在圣诞节前拿出

① 这里提到的伊恩·汉密尔顿和汤姆·麦奇勒，都是英国当代文化圈和出版界的传奇人物。后者也是麦克尤恩本人的多年好友，其一手创办的凯普出版社与麦克尤恩的多年合作一直保持到现在。

定稿。”

我举起酒杯，只觉得胳膊发痛。我说，“汤姆，这消息太妙了。祝贺！祝贺你！”

我们猛喝一口。他说，“这篇有点黑色。背景是不远的将来，一切分崩离析。有点像巴拉德。不过我想你会喜欢的。”

“结局如何？情况有没有好转？”

他朝我微笑，表情里满含着对我幼稚言辞的宽容。“当然没有。”

“真棒。”

菜单来了，我们要了多佛鳎鱼，配的不是白酒，而是红酒——重口味的西班牙里奥哈酒，好显摆显摆我们都是自由不羁的精灵。汤姆又补充了几句，关于他的小说，关于他的新编辑，那位出过海勒、罗斯和马尔克斯作品的出版人。我在寻思该怎样把这个消息告诉马克斯。一部既反资本主义也反乌托邦的小说。而“甜牙行动”的其他作家拿出来的却是“非虚构版”的《动物农场》。不过，至少我的男人是一个富有创意、我行我素的人。我也会是这样的人，一旦我遭到解雇的话。

荒唐。还是庆祝庆祝吧，反正我对汤姆的小说——现在我们管它叫“中篇”——也施加不了什么影响。于是我们吃吃喝喝聊聊，为了这件或那件好事举起酒杯。夜色渐浓，只有几张桌还在吃，我们的侍应生都在一边打着哈欠转来转去，汤姆用佯装责备的口吻说，“我一直在跟你讲诗歌和小说，可你从来没跟我聊起数学。该轮到你啦。”

“我学得不怎么样，”我说，“我早忘光了。”

“这可不够好。我想让你告诉我一点……一点好玩的，不，是与直觉相反的，反常的那种。你欠我一个关于数学的好故事。”

在我看来，事关数学，似乎从来没有什么是跟直觉相反的。我要么懂，要么不懂，自从上剑桥以后，几乎都属于后者。可我喜欢接受挑战。我说，“给我几分钟。”于是汤姆说起他新买的电动打字机，他可以打得多么快。然后我就想起来了。

“我到剑桥时，这个正好在那儿的数学圈里广为流传。我想还没人写过。跟概率有关，以一个问题的形式出现。来自一个名叫‘做个交易’的美国游戏节目。几年前这节目的主持是个叫蒙蒂·霍尔的男人。不妨设想你是蒙蒂这个节目的一名参赛者。你面前放着三只关着的盒子，一号，二号和三号，某只盒子——你不知道是哪只——里面是一份大奖。比方说……”

“美女给你一份丰厚的津贴。”

“完全正确。蒙蒂知道你的津贴在哪个盒子里，而你不知道。你选一个。比方说你选一号，可我们不会当即打开。然后，很清楚津贴在哪个盒子里的蒙蒂打开了一个他知道是空着的盒子。比方是三号。于是，你知道你那份丰厚的津贴要么在你已经选过的一号里，要么在二号里。现在蒙蒂再给你选择一次，你可以换成二号，也可以维持原来的决定。那么，你那份丰厚的津贴更可能在哪个盒子里？你该不该换？”

我们的侍应端来一只装着账单的银盘子。汤姆刚伸出手摸钱包，很快又改变了主意。尽管喝了这么多葡萄酒和香槟，听他说话的样子头脑倒还算清醒。我们都想让对方看看，自己的酒量不错。

“这是明摆着的事嘛。开始挑一号的时候是三选一。等到三号打开以后我的概率就成了二选一。这对二号也是完全一样的。我那份丰厚的津贴在两只盒子里的概率是完全一样的。不管我改不改，都没有任何区别。塞丽娜，你看起来真是美得让人难以忍受。”

“多谢。你尽可以好好守着你的选择。不过你这样可能是错的。如果你转而挑选另一个盒子，你从此再也不需要上班的概率就会是原来的两倍。”

“胡说八道。”

我看着他掏出钱包付了账。将近三十镑。他甩下一张二十镑的小费，看他的手势这么豪爽放荡，就知道他醉得不轻。这数目比我一周的薪水还多。他这是在作茧自缚。

我说，“这样你选中装津贴的盒子的可能性仍然维持在三分之一。所有概率之和必须是一。那么它在另外两只盒子里的可能性就一定是三分之二。三号已经打开，是空的，所以就有三分之二的概率在二号里。”他满怀悲悯地看着我，就好像我是某个极端宗教派别里的狂热信徒。“蒙蒂打开那个盒子就给了我更多的信息。我的概率本来是三分之一。现在成了二分之一。”

“你说的只有在一种条件下才能成立：在他打开那个盒子之后，你才走进房间，然后按照要求在另两个盒子中挑选。如果是这样，那你选中的概率就是二分之一。”

“塞丽娜。你怎么弄不明白呢，真让我吃惊。”

某种明明白白而且非同寻常的愉悦涌上我的心头，我觉得自己终于被释放了。在心智空间里，有一部分，没准还是很大一部分，我确实比汤姆更聪明。这看起来是多么奇怪啊。在我看来那么简单的事情，他却显然难以理解。

“这样说吧，”我说，“只有当你在一开始就选对、你的津贴确实在一号盒子里时，从一号换到二号才是个糟糕的选择。而你当时选对的概率是三分之一。所以，改错的概率是三分之一，那也就意味着，改对的概率达到三分之二。”

他皱起眉头，冥思苦想。倏忽间他仿佛瞥到了真相，然后他眨眨眼睛，真相就溜走了。

“我知道我是对的，”他说，“我只是解释得不太好。这位蒙蒂随机挑了个盒子，把我的津贴放进去。它只可能在两个盒子里，所以选哪个都是机会均等。”他正欲起身，又往后倒在椅子上。“一想这事儿我头就晕。”

“还可以换一种说法，”我说，“假设我们有一百万个盒子。规则相同。比方说你选第七十万号。蒙蒂一个接一个地打开盒子，都是空的。他一直故意不打开那个放着你的奖品的盒子。最后只剩下两个关着的盒子，一个是你选的，一个是，比方说，第九十五号。现在的概率是多少？”

“机会均等，”他含含糊糊地说，“每个盒子百分之五十。”

我努力克制自己的口吻，不要显得像是在跟一个孩子说话。“汤姆，在你盒子里的可能性只有百万分之一，而在另一个的可能性几乎是确凿无疑。”

刹那间他又出现了那种洞悉真谛的眼神，然后一闪而过。“呃，不，我想这不对，我是说……我觉得我快吐了。”

他摇晃着站起身，从侍应身边匆匆走过，顾不上道别。我跑到门外追上他，他斜靠在一辆汽车边，低头盯着自己的鞋子看。冷飕飕的空气让他精神一振，他一点儿都不想吐了。我们挽着胳膊往家里走去。

等到发觉他彻底恢复过来时，我说，“如果管用的话，我们可以本着经验主义原则，用玩纸牌的方式做个实验。我们可以……”

“塞丽娜，亲爱的，够了。如果再去想这个问题，我就真的要吐了。”

“是你自己想要听一点跟直觉相反的东西。”

“没错。抱歉。我再也不会求你讲啦。我们还是顺着直觉行事吧。”

于是我们聊了点别的事，一回到公寓倒头就睡。可是，礼拜天一大早，汤姆就激动地把我从混乱的梦中摇醒。

“我懂了！塞丽娜，这里头的道理我懂了。你说的每句话我都懂了，太简单了。那个念头突然就冒出来，就好像，你知道，那个图，叫什么立方体来着？”

"奈克立方体。[1]"

"我还能用这个概念鼓捣点东西出来。"

"好啊，干吗不呢……"

他到隔壁去，我在他敲击打字机的声音中堕入梦乡，又过了三个小时才醒来。礼拜天剩下的那点时间里，我们几乎没提过蒙蒂·霍尔。他写作的时候我烤了点东西当午餐。也许宿醉之后难免情绪低落，不过，想起就要回到圣奥古斯丁街上我那形影相吊的房间，想到要打开我那只单管电热炉，在水槽里洗头，熨烫上班穿的衬衫，我比平时更加黯然神伤。

在午后昏暗的光线中，汤姆陪我走向车站。在月台上拥抱时我几乎热泪盈眶，可我并没有当众表演，而且我想他压根浑然不觉。

---

① 即 Necker Cube，1832 年由瑞士科学家奈克设计的图样，意在说明视觉对透明立方体的透视关系可以使人对同一个图样做出不同的理解，这个原理在现代平面设计中得到广泛的应用和理解。

16

三天以后，他的短篇寄了过来。第一页上粘着一张西区码头的明信片，背面写："这回我对了吗？"

上班前，我在冰凉的厨房里，就着一杯茶看完了《可能通奸》。特里·摩尔是一名伦敦建筑师，已婚未育，其妻频频外遇，令婚姻岌岌可危。她没有工作，不用照管孩子，屋里还有个管家处理杂务，所以尽可以肆无忌惮地随时出轨。她每天抽大麻，午饭前还要来一两份大杯威士忌。与此同时，特里每周工作七十个小时，设计那种也许十五年内就会被推倒重建的高层廉租房。萨莉跟那些萍水相逢的男人幽会。她的谎言和借口一眼便能望穿，让他倍感羞辱，可他从来没法揭穿它们。他根本没时间。不过，有一天，几个工地现场碰头会临时取消，这位建筑师就决定用这空出来的几小时跟踪他的妻子。他被忧伤与嫉妒吞噬，亟须亲眼看到她和一个男人鬼混，这样既能打发寂寥，也能让他下定决心离开她。她跟他说过今天要到圣阿尔班斯跟姑妈待上一整天。实际上，她直奔维多利亚站，特里跟在她身后。

她上了开往布莱顿的火车，他也跟着上去，隔了两节车厢之后。他跟着她穿过市中心，穿过斯坦纳，拐进坎普镇的小街，最后来到上岩花园的一家小旅馆。从人行道上，他看见她跟一个男人站在大堂里——幸好这家伙看起来很弱小，特里想。他看着这一对从接待员手里接过钥匙，开始沿着狭窄的楼梯拾级而上。接待员没注意到特里走进饭店，他也爬上了楼梯。他能听见他们的脚步声在他头顶上响起。他们抵达五楼时他放慢脚步落在后面。他听见有扇门打开，然后又关上。他走到楼梯平台上。面前只有三个房间，401、402 和 403。他打算一直等到这对男女上床，然后踢开房门，让他老婆颜面扫地，再往这个小个子的脑袋上狠狠砸一拳。

可他不知道他们进了哪个房间。

他静静地站在平台上，希望能听见一点声音。他渴望听见那声音，呻吟，尖叫，床垫弹簧的响动，什么都行。几分钟之后，他非得挑一个房间不可了。他选定 401，因为那里最近。所有的房门看起来都足够轻薄，他知道飞起一脚就能大功告成。他往后退了几步想助跑，就在这节骨眼上，403 的房门打开，一对印度夫妇带着他们那个长着兔唇的婴儿走出来。他们从他身边经过时羞涩地微笑，然后径直下楼。

他们一走，特里便踌躇起来。至此，这个短篇张力凸显，一路攀升向高潮进发。身为一名建筑师和业余数学爱好者，他对数字颇有心得。他匆匆算了一通。他妻子在 401 的概率始终是三分之一。也就是说，她在 402 或者 403 的概率是三分之二。而现在已经看到 403 是空的，那么她一定有三分之二的概率在 402。只有傻瓜才会抱住第一次的选择不放呢，因为概率学的铁律是恒久不变的。于是他助跑，跃起，踢开402房门，那一对果然在里面，一丝不挂地躺在床上，正作势欲仙。他在那厮脸上结结实实地甩了一巴掌，视线一扫，丢给他老婆一道鄙夷的寒光，便直奔伦敦而去，离婚程序将在那里一一展开，他要开始崭新的人生。

整个周三我都在分类归档，所有的资料都跟爱尔兰共和军临时派的一个名叫乔·卡希尔的人有关，他跟卡扎菲上校勾结，谋划从利比亚运输军火，军情六处对其一路追踪，三月底沃特福德海岸的爱尔兰海军将其拦截。卡希尔当时就在船上，直到一杆枪顶在他后颈上，他才回过神来。在用回形针别住的附录上，我看得出，此事我们五处始终蒙在鼓里，并且因此颇为气恼。“这样的错误”，怒火中烧时出现了这样的字眼，“绝对不能再犯了”。真够好玩的，某种程度上。不过我知道我对哪件事——是那艘名叫克劳迪娅的船，还是我情人的心理活动——更感兴趣。非但如此，我其实既忧虑又苦恼。但凡有片刻休息，我的思绪便回到布莱顿一家旅馆五楼的那几个房间里。

这故事不错。尽管不是他最好的作品之一，但他回到了自己擅长的布局模式，那种正确的模式。不过上午我在读的时候，突然意识到这一篇有瑕疵，它基于华而不实的假设、难以成立的比喻以及不可救药的数学概念。他根本就没搞懂我的意思，也没把这个问题弄清楚。他的莫名兴奋，他突然想到“奈克立方体”的那一刻，把他带进了沟里。想到他当时孩子气的得意忘形，想到我当时不知不觉地睡着了，醒来也没能跟他聊聊他的新想法，我就觉得自己挺可耻的。当时，一想到可以把这个权衡选项的隐喻带进他的小说，他就激动起来。他的野心可谓光彩夺目——将伦理的维度融入一行数学表达式。他写在明信片上的话再明白不过了。依靠我的帮助，他雄心勃勃地尝试弥合艺术与逻辑之间的裂痕，而我却给他指错了方向。他的故事难以成立，没有意义，而他居然以为他已经做到了，这一点倒让我颇为感动。可是，既然造成这种局面的部分责任应该由我来承担，那我又怎么说得出口，告诉他他的故事毫无意义呢？

真相在我看来不言自明，而他却觉得晦涩难解，其实真相很简单：那对从403出来的印度夫妇根本不可能提高猜中402的概率。他们永远也无法替代蒙蒂·霍尔在电视游戏节目里的角色。他们是随机出现的，而蒙蒂的选择受制于也取决于参赛者。不能用一个随机选择来替代蒙蒂的作用。如果特里之前选的是403，那么这对带着婴儿的夫妻不可能变个戏法，把自己变到另一个房间里去，以便从另一扇门里出来。他们出现之后，特里的妻子在402和401的可能性是完全相同的。他完全可以按照最初的选择去踢开原来那扇门。

接着，正当我沿着走廊过去，打算从手推车上拿一杯早间茶时，我突然明白汤姆出错的源头在哪里。是我！我停下脚步，差点伸出手捂住嘴，可是此时有个男人端着杯子和茶碟向我走来。我其实能看清他，可我实在太专注于心事，刚刚冒出的念头太让我震惊了，弄得我根本反应不过来。一个相貌英俊却长着一对招风耳的男人，越走越慢，堵住了我的去路。马克斯，当然是他，我的上司，我昔日的知己。我是不是又该向他汇报近况了？

“塞丽娜。你没事吧？”

“没事。抱歉。刚才有点心不在焉，你懂的……”

他紧紧盯着我，身上的花呢外套尺码太大，让他瘦削的肩膀看上去奇怪地隆起。他的杯子磕在茶碟上叮当作响，直到他用空着的那只手将杯子稳住为止。

他说，“我想我们真应该谈谈。”

“给我个时间，我到你办公室去。”

“我的意思是，不要在这里谈。下班以后喝一杯，或者吃顿饭，诸如此类。”

我侧过身从他身边绕开。“那好啊。”

“周五？”

“我周五不行。”

“那就周一。”

“好，可以。”

我总算摆脱了他，半转过身竖起手指向他略微摇了摇，然后径直往前走，一下子就把他给忘了。因为此时我清清楚楚地回忆起上周末我在餐馆里说了什么话。我跟汤姆说，蒙蒂是任意选择了一个空盒子。毫无疑问，这样的说法有三分之二的概率是错误的。在游戏中，蒙蒂只能打开一只未被选择的空盒子。参赛者必定有三分之二的机会选到——一只空盒子。在这种情况下蒙蒂只能选一只盒子。只有当参赛者猜对并且选到那只装着奖品——津贴的盒子时，蒙蒂才可能在剩下的两只空盒子里任意选择。当然，这些我都知道，可我没解释好。这真是一个短篇的“失事”，这是我的错。正是从我这里，汤姆才有了这样的概念：命运能充当一个游戏节目主持的角色。

我的内疚一下子翻了个倍，我意识到，我不能只告诉汤姆，他的小说不成立。我有义务想出一个解决方案。我没有像往常那样出去吃午餐，而是待在我的打字机边，从手提包里把汤姆的短篇小说拿出来。当我在打字机上卷入一张新纸时，一阵欢喜突然涌上心头，接着，当我开始打字时，甚至愈发兴奋起来。我有了一个主意，我知道汤姆该如何重写小说的结局，该怎样让特里将踢开那扇门当场捉奸的概率翻倍。首先，我要删掉印度夫妇和他们的兔唇的宝宝。尽管他们很迷人，可在这场戏里派不上用场。接着，特里得往回走几步，最好就在奔向401前，无意中听到两个清洁女工在楼下的平台上说话。她们的声音清晰地飘上来。有一位说，“我打算上楼去，在两个空房间里挑一个打扫。”另一位说，“小心点儿，那一对就在他们常待的那间。”两个人心领神会地笑起来。

特里听见清洁工上楼来的声音。他是个水平不错的业余数学爱好者，因此猛然意识到眼前冒出了一个绝佳的机会。他得赶快想明白。他只要靠近任何一扇门站着——401也行，就会迫使清洁工只能在另两个房间里挑一个进去。她知道那对情人在哪里。她会这么想：他要么是一个正打算进自己房间的新客人，要么是那对情人的朋友，正在他们的门外等候。无论她选择哪个房间，特里都会换到另一个，把自己选中的概率翻个倍。事实正如他所料。那个女工——兔唇长到了她的脸上——朝特里瞥了一眼，向他点头致意，然后走进了403。特里做了决定性的调整，助跑，跃起，冲进402，他们就在那里，萨莉和那个男人，当场就擒。

我一边热血沸腾地写着，一边想，我得提醒汤姆把其他几个漏洞一一堵上。特里为什么不把所有的门都砸开，尤其是现在他已经知道另两个都是空的？因为这样就会让那一对听见动静，而他想让他们猝不及防。为什么不再等等，等到女工把另一个房间也打扫掉，这样他就能确定老婆究竟在哪里？因为此前已经埋下伏笔，他在当天晚些时候有个工地现场会，所以他急着赶回伦敦去。

我一口气打了四十分钟，写满三页笔记，准备寄出去。我草草附了一封信，用最简单的言辞解释为什么印度夫妇起不了作用，然后找到一只没有“英国文书局”标志的空信封，在手提包底层找到一枚邮票，而且正好赶得及跑到公园巷的信箱，再跑回来重新开始工作。在忙完汤姆的小说之后回过头来处理“克劳迪娅的非法货单”，是一件多么无聊的事啊。炸药及武器弹药共计五吨，这点收成很让人失望。有一份备忘录暗示卡扎菲不太信任共和军临时派，而另一份则重申“六处越权出格”。我才无所谓呢。

那天晚上，我在卡姆登的住处上床时的心情，是这一周里最快乐的。地板上搁着我那只小小的行李箱，我打算明晚打包，以备周五傍晚的布莱顿之旅。只要再上两天班就够了。等我再见到汤姆时，他应该已经读过我的信了。我会再次告诉他，他的短篇小说是多么精彩，我会再跟他解释一遍概率问题，把活儿干得更漂亮。我们会相依相伴，把我们那套固定节目、常规仪式都来一遍。

归根结底，计算概率毕竟只是技术细节。这个短篇的亮点在别处。躺在黑夜里等着入睡的时候，我想我已经开始抓到一点创作的奥秘了。作为一个读者，一个一目十行的读者，我向来都觉得虚构是件理所当然的事儿，我从来没有费神思索过那是一个怎样的过程。你从书架上扒拉下一本书，那里面总有一个虚构的、住满了人类的世界，就跟你自己居住的这个世界一样确凿无疑。不过，此时此刻，就好比汤姆在餐馆里紧紧抓住蒙蒂·霍尔的问题不放，我觉得我已经抓住了骗术的分寸，或者说我掌握得八九不离十。跟做菜差不多，我在睡意朦胧中想道。做菜不是把各种配料加热转化的过程，这里头有纯粹的发明创造，有灵感的火花和藏而不露的要素。其成果也不仅仅是这些配料的总和。我试着把过程列出来：汤姆把我对概率学的理解输送到特里身上，与此同时，他将埋藏在心底深处的那种一想到戴绿帽就会燃起欲火的心理也一并移植过去。不过在移植之前，他把情节处理得更容易让人接受——被嫉妒燃起的怒火。汤姆姐姐的某些人生经历在萨莉身上也有所体现。此外还有熟悉的火车旅行，布莱顿的街道，以及那些小得不可思议的旅馆。印度夫妻和他们的兔唇宝宝被他召来充当 403 房间里的角色。他们的形象既有趣又脆弱，与隔壁房间里那对正在发情的男女形成对比。

汤姆驾驭的是一个他几乎不懂的题材（“只有傻瓜才会抱住第一次的选择不放呢”!），他竭力想将它转化成自己的东西。如果他采纳我的建议，那么它肯定能变成他自己的东西。借助技巧，特里的数学造诣远远超过了创造他的人。在某种程度上，如何将这些零散的部分一一插入再通盘调配，是一件显而易见的事。奥秘在于怎样将它们搅拌成某种结构紧密且逼真可信的东西，怎样把各种配料归拢，烹调成美味可口的菜肴。当我的思绪渐渐散开、飘向失去知觉的边界时，我觉得我大致弄懂了其中的门道。

过了一会，我的梦在一系列精心设计的巧合之后，被门铃声推向高潮。不过，等我再度听到门铃声时，梦已经烟消云散。我没动，因为我希望另外几位能下楼去。毕竟她们离大门更近。响到第三轮时，我开灯，看了一眼闹钟。离午夜十二点还差十分钟。我已经睡着一个小时了。门铃又响起来，这次按得愈发坚决。我套上睡袍，穿上拖鞋，走下楼梯，我实在太困了，压根没顾上琢磨一下我有没有必要走得这么急。我猜是哪个姑娘忘了带钥匙。这事以前也发生过。走到门厅时，我只觉得油地毡的寒气穿透鞋底直达双脚。我先搭上保险链，再打开门。透过三英寸的空隙，我能分辨出站在台阶上的是个男人，可我看不清他的脸。他戴着一顶匪气十足的浅顶软呢帽，身穿束腰雨衣，肩上的雨水在他身后街灯的映照下闪闪发亮。出于警觉，我猛地把门关上。我听见一个熟悉的声音平静地说，“很抱歉打搅你。我得跟塞丽娜·弗鲁姆谈谈。”

我拉开保险链，打开门。“马克斯。你这是干什么?”

他喝过酒。他的身体有点摇晃，平日里紧绷绷的五官现在很松弛。他一开口说话，我就闻到了威士忌的气味。

他说，“你知道我为什么会在这里。”

“不，我不知道。”

“我得跟你谈谈。”

“明天，马克斯，请你明天来。”

“要紧事。”

这下我彻底清醒了，而且我知道，就算现在把他赶走我也睡不着了，于是我让他进屋，领他走进厨房。我点燃几个煤气灶头。只有这里可以取点暖。他在桌边坐下，脱掉帽子。他的长裤上膝盖以下的部分沾了泥。我猜他是步行穿过市中心。他看起来略有点混乱，嘴边的肌肉松松垮垮，眼睛下面一片青紫。我本想给他弄杯热饮，最后还是决定作罢。我心里有股怨气，他这是在仗势欺人，就因为我是他下属，他就有权把我吵醒。我在他对面坐下来，看着他小心翼翼地用手背抹掉他帽子上的雨水。他似乎很想装成没有喝醉的样子。我有点发抖，很紧张，这不仅仅是天冷的缘故。我猜马克斯是来告诉我更多与托尼有关的坏消息。可是，他已经被认定是个叛徒，而且死了，还有什么能比这更糟糕呢?

“我不相信你不知道我为什么来，”他说。

我摇摇头。他笑笑，把我的反应看成一句小小的、情有可原的谎言。

“我们今天在走廊里碰到的时候，我就知道你跟我在想一样的事情。”

“是吗？”

“得了吧，塞丽娜。我们都很清楚。”

他热烈地看着我，眼神里含着恳求，直到此时我才知道他要说什么，一想到将要亲耳听到这些话，然后亲口拒绝，再把这事儿彻底解决，一股不胜其烦的情绪就在我心底里左摇右晃。无论如何，我总得想办法不让这件事影响将来。

尽管如此，我还是说，“我不明白。”

“我被迫取消了订婚。”

“被迫？”

“我告诉你这件事的时候，你的情绪表达得明明白白。”

“那又怎么样？”

“你显然大失所望。我很抱歉，可我当时只能装作没看见。我不能让感情影响工作。”

“我也不想这样，马克斯。”

“可是，每当我们碰面，我知道我们俩都在想着那个可能性。”

“你瞧……”

“所有那些事，你知道……”

他又拿起帽子，细细打量。

“……那些婚礼的准备工作。我们两家人整天都在忙活这些事。可我总是情不自禁地想你……我想我快要疯了。今天上午看到你的时候，我们俩都很痛苦。你看起来简直快要昏倒了。我的表情肯定也一样。塞丽娜，这样装腔作势……这样什么也不说真是太疯狂了。傍晚我跟露丝说了，我跟她说了实话。她很难受。可这事终究要落到我们头上的，你和我，这是命中注定的。我们不能再继续装糊涂了！”

看着他，我真觉得无法忍受。他居然把自己那点反复无常的欲望跟无法人为控制的宿命混为一谈，顿时激怒了我。因为我想要，所以……真是痴人说梦！男人究竟是怎么回事，为什么要他们理解天经地义的逻辑有这么难？我的目光沿着我肩膀的弧线望向嘶嘶作响的煤气灶。厨房终于暖和起来，我松开睡袍的领口。我拨开脸上的乱发，好让自己的思维更清晰一些。他在等我“正确”地敞开心扉，把我的欲望纳入他的轨道，让他相信他的自我中心主义完全正确，进而顺着这思路投入他的怀抱。不过，也可能我把他想得太坏了。也许事情很简单，只是一场误会。至少，我打算把它看成一场误会。

“你订婚的消息确实很突然。你以前从来没提起过露丝，所以我确实有点难过。可我已经没事了，马克斯。我正在等着婚礼请柬呢。”

“都结束了。我们可以重新开始。”

“不，我们不能。”

他猛地看了我一眼。“你这话是什么意思？”

“我是说我们不能重新开始。”

“为什么不？”

我耸耸肩。

“你遇上了别人。”

“是。”

这话产生了颇为吓人的后果。他霍地站起身，一脚踢翻身后的椅子。我想椅子砸到地板上的声音肯定把别人都给吵醒了。他摇晃着站到我面前，样子很可怕，一只光秃秃的灯泡发出昏黄的光，照在他身上显得绿荧荧的，双唇也在这灯光下潮湿发亮。我等着本周第二次听一个男人告诉我他快要吐了。

无论如何，他还是挺住了，或者说，摇摇晃晃地挺住了，他说，“可是你一直给我那种印象……你想，呃，你想跟我在一起。”

“我有吗？”

“每次你到我办公室来都是这样。你跟我调情。”

这话里多少有一点实情。我想了一会儿，说，“不过，自从我开始跟汤姆约会之后，就没有这回事了。”

“汤姆？不是黑利吧？我希望不是。”

我点头。

“哦，上帝。原来你说的就是他。你这个白痴！”他扶起那把椅子，重重地坐下。“这是为了惩罚我？”

“我喜欢他。”

“这么不专业。”

“哦，得了吧。我们都知道这是常事。”

其实我并不知道。我只知道一点流言——也可能是人们幻想出来的——关于文官跟女特工勾勾搭搭的事儿。既然非得保持如此亲密的关系，共同承受那么大的压力，他们有什么理由不勾搭呢？

“他会发现你到底是什么身份的。肯定会发生。”

“不，不会发生。”

他弓下身子，双手托住脑袋。他大声喘着粗气，声音透过双颊传出来。很难弄清他到底喝了多少酒，醉到什么程度。

“你为什么不告诉我？”

“我想我们都不希望让感情影响工作。”

“塞丽娜！这是甜牙行动。黑利是我们的人。你也是。”

我不禁怀疑自己是不是真的做错了，为了把疑虑压下去，我继续攻击他，“是你鼓励我接近你的，马克斯。而你自始至终都知道自己即将公布订婚。既然如此，我有什么必要容忍让你来告诉我能跟谁约会？”

他没在听。他在呻吟，在用手掌根敲打自己的额头。“哦，上帝，”他低声自语，“瞧我干了什么呀？”

我等着。我的内疚是一团黑色的形状诡异的东西，在心里愈长愈大，眼看着就要把我吞没。我跟他调过情，我勾引过他，我导致他抛下了未婚妻，我毁了他的生活。这份内疚我得花一番力气才能抵挡。

他突然说，“你这里有喝的吗？”

“没有。”面包炉后面塞了一支迷你瓶装雪莉酒。他喝下去会吐的，而我想让他走。

“有一件事你得告诉我。今天上午在走廊里算怎么回事？”

"我不知道。没什么事。"

"你在做游戏,对不对,塞丽娜。这就是你真正喜欢干的事儿。"

这话根本不值得回应。我只是瞪大眼睛盯着他看。他嘴角边的皮肤上沾着一缕口水。他顺着我的目光发现了这一点,便用手背擦去了口水。

"你这样做,会毁掉'甜牙'的。"

"别装着用这个借口来阻拦我。无论如何,你对整件事都很厌恶。"

让我吃惊的是,他说,"我当然厌恶。"这种粗鲁的坦率是酒精上头的结果,现在他想整点有杀伤力的。"你们部门的那些女人,比琳达,安妮,希拉里,温迪那些。你有没有问过她们在学校里都是什么样的成绩?"

"没问过。"

"可惜。甲等,全优甲等,双甲,凡是你能想到的应有尽有。古典学,历史,英语。"

"她们个个聪明。"

"甚至你的朋友雪莉也有一个甲等。"

"甚至?"

"从来没有怀疑过他们为什么会把你这样得过一个丙等的人招进来吧。是数学吗?"

他等了一会儿,可我没回答。

"是坎宁把你招进来的。反正他们是这么想的,最好把你弄到里面来，然后看看你会不会向什么人汇报。你才不会知道呢。他们跟踪了你一阵，搜过你的房间。没什么特别的东西。他们之所以给你'甜牙'，是因为这事儿比较低级，没什么伤害性。安排你跟查斯·芒特搭档是因为他是个傻帽。可你真让人失望啊，塞丽娜。根本没有人调度你。你就是个资质平平的姑娘，通常有点傻，很乐意打份工而已。坎宁一定是想帮你一个忙。按我的理解，他就是想做点补偿。”

我说，“我想他爱我。”

“瞧，你就一脑子这种念头。他只是想让你高兴而已。”

“有人爱过你吗，马克斯?”

“你这个小娼妇。”

这句辱骂让事情变得更容易了。该让他滚了。此刻厨房里的温度已经能让人待得下去了，可是煤气灶上散发的暖气却有种又湿又黏又凉的感觉。我站起身，裹紧睡袍，关掉煤气。

“那你为什么要为了我离开你的未婚妻呢?”

可我们这场戏还没演完，因为他的情绪又来了个急转弯。他在哭。至少是热泪盈眶。他的嘴唇被紧紧拉扯出一个诡异丑陋的笑容。

“哦，上帝，”他嗓子里挤出尖声哭泣，“对不起，对不起。你根本就不是那样的人。你就当从来没听见，我从来没说过。塞丽娜，对不起。”

“行啊，”我说，“我把这话忘掉。不过我想你应该走了。”

他站起来，从裤子口袋里摸出一块手帕。他一边在手帕上擤鼻涕，一边还哭个不停。“我把一切都给搞糟了。我他妈的是个傻瓜。”

我引着他穿过客厅到大门，然后把门打开。

在台阶上我们说了最后几句话。他说，“答应我一件事，塞丽娜。”

他想抓住我的手。我挺可怜他，可我还是往后退了一步。这一刻不适合握手。

“你答应我，再考虑考虑。求你了。就这一件事。既然我能改变主意，你也能。”

“我很累，马克斯。”

他似乎总算把持住了自己。他深吸一口气。“听着，你跟汤姆·黑利混在一起，很可能是犯了一个严重的错误。”

“顺着那条路往前走，你可以在卡姆登街上拦一辆出租。”

他站在一级更低的台阶上，抬头看着我，那目光既是在哀求我也是在谴责我，我关上了门。我在门后面犹豫了一会儿，接着，尽管听见他渐渐后退的脚步声尚未消失，我还是拴好保险链，回去睡觉了。

17

十二月里某个在布莱顿度过的周末，汤姆要我读《来自萨默塞特平原》。我拿着书进卧室，细细读完。我注意到他做过几处小修改，不过，直到把书读完，我的意见还是没有变。他等着要跟我说话，我却很害怕，因为我知道我装不出来。当天下午我们在南丘上散步。我说这小说对于父女俩的命运，对于其中次要人物的确凿无疑的恶行，对于被压迫的城市民众的孤独无助，对于乡野贫困所造成的野蛮肮脏都相当冷漠，绝望的气息充溢文本，叙述基调刻毒而阴郁，读来深感沮丧。

汤姆的眼睛闪着光。我实在没法说得更温和一些。“精准!”他不停地说。“就是这样。这就对了。你看懂了!”

我挑出了几个打字错误和重复打的词儿，他格外夸张地表示了感激。约莫一星期之后，他又出了一稿，改动很少——就此大功告成。他问我是否乐意陪他一起去交给他的编辑，我说我很荣幸。圣诞前夜的上午他到伦敦来，正好我开始三天的假期。我们在托特纳姆法院路地铁站上碰头，一起走到贝德福德广场。他把包裹塞给我拎，希望我能带给他好运。一百三十六页，他骄傲地告诉我，用老式的大裁纸，两倍行距。我们一边走，我一边在想着最后一幕中的那个小女孩，痛苦地死在烧毁的地窖里那潮湿的地板上。假如我忠于职守，我就应该把这一堆稿子统统塞进身边最近的下水道。可我很为他高兴，小心翼翼地把这个阴郁的故事抱在胸口，就好像抱着——我们的——孩子。

我本想跟汤姆一起窝在布莱顿的公寓里欢度圣诞节，可家里人要我当天下午坐火车回去。我已经好多个月没回家了。电话那头，我母亲语气很坚决，甚至主教大人也提出了意见。我还没有叛逆到能开口拒绝的地步，可我跟汤姆解释这件事的时候还是觉得挺难为情的。我才二十出头，来自孩提时代的最后几根绳索仍然束缚着我。不过，作为一个将近三十、行动自由的成人，他倒是对我父母的立场颇为同情。他们当然需要见我，我当然应该去。我长大了，有责任跟他们一起过圣诞节。他自己也会在圣诞节当天到七橡树跟他的家人团聚，而且他打定主意要把劳拉从布里斯托尔的收容客栈里带出来，跟她的孩子吃顿团圆饭，餐桌上他得努力让她别沾酒。

于是我抱着他的包裹向布鲁姆斯伯里走去，我知道我们只有几个小时在一起，然后就要分开整整一星期，因为我会在二十七号从家里直接回去上班。我们一边走，他一边告诉我最新进展。他刚收到《新评论》伊恩·汉密尔顿的回音。之前汤姆已经根据我笔记上的建议重新改造了《可能通奸》的高潮部分，然后连同那个会说话的猿猴的故事一起发过去。汉密尔顿写信过来说《可能通奸》不对他的胃口，他可没耐心曲里拐弯地琢磨这些“逻辑玩意”，而且他怀疑“除了剑桥数学荣誉学位考试优胜者之外，还有什么人”会对这个感兴趣。另一方面，他倒觉得那只喋喋不休的猴子“不坏”。汤姆吃不准这算不算是录用了。他跟汉密尔顿会在新年碰头，到时候就清楚了。

有人领着我们走进汤姆·麦奇勒那间豪华的办公室，说它藏书室也行，位于一栋乔治王时代宅邸的二楼，俯瞰广场。那位出版家几乎是一溜小跑着进来，我把小说递给他。他拿起稿子往身后的办公桌上一搁，随即把我两边的脸颊都亲得湿漉漉的，然后抓起汤姆的手上下摇晃，祝贺他，请他坐下，开始盘问他，几乎不等他回答上一个问题就问下一个。等我们俩结婚以后他打算靠什么维持生计呀，他有没有读过拉塞尔·霍班的书啊，他是不是知道那位教人捉摸不透的品钦先生昨天也坐过这张椅子呀，他认不认得马丁——就是金斯利的儿子呀，我们是否愿意见一见马德赫·贾弗雷？麦奇勒让我想起以前来过我们学校的一位意大利网球教练，用了整整一下午，兴高采烈却又颇不耐烦地教我，将我的反手击球好好改造了一番。这位出版家身材瘦削，肤色棕褐，爱打听新知奇闻，成天乐颠颠的，就像一直都在眼巴巴地等着一个笑话，或者是那种只需要一点契机就能突然从他脑子里冒出来什么革命性的新想法。

我很高兴他没有怎么关注我，于是信步踱到房间最远端的角落，站着看贝德福德广场上的冬季树木。我听见汤姆，我的汤姆在说他以教书为生，说他还没有读过《百年孤独》和乔纳森·米勒写的关于麦克卢汉的书，不过他准备读，另外，没有，他没想过下一部长篇怎么写。他跳过关于婚姻的问题，赞成罗斯是个天才，《波特诺伊的怨诉》是一部杰作，聂鲁达的十四行诗的英译本非常出色。汤姆就跟我一样不懂西班牙语，对译文是没法评判的。而且当时我们俩都没读过罗斯的小说。他的回答小心翼翼，甚至可以说平淡乏味，我挺同情他——我们都是不谙世事的乡下人，被麦奇勒滔滔不绝的旁征博引吓倒，所以我们理该十分钟以后就被他打发走。我们太乏味了。他陪着我们一起走到楼梯口。跟我们道别时他说他其实可以带我们去夏洛特街上他最喜欢的希腊餐厅里吃午饭，可他向来不喜欢吃午饭。倏忽间我们发觉自己又回到了人行道上，有点晕，一边往前走一边花了好一阵子讨论这次会面算不算“顺利”。汤姆觉得总体而言还算顺利，我赞同，可我心里其实不这么想。

不过这也无所谓，这部长篇，这部可怕的长篇总算是交出去了，而我们就要分别，今天是圣诞夜，我们本该守在一起庆祝的。我们向南逛过去，走进特拉法尔加广场，路上穿过国立肖像美术馆，俨如一对已经厮守三十年的老夫老妻，我们开始缅怀在这里的初次约会——当时我们究竟只是想玩一夜情，还是已经猜到了后面会发生什么呢？

我们折回去，来到西吉斯餐厅，虽然没有订过位子，还是找到了座儿。我其实不想多喝酒。我还得回家打包，然后去利物浦街赶五点的那班火车，藏好我那国家特工的身份，变身为一个富有责任心的女儿，一个在卫生及社会保障部里顺风顺水、一路高升的人。

然而，就在上多佛鳎鱼之前，有人拿来了一只冰桶，一瓶香槟接踵而至，我们一饮而尽，在下一瓶上来之前，汤姆的手从桌子那边伸过来，告诉我他得向我承认一个秘密，虽然他不想在我们分别之前烦扰我，可是如果不告诉我他恐怕睡不安稳。事情是这样的。对于下一部小说他毫无想法，连一丁点灵感都没有，他现在甚至怀疑自己压根都不会写了。《来自萨默塞特平原》——我们现在管它叫《平原》——只是个偶然，他本来以为自己在写一个其他主题的短篇小说，结果误打误撞出一个长篇来。几天前，步行经过布莱顿宫时，斯宾塞的一句不相干的诗浮现在脑海——*斑岩和大理石悄然浮现*——当时斯宾塞在罗马，追忆往昔。不过也许不一定是罗马。汤姆情不自禁地打起腹稿来，一篇关于诗歌与城市——历经岁月变迁的城市——之间关系的论文。他本该将学术写作那一套抛诸脑后的，当初有好几回他差点被论文逼疯。然而，怀旧情愫悄然袭来——怀念学者生涯的安静诚恳和严谨细致的规范程序，更重要的是，怀念斯宾塞优美的诗篇。对此他是那么烂熟于心，那种隐藏在复杂格律之下的暖意——这是一个他能够栖居的世界。关于这篇论文的想法颇有创意，也相当大胆，能让人兴奋，这想法打通了不同学科的壁垒。地质学，城市规划，考古学。有一家专业杂志的编辑会很乐意要他的稿子。两天前，汤姆听说布里斯托尔大学有一份教职，忍不住寻思要不要去应征。当初读国际关系专业拿到的硕士学位是暂时偏离方向。没准小说也是。他的未来在教学和学术研究上。刚才在贝德福德广场上会面交谈的时候他是多么不老实，多么不自然啊。他是真有可能从此以后再也不写长篇的，说不定连短篇都不写了。这样的想法他怎么能对圈里最可敬的小说出版人——麦奇勒直言相告呢？

也许对我也说不出口。我把手抽出来。几个月来，这是我第一个不用上班的周一，可是此刻我仍在为"甜牙"事业工作。我对汤姆说，众所周知，每当作家辛勤劳作完毕，都会觉得自己给彻底掏空了。我装出一副对此了然于胸的样子，告诉他，偶尔写个把学术札记跟写长篇小说之间，并非水火不能相容。我想找出某个情况相仿的著名作家举例说明，却一个也想不出。第二瓶酒来了，我开始吹捧汤姆的作品。他短篇中的心理层面非同凡响，如果把他小说中那种奇特的私密性和他那些记述东德起义与火车大劫案的颇具普世意义的时文放在一起看，那么，正是他涉猎范围的广度让他卓尔不群，也正因为如此，基金会才会以他为荣，T·H·黑利才会在文学圈里声名鹊起，圈里两个举足轻重的人物——汉密尔顿和麦奇勒才会向他约稿。

汤姆带着一抹微笑看我表演，笑容里饱含宽容的怀疑，有时候这表情真让我火冒三丈。

"你跟我讲过，你不能一边写作一边教书。那如果只拿一个助理讲师的薪水，你能过得开心吗？一年八百英镑？那还是在你找到工作的前提下。"

"别以为我没考虑过这种可能。"

"前几天晚上你跟我说可能会替《审查索引》杂志写一篇与罗马尼亚安保部门有关的文章。那部门叫什么来着？"

“叫 DSS[1]。不过这篇文章的主题是诗歌。”

“我以为是关于严刑拷打呢。”

“偶尔也会涉及。”

“你还说过甚至有可能把它写成一个短篇。”

他略微高兴了一点儿。“也许吧。下周我要跟我的诗人朋友特拉雅安再碰次头。如果没有他摆一句话，我什么也不能做。”

我说，“也并没有什么理由让你不能写斯宾塞的论文呀。这都是你的自由，基金会就希望你这样。你想干什么都行。”

这话一出口，他似乎就不再专注于此，一心想要转换话题了。于是我们聊起人人都在谈论的事情——政府为了节约能源实行的每周三天工作制即将在新年前一天开始，昨天油价翻倍，城里的酒吧和商店接连发生几次爆炸——这是来自爱尔兰共和军临时派的“圣诞礼物”。我们讨论人们为什么在推行节约能源时会是一副兴奋莫名的样子，个个都在烛光下忙活，就好像逆境反而为人生找回了目标。至少，当我们渐渐喝完第二瓶时，轻易便能冒出这样的念头。

我们在莱切斯特广场地铁站外道别时将近四点。我们互相拥抱亲吻，从地铁下面吹上来的微风抚摩着我们。接着，他步行去维多利亚站，路上正好醒醒酒，而我直奔卡姆登广场，把我的衣服和乏善可陈的圣诞礼物都打包到行李里头去，我筋疲力尽，

---

① 外交保安局的缩写。

发觉自己不可能及时赶上火车，圣诞夜的晚餐是肯定要迟到了。为了这顿饭，我妈无私地准备了很多天。她不会高兴的。

我上了六点半的火车，将近九点时到站，然后走出站台，过河，在一轮清澈的半月下沿着河边半是乡野半是城镇的小路步行，一路上经过拴在岸边的黑魆魆的船只，呼吸着从西伯利亚吹来穿过东英吉利的冰凉纯净的空气。这气味让我想到自己的青春期，想到那种乏味与渴望交织的感觉，想到所有那些被驯服或者消解的小叛逆——只因为我们想用漂亮的论文来取悦某些老师。哦，那时拿个“A -”就会既得意又失望，情绪激烈得宛若一阵凛冽的北风！男校的橄榄球场南侧的小路蜿蜒曲折，还有那座尖塔，我父亲的塔，在一大片开阔地带拔地而起，闪着奶油般的光泽。我离开河道，横穿橄榄球场，经过球员更衣室——对我而言，这些更衣室散发的气味曾经象征着男孩们所有酸臭而又迷人的特质——然后来到一扇从来不曾上锁的橡木门边，从这里走进教堂。让我高兴的是，这一次门还是没上锁，铰链处还是吱吱作响。让我吃惊的是，这一路走过去，感觉就像是穿越了古老的从前。四五年而已——算得了什么呢？可是，但凡年过三十的，没人能理解这段特别沉重也特别密集的时光，这一段人生尚无命名，从将近二十岁到二十出头，从学校毕业生到领取薪酬的从业者，其间既有校园岁月、恋爱时光，也有生离死别、选择权衡。我已经忘记童年离现在是多么近，它曾显得那么漫长，那么无可逃遁。如今的我，是多么成熟，多么一成不变啊。

我不知道，为什么当我向家里走过去的时候心会越跳越快。

我越走越近，不由放慢脚步。我已经忘了那里有多大，想到以前居然认为住在这栋建于安妮女王时代的浅红色砖石宅邸是一件理所当然的事情，不由得暗自心惊。我从光秃秃的、被截短的玫瑰丛和黄杨树篱之间穿过，后者栽在用硕大的约克石板围砌的花圃中。我按响——毋宁说是拉响门铃，让我大吃一惊的是，门几乎马上就开了，开门的居然是主教大人，紫色的牧师领衬衫外套着一件灰外套。他过会儿要去主持午夜礼拜。一定是刚才我按门铃的时候他正好穿过客厅，因为主动应门这种事向来不会发生在他身上。他是个大个子男人，五官并不鲜明，却算得上慈眉善目，额前长着一绺尽管已经变白却仍然带点孩子气的垂发，他总是不时地要把它拂到一边。人们总是说他像一只温良敦厚的花斑猫。年过半百之后，他踩着庄重的步伐继续挺进，肚子越来越大，那副模样似乎与他那慢吞吞的、心无旁骛的脾气相得益彰。我和妹妹曾经在背后嘲笑他，有时候甚至说得颇为尖刻，可这并不是因为我们不喜欢他——完全不是这样——只是因为我们从来得不到他的关注，或者说，没法得到他长时间的关注。在他看来我们的生活不过是一堆既遥远又愚蠢的事情。他不知道，十多岁那会儿，我和露西有时候会为了他闹别扭。我们都想争他的宠，哪怕只是在书房里待上十分钟也行，我们都猜疑他更喜欢另一个。当初她老跟嗑药、怀孕、犯法之类的事儿纠缠在一起，所以享受那种特权的机会就比我多得多。尽管我也为她忧心忡忡，可是每次听到他们通电话，一阵熟悉的嫉妒的剧痛还是会猛地涌上我的心头。什么时候才会轮到我呢？

现在就轮到我了。

“塞丽娜!”他用温和的、带着降调的声音叫我的名字,话音里有一点点故意表现出惊讶的意思,然后张开双臂拥抱我。我把包往脚边一扔,被他抱个满怀,当我把脸贴到衬衫上,捕捉到那熟悉的帝王皮皂的香气,还有来自教堂的那种气味——薰衣草蜡——我哭起来。我不知道为什么,莫名其妙地泪如雨下。我平时不是那种动不动就哭的人,所以我跟他一样吃惊。可我无能为力。这是那种绵绵不绝、无可救药的哭泣,你也许会听到一个疲倦的孩子哭成这样。我想是他的声音,还有他喊我名字的那种口气把我惹哭的。

刹那间,我感觉到他的身体猛地绷紧了,可他还是抱着我没放。他轻声说,“要我把你妈叫来吗?”

我想我知道他在想什么——现在终于轮到他的大女儿怀孕或者沉湎于某种别的现代灾难不能自拔了,不管正在弄湿他刚刚熨好的紫色衬衫的这些婆婆妈妈的玩意究竟是怎么回事,最好还是统统交给一个女人来处理。他得把这件事移交出去,然后就能继续走向书房,在晚饭前再把圣诞布道辞再温习一遍。

可我不想让他放开我。我紧紧抱着他。如果我现在能给自己想出什么罪名就好啦,这样我就能恳求他施展神奇的主教大人的力量来宽恕我。

我说,“不,不。没什么,爸爸。只不过,我很开心,因为能回到,呃,回……家。”我发觉他一下子放松了。可是这话不是真的。根本就不是因为开心。我实在无法准确地说出到底是什么原因。跟我从车站出来走的那段路有关,跟我离开伦敦的生活有关。也许是因为松了口气,可是这里头还有一点更激烈的情绪,有点像后悔,甚至绝望。后来我说服自己,让我丢盔卸甲的,是午餐时喝的那点酒。

站在门口的这一刻不会超过三十秒。我稳住心神,拿起包走进屋,向还在担心地看着我的主教大人道歉。他拍拍我的肩膀,然后沿着原来的路线穿过客厅,走进书房,而我径直去洗手间——那里的面积至少跟卡姆登的小单间一样大——用冷水洗洗我红肿的双眼。我可不想让我妈来盘问我。等我找到她时,我能感觉到所有让我曾经倍感压抑、如今却倍感安慰的一切——烤肉的气味,到处铺着地毯的温暖,橡木、桃花心木、银器和玻璃的光泽,还有母亲那不事张扬却品位不俗的装饰,比如在花瓶里插上榛树枝和山茱萸枝,稍稍喷上一点银色漆,制造出一层薄霜的效果。露西十五岁那年,她也跟我一样想当个老练的大人,圣诞节前夜,她指着那些树枝嚷起来,“不折不扣的新教风格!”

她换来的是我平生所见过的主教大人最恼怒的目光。他很少屈尊亲口斥责,可这回他冷冰冰地说,“你得换一种说法,小姐,要不就回你的房间去。”

于是露西拿腔拿调地说了一句,类似于“妈咪,这些装饰真是棒极了”,我听得忍不住咯咯笑起来,心想我还是离开房间为好。从此,“不折不扣的新教风格”成了我们俩表达叛逆的口号,不过一定是背着主教大人说。[①]

我们五个人一起吃晚餐。露西带来了她那身高六英尺的长发爱尔兰男友卢克，他在市议会的花园里当园丁，积极参与最近组建的运动团体“军队滚开”。一听说这个，我马上打定主意要尽量避开争论。这一点也不难，因为他生性风趣，很讨人喜欢，尽管他老是装腔作势地学着美国人拖长调子说话。后来，晚餐之后，我们聊天时找到了共同点，对于亲英派虐待俘虏、伤害平民的暴行，我们几乎同仇敌忾，对这些事我跟他知道得一样多。餐桌上，对政治向来不感兴趣的主教大人斜靠过来，用温和的语调问卢克，如果能让他说了算，如果军队撤退，那么他估计天主教少数派会不会遭到屠杀。卢克回答说他认为英国军队从来没有为北方的天主教徒做过多少事，他们完全可以照顾好自己。

“啊，”父亲答道，装出一副释然的样子，“那么一场血洗在所难免了。”

卢克大惑不解。他不知道自己是否遭到了嘲讽。实际上他并没有。主教大人只是出于礼貌，现在他已经把话题转向了别处。他不乐意卷入政治话题，甚至连神学争论都不想参与，因为他对别人的想法漠不关心，根本就没有跟他们对着干或者唱反

---

① 如前文所述，塞丽娜的父亲是圣公会的主教。圣公会虽然是新教的三大教派之一，却是新教中与天主教差别最少的一种。圣公会和其他新教教派一样不崇拜偶像、不陈列耶稣受难像，但他们使用的《圣经》、教职人员服装、宗教仪式等都和天主教一样。虽然被界定为新教的一种，但圣公会并不自认为属于新教(Protestant)，他们认为自己也是大公教会(即天主教)，称教宗为“罗马主教”。这种微妙的差别是导致文中主教发脾气的原因。

调的冲动。

我来得晚倒是正好成全母亲赶得及在十点献上一顿烤肉大餐，而且她很高兴能把我叫回来。我找到这份工作，而且能像她一直期盼的那样自食其力，这事仍然让她深感自豪。我事先又把那个我声称供职的部门研究了一通，预备回答她的各种问题。很久以前我就发现，几乎所有上班的姑娘都会准确地告诉父母，自己替谁工作，她们明白父母不会追问细节。而我的“掩护身份”是经过精心打造、周详调查的，我已经讲了太多毫无必要的“无伤大雅的谎言”。若是现在回头，为时已晚。如果母亲知道了真相，那她会告诉露西，露西也许就再也不会跟我说话了。我也不想让卢克知道我在干什么。所以我只能耐着性子花上好几分钟描述本部门对于社会保障系统改革所持的立场，指望母亲会跟主教大人以及露西一样，发觉这些事儿无聊得很，这样就不会再冒出机智的新问题来为难我了。

这是我们家——或许也是所有圣公会信徒——的福分：我们用不着非得到教堂去亲耳聆听、亲眼目睹父亲主持仪式。在他看来，我们去或不去都无所谓。自打十七岁以后我就再没去过。我想露西十二岁之后就不去了。今天是他一年里最忙碌的时候，所以没等甜点上来，他就祝我们圣诞快乐，打招呼要先走一步。从我坐的位置看过去，牧师领衬衫上没有留下泪痕。五分钟之后，当他穿过餐厅走向大门时，我们听见他的长袍曳地发出的那种熟悉的沙沙声。他日常工作的点点滴滴曾伴随我长大，可是现在，当我从伦敦的种种耗神费力的事务中暂且抽身，于阔别之后重返故里，眼前的一切似乎呈现出几分异国情调来：我有一位定期跟超自然力量打交道的父亲，半夜三更出门到一座漂亮的石庙里上班，他口袋里揣着房门钥匙，代表我们大家感谢或者颂扬或者乞求神灵。

母亲上楼到一个被称作"打包间"的闲置小房间里，照看她最后采办的一批圣诞礼物，我跟露西、卢克一起收拾餐桌、清洗餐具。露西把厨房里的收音机调到约翰·皮尔的节目，我们一边听着我从剑桥毕业以后就再没听过的前卫摇滚乐，一边辛勤劳动。这种音乐再也没法感动我了。它曾经是思想解放的年轻人心照不宣的口号，昭示着一个崭新的世界，而今却颓败萎缩，歌曲便仅仅只是歌曲了，这些歌多半都吟唱失恋，有时候也会唱到乡村大道。这些正在奋斗的音乐家跟别人没什么两样，都热衷于在喧嚷的人群中高歌猛进。皮尔在播放歌曲的间隙东拉西扯，信口开河，也是一样的调调。就连几首酒吧摇滚也没能让我激动起来。那一定是因为——我一边用力擦母亲的烤盘一边想——我长大了。下一个生日就满二十三了。接着，妹妹问我想不想跟她和卢克到教堂围地里散散步。他们想抽烟，主教大人可不会容许有人在屋里抽，至少不能是家人——在当时这样的态度可是有点古怪的，在我们看来简直堪称暴虐。

此刻，月亮又升高了，草地上结着微霜，甚至比我妈喷的那些漆更有品位。教堂里灯火通明，看起来孤立无援，好像摆错了地方，宛若一艘搁浅的远洋轮。我们远远地听见一台笨重的管风琴正在演奏《听！佳音天使在歌唱》的前奏，紧接着，信众勇敢地大声唱出来。听上去有好大一群人，我很为父亲高兴。然而，想到一群成年人，不带一丝反讽地同声高唱天使……我心里突然一阵抽搐，就好像我在悬崖边缘俯瞰，却只看到一片虚空。我对什么都不太信仰——不信赞美诗，甚至也不信摇滚乐。我们三个人并排沿着那条狭窄的路散步，沿途经过围地上的其他漂亮房子。有些是律师的办公室，有一两栋是整形牙医诊所。教堂围地实在是个很世俗的地方，教会收取高额租金。

原来，我的两名同伴想抽的并不只是烟。卢克从外套里拿出一支大麻，尺寸和形状都像是一只小小的圣诞彩包爆竹[①]，他一路走，一路将大麻点燃。他喜欢煞有介事地弄出点仪式感来，把那玩意夹在指节之间，双手握成杯状，这样他就能在两根大拇指之间吮吸，吸气的时候发出嘶嘶的声音，他还故意玩点花样，趁一团烟雾滞留在口中的同时继续说话，看起来就像是一个会腹语的人偶——这套轻浮孟浪的玩意我早就忘记了。看起来有多乡气啊。六十年代已经结束了！尽管如此，当卢克把他的大麻递给我时——我觉得他的动作颇有攻击性——我还是出于礼貌吸了几口，以免让他觉得露西的姐姐是个老古板。其实我恰恰就是老古板。

我之所以局促不安，有两个原因。刚才大门口的那一幕，仍然让我心有余悸。是不是因为工作太累而不是因为酒醉未醒？我知道父亲不会再提这个茬，也不会问我到底出了什么事。对

① 西方联欢会、宴会上装有糖果、小饰品、箴言等的小礼包，抽开时劈啪作响。

此，我应该充满怨恨才对，可实际上我如释重负。我不知道能跟他说什么。其次，我身上穿着一件很久没穿过的外套，当我们开始绕着围地散步时，我在口袋里摸到一张纸。我的手指在纸边摩挲，一下子就明白了那是什么。我已经把这茬给忘了，就是我在那栋“安全屋”里捡来的纸片。它让我想起很多没了结的烦心事，一大堆压在心灵上的垃圾——托尼的耻辱，雪莉的失踪，此外，我之所以被招募到五处，有可能仅仅因为托尼身份败露，监视人员还搜查过我的房间，最最糟心的就是跟马克斯吵的那一架。自从他造访过我的住处以后，我们俩都尽量避开对方。我没有去向他当面汇报“甜牙”的进展。一想到他，我总是先觉得内疚，随即又陷入愤愤不平的沉思。他先是为了他的未婚妻抛弃了我，接着，又为了我抛弃了未婚妻，但为时已晚。他纯粹是为了自己。那我又为什么要分担罪责呢？可是，当我再一次想起他时，同样的内疚卷土重来，于是我又得再跟自己解释一遍。

所有这些思绪都在一张纸片背后流动，如同拖在一只形态丑陋的风筝背后的尾巴。我们绕过教堂的西侧，站在通往镇上的那扇高高的石门下浓重的阴影中，而我妹妹和她的男朋友正在你一口我一口地吸大麻。透过卢克从大西洋彼岸学来的哼哼唧唧，我凝神捕捉父亲的嗓音，可教堂里一片寂静。他们在祈祷，毫无疑问。在我命运天平的另一头——除了我那微不足道的升职以外——站着汤姆。我想跟露西聊聊他，我希望能有姐妹间说说悄悄话的机会。我们以前时不时地能这么聊聊，但现在卢克硕大的身躯横在我们之间，而且他正在干的这件压根找不到借口的事儿，是所有热爱大麻的男人都爱干的，这玩意能让人浮想联翩——来自泰国的某个特殊的村子某种著名的原料，某个吓人的、几乎要捅出大娄子的夜晚，嗑药嗑得兴起时凝视夕阳下某个圣洁的湖泊的壮丽景观，发生在某个公交车站上的让人爆笑的误会，还有其他种种徒劳无益、荒诞不经的轶事。我们这代人到底出了什么问题？那场战争让我们的父辈变得令人厌倦。而让我们招人烦的就是这个玩意。

过了一会儿，我们两个姑娘完全陷入了沉默，而卢克却说得愈发兴高采烈、迫不及待，他的误会似乎越来越深，他以为自己很有意思，以为我们都给他迷住了。不过，几乎紧接着我的想法就来了个大逆转。我恍然大悟。千真万确。露西和卢克在等我离开，这样他们就能独处了。如果换作我和汤姆，我也会这样想。卢克是在刻意地、步步为营地要让我厌烦，这样就能把我赶走了。我刚才没发觉这一点真是够迟钝的。可怜的家伙，他只能大肆夸张，这可不是一场出色的表演，过火得无可救药。真实生活中没有哪个人会这么招人烦的。话说回来，他能用这么迂回曲折的方式，也算是一种善意的表现。

于是我在阴影中伸个懒腰，大声打了个哈欠，截住他的话头，随口说，“你说得太对了，我该走了，”抬脚便走，没过几秒钟，我的感觉就好多了，尽管露西在后面叫我，我也轻易就能装作没听见。摆脱了卢克的奇闻轶事之后，我疾步如飞，原路返回，穿过草地的时候感觉到双脚踩在薄霜上咯吱作响，煞是好听，我一路走到教堂的回廊边，恰巧是月光照不到的地方，在近乎一团漆黑中找到一块突起的石头坐下，把衣领竖起来。

我能听到里面有人说话，在轻声吟诵，可我无法分辨到底是不是主教大人。碰上这种场合，通常会有一个很大的团队协助他工作。有时候，当你碰上难处，最好问问自己，你最想干什么，如何才能干成。如果这事干不成，那就退而求其次。我想跟汤姆在一起，跟他一起上床，想跟他隔桌对望，想跟他手拉手走在街上。如果眼下做不到这些，那我就想想他也好。于是，圣诞前夜，我就花了半个小时做这件事，我崇拜他，我回想我们一起度过的时光，想他虽然强壮却不失孩子气的身体，想我们之间愈来愈深的爱意，想他的工作，还想我也许能在哪里帮得上忙。至于那些我对他秘而不宣的事儿，我把它们统统推开。我反而想到我给他的生活带来了多少自由，我是怎么帮他完成了那篇《可能通奸》，我能帮上的忙还有很多很多。一切都是那么弥足珍贵。我决定把这些想法写成一封信寄给他，一封诗意盎然、激情四溢的信。我要告诉他，我是如何在自家门口情绪失控，伏在父亲胸口哭泣的。

一动不动地坐在一块温度低至零下的石头上，可不是一个好主意。我开始发抖。接着，我听见妹妹又在附近叫我。她的声音听起来有点担忧，于是我回过神来，意识到我刚才的行为一定显得不太友好。都是刚才吸了一口大麻的缘故。现在看来，说卢克仅仅为了跟露西独处一小会儿就故意装出一副傻样，这种可能性有多小啊。神志不清的时候很难发觉自己的判断力出现了失误。现在我的思绪总算理清了。我走出阴影,踩到月光下的草地上,看见妹妹和她男友就在一百码开外的小路上,于是我快步向他们走过去,迫不及待地想道个歉。

18

为了充当节电表率，莱肯菲尔德宅邸里的温度给调低到华氏六十度，比其他政府部门还要低两度。我们穿着大衣、戴着手套工作，有些家境优渥的姑娘刚度完滑雪假，头上还戴着绒球羊毛帽。我们每个人都分到了一块毛毡，垫在脚底下，抵挡从地板渗上来的寒意。双手保暖的最佳方式是不停打字。如今既然火车司机们为了支持矿工拒绝加班，那么估计发电厂的煤只够用到一月底，到那时国库也该空了。伊迪·阿明在乌干达组织了一场募捐，要给穷困潦倒的前殖民地主子送一卡车蔬菜，但愿皇家空军乐意来接收。

从父母家里回到卡姆登时，有一封汤姆的信在等着我。他打算从他父亲那里借辆车载着劳拉回布里斯托尔。这可不是件容易的事。她跟家里人说她想把孩子也带回去。围着圣诞火鸡，一家子互相嚷嚷。可是收容客栈照例只能接待劳拉与其他成年人，他们无法替她照管孩子。

他打算到伦敦来，这样我们就能在新年团聚。可是三十号他又从布里斯托尔发来电报。他还没法离开劳拉。他走不开，得想法把她安顿好。我只好跟另三位房客一起参加莫宁顿新月街的一场派对来迎接一九七四年。在那套拥挤邋遢的公寓房里，只有我不是律师。我在那种临时搭的桌边，将微微发热的白葡萄酒倒进一只用过的纸杯里，此时有人在我屁股上拧了一把，下手可重了。我飞快地转过身发了一通火，没准还发错了对象。我早早告退，回到家，一点钟上床，仰面躺在冰冷的黑暗中好不自怜。睡着之前，我想起汤姆跟我说过，劳拉那家收容客栈里的工作人员是多么能干。既然如此，那他还说需要在布里斯托尔待上整整两天，这是多么奇怪啊。不过这似乎也不是什么特别重要的事，于是我沉沉睡去，就连我那几位律师朋友四点醉醺醺地回来，也没把我吵醒。

辞旧迎新，每周三天工作制随之开始，可是我们被官方定义为重要服务部门，必须上满五天班。一月二日，我给叫到三楼哈利·塔普的办公室开会。事先并没有预告，也没指明会议主题。我在十点到达，本杰明·特雷斯考特站在门口，对着一份名单逐一打钩。我惊讶地发现房间里有二十多个人，有两个来自我们那组新人，所有与会者资历都太浅了，没人敢在塔普办公桌边围上的那圈塑料椅子上就坐。彼得·纳丁进来，将整个房间扫了一眼，又出去了。哈利·塔普站起身，也跟着他出去。所以我猜想这个会应该与"甜牙"有关。人人都在抽烟，低语，等待。我挤进档案柜和保险柜之间十八英寸的空隙里。没人跟我说话，以前这种情形会让我心烦，现在不会了。我冲着对面的希拉里和布兰达微笑。她们耸耸肩，眼珠一转，向我示意她们觉得这真是条妙计。她们显然有自己的"甜牙"作家，那些抵挡不住基金会金钱攻势的学者或者御用文人。不过，毫无疑问，没有人会像T·H·黑利那样光芒四射。

十分钟之后，塑料椅子上终于座无虚席。马克斯进来，在中间一排就坐。我坐在他后面，这样他就不会马上看见我了。接着，他转过身，环视整个房间，他在找我，我确信。我们的视线瞬间交织，他随即转过头去，继续往前看，同时掏出一支钢笔。我的视角不太有利，可我想他的手确实在颤抖。我认出有几个人是从六楼下来的。可是处长不在——甜牙并不是什么特别重要的事。接着，塔普和纳丁回来了，身边还有一个身材矮小、肌肉健硕、戴着一副仿角质框眼镜的人，头发灰白，理成极短的平头，身穿剪裁合体的蓝色正装，丝绸领带上缀着深蓝色圆点花纹。塔普走到他的桌边，另两位耐心地站在我们面前，等着整个房间安静下来。

纳丁说，“皮埃尔在伦敦工作，他友好地接受邀请，来说说如何在他的工作跟你们的工作之间建立联系。”

这番介绍如此语焉不详，再加上皮埃尔的口音，我们猜测他来自美国中央情报局。他当然不是法国人。他的嗓子是起伏不定的男高音，说起话来有种教人愉悦的小心翼翼的感觉。他给人这样一种印象：但凡有人不赞同他说的话，他就会根据事实调整自己的观点。我渐渐意识到，在这种严肃而睿智的、近乎略含歉意的态度背后，其实隐藏着无尽的自信。他是我见到的第一位出身高贵的美国人，后来我了解到他来自佛蒙特州一个颇有根基的家庭，写过一本与斯巴达统治有关的书，另一本写的则是阿格西劳斯二世[①]以及波斯的提萨费尼斯[②]被斩首的历史。

我挺喜欢皮埃尔。一开场，他就说想要告诉我们“冷战中最柔软、最甜美的部分，也是唯一真正算得上有趣的部分——理念之战”。他想给我们讲三个画面。第一个，他要我们想象战前的曼哈顿，并且引用了一首著名的奥登诗歌的开头几行，托尼曾把这首诗念给我听过，而且我知道汤姆也很喜欢它。在此之前，我并不觉得这首诗很出名，对我也没有什么特别的意义，可是，听到一个美国人面对我们引用一个英国人的句子，还是相当动人的。“我在一间下等酒吧坐着/就在第五十二号街/心神不定且忧惧……”[③]一九四〇年的皮埃尔就是这样，年方十九，跑到市中心探望一位叔父，想到就要上大学便倍感无聊，于是在酒吧里醉倒。不过他并不像奥登那样“心神不定”。他渴望自己的国家能加入欧洲的战局，然后给他分配一个角色。他想当兵。

接着，皮埃尔向我们绘声绘色地说起一九四九年，当时欧洲大陆以及日本、中国都满目疮痍、羸弱不堪，英国已经被一场英勇而漫长的战争压得穷困潦倒，苏联在统计几千万具尸体——而美国的经济却因为这场战争飞速膨胀、生机勃勃，他们刚刚醒悟过来，捍卫全球人类自由的主要职责已经落到了他们肩上，这

---

① 古希腊斯巴达国王，崇尚武功，精于谋略，被视为斯巴达尚武精神的化身。

② 波斯军人、总督和外交家，在与斯巴达的关系上反复无常，公元前395年因惨败于斯巴达而被波斯国王处死。

③ 这一段是奥登的著名长诗《一九三九年九月一日》的开头几句。诗歌标题显示的日子正是纳粹德国人侵波兰的那一天，二战由此拉开帷幕。全诗在诗体形式上与叶芝的《一九一六年的复活节》形成呼应，同样面对重大历史事件作出回应，布罗茨基等人对此诗推崇备至。

项新任务真是太棒了。即便在他说这话时，他还是摊开双手，仿佛深感遗憾，聊致歉意。事情本来是可以往别的方向发展的。

第三幅画面也发生在一九五〇年。彼时的皮埃尔，曾在摩洛哥及突尼斯战役、诺曼底登陆、许特根森林战役以及解放达豪的战役中立下战功，在布朗大学担任希腊语副教授，正沿着公园大道向沃尔多夫·阿斯托利亚饭店的大门走去，路上经过一群示威游行者，其中既有美国的爱国人士，又有天主教修女和右翼疯子。

"饭店里，"皮埃尔的说法极富戏剧性，一边说一边摊开一只手，"我目睹了一场即将改变我人生的辩论。"

这场集会的标题没什么特别：文化科学领域的世界和平大会，名义上由一家美国的专业委员会组织，实际上却是苏联共产党及工人党情报局策划的。千余名代表来自世界各地，他们对共产主义理想的信念并没有被虚张声势的公审、苏德互不侵犯条约、镇压、清洗、酷刑、谋杀以及劳改营摧毁，至少没有被完全摧毁。伟大的苏联作曲家迪米特里·肖斯塔科维奇受斯大林委派，违心地出席。代表美国方面的是阿瑟·米勒、李奥纳多·伯恩斯坦和克利福德·奥德兹[①]。上述以及其他名人都对美国政府持批判及不信任的态度，因为它居然要求美国公民把曾经无与伦比的同盟军当成一个危险的敌人。许多人相信，不管他们

① 阿瑟·米勒和克利福德·奥德兹均为美国剧作家，李奥纳多·伯恩斯坦则是美国指挥家、作曲家和钢琴家。

把多少事情搞得一团糟，马克思主义的分析方法还是站得住脚的。而且这些事件遭到了贪得无厌、利益一致的美国新闻界极大的歪曲。如果说苏联的政策看起来乖戾阴郁或者充满攻击性，如果说他们多少有点倚靠内乱来牟取利益的话，那也是本着自我保护的精神，因为从创立之初，他们就要面对西方的敌视和蓄意破坏。

简而言之，皮埃尔告诉我们，整场会议就是一次替克里姆林宫大肆宣传的特别行动。它在资本主义的首都为自己打造了一个世界性的舞台，在台上，即便与自由无涉，它至少充当和平与理性的喉舌，站在它这边的有数十位德高望重的美国人。

“然而！”皮埃尔抬起一只胳膊，用僵硬的食指往上指了指，他这个戏剧性十足的停顿让我们困惑不已。接着，他告诉我们，就在这座饭店的十楼有一个高级套房，屋里有一群专程来捣乱的志愿者，这群知识分子是由一位名叫西德尼·霍克的哲学家召集的，他们大多都是非共左翼、具有民主精神的前共产党员或者前托派左翼，他们决心向这次会议发起挑战，关键是，不能让疯狂的右翼独霸对苏联的批判权。他们弓起身子守在打字机、油印机和刚刚装好的多条电话线旁，通宵工作，客房服务慷慨地提供了大量零食和酒，帮他们整晚撑下来。他们打算通过各种方式破坏楼下的会议进程，比如提出一些棘手的问题刁难对方，尤其是关于艺术创作自由的问题，同时还会发出一系列新闻稿。他们也声称得到了重量级支持，这份名单甚至比对方的那份更让人印象深刻。玛丽·麦卡锡、罗伯特·洛威尔、伊丽莎白·哈德威克，还有很多来自远方的国际支持，其中包括T·S·艾略特、伊戈尔·斯特拉文斯基和伯特兰·罗素[①]。

这场跟大会唱反调的战役大获成功，因为它抓住了媒体的叙事策略，登上了报纸标题。所有该提的问题都在会议进行的过程中一一抛出，含沙射影，旁敲侧击。有人问肖斯塔科维奇是否赞同《真理报》对斯特拉文斯基、亨德米特和勋伯格的严厉谴责，将他们称为"颓废堕落的资产阶级形式主义者"。这位伟大的苏联作曲家缓缓站起身，低声嗫嚅着表示赞同此文的观点，在众目睽睽之下，他既受困于良心的折磨，又怕触怒克格勃当局，同时担忧他回国以后斯大林会如何对待他，表情格外悲惨。

皮埃尔在楼上的套房里有自己的电话和打字机，摆在一间盥洗室旁边的角落里，在会议间歇，他就在那里跟几个即将改变他一生的情报联络人接上了头，正是在他们的推动下，他才辞去了教职，将毕生精力都献给了中央情报局和"理念之战"。因为反对这次会议的行动当然是由中情局资助的，在此过程中，他们发现，借助于作家、艺术家和知识分子的力量，这一仗完全可以打得有声有色。这些人里有很多都是左翼人士，他们往往受过共产主义的引诱，得到过未能兑现的承诺，这些苦涩的经历是他们现在秉持的强大观念的源泉。他们需要的——尽管他们自己

---

① 这里提到的这些名人的大致身份如下：玛丽·麦卡锡，美国著名小说家；罗伯特·洛威尔，美国著名诗人；伊丽莎白·哈德威克，美国著名文学评论家及小说家；T·S·艾略特，英国著名诗人、剧作家及评论家，1948年诺贝尔文学奖获得者；伊戈尔·斯特拉文斯基，著名俄裔美籍作曲家；伯特兰·罗素，英国著名哲学家、数学家、逻辑学家。

也未必清楚——正是中央情报局可以提供的：组织，架构，以及最重要的因素：资金。当这些行动推广到伦敦、巴黎和柏林时，这一点尤为关键。“在五〇年代早期，对我们十分有利的因素是：欧洲一贫如洗。”

因此，按照皮埃尔的说法，他成了另一种战士，再度投入新战役，它们发生在虽然已经解放但时常受到威胁的欧洲。他一度充当迈克尔·乔塞尔森的助手，后来又跟马尔文·拉斯基过从甚密[①]，直到上述两位之间的关系出现裂痕。皮埃尔参与“文化自由协会”的事务，用德语替声望卓著的杂志《月刊》写稿，而这份杂志正是中情局资助的，他还参与组建《邂逅》，为此做了不少幕后工作。他学会一套微妙的技巧，用来安抚知识分子的敏感自负和喜怒无常。他协助为一家美国芭蕾舞剧团组织巡演，此外还有管弦乐团、当代艺术展以及十几场被他称之为“踩中政治与文学交会的危险地带”的会议。他说，一九六七年《堡垒》杂志曝光中情局资助《邂逅》，实在是小题大做、幼稚至极。对于政府而言，这个反抗极权主义的案例难道不够理性不够优雅，不应该批准实施吗？如今，在英国已经没人会对外交部替BBC对外广播买单的事大惊小怪了，这种做法已经被高度认可。《邂逅》的情况也差不多，尽管总有人大呼小叫，装出大吃一惊的样子，要不就捂住鼻子假清高。既然提到外交部，他倒要表扬一下情

① 迈克尔·乔塞尔森是当时美国文化自由协会的秘书长，而马尔文·拉斯基则是英国《邂逅》杂志的主编。

报司的工作。他特别欣赏情报司在推广奥威尔的作品上做出的努力,他也喜欢他们在保持一定距离的前提下对几家出版社的资助,比如“安珀桑德”和“贝尔曼书业”。

在这一行干了将近二十三年之后,他得出了什么结论?他要说两点。第一点也是最重要的一点。冷战没有结束——不管别人怎么说,所以文化自由事业仍然至关重要,永远至高无上。尽管时下并没有很多人高举苏联的火炬,但知识分子中还是有大片冷漠僵硬的地带,人们懒惰地保持着中立态度——说苏联也不见得比美国更糟糕。对这样的人必须加以重视。至于第二点,他引用了一句他在中情局里结识、后来当上广播员的老朋友——汤姆·布拉登的话,大意是:在整个地球上,只有美国还不明白,有些事儿还是在规模较小时运转得更好。

在我们这个拥挤的房间里,这话顿时让经费严重短缺的五处雇员发出了赞赏的低语。

“我们自己的项目摊子铺得太大,数量太多,种类太杂,野心太大,资金也给得太足。我们已经没什么方向了,而且我们的情报经过长长的传送路径失去了‘新鲜度’。我们无处不在,我们出手越来越阔绰,我们也招人怨恨。我知道你们这里也要尝试点新计划。祝你们好运,不过,说真的,先生们,规模还是小点好。”

皮埃尔——如果这是他的真名的话——没有安排问答环节,一说完就匆匆在掌声中点点头,然后跟着彼得·纳丁朝门口走去。

房间渐渐空下来，资历浅的自觉地让其他人先走，我不由得害怕马克斯会转过头来与我四目相对，怕他走过来告诉我，我们得见个面。当然是工作上的事儿。然而，当我目送着他的背影和那一对大耳朵随着人流涌出门口时，困惑不解与那种熟悉的内疚感夹杂在一起向我袭来。我把他的心伤透了，以至于他压根就不愿意跟我说一句话。这个念头把我吓了一大跳。像往常一样，我试着燃起怒火来抵挡内疚。正是他，跟我说过女人没法把自己的私生活跟工作分开。现在他喜欢我胜过喜欢他的未婚妻，这难道也是我的错？我一边沿着水泥楼梯——之所以走楼梯是因为我不想在电梯里跟同事说话——一边为自己辩护。难道因为他转身离我而去，我就应该大惊小怪，低声下气，泪眼婆娑？没门。既然如此，那我凭什么不跟汤姆在一起？难道我不配得到幸福？

两天以后的周五晚上，我高高兴兴地坐上火车去布莱顿，距离上次分别已经将近两周时间。汤姆到车站来接我。火车即将靠站、渐行渐慢时，我们就看到了对方，他一边跟着我的车厢跑一边在说着什么，我看不懂他的口型。一下车我便扑到他怀里，心头骤然升起的甜蜜与兴奋是平生从未有过的。他把我搂得那么紧，我简直要透不过气了。

他在我耳边说，“我刚刚才开始意识到你有多么特别。”

我轻声告诉他，这一刻我期盼已久。我们分开，他接过我的包。

我说，“你看起来不一样了。”

“我是不一样了！”他几乎嚷起来，然后狂笑，“我有了个绝妙的主意。”

“你能告诉我吗？”

“这太不可思议了，塞丽娜。”

“那告诉我吧。”

“回家吧。十一天啦。太长了！”

于是我们去克里夫顿街，在那里，夏布利酒正躺在一只汤姆从阿斯普雷专卖店买来的银冰桶里等着我们。一月份喝酒用冰块委实有点古怪。其实如果存在冰箱里，酒会更冷一些，不过谁在乎呢？我们一边喝酒一边替对方宽衣解带。没错，离别挑起了我们的情欲，夏布利酒照例让火愈烧愈旺，可这两条都不足以解释接下来发生的事。我们成了一对完全知道该干什么的陌生人。汤姆浑身散发着某种饥渴的温存，把我整个人都融化了。这简直宛若忧伤。它在我内心深处激起了一股如此强烈的保护欲，以至于当我们一起躺在床上、他亲吻我的乳头时，我忍不住怀疑，有朝一日也许我会问他，我要不要停掉避孕药。不过其实我要的并不是孩子，而是他。当我抚摸着、用力抱着他那小小的、紧实而浑圆的臀部，拉着他往我身上压过来时，我觉得他是一个孩子，我要占有他、爱护他，再也不让他离开我的视线。很久以前，在剑桥跟杰瑞米上床时我有过这种感觉，可那一回我受了骗。如今这种想把他关起来、将他据为己有的感觉近乎痛楚，就好像我平生经历过的所有最美好的感觉聚拢在一起，强烈到了一种让人无法忍受的地步。

这不是那种小别重逢后挥汗如雨、大声叫床的老套戏码。如果有个窥阴癖碰巧路过，有机会透过卧室窗帘的缝隙向里面张望，他会看到一对毫无冒险精神的情侣在用传教士姿势做爱，几乎没发出一点声响。我们俩心醉神迷，不由得屏住了呼吸。我们几乎一动不动，生怕一动就没了。那种特殊的感觉——无论他是否愿意，反正此刻他完全属于我、永远属于我——是那么轻巧，那么空灵，好像我随时都会失去它。我一点都不怕。他在轻轻地吻我，一遍又一遍低声喊我的名字。也许现在就该告诉他，趁他没法溜走的时候。现在就告诉他，我不停地这样想。告诉他你是干什么的。

然而，当我们从梦中醒来，当我们俩身外的世界重新回到我们身边，当我们听见窗外车辆驶过，听到一列火车开进布莱顿站，当我们开始考虑如何打发晚上剩下的时光，我方才意识到，刚才差一点点我就要把自己给毁了。

那天晚上我们没有去餐馆。近来天气转暖，也许这让政府松了一口气，却让矿工们很恼火。汤姆躁动不安，想到海边走走。于是我们就穿过西街，步入宽阔的、人烟稀少的海滨大道，向豪富镇[1]方向走去，到一家酒吧门前拐离海滨，然后在另一家餐馆买炸鱼配薯条。就连海边都没什么风。为了节能，街灯给调得很暗，可灯光仍然在厚而低的云团上涂了一抹胆汁似的橘

① 英格兰南海岸城镇，以众多的历史建筑著称。

黄色。我说不清汤姆身上到底有什么不对劲。他已经算得上柔情似水了，紧紧抓住我的手，显得格外上心，要不就是伸出胳膊揽住我，让我靠他更近些。我们飞快地走，他飞快地说。我们讲起各自过的圣诞节。他描述了当时场景，说他姐姐跟孩子分别时如何乱成一团，她又是如何试图把她那年幼的、装着假足的女儿拽上车，想带她一起走。还说劳拉在去布里斯托尔的路上如何从头哭到尾，如何数落家里的种种不是，尤其是父母的。而我复述了我在主教大人怀里大哭的那一刻。汤姆要我把那一幕细细说来。他想更深入地了解我从车站走回家的路上，情感如何跌宕起伏，他想知道这究竟是怎么回事。我是不是觉得自己又成了孩子，当时是不是突然意识到我有多么想家？我过了多久才缓过神来？为什么过后不到我父亲那里，把这些感觉都告诉他？我跟他说，我因为哭了所以哭了，我也不知道为什么。

我们停下来，他吻了我，说我真是无可救药。我跟他说到那天晚上跟露西和卢克一起在教堂围地上散步，汤姆很不高兴。他要我发誓以后再也不吸大麻了。这种清教徒倾向让我吃了一惊，尽管这样的承诺不难遵守，我也只是耸耸肩而已。我认为他无权要求我承诺什么。

我问他到底有了什么新想法，可他言辞闪烁。不过他跟我说贝德福德广场那边传来了新消息。麦奇勒喜欢《来自萨默塞特平原》，计划三月底出版，这样的速度在出版界是创纪录的，只有在编辑影响力巨大的情况下才有可能实现。这样做的目的是赶上简·奥斯丁小说奖(其声望不在新近炙手可热的布克奖之下)的报名截止期。现在谈是否能进入短名单还为时过早,不过好像麦奇勒如今逢人就要念叨他的新作家,而且这本书被紧急付印专供评委会审阅的新闻也已经见报。通常你是可以用这一套来替一本书制造话题的。我不知道,如果皮埃尔知道军情五处资助一部反对资本主义的中篇小说,会如何评说。务必保持小规模。我一言不发,在汤姆胳膊上掐了一把。

我们坐在一张公共长椅上,像一对老夫妻那样面朝大海。这时节天上应该有一轮下弦月,不过,在厚厚的橘黄色云团的遮蔽之下,一点儿可能都没有。汤姆的胳膊揽住了我的肩,英吉利海峡看起来油汪汪的,格外静默,我缩成一团依偎在情人身边,这些天来这是我第一次感觉到心平如镜。他说他受邀在一场为年轻作家举办的活动中朗读作品。与他同台的是金斯利·艾米斯的儿子马丁,后者也要朗读一段处女作——跟汤姆一样,这部作品也将在今年出版,出版商也是麦奇勒。

“我有个想法,”汤姆说,“只有得到你的允许,我才会去做。”朗读会结束以后,次日他会坐火车从剑桥赶到我的家乡,去跟我妹妹谈谈。“我在设计一个人物,非主流,收入菲薄,但过得还不错,相信塔罗牌、星象命盘之类的玩意,喜欢嗑药,不过没到太过分的地步,相信好多阴谋论。你知道,就是那种认为登月照片是在一个实验室里摆拍出来的玩意。与此同时,在别的方面她又很明白事理,在年幼的儿子眼里她是个好母亲,参加反越战游行,也是个挺靠谱的朋友,诸如此类。”

“这听起来不太像露西,”我的话刚一出口,就觉得这样讲显得小气，想找补两句。“不过她确实很善良，也应该乐意跟你聊聊。有一个条件。你们不能谈论我。”

“成交。”

“我会给她写信，告诉她你是我的好朋友，没钱，要在她那里借宿一晚。”

我们继续往前走。汤姆以前从来没当众朗读过，所以忐忑不安。他会从小说结尾部分选，那是他写得最得意的地方，那让人不寒而栗的一幕，父女俩互相依偎着死在一起。我说这样会泄露情节的，太可惜了。

“老派思维。”

“记住，我的见识趣味也就中等而已。”

“结尾已经蕴含在开头中。塞丽娜，没什么情节可言。这是一种沉思。”

对于流程问题他也颇有顾虑。谁先来——艾米斯还是黑利？他们会怎么定？

“应该是艾米斯先来。最棒的压轴。”我忠心耿耿地说。

“哦，上帝。半夜里醒来，一想到这场朗读会，我就睡不着。”

“那么按字母顺序排列怎么样？”

“不，我是说，站在一群人跟前，把人们完全可以自己读的玩意念出来。我不知道这有什么意义。想起来半夜里都会出汗。”

我们接着又往下走到海滩上，这样汤姆就能把石头扔到海里去。他的精力出奇地旺盛。我又感觉到他的躁动或者被压抑的兴奋。我靠着砂石堤岸坐着，而他把脚下的鹅卵石踢来踢去，想找一块重量和形状都合适的。他在水边助跑了几次，把石头远远地扔进薄雾，无声地溅起一团淡淡的白光。十分钟之后他走过来，坐到我身边，气喘吁吁，大汗淋漓，他的吻里带着咸味。我们越吻越认真，简直忘了自己身在何处。

他把我的脸夹在他的手掌之间，一边用力按一边说，“听着，无论发生什么事，你得知道，我有多么喜欢和你在一起。”

我很担忧。如果哪部电影里的男主角说出这种滥俗的台词来，那他接着就是要到哪里去送死了。

我说，“出什么事了吗？”

他亲亲我的脸，推着我往那些不太舒服的石块上靠。“我是说，我永远也不会改变主意的。你非常非常特别。”

我稍感宽慰。我们离海滩五十码远，上方是加了护栏的人行道，看起来我们就要做爱了。我跟他一样想要。

我说，“不能在这里。”

可他自有打算。他仰面躺下，解开裤子拉链，我踢掉鞋子，像削果皮似的褪下连裤袜和短衬裤，塞进外套口袋里。我坐在他身上，用裙子和外套遮在我们周围，每一次我轻轻摇晃，他都会呻吟。在我们看来，任何一个从豪富镇海滨大道上走过的路人，都会觉得我们清白无辜。

“先别动，保持一会儿，”他飞快地说，“要不就全结束了。”

他看起来是那么俊美，他的头往后仰，头发披散在石头上。我们互相凝视。我们听见车辆从海滨车道上驶过，偶尔有一朵浪花打在岩石上，响声清脆。

过了一小会儿，他那平静的嗓音仿佛从远处传来，“塞丽娜，我们不能让这事停下来。别无选择，我得告诉你，就这么简单。我爱你。”

我试图用相同的话来回应他，可我的喉咙口收缩得太紧了，只能喘气。他的话把我们俩同时送上了高潮，我们快乐的叫声淹没在车流掀起的噪音中。这句话是我们一直在回避的。这话太隆重了，它标志着那条我们不敢轻易跨过的界线，意味着从一桩快活的风流韵事转变成了某种沉重而未知的东西，简直像一个负担。可现在这种感觉荡然无存。我捧着他的脸贴上我的脸，我吻他，重复他的话。多么容易啊。接着，我转过身背对着他，跪在砂石上把我的衣裙整理好。我一边忙活，一边想，在这段爱情开始发展之前，我得把我自己的情形告诉他。可我一说这段爱情就要完结了。所以我不能告诉他。可我只能告诉他啊。

事后，我们的胳膊挽在一起，并排躺着，像两个孩子，一想到我们的秘密，一想到我们成功完成的恶作剧，就忍不住在黑夜里咯咯直笑。我们笑自己刚才说的话那么宏大。别人都得受制于规则，而我们是自由的。我们可以在世界上任何一个角落里做爱，我们的爱无处不在。我们坐起来，分享一支香烟。然后我们都开始冷得发抖，于是径直回家。

19

二月，我的部门里阴云密布、情绪低落。闲聊遭到禁止，或者说，是大家自觉禁止了闲聊。我们在晨衣或者羊毛衫外面套上大衣，茶歇和午饭时间也忙着工作，就好像是在替我们的失败赎罪。那位叫查斯・芒特的文官，平时还算是个乐观沉着的人，在这个月里居然抓起一份档案就往墙上砸，害得我和另一个姑娘跪在地上，花了一个小时才把文件重新归档。我们小组把所有本行业里出现的失误——比如“黑桃”和“氡气”——都算在自己头上。也许他们听了太多反复强调的关于“谨防特工身份暴露”的指令，也许他们一无所知。不管是哪一种情况，正如芒特反复用各种方式重申的那样，既然我们将在自家门口迎来惨无人道的暴行，那么做如此极度危险且代价高昂的安排，是毫无意义的。处在我们的位置，我们没必要把他已经心知肚明的事情再跟他说一遍：我们正在对付的这些“小分队”，彼此都没有联系，并不知道对方的存在，按照一篇《泰晤士报》社论的说法，我们面对的是“全世界组织最严密、手段最无情的恐怖组织”。而且，即便在这样的日子里，行业竞争依然激烈。平时芒特嘴里总是嘟嘟囔囔，指天骂地，矛头针对伦敦警察厅和皇家北爱尔兰警队，在五处这些说辞就跟《主祷文》一样流行，大意是：对于情报收集或分析一丁点概念都没有的土包子警察，实在是太多了，不过通常他们骂出来的时候，言辞可没那么客气。

在这个问题上，我们自己的“家门口”指的是从赫德斯菲尔德到利兹之间的这段 M62 公路。我听到有人在办公室里说，如果没有火车司机罢工，五处的职员及其家人就不用坐夜车了。可是，工会里的人并没有杀人。那枚二十五磅重的炸弹给安置在巴士后面存放行李的地方，刹那间就让睡在后座上的整整一家人死于非命，其中有一个是军人，另外还有他的妻子和两个孩子，一个五岁，一个两岁。他们的尸体给炸成很多块，散落在公路上，距离长达两百码——这是一份剪报上的说法，芒特坚持要把它钉在告示板上。他自己也有两个孩子，只是年纪稍大一点而已，正因为如此，我们部门就必须对这件事感同身受。不过，“防止爱尔兰共和军临时派的恐怖主义在内陆蔓延”的任务是不是主要由五处来负责，这一点并不清楚。我们认为，如果当初就定下让五处负责，那这样的事情就不会发生——这样一想，我们就能高兴点。

几天之后，首相被尚未确诊的甲状腺疾病弄得气火攻心、精疲力竭，上电视发表全国讲话，解释为何要召集一次临时选举。爱德华·希思需要一次全新的委任，他告诉我们，目前我们人人都要面对的问题是——谁来主宰英国？究竟是我们自己选出的代表，还是一小撮全国矿工联盟里的极端分子？全国都知道，这个问题的实质是，究竟让希思再来，还是让威尔逊再来？应该选被各种事件压垮的首相，还是选反对党领袖（就连我们这些姑娘都听到传闻，说他不时显露出患有精神疾病的迹象）？这是一场“比谁更不受待见的竞赛”，有个巧舌如簧的家伙在评论版上这样写。每周三天工作制已经延续到了第二个月。天太冷，太暗，我们实在太沮丧了，根本想不明白民主问责制是怎么回事。

对我而言，眼前最大的忧虑是本周末没法去布莱顿，因为汤姆会去剑桥，然后去找我的妹妹。他不想让我来听他朗读。如果知道我在观众席上，他会“垮掉”的。接下来那周的礼拜一，我收到他的信。他用的称呼让我回味许久——我亲爱的唯一。他说他很高兴我没在场。那场活动真是场灾难。马丁·艾米斯很讨人喜欢，而且对流程问题压根就不关心。于是汤姆就得到了压轴的位置，让马丁先上，类似于暖场表演。这是个错误。艾米斯读的是他的长篇《雷切尔文件》选段。这小说既色情，又刻毒，还非常风趣——实在太风趣了，以至于他只能不时停顿，好让读者从狂笑中缓过来。他读完之后轮到汤姆上台，可此时掌声还经久不息，汤姆只好转身退回到昏暗的台侧。人们还在平复笑岔的气，抹着笑出的眼泪。他终于走到讲桌前，介绍“我这三千词的恶疾、脓血与死亡”。他念到一半，甚至父女俩还来不及陷入昏迷状态时，有些观众就退场了。没准人们需要赶最后一班火车，可是汤姆觉得自信心受到了打击，他的嗓音变得单薄，在几个简单的词儿上磕磕巴巴，念着念着还漏了一句，只好回过来重读。他觉得一屋子的人都讨厌他把刚才兴高采烈的气氛给破坏了。最后听众也鼓了掌，因为他们很高兴这场折磨终于结束了。之后，在酒吧里，他向艾米斯表示祝贺，后者并未报以同样的赞美。不过，他给汤姆买了三倍分量的苏格兰威士忌。

也有好消息。一月份他收获良多。他写的关于受迫害的罗马尼亚诗人的文章已经被《审查索引》录用，关于斯宾塞和城市规划的专论也写完了初稿。那个我助过一臂之力的短篇——《可能通奸》被《新评论》退稿，却被《香蕉》杂志录用。另外，当然还有那部新长篇，不过他不肯透露具体情况。

选战开始三天之后，我收到一条马克斯的指令。我们不可能再避而不见了。彼得·纳丁想要一份关于“甜牙行动”目前所有进展的报告。马克斯别无选择，只能见我。自从那天深夜造访之后我们几乎没说过一句话。我们在走廊里擦肩而过，咕哝一句“早上好”，在食堂里故意坐得远远的。我把他的话思前想后，琢磨许久。那天晚上他说的也许是真的。可能五处之所以招我这个成绩乏善可陈的学生，只因为我是托尼的人，可能他们跟踪了我一段时间，后来就没兴趣了。托尼之所以要把我这么个没什么害处的人送过去，以此向五处挥手作别，也许是为了向他的老东家表明，他本人也没什么害处。抑或，正如我希望的那样，他爱我，把我当成他献给五处的礼物，那是他弥补过失的方式。

我一直希望马克斯能回到他未婚妻身边，这样我们就能像以前一样相处了。头一刻钟的情形确实跟以前没什么两样，我走进去站到办公桌后面，汇报了黑利的中篇小说、罗马尼亚诗人、《新评论》、《香蕉》以及关于斯宾塞的论文。

“人们都在议论他，”我总结说，“他要红了。”

马克斯的脸一沉，“但愿你们俩之间的事儿已经了结了。”

我一言不发。

“我听说他社交活动频繁啊。有点风流剑客的腔调嘛。”

“马克斯，”我平静地说，“我们还是专心谈公事吧。”

“跟我讲讲他的小说。”

于是我告诉他出版社很兴奋，忙着组织报纸评论，好赶上奥斯丁奖的截止期，传说设计封面的将是大卫·霍克尼[①]。

“你还是没告诉我这小说到底写什么。”

我跟他一样想得到楼上的表扬。可是马克斯如此羞辱汤姆，所以我现在更想回击他。“这是我读过的最悲伤的故事。后核时代，从文明退回野蛮，父女俩从西部乡间到伦敦，去寻找女孩的母亲，他们非但找不到她，还染上鼠疫。写得非常优美。”

他紧紧盯着我。“我记得，这种玩意正是纳丁无法容忍的。哦，顺便说一句，他跟塔普有些话要跟你说。他们接触过你吗？”

“不，没有。可是，马克斯，我们说好不干涉我们的作家的。”

“呃，那你为什么那么开心？”

“他是个才华横溢的作家。教人兴奋。”

我差点再加一句，我们相爱了。不过我和汤姆的事不宜张扬。秉承时代精神，我们不打算拜见双方父母。我们在天空下，在布莱顿与豪富镇之间的砂石道上发布宣言，始终简单而纯粹。

---

① 大卫·霍克尼（David Hockney，1937— ），英国著名画家、摄影家、蚀刻家和设计师。

在这次与马克斯的短暂会面中，有一件事情越来越清楚：某种倾斜，或者转变。那个圣诞前夜，除了自尊之外，他还失去了某种权威，我能感觉到他对此心知肚明，而且他也知道我知道这一点。我压不住声调里的傲气，而他也把持不住自己，语气一会儿凄苦无助，一会儿又过分强势。我想问问那个被他求过婚的、在医疗界工作的女人，他是为了我才抛弃她的。现在她是跟他破镜重圆，还是另觅新欢？无论走哪条路，这件事总是一场羞辱，尽管我目前有点趾高气扬，这一点分寸感还是有的，所以忍住没问。

一阵沉默。马克斯已经不穿黑正装了——几天前我在食堂里跟他遥遥相对时注意到了这一点——改回质地粗硬的海力斯粗花呢，还加上了一点很不好看的新花样：一条芥末黄针织领带，配一件维耶勒法兰绒格子衬衫。我猜现在没有人，没有女人在引导他的穿着品味。他在办公桌上摊开双手，双眼就凝视着这双手。他深吸一口气，能听见他从鼻孔吹口哨的声音。

"现在我知道这些情况。包括黑利在内，我们一共有十个项目。都是些可敬的新闻记者和学术界人士。名字我不太清楚。可我知道他们投入大量时间写出来的书，大致是什么样子。有一本讲英美植物学界正致力于在那些种植稻米的第三世界国家推动绿色革命[①]，另一本是汤姆·潘恩[②]的传记，即将出炉的一篇

① 绿色革命指发展中国家为解决粮食问题而推广的大规模改良农业的活动。

② 汤姆·潘恩即托马斯·潘恩(Thomas Paine，1737—1809)，美国独立战争时期的政论家，发表名作《常识》号召北美殖民地反抗英国统治，后参加北美独立战争。

报道首次披露东柏林的一个羁押营——三号特营，战后一度由苏联人控制，他们在那里把社会民主人士、孩子和纳粹放在一起杀戮，如今东德政府又将其扩建，用来羁押持不同政见者，反正他们想关谁就关谁，关进去以后还要从心理上折磨他们。还会有一本书叙述非洲后殖民时期的政治灾难，一个阿赫玛托娃诗歌的新译本，一部十七世纪欧洲乌托邦的概述。我们会拿到一部关于托洛茨基担任红军领导人时期的专著，还有几本我记不清了。”

最后，他的视线离开他的手，往上抬，目光既惨淡又严厉。

“那么，除了这些我们知道且赞赏的项目之外，你的T·H·黑利和他那个小小的幻想世界，到底他妈的增加了什么成果？”

我从来没听他骂过人，于是我往后缩了一下，就好像他往我脸上扔了什么东西。我以前根本就不喜欢《来自萨默塞特平原》，可我现在偏要喜欢。平时我总是等他打发我走才会离开。此刻，我站起身，把椅子往桌底下一塞，开始侧过身往屋外走。分别前我挺想扔下一句漂亮话，可我的脑子里一片空白。几乎就要出门的当口，我回头朝他瞥了一眼，他直挺挺地坐在桌前，一脸痛苦或悲伤，表情匪夷所思，像戴着一副面具，我听见他低声说，“塞丽娜，请别走。”

我能感觉到，另一幕可怕的场景正在酝酿。我一定得走。我飞快地步入走廊，他在我身后叫我，于是我加快脚步，不仅想逃开他那团情感的乱麻，也想逃开我自己那点莫名其妙的内疚。我乘上嘎吱作响的电梯，还没等抵达楼下我的办公桌，我已经在提醒自己，我过得挺好，有人爱我，现在马克斯不管说什么都不会打动我了，而且我什么都不欠他。几分钟之后，查斯·芒特办公室里洋溢着的那种忧伤而自责的氛围成功地让我沉浸于其中，我在这位文官准备提交给上级的一份悲观的备忘录上反复核对时间与事实。“关于近期几次失利的说明”。在这一天剩下的时间，我几乎没想过马克斯。

这样倒也不错，因为此时已是周五下午，我和汤姆约好了次日在索霍区的一家酒吧里共进午餐。他要来希腊街的“海格力斯柱”酒吧见伊恩·汉密尔顿。这份杂志的创刊号将在四月出版，大部分资金来自纳税人——是“人文艺术委员会”而非秘密经费。不过新闻界已经有人说三道四，按照一份报纸的说法，这本杂志的预定零售价七十五便士实际上是在收取“我们已经付过的钱”。编辑想要把那个关于会说话的猿猴的短篇稍作修改，最后这篇定名为“她第二部小说”。汤姆觉得他也许会对斯宾塞那篇论文感兴趣，还能为他写点评语。在杂志上登论文是没有稿费的，不过汤姆确信，这份期刊将会成为那种最权威的、只要在上面露个脸就倍感荣耀的杂志。我们约定，汉密尔顿跟他会面一小时后，我再出现，然后按他的说法，一起吃一顿“以薯条为主的酒吧午餐”。

周六上午我打扫房间，去自助洗衣店，熨好下周要穿的衬衫，再洗净吹干头发。我迫不及待地想见汤姆，早早离开家，走上莱切斯特广场地铁站通往地面的楼梯时，比约定时间几乎早到一小时。我以为我可以在查令十字街的二手书店先翻翻书。

可我太烦躁了。我站在书架前，什么也看不进去，然后我转到另一家店，又把这过程重复了一遍。我拐进弗伊尔斯书店时，隐约揣着要在新平装本书架上替汤姆挑一样礼物的念头，可我就是集中不了思想。我太想见他了。我在弗伊尔斯书店北侧横穿过马涅特街，这条街从一栋建筑底下走，而"海格力斯柱"酒吧就在建筑的左侧。这条临时隧道也许是一家旧驿站天井的残迹，出口在希腊街上。街角上正巧有一扇窗，围着看起来分量沉重、闪闪发光的木栅栏。透过窗户我从一个斜角瞥见汤姆欠身向前，在跟一个处于我视野之外的人说话。我可以走过去敲敲窗户。不过，当然啦，我不想在他进行重要会谈时分他的神。到得那么早挺傻的。我应该再逛一会儿的。退一万步讲，我至少应该从开在希腊街上的大门进去。这样他就会看见我，而我就什么也看不到了。可我还是转过身，从开在走廊上的边门进去。

我走进去，一路上闻着从男厕所里散发出来的薄荷香，直到推开另一扇门。有个男人独自站在吧台离我较近的那一头，一只手里夹着一根烟，另一只手里握着一杯苏格兰威士忌。他转身看着我，我一下子就反应过来，这是伊恩·汉密尔顿。我从报上某些颇有敌意的日志专栏上看过他的照片。可他不是应该和汤姆待在一起吗？汉密尔顿正在用一种平和的、近乎友好的目光打量我，抿着嘴唇歪向一边浮出一抹微笑。正如汤姆描述的那样，他下巴线条硬朗，看起来像一位老派的电影明星，就是那种出现在黑白言情片里的、内心像金子一般高贵的流氓。他好像在等着我靠近。透过蓝色烟雾，我朝窗户边上凸起的角落里的座椅看了一眼。汤姆和一个背对着我的女人坐在一起。她看起来很眼熟。他的手正伸过桌子握住她的手，脑袋歪向一边，听她说话时几乎就要碰到她的头。不可能。我瞪大眼睛，试图弄懂这一幕，找到什么能证明他们清白的东西。可是我能想到的只有马克斯那句既愚蠢又荒唐的陈词滥调——风流剑客。这个词儿就像一条早就钻进我皮肤的寄生虫，在我的血管里注入神经毒素。它改变了我的行为，推着我早早来到这里亲眼目击。汉密尔顿走过来，站在我身边，顺着我的视线往那边看。

“她也是个作家。写商业作品。不过其实写得也不错。他也不错。她的父亲刚刚去世。”

他说得轻描淡写，他完全清楚我不会相信他。这是哥们之间的默契，一个男人替另一个男人打掩护。

我说，“他们好像是老相识。”

“你想喝点什么？”

我说我想来杯柠檬汁，他似乎皱了下眉头。他往吧台走，而我退到挡板背后，这种半截式的挡板也算这家酒吧的特色，保证客人谈话的私密性。我很想偷偷从边门出去，整个周末都让汤姆找不到我，我只管去平复躁动的情绪，就让他吓出一身冷汗好了。人就在边上，汤姆真会这么明目张胆吗？我的目光绕过挡板窥视他们，那个公然背叛的造型依然没有变，她还在说，而他还在攥着他的手，一边温柔地聆听，一边把头往她那边凑。这造型太诡异了，简直滑稽。我什么感觉都没有，没有愤怒没有恐慌没有悲伤，连麻木都感觉不到。我可以确认的，唯有可怕的清晰。

伊恩·汉密尔顿把我的饮料端过来，很大一杯浅黄色的白葡萄酒。这正是我现在需要的。“喝这个。”

我喝酒的时候他皱起脸关切地看着我，然后问我是干什么工作的。我说我替一家人文基金会工作。刹那间，他的眼皮似乎无聊地垂了一下。不过他还是听我把话说完，然后想到一件事。

“你们是要给新杂志投资的。我想你来这里就是为了这个吧，给我送现钞。”

我说我们只资助独立艺术家。

“如果是这样，那我可以让你带着五十个独立艺术家回去。”

我说，“也许我可以看看你的商业计划。”

“商业计划？”

这只是个我听来的词儿，我猜得没错，这个词儿一出口，我们俩就话不投机半句多了。

汉密尔顿朝汤姆的方向点点头。“你的男人在这里。”

我从挡板后面走出来。那个角落里，汤姆已经站起身，那女人也在伸手从身边的椅子上抓起她的外套。她站起身，转过头。她轻了好几十斤，头发拉直，几乎垂到肩膀，黑色紧身牛仔裤塞进长靴里，她的脸变长了，变瘦了，确实相当漂亮，不过我还是一下就认了出来。雪莉·先令，我的老朋友。我刚看到她，她便看到了我。四目相对的一刹那，她先是想举起手打个招呼，举到一半又任凭它绝望地垂下来，好像在说，需要解释的事情太多了，她现在没这个情绪。于是她飞快地从大门出去了。汤姆迎着我走过来，诡异地微笑着，而我像个白痴一样挤出一丝笑容回应他，我知道汉密尔顿就在边上，他又点燃了一根烟，正在观察着我们俩。他的举止神态里有种隐忍克制的腔调。他很淡定，所以我们也必须淡定。我只好装出一副满不在乎的样子。

于是我们三个就站在吧台边喝了很久。两个男人在谈书，聊作家圈里的八卦，尤其是罗伯特·洛威尔[①]的事，他是汉密尔顿的朋友，现在可能已经疯了。他们还说到足球，汤姆并不在行，可他很善于把他知道的那点事添油加醋，尽情发挥。他们谁都没想到应该坐下来。汤姆叫了猪肉派，外加每人一份酒，可汉密尔顿没有碰他那份，稍后，他先是用自己的盘子，接着干脆直接用猪肉派当托盘。我估计汤姆跟我一样，害怕一旦这场谈话停下来，我们就会吵架。喝下第二杯之后，我偶尔也插几句，不过大部分时间我假装在听，其实心里在想着雪莉。变化这么大！她已经成了一个作家，这么说来，她跟汤姆在“海格力斯柱”见面并不是什么巧合——他以前跟我讲过，《新评论》的办公室已决定要扩建，辟出休息室和食堂，以便在创刊时招待几十位作家。她在甩掉脂肪的同时也甩掉了懂事得体的脾气。在这里撞见我，她没有流露出一丁点惊讶，所以她肯定知道我跟汤姆之间的关系。轮到我发火的时候，她就赚到了。我要让她见鬼去。

---

① 罗伯特·洛威尔（Robert Lowell，1917—1977），美国诗人，因拒服兵役曾遭监禁。作品由传统格律转向自由诗体，内容多有强烈现实感，诗集《威利爵爷的城堡》和《海豚》曾先后获得普利策奖。

然而，此刻我什么感觉都没有。酒吧打烊了，我们跟着汉密尔顿在昏暗阴郁的午后转到“穆雷尔”，这是一家狭小阴暗的饮酒俱乐部，里面坐着年纪相仿的男人，一张张肌肉松弛下垂、衰老丑陋的脸，他们坐在吧凳上，大声对国际事务发表意见。

我们一进门，就听见有人大声说，“中国？去他的，中国！”

我们在角落里的三张天鹅绒扶手椅上挤作一团。汤姆和伊恩已经喝到了一定境界，谈话越来越琐碎，毫无节制地绕着某个细节转个没完。他们聊起拉金[①]，说到《圣灵降临节的婚礼》，以前汤姆让我读过这首诗。关于那句“看不见从哪里/发出枝枝利箭/落在某处便成了雨”，他们有点分歧，不过争得并不激烈，汉密尔顿认为这两句的字面意思已经相当清晰。火车旅行结束，车上的新婚夫妇们回到伦敦，各奔西东，奔向各自不同的命运。汤姆说得没这么精炼，他说这些诗句很阴暗，洋溢着不祥的预感，充斥着消极情绪——某种下坠的、潮湿的、失落的、不知落在何处的感觉。他用了“液化性”这个词儿，汉密尔顿干巴巴地说，“液化性。呃？”接着，他们又开始兜圈子，换着各种聪明的法子阐述相同的观点，不过我觉得这位长者也许只是为了试探汤姆有没有自己的判断力，在辩论中反应是否机敏。在我看来，不管诗怎么解释，汉密尔顿都无所谓。

整个过程我都没在听。两个男人压根就没拿我当回事，我

① 指菲利普·亚瑟·拉金(Philip Arthur Larkin，1922—1985)，英国著名诗人及小说家，是一九八四年的桂冠诗人。

开始觉得自己不过是一个作家带来的婊子加傻子。我心里给自己放在布莱顿公寓里的东西列了一张清单——也许我不会再去了。一只电吹风，内裤，几件夏天穿的连衣裙，一件游泳衣，没有一样是我特别惦记的。我说服自己，离开汤姆能让我卸掉是否该说实话的心理负担。这样我就能守口如瓶，全身而退。我们一边喝白兰地，一边喝咖啡。跟汤姆分手，我不在乎。我很快就能忘记他，找到别人，更好的人。这样没什么问题，我能照顾好自己，我可以合理利用时间，积极投身工作，读一读奥莉维亚·曼宁[①]的《巴尔干三部曲》——我已经把这三本依次排在床边，我还要用主教大人给的二十英镑去度一周的春假，在一家地中海的小客栈里当个有趣的单身女人。

六点，我们喝完酒，步入街区，在冰冷的雨里向索霍广场走。汉密尔顿当天晚上要在伯爵宫出席一场朗读会。他握握汤姆的手，拥抱我，然后我们看着他匆匆走远，步态矫健，压根看不出他刚刚度过了怎样的下午。现在只剩下我和汤姆了，我们也拿不准该往什么方向去。终于开始了，我想，就在那一刻，打在脸上的冰雨让我清醒过来，意识到我的损失究竟有多大，意识到汤姆是在背叛我，突如其来的孤独感把我压垮了，我根本动弹不了。一大团黑色的重负压在我身上，我的双脚沉重而麻木。我站着，向广场对面的牛津街方向望去。有几个克利须那派教徒，剃光头发，手里拿着铃鼓，看起来就是那种容易受骗的类型，此刻他

① 奥莉维亚·曼宁(Olivia Manning,1908—1980)，英国小说家。

们正在一边唱着赞美诗一边排着队回自己的驻地。好避开他们的神恩赐的雨。我觉得他们每一个人都很讨厌。

“塞丽娜，亲爱的，出什么事了?”

他摇摇晃晃地站在我面前，醉醺醺的，演这一套他倒是炉火纯青，脸皱成一团，堆满了戏剧性的关切。

我能清清楚楚地看见我们俩的样子，就好像透过一扇相隔两层楼的玻璃窗往下俯瞰，画面被镶着黑边的雨滴扭曲。几个索霍区的醉汉站在脏兮兮滑溜溜的人行道上，眼看着就要吵起来。我恨不能掉头就走，因为结局已经显而易见。可我就是动不了。

我非但没走，而且挑开了这场戏的幕布，我疲倦地叹了一口气。“你在跟我的朋友偷情。”

我的口气听起来是那么伤心，那么孩子气，那么愚蠢，就好像如果是跟一个陌生人偷情，那就什么问题都没了。他惊讶地看着我，那副大惑不解的表情演得格外逼真。我简直想揍他。

“你说的是……?”接着是一段拙劣的模仿，演一个突然灵机一动的男人。

“雪莉·先令！哦，上帝，塞丽娜。你真这么想?我应该解释一下的。我在剑桥的朗读会上碰到她。她当时跟马丁·艾米斯在一起。直到今天我才知道她以前跟你在什么地方的同一个办公室里工作。后来我们俩跟伊恩一起聊天，我就把这事儿忘得精光。她的父亲刚去世，她整个人都崩溃了。她应该过来打个招呼的，不过她心情太烦躁了……”

他把手搁在我肩膀上，我甩开。我不喜欢被人同情。我觉得我从他嘴边看见了他拿我取乐的痕迹。

我说，“这太明显了，汤姆。你怎么敢！”

“她写了一本假模假式的言情小说。可我倒挺喜欢她的。事情就是这样。她父亲开了一个家具店，她跟他很亲近，还在他店里帮忙。我真替她难过。真的，亲爱的。”

起初我只是困惑不解，在相信他与憎恨他之间摇摆。接着，当我开始怀疑自己时，我反而乐于沉溺在阴郁的固执中不肯自拔，我就是要执迷不悟，就是不愿放开那个给我洗脑的念头：他跟雪莉上床了。

“真让我受不了，我的小可怜，你整个下午都在难过。所以你那么安静。肯定是这样！你一定是看到我握住她的手了。哦，我的甜心，太抱歉了。我爱你，只爱你，太抱歉了……”

他不停地申辩，不停地抚慰，我却一直拉长着脸。就算相信他，我也不会少生一点气。我生气是因为他让我觉得自己很傻，他也许在偷偷地笑话我，他还会把这件事儿编成一个滑稽的短篇小说。我打定主意，一定要让他费尽力气才能把我哄回来。到现在这个份上，我也很清楚我只是在假装怀疑他。也许，这要比刚才浑身冒傻气要好一点，而且我也不知道该怎么跳出困局，怎么把刚才已经钉牢的位置换一换，让自己显得义正词严。所以我沉默不语，可是，当他握住我的手时，我没有挣脱，当他拉着我靠近他时，我不太情愿地顺从了，由着他亲吻我的头顶。

“你湿透了，你在发抖，”他在我耳边低语。“我们得进屋去。”

我点点头，宣告我的蛮横粗暴和拒绝信任到此结束。尽管沿着希腊街从“海格力斯柱”走过去有一百码远，我也知道“进屋去”的意思是到我的房间去。

他把我拉近。“听着，”他说，“我们在海滩上说过了。我们相爱。就这么简单。”

我又点点头。我现在只能想到我有多冷，我喝得有多醉。我听见有辆出租车的引擎在我身后响起，然后感觉到他转过身张开手臂叫车停下来。我们进车坐定，径直往北开，汤姆打开车里的暖气。暖气机隆隆作响，放出一丝凉飕飕的空气。那块把我们跟司机隔开的挡板上贴着一则同类出租车的广告，那些字母看起来就好像在往上面、往侧面飘，我疑心自己要病了。一到家，我发现合租的那几位都不在，便松了一口气。汤姆替我放洗澡水。滚烫的水腾起大团大团的蒸汽，凝集在冰凉的墙面上，一股股往下流，在印花地毡上积成小水坑。我们一起进浴缸，洗脸洗屁股，互相按摩双脚，唱披头士的老歌。在我出来之前，他早就洗完，然后擦干，又去找来好几条毛巾。他也醉了，可他扶我出浴缸时格外轻柔，像对待一个小孩子那样把我擦干，领我到床上。他下楼带了两杯茶回来，爬上床躺在我身边。然后，他悉心服侍，极尽温存。

几个月，乃至几年之后，在一切都发生之后，每当午夜梦回，亟须抚慰，我都会回想起这个初冬的傍晚，我在他怀里，他吻着我的脸，一遍又一遍地告诉我，我有多么傻，他是多么抱歉，他有多么爱我。

20

二月末，就在选举日的前不久，奥斯丁奖评委宣布了短名单，与那堆耳熟能详的大腕——伯吉斯、默多克、法雷尔、斯帕克和德拉布尔——挤在一起的，是个陌生的名字，T·H·黑利。可是没人多加注意。新闻发布会时机不好，因为那天人人都在谈论伊诺克·鲍威尔攻击首相(他正是鲍威尔所属党派的领袖)的事。可怜的特德[①]！人们不再担心矿工，不再担心"谁说了算"，而是开始担忧百分之二十的通胀率、经济崩溃以及我们是否应该听鲍威尔的，是否应该选工党，自立于欧洲之外。现在指望国人考虑当代小说的事儿可不是好时机。每周三天工作制已经成功地让灯火管制无须实行，所以现在整件事都被人看成一场骗局。说到底煤炭储备并没有那么低，工业生产并未受到很大影响，人们普遍认为，我们白白惊吓了一场，要不就是出于政治目的，反正所有这些都不应该发生。

于是，出乎所有人的意料，爱德华·希思终于带着他的钢琴、乐谱和海景画搬出了唐宁街，哈罗德·威尔逊夫妇则重返故地。在一台正在播放的电视机上，我看到：早春三月，这位新首相站在十号门外，弓着身子，看起来颇为虚弱，几乎和希思一样疲惫。人人都很疲惫，而莱肯菲尔德宅邸里的人既疲惫又沮丧，因为这个国家选错了人。

我再次把票投给了威尔逊，投给这个狡黠的、在左翼阵营中硕果仅存的人，所以那天我本来应该很高兴才是，可我当时精疲力竭，因为前一晚失眠。我一直在想短名单。我当然希望汤姆能赢，我比他更希望得奖。可彼得·纳丁告诉我，他跟其他人都已经读过了《来自萨默塞特平原》的校样，认为这部作品“浅薄而感伤”，“充斥着时髦的消极情绪，教人厌倦”——某天在柯曾街午餐时，纳丁叫住我，跟我说了这番话。他当时大步流星，用他那把收好的雨伞在人行道上敲了两下，然后扔下我独自琢磨我的选择是否受到了怀疑，再想想我自己是否受到了怀疑。

渐渐地，新闻界对奥斯丁奖的兴趣越来越浓，焦点集中在名单上唯一的新名字。从来没有小说家凭处女作赢过奥斯丁奖。在奥斯丁奖的百年历史上，最短的得奖作品的字数也相当于《来自萨默塞特平原》的两倍。有许多报道似乎在暗示，小长篇总显得不够阳刚，还有点糊弄人。《星期日泰晤士报》上登了汤姆的特写，还附了一张他在布莱顿皇家码头前拍的照片，表情开心得没心没肺，全然不设防的样子。有几篇文章提到他获得基金会的资助。有人提醒我们，汤姆的书仓促投入印刷就是为了赶上奥斯丁奖的截止期。记者到现在还没读过他的小说，因为汤姆·麦奇勒很狡猾，故意不把评论样书发出去。《每日电讯》上

---

① 特德是爱德华的昵称，此处即指首相爱德华·希思。

登了一篇特别友好的日志，说汤姆·黑利是公认的美男子，他一个微笑就能让姑娘们“发抖”，这话打翻了我的醋缸，占有欲发作，只觉得一阵晕眩。哪些姑娘啊？如今汤姆的公寓里装了一台电话，所以我在卡姆登广场可以在一个散发着难闻气味的电话亭里跟他通话。

“没有什么姑娘，”他兴高采烈地说。“她们肯定是在报社，对着我的照片发抖。”

登上短名单的消息让他大吃一惊，可是麦奇勒来电，说假如汤姆给排除在外，那他一定会勃然大怒。“太明显了，”他毫不含糊地说，“你是天才，这是杰作。他们不敢忽视它。”

尽管报上的反应让他目瞪口呆，但这位崭露头角的作家倒是对奥斯丁奖本身颇为超脱。他已经把《来自萨默塞特平原》抛在脑后，说这不过是个“易如反掌的玩意”。我警告他不要跟记者说这样的话，因为评委们目前应该还在做决定。他说他才不在乎呢，他手头正在写一部小说，进展神速，唯有在一台崭新的电动打字机上着魔似的工作才能释放出来。对于这本书，我只知道目前的生产进度。通常是每天三四千个词，有时候能达到六千，有一回，在整个下午直至通宵的亢奋中，一万个词喷薄而出。这些数字对我没什么意义，不过当电话那头传来沙哑而兴奋的声音时，我也感同身受。

“一万个词啊，塞丽娜。如果这样持续一个月，我就能写出一部《安娜·卡列尼娜》了！”

就连我也知道他办不到。我很想保护他，担心一旦评论出笼，就会对他不利，到时候他会惊讶自己居然会这么失望。截至现在，唯一让他焦虑的是他刚刚到苏格兰跑了一趟做研究，这件事暂时打断了他全神贯注的写作。

“你需要休息一下，”我在卡姆登街上说。“让我周末过来。”

“好。不过我还得继续写作。”

“汤姆，你就给我透露一点吧。”

“你会是最早看到的，我保证。”

短名单公布之后的第二天，我没有像往常那样收到传唤，反而是马克斯找上门来。他先是站在查斯·芒特桌边闲聊了几句。恰巧那天上午我们忙得要命。芒特刚写好一份内部报告的初稿，算是总结回顾，其中谈到了北爱尔兰皇家警队和军方。报告的主题被芒特尖刻地称之为“正在流脓的疮”，他指的是那些未经审判就随意羁押的行为。早在一九七一年，就有几十个抓错的人被关了起来，因为北爱尔兰皇家警队政治保安处的嫌犯名单已经过时，毫无用处。而亲英派这边的杀人犯都没有逮捕，北爱尔兰志愿军也一样。羁押条件简陋，甚至没有将他们完全分开。所有必要的程序，所有合法性都被扔在脑后——这等于给我们的敌人献上了可供宣传的大礼。查斯·芒特在亚丁服过役，他一直对军方和北爱尔兰皇家警队的审讯伎俩心存疑虑——黑头套，隔离，挨饿，噪音，罚站几小时。他急于说明，在这些事情上五处是清白的。我们这些办公室里的姑娘当然对此深信不疑。这个让人遗憾的事件正在提交欧洲人权法院。至少，按他的说法，北爱尔兰皇家警队想把我们拖下水，而军方是站在他们这边的。他对这些事的描述让他们很不高兴。我们这边有个比芒特级别高的人已经把他的草稿退了回来，吩咐他重写，务必让方方面面皆大欢喜。这终究“只是”一篇内部报告，很快就会被归档，被遗忘。

所以他要求拿更多的档案来，于是我们频繁进出登记处，忙着把各种附件打印成文。马克斯挑了这个糟糕的时间到查斯·芒特身边转悠，还企图让他全神贯注地聊天。如果按照严格的保密条例，在这些卷宗都给打开的情况下，他压根就不应该踏进我们的办公室。可是查斯为人谦和有礼、富有教养，不好意思挑明。不过他的回答很潦草，很快马克斯就跑到我这里来了。他手里攥着一只小小的棕色信封，他故意夸张地把信封放到我桌上，用响得足以让所有人听见的嗓门说，“等你有空就看一眼，”说完他就走了。

我打定主意，我没空，直到时间过去很久——或许有一个钟头——之后。我最担心会在公文信纸上看到感人肺腑的告白。好在我最终读到的是一份打字的备忘录，抬头上标着“最低保密级”、“甜牙”和“MG 致 SF”，还附有流转名单，包括纳丁、塔普以及另两位我没认出的姓名缩写。马克斯写这张条子显然是为了留档的，一开头就是“亲爱的弗鲁姆小姐”。信上给了我一个我“可能已经考虑过”的建议。“甜牙”的宗旨之一是赢得公众注意，这种效应也可能超过预期。“我处员工应避免被新闻界拍到照片或者写进报道里。你也许认为自己有义务参加奥斯丁奖的酒会，但还是建议你最好避开。”

不管我有多讨厌这封信，但它确实说得很有道理。我也确实曾打算跟汤姆一起去。无论成败，他都需要我。可是，他为什么要写这封到处流转的信，而不是在我耳边说一句话？难道对马克斯而言，单独跟我说一句话都太痛苦了吗？我很怀疑有什么官僚主义的陷阱在等着我。现在的问题是，我到底是违抗马克斯的命令呢，还是不参加招待会。后者似乎更安全，因为这样做程序上没有问题，可是一想到这个我就恼火，那天傍晚的回家路上，我简直气不打一处来——对马克斯和他的那些诡计——不管到底是什么样的诡计。想到必须为了缺席对汤姆杜撰一个说得过去的理由，我就愈发生气了。家里人生病，自己得流感，还是有要紧的公务？我决定虚构一块发霉而致病的点心——急性发作，溃不成军，迅速恢复——而这种欺骗又自然而然地把我带回那个老问题。从来没有什么合适的时机可以向他说实话。也许我应该先拒绝他加入“甜牙计划”，然后跟他上床，或者先上床再离开军情五处，要不就在第一次约会时就告诉他……可是，不对，这些都说不通。我不可能从一开始就知道我们以后会怎样，一旦我意识到了，这感情就显得弥足珍贵，老让我担心它受到威胁。我可以先告诉他再辞职，或者先辞职再告诉他，可我还是得冒着失去他的危险。我现在唯一的想法就是永远别告诉他。我自己心里能过得去吗？呃，我已经到这一步了。

奥斯丁奖和它那个尚在襁褓之中却动静很大的小弟弟布克奖不同，它不太热衷于盛宴名流，也不会在评委会阵容上大做文章。按照汤姆的说法，他们会在多尔切斯特开一个很有节制的酒会，由一位德高望重的文学界名人简短致辞。评委会大部分都是文学界的，学院派，批评家，偶尔会夹杂一个哲学家或者史学家。奖金一度高昂——一八七五年，两千英镑能让你过上好久。现在它的奖金已经不能与布克奖匹敌。如今奥斯丁奖的价值仅仅在于其声望卓著。有传言说多尔切斯特的酒会现场要上电视，不过据说那些年长的信托管理人对此相当谨慎，而汤姆说，还是布克奖更有可能把自己推上电视。

酒会定于次日傍晚六点开始，五点，我从梅费尔的邮局发了一份电报给汤姆，转多尔切斯特。“病。变质三明治。牵挂你。完事后来卡姆登。爱你。S.”我垂头丧气地回到办公室，对自己和自己的处境很是厌恶。要是搁在以前，我就会问问自己，这事情如果落在托尼身上他会怎么做。现在这一招没用了。我这种黯然神伤的样子很容易被人当成生病，于是芒特就打发我早早下班。我六点到家，此时我本来应该挽着汤姆的胳膊，在多尔切斯特酒会入场的。快到八点时，我想我应该扮演一下我的角色了，以防他万一提早出现。要说服自己我现在不太舒服，是一件很容易的事。我穿上睡衣睡裤，外面罩上睡袍，躺在床上郁郁寡欢、自怨自艾，然后我读了一会书，睡了一两个小时，没听见门铃响起。

肯定是同屋的哪个姑娘放汤姆进来的，因为我一睁开眼睛就看到他站在我床前，一手攥着支票的一角，一手拿着一本刚刚印好的他的小说。他咧开嘴笑着，像个傻子。我早就忘了那块有毒的三明治，一跃而起抱住他，我们又是欢呼又是嚷嚷，一时间沸反盈天，弄得特莉西亚来敲门问我们是否需要帮助。我们告诉她没事，然后我们做爱(他似乎很饥渴)，完事后到外面拦下一辆出租车直奔白塔餐厅。

自从初次约会之后，我们就没回来过，所以这回有点类似周年纪念的性质。我坚持要带上《来自萨默塞特平原》，我们在餐桌上把书传来递去，把这一百四十一页来回翻阅。我们很欣赏这字体，也很喜欢书上附的作者照片和封面，封面以粗粝的黑白影调呈现出一个荒芜的城市，可能是一九四五年的柏林或者德累斯顿。看到题献页上写着“致塞丽娜”，我努力让自己不要去想这样对保密工作有什么影响，只顾着尖叫起来，从椅子上站起身亲吻他，然后听他描述当晚盛况，说到威廉·戈尔丁离奇古怪的致辞，以及评委会主席——一位来自加的夫的教授——发表的那段更容易理解的讲话。宣布他名字的时候，汤姆很紧张，他欠身向前，却在地毯边缘绊了一下，手腕砸在椅背上。我轻柔地亲了亲那只手腕。颁奖仪式结束后他接受了四段简短的采访，不过没有一个记者读过他的书，他说什么其实无关紧要，这番经历让他觉得自己活像个骗子。我要了两杯香槟，我们举杯庆贺第一位凭处女作赢得奥斯丁奖的小说家诞生。这件事实在太棒了，所以我们甚至犯不着喝醉。我还记得要自己吃得小心一点，病人理该如此。

汤姆·麦奇勒对出版时机的把握就像登月一样精准。或者说奥斯丁奖对他来说只是小菜一碟。短名单，特写报道，获奖消息，这些都让读者的期待越积越多，他们得等到本周末新书上架且首批书评同时刊出时，才能一偿心愿。我们的周末计划很简单。汤姆将继续写作，而我则先在火车上把报上所有对他的评论读一遍。周五傍晚抵达布莱顿时，我的大腿上已经堆了七篇书评。大部分都对我的情人颇为赞许。《每日电讯》："唯一的一丝希望是父女俩之间的纽带（堪称当代小说中最温柔动人的情感描写之一），然而，读者很快就意识到，这部阴郁苍凉的杰作不得不将这一丝希望也切断。这令人心碎的结局几乎超出了所有人承受的极限。"《泰晤士报文学增刊》："一点奇特的微光，一道怪诞阴森、从地底下透上来的光，弥漫在黑利先生的文字中，让读者内心的视角产生幻觉，仿佛将灾难临头的末日世界变成了一个虽然严酷冷峻却有着某种无可抵挡的美感的王国。"《聆听者》："他的文字毫不留情。他具有精神病人特有的那种干涩而平静的目光，他笔下的人物虽然在道德上无可指摘，相貌上讨人欢喜，却不得不在一个没有神祇的世界上承受最悲惨的命运。"《泰晤士报》："当黑利先生放出狗来撕咬一个饥饿的乞丐的内脏时，我们知道，我们已经被扔进了现代美学的熔炉，我们受到了挑衅，忍不住想质疑，或者至少惊讶地眨眨眼睛。落到大多数作者手里，这一幕场景都会写得漫不经心，随意涂抹几笔，不外乎受苦受难，以及无可饶恕的罪孽，可是黑利的气质既坚韧又超脱。从第一段起你就在他的掌控之中，你知道他很清楚自己在干什么，而且你可以信任他。从这本小书里，能看到天才具有怎样的潜力，必须承受怎样的负担。"

我们已经穿过了海沃兹希斯。我从包里拿出那本书，我的书，随意读了几页，当然啦，这回我开始换新的角度审视这些文字。人们的交口称赞威力无穷，《来自萨默塞特平原》看上去真的不一样了，它始终对自己的行文方式和推进目标胸有成竹，像是在踩着节奏给读者一步步催眠。而且那么洞察秋毫。读来宛若一首庄严华丽的诗，就像《艾德稠普》[①]一样精准而富于悬念。伴着火车的抑扬格节奏（是谁教会我这个词的？）我能听见汤姆在字里行间浅吟低唱。如我这般卑微的小特工，仅仅在两三年前还妄言杰奎琳·苏珊写得比简·奥斯丁更好，我能有什么见识呢？不过，我总该信任大伙的交口称赞吧？我拿起《新声明》。汤姆曾跟我说过，这份杂志在文学界很有声望。从目录上就能看到，文艺编辑本人在这一期的主打书评中亮出了她的判断："诚然，作品中不乏极度冷静的片段，如同临床诊断般精准的描述能力，不时让人涌起对人类的一阵阵厌恶之情，不过，总体印象较为牵强，有种落入俗套的气息，写得感情用事，不够扎实。他欺骗自己（而非读者）：他正在就我们的普遍困境阐发深刻的道理。它欠缺的是规模、雄心以及纯粹的机智。不过，他还是大有潜力的。"还有《旗帜晚报》的"伦敦人日志"："这是由任何委员会做出的最糟糕决定之一……今年的奥斯丁奖评委也许都想充当财政部的角色，下定决心要让他们这个奖大大贬值。他们选中一部反乌托邦青春文学，长着满脸青春痘讴歌兽性与骚乱，还

① 这是英国诗人爱德华·托马斯（1878—1917）的著名诗篇。

好它比短篇长不了多少。”

汤姆说过他不想看书评，所以那天傍晚我在公寓里挑了几段好评念出来，然后把差评笼统总结，用最平实的言辞说出来。那些赞扬之词当然让他高兴，不过显然他的兴奋劲已经过去。即便在我朗读那些段落（其中包括“杰作”这样的字眼）时，他的眼睛也在忙着浏览一页打出来的稿子。我刚读完，他就又开始打字，还想写个通宵。我出去买来炸鱼和薯条，他就在打字机边上吃，就着昨天的《阿尔戈斯晚报》，那上面有一则关于他的最好的短评。

我读的时候他几乎什么也没说，这情形一直持续到我上床睡觉。一小时之后我还是没睡着，于是他再一次用那种崭新的、无比饥渴的方式跟我做爱，就好像他已经禁欲了一年。他喊得比我以前任何一次都更响。我拿他打趣，说他这种风格叫“猪拱槽”。

次日，我伴着他的新打字机轻轻的敲击声醒来。我经过他身边，亲了一下他的头顶，然后出门赶周六早市。我买完东西，买下一堆报纸，拿到常去的那家咖啡馆。一张靠窗的桌子，一杯卡布奇诺，一只杏仁可颂包。完美。《金融时报》上还有一篇漂亮的书评。“读 T·H·黑利，就好像坐上一辆开得太快、在逼仄的角落连续转弯的车。不过，请放宽心，这辆线条优美的车从来不会偏离路径。”我真想把这一段念给他听。这一叠下面是《卫报》，头版上登着汤姆的名字和一张他在多尔切斯特拍的照片。不错。有一整篇都是写他的。我翻到那一版，看了一眼标题——僵住了。“奥斯丁奖得主受军情五处资助”。

我差点当场吐出来。第一个冒出来的傻念头是：也许他永远都不会看到的。一位“可靠的线人”向该报证实，“自由国际基金会”或许在毫不知情的情况下“受到另一家机构的资助，而这家机构的部分资金则来自一个间接被军情五处资助的组织。”我慌乱地把文章扫了一遍。没有提“甜牙行动”，也没提其他作家。对于那份月薪，对于汤姆如何在拿到第一份之后便放弃研究生教职的过程，此文都有准确的描述，此外，伤害性相对较弱的一点是提到了“文化自由协会”以及它与中央情报局之间的关系。《邂逅》杂志的往事又给回了一遍炉。文章注意到，关于东德起义，T·H·黑利写过

> 措辞激烈的反共文章，批评过西德作家对柏林墙保持沉默，最近还写过罗马尼亚诗人受到政府的迫害。也许这只是所谓的“志同道合”——我们的情报机构乐意看到这样的现象在国内遍地开花，也许只是一位右翼作家，对身边同事普遍左倾的趋势心存疑虑，进而溢于言表。然而，如此偷偷干涉文化的事情一经曝光，人们当然有理由质疑，身处冷战环境，到底还有没有公开性和文化自由。截至目前还没有人怀疑奥斯丁奖评委的操守，不过奥斯丁奖的托管理事们也许会嘀咕，他们那博学多才的委员会究竟选了一个什么样的人，当黑利的名字揭晓时，会不会有香槟酒的软木塞在伦敦的某些秘密办公室里飞来飞去。

我把这一篇又读了一遍，一动不动地坐了二十分钟，我那杯根本没碰过的咖啡已经凉了。现在事情已经很明显了。

这事根本无法避免：如果我不说，那就会有别人告诉他。我那么懦弱，就必然要接受这样的惩罚。这下我会显得多么可恶多么可笑啊，被迫大白于天下，竭力用诚实的口气说话，拼命为自己开脱。亲爱的我没告诉你是因为我爱你。我害怕失去你。哦，不错，真是天衣无缝。我哑口无言，他丢尽颜面。我恨不得直奔火车站，赶上下一班去伦敦的火车，从此淡出他的人生。好啊，让他独自面对风暴。这样岂不是更懦弱了？话说回来，以后他也不会再想让我靠近他。这倒是各取所需了，尽管我心里很清楚根本无处可逃，我只能面对他，我只能去公寓，把文章拿给他看。

我拿起鸡肉、蔬菜和报纸，替我这顿压根没吃过的早餐买了单，缓缓沿着上坡道走到他住的那条街上。上楼时我听见他打字的声音。好吧，他快要停下了。我走进去，等着他抬起头来。

他发现了我，微微一笑，算是打了个招呼，他正打算继续写，我说，“你最好看看这个。这不是书评。”

《卫报》的那一版给我折了角。他拿起报纸，背过身，开始看。我呆呆地胡思乱想，等事情到了那一步，我是不是该收拾一下行李，还是转身就走。我在床底下放了一个小行李箱。我得记得把电吹风带走。不过也可能没这个时间。他没准会把我直接扔出去。

最后他看看我，话音里听不出什么感情色彩，“真可怕。”

“对。”

“我该怎么说?”

“汤姆,我不是……”

“我是说,这些钱有迹可循。听这段。什么什么基金会,‘受到另一家机构的资助,而这家机构的部分资金则来自一个间接被军情五处资助的组织。’”

“真对不起,汤姆。”

“部分? 间接? 背后有三个机构? 那我们怎么会知道这些?”

“我不知道。”我听见了“我们”,可我并没有真正搞懂那是什么意思。

他说,“我去过他们的办公室,他们的那一套我都看到。完全是光明正大的。”

“当然是。”

“我猜我应该要求替这些书做个审计。像个他妈的会计!”

现在他火了。“我就搞不懂这是什么意思。如果政府想要推出某些观点,那为什么要偷偷地来?”

“没错。”

“他们手里有友好的记者,有人文艺术委员会、奖学金、BBC,有信息部门,有皇家社会公共机构。我不知道他们他妈的有多少东西。整个教育系统都是他们管的! 有什么必要动用军情五处?”

“确实不可理喻,汤姆。”

“这是在发疯。这是那些特务官僚机构让自己一直有活干的办法。不晓得哪个妄自尊大的年轻人，怀揣暧昧的梦想，拿出这条诡计取悦他的上级。可是谁也不知道这样做有什么目的，有什么意义。甚至没人会问。这真够卡夫卡的。”

他突然站起来，向我走过来。

“听着，塞丽娜。没人吩咐过我写什么。替一位身陷囹圄的罗马尼亚诗人说话，并不意味着我就成了右翼。说柏林墙是一堆屎，也不意味着我成了军情五处的傀儡。说西德作家不敢写柏林墙，都是一群懦夫，也不能说明什么。”

“当然不能。”

“可是他们暗示的就是这个意思。去他的志同道合！人人都会那样想。”

难道事情真会这样简单？就因为他那么爱我，而且认为我是那么爱他，所以他根本没法猜疑我？他真会那么幼稚吗？我看着他在小小的阁楼里走来走去。地板嘎吱嘎吱响声大作，从屋椽上悬下来的灯动了两下。我们正走在半路上，我现在跟他说出真相当然是个合适的时机。可是我知道，我不舍得放弃这个“死缓”的机会。

他又开始怒火中烧。为什么针对他？这不公平。这是恶意的。就是看准了他的事业眼下刚刚开了一个漂亮的头。

接着，他停下来，说，“礼拜一我就到银行去，要他们拒收此后的资助。”

“好主意。”

“我能靠奖金维持一段。”

“对。”

“可是，塞丽娜……”他又向我走来，握住我的手。我们互相对视，亲吻。

“塞丽娜，我该怎么办？”

我控制住自己的嗓音，用平静的、不带任何感情色彩的声调说：“我觉得你必须发表一个声明。写出来，致电报业协会发布出去。”

“我需要你来帮我起草。”

“当然。你得说你毫不知情，你义愤填膺，你将停掉那笔钱。”

“你真了不起。我爱你。”

他把新作的稿子塞进一只抽屉，锁好。然后我在打字机前坐下，塞进一张白纸，我们一起写草稿。我用了好几分钟才适应电子打字机格外敏感的触键。草稿完成以后，我读给他听，他说，“你还可以再加一句：‘希望藉此澄清，本人与军情五处的任何成员从无任何交流或联络。”

我发觉我的膝盖在发抖。“这句你不需要说。你前面说的话已经够清楚了。这话听起来似乎反击过度了。”

“我拿不准你说的对不对。说清楚不好吗？”

“已经说清楚了，汤姆。真的。你不需要这句。”

我们的视线又交织在一起。因为熬夜，他的眼眶红了一圈。除此之外，我在他眼睛里只看到了信任。

"那好，"他说，"这个就别管了。"

我把草稿递给他，自己到隔壁，躺上床，而他通过接线员打通报业协会的电话，把他的声明念了一遍。让我吃惊的是，我听到他把自己刚刚同意删掉的那一句——换了个说法——念了出来。

"本人要藉此澄清，我平生从未接触过军情五处的任何成员。"

我坐起来，想开口叫住他，可为时已晚，于是我又颓然倒在枕头上。从早到晚想着同一件事情已经让我厌倦透顶。告诉他吧。把这事了了。不！你怎么敢。事情已经不受我控制，我也不知道该怎么做。我听见他放下电话，走到桌边。几分钟之后他就又开始打字。这是多么厉害、多么了不起啊，能有这样惊人的定力，心无旁骛地在一个想象的世界里高歌猛进。我继续躺在这张从早上起来以后就没有整理过的床上，不晓得做什么好，下周一定会大难临头，这个念头让我倍受压抑。哪怕《卫报》上的这篇新闻没有人跟踪报道，我的工作也会乱作一团。何况追踪报道一定会有。事情只会越来越糟。我应该听马克斯的话。写这篇报道的记者可能只知道他写出来的这些内容。但是，万一他知道得更多，我的身份被暴露，那么……那么我就应该赶在报纸之前告诉汤姆。又回到这个问题。我没动。我动不了。

四十分钟之后，"打字员"停了下来。又过了五分钟，我听到地板嘎吱作响，汤姆穿着外套进来，坐在我身边，吻我。他很烦躁，他说。他已经有三天没出门了。我是否乐意陪他到海边走走？我是否乐意让他请我在惠乐士午餐？这真是一剂镇痛香膏，顿时忘却烦恼。我一套上外衣，我们就出了门，挽着胳膊下坡向英吉利海峡走去，就好像这又是一个无忧无虑的周末。只要能在眼前跟他厮守，我就有安全感。汤姆情绪高昂，这让我好受了一点。他似乎觉得在报上发表了声明，这事就算解决了。我们沿着海滨大道向东走，一股清新的北风吹过来，右侧的灰绿色海面上漂着泡沫，泛起涟漪。我们走过坎普镇，然后从一群举着标语牌抗议船坞修建计划的游行示威者中间穿过。在我们看来，不管造不造，都无所谓。二十分钟之后，我们回到原地，游行已经散了。

就在此时，汤姆说，"我觉得有人跟踪我们。"

我一阵惊恐，胃猛地往下一沉，因为在那一瞬间里，我以为他在暗示他什么都知道，以为他在嘲笑我。可他是认真的。我回头看。天冷有风，所以没什么人散步。只能看见一个人，距离也许有两百码，甚至更远。

"就那位？"

"他穿一件皮衣。我能肯定我离开公寓时就看到他了。"

于是我们停下来，等着这个男人追上我们，可是，一分钟之内他就穿过马路，拐上一条小街，离开了海滩。此时，我们更急于赶在午市结束之前赶到餐馆，于是匆匆回头，赶往巷道商业区和我们那张饭桌——"照例"是那张，我们就着夏布利酒吃烤鳐鱼翅，末了，再来一壶看起来病恹恹的乳酒冻。

走出"惠乐士"时，汤姆说，"他在那里，"然后指了一下，可我什么也没看到，只能看到一个空旷的街角。他突然启动，一路小跑着过去，然后站在那里，双手托着腰，显然，从那里他没看见任何人。

此时，我们首先要做的事——甚至比原来更迫切——就是回到公寓里做爱。他以前从来没有如此疯狂如此沉迷过，这回实在是太投入了，以至于我根本不敢跟他开玩笑。我倒是不太想。我能感觉到下周将会何等寒意逼人。明天我要坐下午的火车回家，洗头，准备衣服，周一上班我得向上级说明自己的情况，面对上午的报纸，而且，或早或晚，终究要面对汤姆。我不知道我们俩谁会倒霉，或者说谁会更倒霉——如果这有任何意义的话。我们俩谁会身败名裂？就让我独自承担吧，别把我们俩都搭上，我一边这样想，一边看着汤姆起床，从椅子上拿起自己的衣服，光着身子穿过房间，走进浴室。他不知道会发生什么事，这些事也不该落到他头上。他只是运气不好，碰到了我。想到这里，我睡着了，就像以往一样，听着他的打字声坠入梦乡。遗忘似乎是唯一合理的选择。我睡得很香，一个梦都没做。在傍晚的某个时段里，他悄悄回到卧室，钻进被子躺在我身边，又跟我做爱。他棒极了。

21

周日回到圣奥古斯丁大街，我又过了一个不眠之夜。我太烦躁了，没法读书。透过窗帘缝和栗子树枝间的空隙，一盏街灯在天花板上投下一道弯曲的光柱，我仰面躺着，盯着它看。如今我陷入了一团乱麻，我也不知道当初我应该怎么做，事情才会不一样。假如我没有加入五处，我就不会碰到汤姆。如果初次见面时我就告诉他我在哪里工作——可是为什么我要跟一个陌生人说这个？——他就会让我滚出去。这一路上，随着我越来越喜欢他，进而爱上他，告诉他真相变得越来越重要，却也越来越艰难，越来越冒险。我被困住了，一直无法脱身。我曾经仔细想象过，如果我有足够的钱，如果我心意已决，那我就干脆突然离开，根本不需要解释，到一个简单、洁净、离这里很远的地方，就像波罗的海的库姆灵厄岛。我仿佛能看见自己置身于水汽饱满的阳光下，卸下所有的责任和关系，连行李都没有，沿着海湾沙地边一条窄窄的小路散步，沿路有海石竹、荆豆和一棵孤零零的松树，这条路渐渐向上攀升，直抵海岬和一座简朴的白色乡间教堂，里面的那片小小的墓地上新立起一块石碑，还有管家留在那里的一只果酱罐子，里面装满圆叶风铃草。我会坐在托尼墓地边的草地上想念他，回忆在整整一个夏季里，我们是多么两情相悦的恋人，我会原谅他背叛了自己的国家。那是心血来潮的犯傻吧，出于好心，也没有造成什么真正的伤害。我之所以能原谅他，是因为库姆灵厄的阳光与空气都那么纯净，能把一切都融化。比起在伯里圣埃德蒙兹镇附近的伐木工小屋里度过的周末，在库姆灵厄生活会不会更美满更简单呢？更何况，在那里，会有一位长者喜欢我，替我做饭，当我的导师。

即便是此刻——四点半，在全国各地，都会有成捆成捆的印着汤姆照片的报纸被人从火车扔到月台，从卡车扔上人行道。所有的报纸都会刊登他对报业协会的否认声明。然后他就完全听凭周二的报纸发落了。我打开灯，裹上晨袍，坐在我的椅子上。T·H·黑利，“军情五处的走狗”，早在他崭露头角之前，他的正义感就已经丧失殆尽了，是我，不，是我们，塞丽娜·弗鲁姆和她的老板们，把他拖下了水。如果有人写东西是为了拿秘密经费，那谁会相信他写的那些关于罗马尼亚审查的事儿？我们的“甜牙宝贝”给宠坏了。还有另九位作家，他们也许更重要，也许更有用，而且并没有成为人们关注的焦点。我简直能听见六楼会怎么说——反正这个项目还能保住。我想到伊恩·汉密尔顿会怎么说。我如同发烧一般的失眠状态制造出各种幻象，在我的视网膜上一幕幕上演。我在黑暗中看见一抹诡异的微笑，他耸耸肩便转身离开。好吧，我们只好再找别人了。太糟糕了。这孩子很聪明。也许我太夸张了。斯宾德挺过了《邂逅》丑闻，《邂逅》本身也挺了过来。可是斯宾德不像汤姆那么容易受到伤害。别人会把汤姆看成一个骗子。

我好歹睡着了一个小时，闹钟就响了起来。我迷迷糊糊地洗漱、穿衣，实在已经心力交瘁，没力气想白天怎么办。不过我还是能感觉到某种麻木的恐惧。在这个季节，早晨的屋子里既冷且潮，不过厨房里还算舒适。九点布丽奇特要参加一场重要的考试，特莉西亚和宝琳特意替她做了一顿煎炸早餐。有个姑娘递给我一杯茶，我就在边上坐下，双手在茶杯上捂热，耳边满是欢声笑语，恨不得自己也有资格当一名产权律师。宝琳问我为什么气色这么差，我老实回答昨晚没睡好。为此我肩膀上被她轻轻拍了一下，还得到一份煎蛋配火腿三明治。这份善意差点让我掉下眼泪。我主动要求洗碗，让别人准备行装，按部就班的家务程序让人心生宽慰：热水、泡沫，还有散发着热气的湿漉漉的干净盘子。

我最后一个出门。快到大门口时，我看到散落在油地毡上的一堆垃圾邮件里有一张明信片是给我的。正面是一张安提瓜海滩的照片，画面上有个女人头上顶着一篮子鲜花。明信片是杰瑞米·莫特写来的。

> 你好，塞丽娜。我躲过了爱丁堡漫长的冬季。出门能不穿大衣真好啊。几周前赴了个神秘的约会，说了好多你的事儿！有空来看看我吧。×××杰瑞米。

约会？我可没情绪猜谜。我把明信片塞进包里，然后出门。

我快步走向卡姆登地铁站，心情顿时好了一点。我尽力让自己勇敢一点，听天由命。这就好比本地来了一场暴风雨，出了一条关于基金会的新闻，我现在也无能为力。我可能会失去我的情人和我的工作，可是好歹也没有人会因此而丧命吧。

我已经打定主意，要在卡姆登就把报纸浏览一遍，因为我不想在上班时给人看见拿着一堆报纸。于是，我站在那里，吹着从售票厅的两个入口刮进来的冷风，努力把几张被风掀起的报纸理理整齐。没有哪张报纸的头版上能找到汤姆的报道，不过所有的大报内页里都有他，比如《每日电讯》和《每日快报》，所附的照片各不相同。所有的版本都是把原来那则报道重述一通，再摘录几段他发给报业协会的声明。所有的报道都提到他坚称不认识五处的任何人。还不错，不过这样也可能会更糟。如果没有新料，这则新闻就会被人淡忘。所以，二十分钟之后，当我踏上柯曾街，步子轻快了一些。又过了五分钟，当我来到办公室，从桌上拿起一封内部邮件时，心跳也几乎没怎么加快。正如我所料，信里通知我九点到塔普的办公室开会。我挂上外套，直接坐电梯上去。

他们在等我——塔普，纳丁，那位从六楼下来的满头银发、浑身皱巴巴的绅士，还有马克斯。我记得当时我走进去时，屋里鸦雀无声。他们在喝咖啡，但谁也没主动要给我倒一杯，塔普只是摊开一只手指了指屋里唯一的那张没人坐的椅子。我们面前的一张矮桌上摊着一堆剪报。旁边搁着汤姆的小说。塔普拿起小说，翻开一页看了看，念道："致塞丽娜"。然后他随手把书扔到了那堆剪报上。

“好吧，弗鲁姆小姐，我们为什么上了所有的报纸？”

“不是我说出去的。”

塔普踌躇片刻，轻轻地、满含疑虑地清了清嗓子，然后用听不出重音的语调说了句：“是吧。”接着又问道：“你是在……跟这个男人约会？”

他把这个动词念得很色情。我点点头，环视四周，正撞上马克斯在盯着我看。这回他没有避开我的视线，我也只好逼着自己回望他，此时塔普又开口了，我又瞥向别处。

“什么时候开始的？”

“十月。”

“你在伦敦见他？”

“大部分都在布莱顿。周末。你瞧，他什么都不知道。他没怀疑我。”

“是吧。”还是同样平和的语调。

“就算他怀疑过，他也不会想到把这个说给记者听的。”

他们在看着我，等我说更多的话。我本来就知道他们觉得我很傻，现在我终于开始感觉到自己确实傻到了这个份上。

塔普说，“你知不知道你碰上了很大的麻烦？”

这问题问得很到位。我点点头。

“那你告诉我你为什么这么想。”

“因为你们认为我不能守口如瓶。”

塔普说，“我们更愿意这样说：我们对你的职业素养持保留态度。”

彼得·纳丁打开摊在他腿上的一个文件夹。“你写过一份报告，交给了马克斯，推荐将汤姆列入计划。”

“对。”

“你写这份报告的时候已经是黑利的情人了吧。”

“当然不是。”

“可你喜欢他。”

“不是。那是后来的事。”

纳丁转过头，我只能看着他的侧影，他还在琢磨着用什么别的法子让我显得自私自利。最后他说，“我们是听了你的话才用这个人的。”

我记得是他们把黑利推给我的，还让我带走一份档案。我说，“在我第一次与黑利见面之前，是马克斯叫我到布莱顿去招募他的。我以为我们再不抓紧就赶不上计划了。”其实我本来还能说时间就是给塔普和纳丁耽搁下来的。我停顿了片刻，又补了一句，“既然把此事交给我，我当然会选他。”

马克斯坐立不安，“说得也没错。单看材料，我觉得他够好的了，显然我错了。我们当时需要赶紧跟一位小说家接上关系。不过，我的印象是，从一开始她就很看好他。”

他用第三人称谈论我的腔调真够气人的。可是话说回来，我刚才也是这么对他的。

“不是这么回事，”我说，“我先是喜欢他的作品，见面以后就更容易喜欢上这个男人。”

纳丁说，“这听起来并没有多少不同。”

我努力让自己的口气不像是在哀求。“他是个才华横溢的作家。我不明白为什么我们不能以资助他为荣。哪怕是当众支持。”

“显而易见，我们得跟他划清界限，”塔普说，“别无选择。否则整张名单上的人都会有麻烦。至于那本小说，什么什么康沃尔人——”

“纯属痴人说梦，”彼得·纳丁一边说，一边困惑地摇头。“文明被资本主义的内部矛盾摧毁。真他妈的了不起。”

“我得说我很讨厌它。”马克斯迫不及待地说，这口气活像是在课堂上打小报告的学生。“我真没法相信它居然得了奖。”

“他在写另一部，”我说，“听起来很有潜力。”

“不行，谢谢，”塔普说，“他出局了。”

那个浑身皱巴巴的家伙突然站起身，不耐烦地叹口气，向门口走去。“我不想看到报上冒出更多的新闻了。今晚我会跟《卫报》编辑见个面。其余的你们搞定。午餐前我希望能在桌上看到一份报告。”

他一走纳丁就说，“你来干，马克斯。别忘了也给我们分别抄送一份。你最好现在就忙起来。哈利，我们按惯例分工对付那些编辑。”

“D类通告？”

“太晚了，我们看起来会很傻。现在……”

他的“现在”说的是我，不过我们先是等着马克斯离开了房间。他跨出门之前最后转过来看了我一眼。他脸上没什么表情，我却从中看到了一丝胜利的痕迹，不过也可能是我弄错了。

我们听着他的脚步声沿着走廊渐行渐远，然后纳丁说，“有传闻说——也许你也可以藉此澄清一下——你就是让他订了婚又反悔的人，通常，作为一个长相漂亮的姑娘，你招来的麻烦会比你的价值更大。”

我不知道说什么好。整场会议塔普一直在抽烟，这会儿又点着一根。他说，“让女人加入行动，我们是顶着很多压力和争论的。结果也多少验证了我们的预测。”

这下我估计他们要解雇我了，我已经没什么可以失去了。我说，“你们当初为什么要录取我？”

“这话我也一直在问自己，”塔普和颜悦色地说。

“是因为托尼·坎宁吗？”

“啊，对，可怜的老托尼。他在动身去那座岛之前，我们把他关在‘安全屋’里过了几天。我们知道以后不会再见到他了，所以想确保不会留下什么纰漏。这事挺可悲的。那段时间天热得出奇。他大部分时间都在流鼻血。我们最后断定他没什么害处。”

纳丁又说，“只是出于好奇，我们逼着他交代动机。他说了一大通权力平衡之类的鬼话，不过，从布宜诺斯艾利斯的线人那里我们已经知道了真相。他给人敲诈勒索。一九五〇年，就在他第一次结婚之后的三个月。莫斯科中心在他的半路上安排了一个他没法抵挡的人。”

“他喜欢那些年轻的，”塔普说，“说到这个，他想让我们把这个交给你。”

他拿出一个打开的信封。“几个月前我们就该交给你了，不过地下室里那些搞技术的小伙子以为里面也许嵌着什么密码。”

我从他手里接过信封时努力想让自己处之泰然，把信飞快地塞进手提包。可是我看见了他的笔迹，禁不住发抖。

塔普有所察觉，补充说，“马克斯跟我们说你为了那一小片纸费过神。那也许是我留下的。我随手记下他那个岛的名称。托尼说过那里的鲑鱼垂钓区很出色。”

大家沉默片刻，等这个无关话题如烟雾般散尽。

然后纳丁接上前面的话头。“不过你说得也没错。我们录取你就是为了提防万一对他判断错误。我们一直都在留心你的举动。最后发现，你带来的危险是更平庸更乏味的那种。”

“所以你们要开除我。”

纳丁看着塔普，后者把烟盒递过去。纳丁一边抽烟一边说，“准确地说，不是这样。你算是给判了个缓刑。如果你能躲开麻烦，让我们也躲开麻烦，那你就能勉强过关。明天你就到布莱顿去，告诉黑利不会再给他钱了。当然，你还是得用基金会的掩护身份。究竟怎么做你自己考虑。关于他那部骇人听闻的小说，你是不是要告诉他实话，这跟我们无关。你还得跟他一刀两断。再说一遍，不管你用什么方式，务必做到这一点。从他的角度看，你就像是躲进阴暗角落里没了踪影。如果他来找你，你必须坚决将他拒之门外。跟他说你找了别人。结束了。明白吗？”

他们等着。过去，主教大人有时候会把我叫到书房里谈谈我的成长问题，此刻，同样的感觉再一次涌上心头。那种觉得自己既弱小又淘气的感觉。

我点点头。

“我要听你说。”

“我明白你想让我干什么。”

“好。还有呢？”

“我会去做。”

“再说一遍。响一点。”

“是，我会去做。”

纳丁坐在椅子上没动，塔普站起来，彬彬有礼地伸出一只皮肤发黄的手，指向门口。

我往下走了一段楼梯，沿着走廊来到楼梯平台，那里能看见楼下的柯曾街。我先回头看看，四下无人，这才从包里拿出信封。里面只有一张纸，已经被人捏得又脏又皱。

一九七二年九月二十八日

我亲爱的姑娘，

今天我听说你已在上周被录取。祝贺你。我真替你激动。这份工作会给你带来很多成就和乐趣，我知道你能干好。

纳丁答应把这张纸条交到你手上，可是我知道这些事情的路数，我怀疑他们要过一段时间才会这么做。到那时你应该已经听到了最坏的消息。你会知道我为什么非走不可，为什么只能孤身一人，为什么我要竭尽全力把你推开。我把车开走，把你扔在那条停车带上，我这辈子还没干过这么恶劣的事。可是，如果我把真相告诉你，我肯定没法说服你别跟着我到库姆灵厄去。你是一个很有精神头的姑娘。光说一个“不”你是不会善罢甘休的。如果让你眼睁睁地看着我倒下去，我该多难受啊。你会给卷进一个极度悲伤的陷阱。这种病可不会对谁手下留情。你太年轻了，不该承受这些。我不是在扮演高尚无私的烈士。我很清楚，我一个人能应付得更好。

我正在伦敦的一栋房子里写这封信，我要在这里待上几晚，跟几个老朋友会面。现在是半夜。明天我就出发了。我希望离开你的时候不是满含悲伤，而是心怀感激，感激你在我知道自己来日无多时，给我带来的欢乐。我把你扯进来，这样做其实既懦弱又自私——简直冷酷无情。但愿你能原谅我。我愿意这样想：你也从中得到了某种快乐，甚至也许因此成就了事业。祝你一生好运。请在你的记忆里辟出一个角落，珍藏那个夏天的几个星期，那些妙不可言的森林野餐，那时你在一个垂死的男人心里，倾注了那么多善意和爱情。

谢谢你，谢谢你，我亲爱的。

托尼

我站在走廊上，假装看窗外，哭了一小会儿。好在没有人路过。我先在女厕所里洗了把脸，然后下楼，拼命工作。关于爱尔兰的那堆事儿正默默地陷入一团乱麻。我一进门，查斯·芒特就要我把三份他今天上午刚写好的、内容互相交叉的备忘录整理校对以后打印出来。这三份要归并成一份。主题是“氦气”失踪了。未经证实的传闻说他身份暴露并被射杀，但直到昨晚我们都知道这消息是假的。某个在贝尔法斯特当差的军官汇报说，“氦气”曾应约来接头，虽然只待了两分钟，却已经把话都撂给了调度他的那个人，说他不干了，要走人，说他对两边都受够了。我们的人还来不及对他软硬兼施，“氦气”就走了出去。查斯相信他知道原因何在。他的几份备忘录都是变着法子向六楼提出强烈的抗议。

特工的身份一旦暴露，从此便百无一用，所以他可能发觉自己被残忍地抛弃了。没有人兑现对他的承诺——照顾他，帮他办好新身份，替他和家人安排新住处，给他一笔钱，非但如此，有时候借敌人之手除掉他会更对五处的胃口。或者，至少事情看起来是这样。更安全，更干净，更便宜，最重要的是，更保险。至少人们是这么传说的，而特工肯尼斯·列依暴露身份之后的遭遇让传言雪上加霜，他曾向“全国公民自由联合会”提交过一份报告。暴露时他受命于政治保安处，在爱尔兰共和军临时派卧底。他说，他已经风闻政治保安处要跟他断绝往来，并且暗示敌方在英国境内追捕他。如果临时派抓不住他，这活就归政治保安处来干。他告诉“全国公民自由联合会”自己来日无多。两天以后，他被发现死在萨里郡的一条阴沟里，脑袋上挨了三枪。

“这事让我的心都碎了，”我把草稿交给查斯看的时候，他说道，“这些家伙连身家性命都搭上了，我们却跟他们一刀两断，这些事到处传扬。然后我们就会纳闷，为什么招不到人。”

午饭时我出门到公园巷上的一个电话亭，给汤姆打电话。我想告诉他，我明天会去找他。电话没人接，不过我当时也不觉得有什么问题。之前我们说好要在晚上七点通电话，说说报纸上的最新说法。我可以到那时候再告诉他。我不想吃饭，也不想回到办公室里，便横穿过海德公园，忧伤地散了会步。时值三月，但天气仍像隆冬，看不到一丁点黄水仙。在白色天空的映衬下，光秃秃的树木看起来僵硬而刻板。我想起以前跟马克斯一起到这里来的情形，想起当时我怎么让他亲我，就在那棵树下。也许纳丁说的没错，我招来的麻烦要比我的价值更大。我站在一扇门外，把托尼的信拿出来又读了一遍，很想把这些事想清楚，却又忍不住哭起来。接着，我又回去工作。

整个下午我都在忙着修改芒特的备忘录。午餐时他决定降低攻击性。他肯定知道，来自下级的批评一定会让六楼很不高兴，弄不好还会报复他。新一稿中加进了诸如此类的措辞：“从某种角度看”，“可能会出现这样的争议……但必须承认，这套体系一直对我们很有用”。定稿删除了所有涉及“氦气”的部分——也不再谈及特工暴露之后的死亡事件——只是建议对他们好一些，即便他们气数将近，也要帮他们及时转换身份，这样才能更好地招募人才。直到六点我才下班，坐着摇摇晃晃的电梯下楼，跟那些不苟言笑的门卫说晚安——从他们的岗位经过时，他们好歹忍住没冲着我怒目而视。

我得联络到汤姆，我得把托尼的信再看一遍。我心乱如麻，不可能好好思考。我走出莱肯菲尔德宅邸，打算朝格林公园站方向去，恰在此时，我看见一个人穿过街道，站在一家夜总会门口，外套衣领竖起，还戴着一顶宽边帽。我很清楚这是谁。我待在路缘上等车辆驶过，然后冲着马路对面喊，“雪莉，你在等我吗?”

她赶忙过来。“我已经在这里等了半小时。你在这里做什么? 不，不，你不必告诉我。”她在我的双颊上各亲了一下——这也属于她新学来的波希米亚作风。她的帽子是用柔软的棕色毛毡做的，大衣紧紧地束在她刚瘦下来的腰上。她长长的脸上娇媚地散布着雀斑，脸型姣好，颧骨下的浅窝格外秀美。真是脱胎换骨啊。我看着她，涌起一阵嫉妒，尽管上回汤姆已经说服我他是清白的，我还是忍不住起了戒心。

她挽起我的胳膊，拉着我过了马路。“至少酒吧现在都开着。来吧。我有好多话要跟你说。”

我们离开柯曾街，拐上一条小巷，那里有家小酒吧，室内装潢充满私密感，触目皆是天鹅绒和黄铜，以前她会对这种风格很不屑，斥之为“卖弄风骚”。

我们刚在各自的半品脱啤酒后面坐定，她就说，“先要道个歉。那天在‘海格力斯柱’我没法跟你说话。我当时得赶快脱身。状态太差，没法一起聊。”

“我很为你的父亲难过。”

我看得出，我的同情让她的情感略有波动，她努力压制，但喉头仍然泛起些微涟漪。“家里出这事太可怕了。真的把我们打懵了。”

“怎么回事呢？”

“他出门，上路，不知为何看错了方向，被一辆摩托车撞倒。就在店外。在他们跟我说的话里，唯一让人略感安慰的是他当场就死了，没什么痛苦。”

我表示同情，她又聊了几句，说她母亲是如何被这事吓出了紧张症，说本来亲密的一家人如何因为葬礼事宜的分歧几乎闹翻，说父亲没有留下遗嘱，生前也没说过那家店以后做何安排。她那个踢足球的弟弟想把这份产业卖给他的一个女朋友。不过如今这家店由雪莉掌管，又开张了，她母亲好歹是下了床，也能跟人说说话了。雪莉又去吧台叫了一轮酒，回来时调门活泼了一些。话题换了。

“我看到汤姆·黑利那事儿了。真要命。我猜这跟你有关。”

我甚至没有点头。

“当初如果我也有份就好了。我就能告诉他们，这是个多么糟糕的主意。”

我耸耸肩，喝了口啤酒，茫然地躲在酒杯后面，我猜，等到想出自己该说点什么以后，我才肯露出脸来。“没关系的。我不会打听细节。我只想说一句，在你心里搁一个小小的想法，你也用不着现在就回答我。你会觉得我想得太远了，可是我今天上午读到那则新闻时，我想你很可能要给他们踢出来了。如果我说错了，那就太好了。如果我说对了，而且你惹上了什么麻烦，那就来替我工作吧。或者说跟我合伙。来了解一下阳光灿烂的伊尔福德。我们能找到乐子的。我给你的工资会是这里的两倍。学学那些跟床有关的事情。现在开始做生意时机不算好，不过人们总是需要睡觉的吧。”

我把手搁在她手上。“你真好，雪莉。如果有需要，我会认真考虑的。”

“这可不是在施舍。如果你能学会这摊生意，那我就能花更多的时间写作。听着。我的小说上了拍卖台。他们付了好大一笔钱。现在还有人要买电影改编权。朱莉·克里斯蒂想在里头演个角色。”

“雪莉！祝贺你！小说叫什么名字？”

“浸水椅。[①]”

哦，对。女巫如果在刑罚中溺毙，那她就是无辜的，如果活

---

① 指15—18世纪的一种轻刑具，把一块长条板悬在池塘上，末端系着一把小椅子，将受罚妇女缚于其上，浸入水中。

下来，那她就会被判死刑，扔到火里。比喻某个年轻女子的一生。我告诉她，我应该是她的理想读者。我们聊了一会儿她这本书，接着说到她的下一本：发生在十八世纪，一位英国贵族和一个出身贫民窟的女演员之间的爱情故事，她伤透了他的心。

接着，雪莉说，“那么你确实是在跟汤姆约会。太好了。幸运的姑娘！我是说，他也很幸运。我只是写通俗小说的，可他是那种最好的作家。他能拿奖我很开心，不过对那本有趣的中篇小说，我也说不准好坏，至于他现在碰上的事儿，真是很棘手。不过，塞丽娜，我看不会有人相信他知道这些资助是从哪里来的。”

“很高兴你能这么想，”我说。我一直在留心雪莉脑袋后面挂在吧台上方的钟。我跟汤姆约好七点通电话。我还有五分钟可以用来脱身，然后找到一个安静的电话亭，可我没有力气把这事干得优雅一点。一说到床，我那种筋疲力尽的感觉便卷土重来。

“我非走不可了，”我冲着我的啤酒嘟囔。

“你先得听听我来分析分析这事是怎么上报的。”

我站起身，伸手去拿外套。“以后告诉我吧。”

“你就不想知道我是怎么被他们赶走的？我还以为你有一大堆问题呢。”她站起来靠近我，挡住我从桌子后面抽身离去的路。

“现在不行，雪莉。我得去找个电话亭。”

“也许有朝一日你会告诉我他们为什么会派人跟踪你。我当时根本不打算打我朋友的小报告。掺和到那件事里，我真是深感羞耻。可是他们并不是因为这个解雇我的。他们是想找个办法来警示你。别说我是偏执妄想狂。中学不靠谱，大学不靠谱，口音不靠谱，态度也不靠谱。换句话说就是根本不称职。”

她拉着我靠近她，然后拥抱我，又在我双颊上亲了亲。然后她把一张名片塞进我手里。

“我会替你一直留着那些暖暖的床。你考虑考虑。来当经理，开创连锁店，建造一个帝国！不过你现在走吧，亲爱的。出门左转走到底有个电话亭。代我向他致以最深的祝福。”

走到电话亭时我已经迟到了五分钟。没人接。我搁好听筒，数到三十，又打了一遍。我在格林公园站打了一次，在卡姆登又打了一次。回到家以后，我坐在床上，没脱外套，把托尼的信又读了一遍。假如我没那么担心汤姆，也许能感觉到，把这件事彻底放下的氛围终于开始萌生。陈年旧伤略有缓解。我等着时间一分钟一分钟地流逝，直到看起来合适时才出门到卡姆登街的电话亭去。那天晚上我跑了四趟。最后一次在十一点三刻，我要求接线员查一查线路是否出了故障。回到圣奥古斯丁街时我几乎马上就想穿好衣服再出去一趟。我到底没有去，只是躺在黑暗中寻找所有我能想到的没什么伤害性的理由，这样我就能分散自己的注意力，不去想那件我根本不敢想的事。我考虑过马上到布莱顿去。是不是有送奶班车之类的玩意？它们真的存在吗？它们应该是清晨进站，而不是出站吧？于是我开始瞎想“泊松分布”[1]那一套，这样就不至于一直惦记最糟糕的可能性了。他不接我电话的次数越多，下一个电话他会接的可能性就越小。然而，考虑到人本身的因素，这种说法就显得很荒唐了，因为他肯定会在某个时间回到家——想到这里，从昨晚积攒到现在的疲劳终于把我压垮了，我昏昏睡去，直到六点三刻闹钟响起来。

次日我直奔卡姆登站，到了那里才想起来我没带汤姆公寓的钥匙。于是我在车站上又试着拨他的电话，我生怕他睡着听不见，所以让铃响了一分多钟，然后沮丧地走回圣奥古斯丁街。至少我没带着行李。可我去布莱顿到底是什么目的呢？我知道我别无选择。我非得去亲眼看看不可。如果他不在，那么，对他的搜寻就从他的公寓开始。我在一只手提包里找到了钥匙，再度出发。

半小时之后，我穿过维多利亚站广场，一路上迎面而来的全是从南方郊区火车上涌下来的人流。我正巧往右侧瞟了一眼，此时人群恰好在此处分开，我看见了匪夷所思的东西。就在这一刹那，我瞥见了自己的脸，人流随即汇合，于是刚才看见的景象消失了。我向右边急转，在人群中推推搡搡，总算挤出去以后又往前挪了几码，走进史密斯报刊店敞开的大门。我就在那里，在报架上。《每日快报》。我跟汤姆挽着胳膊，我们的脑袋深情款款地朝相机的方向歪着，我们身后的惠乐士餐厅成为焦点之

① 指一种统计与概率学里常用的离散概率分布形式。

外的模糊背景。在照片上方，丑陋的大写字母仿佛在呐喊：黑利的性感间谍。我抓起一份报纸，对折两下，然后排队买下来。我不想让别人看见我待在自己的照片旁边，就拿起报纸走进一间公共厕所，把自己锁在一个小隔间里坐了许久，直到误了我那班火车。报纸内页还有两张照片。一张拍的是我和汤姆从他的家——我们的"爱巢"里出来，另一张拍我们俩在海滩上接吻。

尽管这种既兴奋又野蛮的调子让人窒息，可这篇文章里几乎每个词都有那么一点真实性。我被描述成一名"潜伏特务"，在军情五处当差，剑桥教育背景，是一位数学"专家"，目前住在伦敦，执行的任务是勾引汤姆·黑利，怂恿他接受一份慷慨的资助。资金流向写得虽然含糊但大体正确，自由国际基金会和"尽情书写"均有涉及。汤姆的声明中说他跟情报部门的任何成员都没有任何关系，这句话用黑体字突出显示。内政大臣罗伊·詹金斯的一位发言人对记者说，此事"事关重大"，已经召集相关官员在今天稍晚时开会讨论。而如今站在反对派阵营的爱德华·希思本人则声称，如果情况属实，那么此事说明政府"已经迷失了方向"。不过，最要紧的是，汤姆对一个记者说，他"对此事无话可说"。

这话应该是昨天说的。那么他肯定是已经躲起来了。除此之外，还怎么解释他的沉默？我从隔间出来，把报纸塞进垃圾箱，径直去赶下一班火车。近来我去布莱顿都是在周五晚上，天都是黑的。自从第一次穿着我最好的套装到那所大学里去跟汤姆会面之后，我就没在大白天的光线底下横穿过苏塞克斯平原。

此刻我凝视着这片平原，凝视着早春时节灌木树篱和本来光秃秃的树干上刚刚繁茂起来的迷人景象，又一次觉得我的人生道路走错了，又一次体会到随之而来的微茫的渴望和沮丧。这条路并不是我自己选的。一切都是机缘巧合。如果我没有遇见杰瑞米进而结识托尼，我就不会陷进这团乱麻中，此时此刻我就不会向着某种我根本不敢多想的灾难全速前进。我唯一的安慰是托尼的告别辞。尽管让人悲伤，这件事好歹算是了结了，我也终于有了一份属于自己的纪念品。那个夏天的几个礼拜不是我一个人的幻想，它属于我们两个人。这段日子对他的意义并不亚于对我的意义。甚至更多，在他弥留之际。对于我们之间的往事，我终于有了证据——我确实曾给他带来些许慰藉。

我从来没想过服从纳丁和塔普的命令，跟汤姆一刀两断。决定分手的特权属于汤姆。今天的新闻意味着我和五处的关系就此终结。我甚至连“抗命不遵”都不需要了。与此同时，这些新闻也意味着汤姆别无选择，只能把我甩掉。我简直希望别在公寓里找到他，这样我就不用见他最后一次了。然而，紧接着我心里又涌起一阵痛楚，这样的结局我受不了。于是我又想起了我面临的问题，想起了那张聊作慰藉的纸片，然后一阵晕眩，直到火车猛地一个趔趄，停在了布莱顿站的“钢格栅山洞”中。

我一边沿着车站后的坡道往山上走，一边听银鸥的鸣叫与哀号，只觉得这声音里带着重重的降调，是一个比平时强得多的

"终止式"①,就像是一首赞美诗最后那几个意料之中的音符。空气中夹杂着咸味、汽车尾气和油炸食品的味道,让我不由地怀念起那些无忧无虑的周末时光。我不可能再回来了。我放慢脚步,拐进克里夫顿街,以为会在汤姆的住所外面看见几个记者。可是人行道上空荡荡的。我进门,开始沿着楼梯走向顶层的那套公寓。路上听到流行音乐,闻到三楼飘来的早饭香味。我在他那层楼梯平台上犹豫了一会儿,诚心诚意、颇为天真地敲了一通门,务必把门里藏的妖魔鬼怪都驱散,然后等了一会儿,这才摸索出钥匙,第一次转错方向,轻声骂了一句,终于把门推开。

第一个映入眼帘的是他的鞋,他那双饱经磨损的粗革皮鞋,摆的样子略有点内八字,一片叶子粘在脚跟边,鞋带耷拉下来。鞋子扔在厨桌下面。除此之外,整个房间都异常整洁。所有的锅子和瓶瓶罐罐都给收了起来,书都给码得整整齐齐。我朝浴室走,听见熟悉的木板咯吱咯吱的声响。就像一首从另一个时间里飘来的老歌。我不由得虚构出一幅电影里的自杀画面来,一具尸体醒目地摊在浴缸上,血淋淋的毛巾围在脖子上。好在浴室门开着,我不用跑进去也能看见他不在里面。只剩下卧室了。

门关着。再一次,傻乎乎地,我先敲门,等了一会儿,因为我觉得仿佛听见有人在说话。然后我又听见那声音响起来。这声

---

① 音乐术语,指决定乐曲各种段落的和声因素,有好几种分类方式,这里说到的"强终止"是根据其结束和弦的节拍位置与和声节奏,分强终止、弱终止、隐匿终止与规避终止,因此有"比平时强得多"一说。

音要么来自楼下的街上，要么来自楼下某一间的收音机。我还听见自己的心在怦怦直跳。我转动门把手，把门推开，自己却还站在原地没动——我实在是怕得要命，不敢进去。我能看见床，整张床都能看见，床铺整理得干干净净，印度印花床罩平整地套在床上。平时床罩都是揉成一团扔在地板上的。房间太小，没有别的地方可以搁。

我想吐，又觉得口渴，转身进厨房倒一杯水。直到我转过身背对水槽时才看见厨桌上放着什么。刚才肯定是那双鞋分散了我的注意力。有个用棕色的纸和绳子扎起来的包裹，包裹上搁着一个白信封，写着我的名字，是他的笔迹。我先喝水，再就着桌边坐定，打开信封，开始念这两天里的第二封信。

22

亲爱的塞丽娜，

读这封信的时候你也许正在回伦敦的火车上，不过我猜你是坐在厨桌边。如果是这样，那我得为这个地方变成现在这副样子道个歉。当我开始清垃圾、擦地板时，我相信这样做是为了你——正如上周我把你的名字写上了租金登记簿，因为这套公寓没准还用得上。不过，现在我已经干完了，于是我环顾四周，担心你会不会觉得眼前的景象毫无生气，或者至少显得很陌生，我们在这里的生活被剥离得荡然无存，所有的好时光被擦拭得一干二净。难道你不会想念那一个个装满夏布利酒空瓶的纸板箱，一堆堆我们一起在床上读完的报纸？我猜，其实我打扫屋子是为了自己。我要让这出戏落幕，打扫的行为里多少含着点遗忘的意味。可以算是某种形式的隔离吧。而且，我得先清除了障碍才能给你写这封信，也许(我能否斗胆跟你这么说?)我这样用力擦洗，就是为了抹掉你，曾经的你。

我还得为我没接电话道歉。我一直在躲记者，也一直在躲你，因为当时似乎我们说什么都不会合适。我想，现在我已经对你的脾气了如指掌，所以我相信明天你会到这里来。你的衣服都放好了，衣橱底层。我不想告诉你我在叠衣服的时候心里怎么想，不过这活儿我确实干得恋恋不舍，就像是眼前摊着一本旧相簿。你穿着这些衣服的各种模样，历历在目。我看到那件黑色的麂皮外套，卷成一团搁在衣橱底层，就是那天晚上你在“惠乐士”里试图跟我讲解蒙蒂·霍尔问题时穿的那件。把这件衣服叠好之前，我先把所有的纽扣全扣上，那感觉就像是要把什么东西关起来，或者换一种说法，要把它锁住、藏好。我到现在也还是不懂概率学。与之类似的还有床底下的橙色百褶短裙，就是我们俩在国立肖像美术馆约会时你穿的那条，在我看来，整件事的开头，这条裙子也是帮了一份忙的。我以前从来没有叠过裙子。叠这件可真不容易。

打“叠”这个字让我想到，也许不等我讲完，你随时会把这封信塞回信封，或出于悲伤，或满怀愤怒，或深感内疚。千万别。这并不是长篇大论的控诉，而且我向你保证，结局还行，至少在某些方面。陪陪我。我没关暖气，就是想留住你。如果你困了，这张床是你的，床单很干净，我们过去的所有痕迹都已经丢进了车站对面的那家洗衣店。洗衣店里那位好心的女士同意再加一镑就能把衣物全都熨好。熨好的床单是童年时代无声的特权。不过这些床单也让我联想到空白的稿纸。空白的稿纸看起来又大又性感。圣诞节之前这张稿纸在我想象中无疑是巨大的，当时我相信自己再也没法写小说了。我们一起把《来自萨默塞特平原》交给汤姆·麦奇勒时，我跟你说过我的写作碰到了障碍。当时你甜甜地（不过毫无成效）鼓励我，可我现在知道你这么做也出于正当的职业需求。十二月的大半时间我都在盯着空白的稿纸发呆。我想,我恋爱了,可我却没法从中得到一个有用的灵感。然后,一件非同寻常的事情发生了。有人来看我。

这事发生在圣诞节后,当时我带着姐姐回布里斯托尔她那家收容客栈。在挨过了那么多跟劳拉之间的情感剧之后,我只觉得整个人都被掏空了,巴不得早点上车,闷头驶回"七橡树"。我猜当时我的状态比平日里更消极被动。上车时有个陌生人靠近我,我全无戒心。我并没有不假思索地把他当成乞丐或者骗子。他知道我的名字,还跟我说,有一件重要的事情要告诉我,跟你有关。他看起来不会伤人,而我又有点好奇,就由着他给我买了一杯咖啡。你现在应该能猜到此人就是马克斯·格雷特雷克斯。他一定是一路跟踪我,从肯特郡开始,没准更前面,从布莱顿。反正我从来没问过。我得坦白,关于我当时的行踪,我跟你说了谎。我并没有跟劳拉一起待在布里斯托尔。那天下午我听你的同事讲了几个小时,然后找了一家旅馆住了两晚。

当时我们坐在那个昏暗而难闻的、建造于五〇年代的地方——墙上贴着瓷砖,看起来像一个公共厕所——喝我平生喝过的最糟糕的咖啡。我相信格雷特雷克斯跟我讲的只是故事的一部分。首先,他告诉我你是谁,在哪里工作。我问他证据何在,他立刻拿出几份不同种类的内部文件,有些提到你,有些则是你在带着抬头的信笺上留下的手迹,有两份文件里还附有你的照片。他说他本人是冒了极大的风险,才把这些文件从办公室里拿出来的。接着,他把"甜牙行动"跟我解释了一番,不过没有告诉我其他作家的名字。按他的说法，将一位小说家纳入计划是心血来潮时添上的一笔。他跟我说，他本人倒是对文学很热衷，非但知道而且喜欢我的短篇小说和其他文章，他出于自己的原则反对这项计划，在听到我上了他们的名单之后，这想法愈发坚定。他说，他担心一旦我被情报机构资助的事情泄露出去，我就会名誉扫地，再也翻不了身。当时我不可能清楚原委，但他对动机的解释显然不太诚实。

然后他就谈起了你。因为你的美丽不亚于聪明——这话确实说得狡猾——所以你被看成到布莱顿去跟我签约、招募我的理想人选。像“美人计”这样有失轻佻的字眼与他的腔调格格不入，可我亲耳听见从他嘴里说了出来。我火了，一时间恨不得一枪毙了这个“信使”，差点挥起一拳打在他鼻子上。话说回来，我得承认他也不是一无是处——他尽量不在跟我说这些的时候露出半点喜色。他的调子不无忧伤。他轻声慢语地向我表示，他实在是宁愿享受他那短短的假期，也不愿讨论我这件有悖道德的事。如此泄密之举实属冒险，他为此不惜押上了自己的前程、工作甚至自由。可他崇尚开放，热爱文学，在乎体面。反正他是这么说的。

他描述你的掩护身份，说到基金会，那笔钱的准确数目，还有其他种种——我想，他这么说有一部分原因是要把他讲的故事坐实。其实当时我已经没什么疑问了。我被大大激怒了，热血沸腾，躁动异常，只能走到外面去。我沿着街道来回走了几分钟。我真是出离愤怒。这种阴暗的仇恨前所未有——恨你，恨自己，恨格雷特雷克斯，恨“布里斯托尔大空袭”和战后的开发建设者们在这片废墟上堆积起来的这些可怕的怪物。我怀疑你每天都会跟我说或直接或含蓄的谎言，一天也不曾幸免。我斜靠在一家用木板封起来的商店门口，想吐又吐不出来。从胃里翻出来的是你的味道。然后我又回到“魁客快餐”，继续听下去。

坐下来以后我平静了一点，终于能好好打量这位跑来向我告密的家伙。尽管跟你同岁，他却有股子格外自信的贵族气，浑身洋溢着八面玲珑的公务员腔调。也许他跟我说话时带着点居高临下的味道。我不在乎。他的长相倒是别具世俗气息，我是指他那双耳朵支楞在两坨肉或者骨头上的样子。此人骨瘦如柴，纤细的脖子外面套着尺寸太大的领子，所以当我听说 你曾经爱上他——爱到如痴如醉，爱到他的未婚妻离他而去时，不由大吃一惊。我压根就没想到他会是你喜欢的类型。我问他是不是出于嫉恨才来跟我说这些。他否认。如果他的婚真的结成，那也会是一场灾难，所以某种程度上他倒挺感谢你的。

我们又说回“甜牙”。他告诉我，情报机构推广文化、培植立场正确的知识分子，这也不是什么新鲜事。苏联人就是这么干的，那我们为什么不行？这是“软性冷战”。我把上周六跟你说的话跟他说了一遍。这笔钱为什么不通过别的政府部门公开给呢？为什么要通过一个保密行动？格雷特雷克斯叹口气，看看我，同情地摇摇头。他说我必须理解，任何机构，任何组织最终都会成为一块领地，自给自足，与别处构成竞争关系，依循自己的一套逻辑运转，竭力在保证生存的基础上拓展疆域。这就跟化学反应一样既难以阻挡，又十分盲目。军情六处控制着外交部的一个保密部门，而五处也想搞自己的项目。两家都想让美国人，让中央情报局刮目相看——近年来，神不知鬼不觉，中情局在欧洲文化界已经砸了那么多钱。

他陪着我走回汽车跟前，雨下得很大。道别时我们没耽搁多少时间。跟我握手之前他把家里的电话号码交给我。他说很抱歉给我带来这样的消息。背叛是件丑恶的事，谁也不该应付这样的局面。他希望我能设法渡过难关。然后他走了，我坐在车里，车钥匙从我手上垂下来。大雨倾盆，好像到了世界末日。听完那些话，我既无力开车，也无法面对我的父母，或者回到克里夫顿街去。我不想跟你一起辞旧迎新。我没法想象自己能做任何事，只好看着雨水冲洗肮脏的街道。一小时之后我把车开到邮局，给你发了电报，然后找了家旅馆，一家体面的旅馆。当时我对自己格外怜惜，订了一瓶苏格兰威士忌送到房里来。我只喝一点儿，而且兑上等量的水，这样我就能说服自己，我并不想喝醉，不想醉倒在下午五点。我也不想保持清醒。我什么都不想要，连遗忘都不想要。

然而，存在与遗忘之外，并没有第三个地方可以待。于是我躺在丝绸床罩上想你，那些一想起来心情就会更坏的场景在眼前一一重现。我们狂热而笨拙的第一次做爱，我们妙不可言的第二次，所有的诗、鱼、冰桶、故事、政治、周五傍晚的相聚、欢笑、同浴、共枕，所有的热吻、耳鬓厮磨以及舌尖与舌尖的触碰——你可真了不起啊，居然能让我相信你看上去什么样实际就是什么样，相信你的外表就等于你本人。我怀着怨毒与嘲讽，祝愿你所向披靡，节节高升。然后我又许下别的愿。我得跟你承认，就在那一刻，但凡你那美妙动人、白皙纤弱的喉咙从我大腿上缓缓升起，再有人往我手里塞上一把刀，我会不假思索地把这事干掉。就因这罪名，就因这罪名，我的心。① 奥瑟罗跟我不一样，他不想让血流出来。他是个多愁善感的蠢货。

别走开，塞丽娜。读下去。这一刻不会持续多久。我确实恨你，我还讨厌自己成了被人操纵的傀儡，一个志得意满的傀儡，轻易就相信那座现钞喷泉是我应得的，挽着美女在布莱顿的海滩上散步也是我应得的。还有奥斯丁奖，我拿得并不怎么意外，我将它视为理所应当的囊中之物。

是的，我张开四肢躺在四柱大床上，躺在印着中世纪狩猎图的丝绸床罩上，凡是能被记忆的洪流从盘根错节处冲刷下来的痛苦和凌辱，我都不肯放过。那些在惠乐士享用的长长的晚餐，举杯相碰，叮当作响，还有文学、童年、概率——这一切都凝结在一起，组成一副有骨有肉的躯体，像一块上好的叉烤肉在炉子上慢慢翻转。我在回想圣诞节前的时光。我们不是第一次在言语间暗示未来要一起度过吗？可是，如果你不告诉我你是谁，我们的未来会变成什么样呢？你觉得这事到哪里才是头呢？你肯定

① 此句引自莎士比亚的悲剧《奥瑟罗》第五幕第二景，原文中在这句后面紧接的台词是："天上的明星，别叫我把罪恶说明！就因为这罪名。可我不愿流她的血，舍不得毁伤她那比白雪更皎洁，比雪花石膏更光滑的一身肌肤。"（引自方平译本。）所以汤姆会说"奥瑟罗不想让血流出来"。

不想下半辈子都瞒着我的。我在当晚八点喝的威士忌要比五点的味道好。第三杯我没加水，打电话给楼下要他们再送一瓶波尔多和一块火腿三明治来。我花了四十分钟等客房服务过来，在此期间继续喝威士忌。可我并没有喝得烂醉，没有把房间变成垃圾桶，没有发出野兽般的嘶吼，或者狠狠咒骂你。相反，我在旅馆信笺上给你写了一封怒火中烧的信，找到一张邮票，在信封上写好地址，塞进外套口袋。我喝下一杯红酒，又叫了一块三明治，思绪渐渐无法连贯，挨到十点，终于缓缓入梦。

几个小时以后我醒来，眼前漆黑一片——这个房间的窗帘很厚——进入那种平心静气、无忧无虑的彻底失忆状态。我能感觉到自己睡在一张舒服的床上，至于我是谁，我在哪里，根本抓不住。这个只感觉自己活着、心智宛若一张白纸的瞬间，仅仅持续了几秒钟。难免地，叙述一层层渗透回来，首先抵达的是切近的细节——房间，旅馆，城市，格雷特雷克斯，你；接下来是更大的客观事实——我的名字，我的种种境遇。我坐直，摸索床头灯的开关，此时，整个甜牙事件突然在完全不同的背景下呈现在我眼前。这短暂而极具清洗作用的失忆让我恢复了理智。这不是，或者不仅仅是一场灾难性的背叛和个人悲剧。我刚才太专注于感受此事带来的侮辱，没看清它的本质——这是一个机会，一份礼物。我是个没写过长篇小说的小说家，现在命运在我的路上扔了一块美味的骨头，一个有用的故事的简要大纲。我的床上有个间谍，她的头靠在我的枕上，她的唇贴在我的耳边。她隐瞒了她真正的目的，而且，关键在于，她并不知道我知道这件事。我不会告诉她。所以我不会揭穿你，不会吵上最后一架然后分道扬镳，现在还不会。取而代之的，是沉默，谨慎，耐心的观察，以及写作。事件发展决定小说情节。人物都是现成的。我什么都不用虚构，只要记录。我要观察你如何工作。我自己也能当个间谍。

我直挺挺地坐在床上，张大嘴巴盯着房间另一头，就像是一个男人亲眼目睹他父亲的幽魂穿墙而入。我已经看见了我要写的小说。我也看到了危险。我明知那些钱从何而来，却还要继续接受。格雷特雷克斯知道我知道这件事。

这样做，我等于把自己置于随时可能受伤的境地，也等于将把柄交到他手里。那么，构思这部小说是出于报复心吗？哦，不，不过你确实把我“释放”了出来。你没有问过我是否愿意进入“甜牙”，我也不会问你是否愿意进入我的故事。伊恩·汉密尔顿跟我说过，他的一位作家朋友把婚内隐私放进了一部小说。他老婆看到他们的床上生活和枕边絮语在小说中纤毫毕现，不由勃然大怒。她跟他离婚，他为此后悔了一辈子，完全不是因为她很有钱。这事与钱无关。我可以由着自己的性子来。可我不能就这么张大着嘴巴傻坐着。我匆匆穿好衣服，找出笔记本，写了两个小时。我只需把我亲眼所见的东西写成故事就行了，从你踏进我学校的办公室，到我跟格雷特雷克斯碰头——还有以后的事。

翌晨，受到新目标的鼓舞，我在早饭前出门，到一家讨人喜欢的报刊文具店里买了三本练习簿。我打定主意，不管怎么说，布里斯托尔是个相当合适的地方。我回到房间，叫了咖啡，然后开始工作，做笔记，按时间排序，试写一两段找感觉。我写了个开头，将近半章。午后两三点时，我开始不安起来。又过了两小时，我通读一遍，大叫一声，扔下笔，霍地站起来，撞倒了我身后的椅子。操！枯涩乏味，毫无生气。我已经写了四十页，就跟数数一样顺溜。没有阻力没有难度也没有反弹，没有意外，没有什么丰饶或者奇崛的东西。没有杂音，也没有扭转力。相反，我所见所闻所说的一切都像豆荚那样排成一列。这不仅仅是表面上愚蠢的问题。有个瑕疵深埋在这小说的概念里，甚至用“瑕疵”这个词来形容都太轻了。反正这么写就是没意思。

我在糟蹋一份珍贵的礼物，这让我心生厌恶。我在傍晚的暗黑中步行穿过城市，心里在踌躇到底要不要把那封信寄给你。我想清楚了，问题在我自己身上。我没好好考虑，就把自己代入了典型的英国喜剧小说的男主角——行事笨拙，头脑倒还算聪明，消极被动，态度倒还算认真，凡事喜欢过度解释，为人相当无趣。我本来满脑子都在关心自己的事，琢磨十六世纪的诗歌，直到——你能相信吗——这位美女走进我的办公室，送给我一笔津贴。我用这样的闹剧当挡箭牌，是想保护什么呢？是所有的心痛，我想，那些至今我不敢触碰的心痛。

我走在克里夫顿吊桥上，据说你有时候能在那里看到一个想自杀的家伙在勘察连接口的形状，盘算怎么往下跳。我走到一半停下来，盯着脚下漆黑的深谷。我又想到了我们第二次做爱的情形。在你的房间里，从白塔餐厅回来之后的第二天早晨。

记得吗？我仰面躺在枕头上——多么奢侈——而你在我身上摇晃。极乐之舞。你低头看我的时候，我发觉，你的脸上露出的全是喜悦，以及刚刚萌生的、发自内心的柔情。现在我知道你知道什么，你必须隐藏什么，我试着想象自己成为你，想象自己同时分身两地，既要爱，也要……汇报。我怎样才能也进入那样的情境，也可以"汇报"什么呢？问题就在这里。我懂了。太简单了。这个故事不应该由我来讲述。那应该是你。而你的任务就是向我"汇报"。我得挣脱自己这副皮囊，钻到你的皮肤里去。我需要被人诠释，我需要成为一个异装癖，把自己硬塞进你的裙子和高跟鞋，钻进你的衬裤，带上你那闪闪发亮的单肩包。背在我的肩上。然后开始说话，用你的口吻。我对你的了解够不够？显然不够。我能否成为一个出色的腹语术专家？只有一个办法能验证。我得马上开始。我从口袋里拿出那封写给你的信，撕得粉碎，任凭碎片坠入艾冯谷的一团漆黑中。然后我转身快步下桥，挥手叫了一辆出租车，整个除夕夜，再加上第二天的一段时间，我都在忙着往另一本练习簿上奋笔疾书，试着用你的口吻。然后我退房，开车回家去见我那已经等急了的父母。

你记得我们圣诞节后的第一次碰面吗？不是一月三号就是四号，反正是我们按惯例在周五的约会。你肯定注意到我坚持要来接你。也许你有那么一闪念，觉得这有点不寻常。我是个无可救药的演员，我担心在你面前表现得不够自然，害怕你看穿我。怕你知道我什么都知道了。在喧闹的月台上迎接你，要比在安静的公寓里面对你更容易。不过，当你的车进站，当我看见那节载着你的车厢缓缓滑行，当你用那么优美的姿态从座位上站起来拿包，当我们在几秒钟之后紧紧拥抱在一起时，我发觉我是那么渴望你，我根本就不需要装什么。我们亲吻，于是我知道这件事轻而易举。我可以要你，也可以观察你。这两件事并非互相排斥。实际上，它们互相促进。一小时之后我们上床，你那么甜蜜那么充满新意地释放着占有欲，尽管你应该照例有刻意表演的成分——简而言之：这反而刺激了我。我差点控制不住。于是我们就开始了，你善意地说我那副样子就像“猪拱槽”。一想到我过会还能回到打字机边，从你的视角出发，把这一刻写下来，我的快感就成倍增加。你的双重视角，其中当然要包含你对我，对情人和“甜牙”的理解，你对这一切的描述。我的任务就是透过你的感知的棱镜，重建我自己。如果我给自己塑造一个好形象，那也是因为你说了那么多关于我的好话。通过这种循环往复的层层提炼，我的使命甚至比你的更有趣。你的上级可没要求你调查你本人在我眼里是什么样子。我在学着做你做的事，然后在那块欺骗的织物上多加一道褶皱，使之愈臻完美。我是多么喜欢这件事啊。

接着，几小时之后，布莱顿海滩——确切地说，是豪富镇，这个词并非浪漫地跟“爱情”押韵——尽管勉强也算押上一点。[①]自从我们在一起之后，这是我第二次在下面，尾椎骨抵在湿漉漉

① “豪富镇”(Hove)与“爱情”(love)字母拼法相似但读音相差较远，只有结尾的辅音相同，所以文中会说它们基本不押韵，只是“勉强也算押上一点”。

的砂石上，感觉凉飕飕的。若是有哪位警察路过海滨大道，会用“公共场合有伤风化”的罪名把我们抓起来的。真要这样的话，我们该怎样向他解释那些旋转在我们身边的平行世界？一条轨道上运行着我们的互相欺骗，在我这边还是新鲜事物，在你那边已经习惯成自然，你可能已经上瘾了，也许是致命的那种。在另一条轨道上，我们的感情突飞猛进，越过神魂颠倒的阶段，进入爱情。末了，我们同时抵达极乐巅峰，互相倾诉“我爱你”，尽管我们心里都揣着各自的秘密。我知道我们该怎么做，跟这些密封罐一起生活，永远不要让一只罐子里潮湿的臭气侵扰另一只罐子里的甜蜜。如果我再说一遍，自从我跟格雷特雷克斯会面之后，我们在床上是多么妙不可言，我知道你肯定会想到《逢“床”做戏》（我现在是多么后悔用这个双关语当标题啊）。那位愚蠢的丈夫在老婆偷了他的东西以后性欲勃发，他暗地里知道了她的欺骗，这反而刺激了他的快感。好吧，早在我知道有你这么个人之前，她就把你预演了一遍。我无法否认，根子在我自己身上。不过我又想起我另一个短篇，关于牧师的哥哥最后爱上那个打算把他毁掉的女人。你一直喜欢那篇的。或者，那个被她的猿猴情人逼着写第二篇小说的作家？又或者，那个相信他的情人真实存在的傻瓜——其实这一切都是他虚构出来的，而她只是一个假货，一个副本，一件赝品？

不过，别离开厨房。跟我在一起。让我把这份怨毒驱散，来说说我做了什么调查。你那个周五到布莱顿来之前，我跟马克斯·格雷特雷克斯又见过一面，在萨里郡伊格汉姆，他的家。即便在当时，他的坦率程度也让我大吃一惊，他说到有关“甜牙”的会议，说到你们在公园、在他办公室里的几次碰面，说到他半夜造访圣奥古斯丁大街，还有你们的办公楼里通常是什么样子。我知道得越多，就越怀疑他是不是渴望用一种自我毁灭的方式，成为“第四个人”[①]，或者他是不是在跟你的托尼·坎宁比谁更有性魅力。马克斯要我放心，“甜牙”等级很低，几乎无关紧要。我还留下这样的印象：他已经决定离开军情五处，改行干点别的。如今，我从雪莉·先令那里知道，他当初去布里斯托尔见我，就是为了拆散我们。

他很冲动，因为他一心想毁掉你。当我提出再跟他碰面时，他以为我当时怒火中烧、难以自拔，他当然巴不得再浇点油。后来，他惊讶地发现，我还在跟你约会。当他听说你还打算去多尔切斯特参加奥斯丁奖的颁奖礼时，简直怒不可遏。所以他找了几个新闻界的线人，把我们扔出去喂狗。总之，今年我跟他见了三次面。他告诉了我那么多，他很有帮助。可惜我讨厌他。他跟我讲了坎宁的故事，说他如何在一座“安全屋”中接受讯问，然后去波罗的海等死，说他在那屋子里如何流鼻血弄脏了床垫，这点血迹又是如何让你胡思乱想。这一切格雷特雷克斯都说得兴致勃勃。

最后一次碰头，他把你老朋友雪莉·先令的地址给了我。

---

① 第十四章中纳丁写纸条感谢塞丽娜“弄到了‘第四个人’”，即替甜牙行动了招募到了第四位作家汤姆·黑利。

我在报上看过关于她的报道，说一个聪明的经纪人如何撺掇五家出版商竞标她的处女作，洛杉矶那拨人又是如何争夺小说的电影版权。我跟马丁·艾米斯一起参加剑桥的读书会时，她挽着马丁的胳膊。我挺喜欢她的，而她很欣赏你。她跟我讲起你们在伦敦泡酒吧听摇滚。我说我知道你是干什么工作的，她就告诉我当初你们俩一起当过清洁女工，她受命试探你。她还提到你的老朋友杰瑞米，因此，我去剑桥时顺道去了他的学院，打听到他如今住在爱丁堡的地址。我还拜访了坎宁太太。我跟她说我是她丈夫的一个学生。她彬彬有礼，可我没打听到多少事情。她对你一无所知，这一点应该会让你高兴。雪莉主动开车载着我去了坎宁在萨福克郡的乡间别墅（她开车像个疯子）。我们窥视那座花园，在树林里散步。离开时我想我已经有了足够的材料，可以用文字重构你这项保密事业的各种场景，重构你在业内的学徒生涯。

离开剑桥以后，你应该记得吧，我去看了你妹妹和她男朋友卢克。你知道，我向来不喜欢嗑药。药物对头脑控制得太厉害。无论是那种如针刺电击般的自我意识，还是对甜食陡然产生的那种毫无乐趣的化学性嗜好，都不适合我。但是，唯有通过这个办法，我和露西才能真正地长谈一次。我们三个坐在他们公寓地板上的垫子上，灯光昏暗，自制的黏土烟罐里静静焖燃，烟气弥散，从看不见的扬声器里传来一首用锡塔琴演奏的拉加曲①，

① 锡塔琴是一种形似吉他的印度弦乐器，拉加曲是印度传统音乐中的旋律类型。

旋律若隐若现地飘上来，抵达我们耳畔。我们还喝了净化茶。她对你相当敬畏，可怜的姑娘，那么想听姐姐说她一句好话，我猜她很少能听到。有一回她可怜巴巴地说，你非但比她聪明而且比她漂亮，这真不公平。我得到了我想要的——你的童年时代和青春岁月，尽管我恐怕在一团烟雾中忘了一大半。反正我记得晚饭时我们吃的是花椰菜和红糖。

我在那里住了一晚，这样周日就能到教堂去听你父亲布道。我很好奇，因为你曾在信里跟我描述过你在自家门口瘫倒在他怀里的情形。他站在那里，远远的看起来仿佛笼罩在光环下，可那天他什么也没说。他的下属也个个气宇轩昂，尽管来的信众人数少得可怜，可他们并不气馁，照样怀着坚不可摧的信仰，全力以赴地主持礼拜仪式。布道的是个鼻音很重的家伙，四平八稳地讲解善人的美德。出门时我握住你父亲的手。他很感兴趣地看着我，和蔼地问我会不会再来。我怎么能跟他说真话呢？

我写信给杰瑞米，自称是你的好朋友，顺道经过爱丁堡。我跟他说是你提议我去联络他的。我知道你不会介意这句谎话，我也知道我这是在赌运气。但凡他跟你提一句，我的身份就暴露了。这一回，为了获得实质性进展，我只能把自己灌醉。除此之外，我还能从哪里打听到你替《？谁？》写稿的往事呢？至于他那教人捉摸不透的性高潮，他奇特的耻骨和那块折起来的毛巾，都是你自己告诉我的。对于十六世纪的历史和文学，我和杰瑞米也颇有可以交流的心得，我把托尼·坎宁成了叛国者的新闻告诉了他，还有你跟托尼之间的往日情，这让他格外震惊。那天晚上时间过得飞快，进展完美，末了，当我在老威富丽饭店拿起账单时，觉得这钱花得真值。

不过，为什么要扯这些调查的细枝末节来让你心烦呢？首先，我想让你知道我对这事是认真的。其次，要说明一点，归根结底，我的素材主要来自你。这里头当然包括我亲眼所见的一切。此外便是我在一月份四处串门接触到的这一小拨人。这些拼起来就构成了一座堆满经验的岛屿，它是整部作品的关键部分——那就是你自己，你和你的种种想法，有时候甚至是你自己也看不见的你。我必须立足于这块领地，然后进一步推理，或者虚构。

举个例子。我们俩谁都不会忘记我们的初次会面，在我办公室里。我坐在那里，看见你走进门，看见你那身老派的装束，肤色宛若蜜桃奶油，眼睛蓝得像夏季的天空，我想可能我的人生将就此改变。我想象在这一刻之前的几分钟发生了什么，想象你从法尔默车站出来，往苏塞克斯的校园走，心里充满势利的不屑，因为你后来说起那些新式大学的时候，向我流露过这种不屑。你身材优美，面容姣好，大步从那群长发光脚的孩子中间穿过。你脸上的不屑甚至还来不及褪尽，就已经在自我介绍，开始向我说谎。你跟我抱怨过你在剑桥的那段日子，你说那里对于心智建设并无裨益，可是同时你又完全站在捍卫剑桥的立场上，对我的学校不屑一顾。好吧，无论对错，你再想一想吧。不要人云亦云。在我看来，我的大学更有雄心，更认真，比你的大学更有乐趣。我说这句话，是作为苏塞克斯的一件“产品”、一名受益于阿萨·布里格斯[1]开创的教学蓝图的探险者。苏塞克斯的导师辅导课要求很高。连续三年每周都要交两篇小论文，一口气都松不得。常规的文学专业课程都要学，但所有新生的第一要务是史学研究，此外，我选了宇宙论、美术、国际关系，学维吉尔、但丁、达尔文、奥尔特加·加塞特[2]……苏塞克斯永远不会容忍你故步自封、停滞不前，永远不会允许你除了数学之外什么都不学。为什么我要拿这话来招惹你？我简直能听见你的自言自语：他是在嫉妒，他很生气，因为他只能待在像大商场一样无聊的现代高校体制中，没有机会到我们这里来，身边没有台球桌一般绿茵茵的草坪和黄石灰岩。可是你错了。我只想提醒你，当我写到你踩着杰思罗·塔尔乐队的节奏款款而来时，我为什么会描绘你的鄙夷呢，为什么会在我根本不在场的情况下写你的冷嘲热讽呢？这是基于了解的猜测，一种合理推断。

调查就做了这些。我掌握了素材，就像拿到了黄金原料，我还拥有将其锻造成型的强烈冲动。我写疯了，三个多月就拿下了十万多个词。尽管像奥斯丁奖这样让人兴奋、提升知名度的事情似乎构成了强大的干扰。我给自己定下的目标是每天一万五千词，每周七天，天天如此。有时候，需要虚构时，我就几乎不可能完成当天的指标，但是，其余时间里这简直轻松得像一阵微

① 英国著名历史学家，从一九六一年到一九七六年间在苏塞克斯大学任教，曾先后担任该校社会学学院院长、校长助理及副校长等职位，对该校发展影响深远。

② 奥尔特加·加塞特(Ortega y Gasset，1883—1955)，西班牙哲学家，提出自称为“生命理性的形而上”哲学。

风，因为我可以在我们聊完一段之后马上依样画葫芦。有时候，整整一大段都是直接把事件实录下来。

最近的例子发生在上周六，当时你买完东西回到公寓里，把《卫报》上的新闻指给我看。我知道格雷特雷克斯把游戏升级了，事情会加速进展。对于这场骗局——既属于你也属于我，我在观众席前排上找到了自己的位置。我能窥视你即将暴露并遭受指控时的心情。我假装因为太爱你所以没法怀疑你——演这个轻而易举。当你提议给报业协会发声明时，我知道这样做毫无意义，可是为什么不干呢？这故事正在沿着自己的轨迹往下写。而且现在也确实到了该拒绝基金会资助的时候。当你试图说服我不要声称与情报机构从无瓜葛时，我颇为感动。你知道我是多么容易受伤，也正是你使得我那么容易受伤，所以你深感痛苦，很想保护我。既然如此，那我为什么还要在声明里说那句话呢？因为这样做会有更多的故事！我忍不住。我想在你面前装出一副天真无辜的样子。我知道我这样做会给自己带来很多伤害。可我不在乎，我不计后果，我着了魔，我想看看会发生什么事。我想——后来事实证明确实如此——大结局即将到来。当你躺倒在床上陷入进退两难的沉思时，我却在描写你坐在集市旁的咖啡馆里看报纸的情景，接着，趁着新鲜劲我又把我们刚才的对话全写了下来。在惠乐士吃完午餐之后我们做爱。然后你睡着，我工作，把刚才几个小时里发生的事情写出来，再略加修改。傍晚，我走进卧室把你唤醒，又跟你做爱，你一边把我的阴茎握在手里，引着它进入你的身体，一边轻声说，“你真是棒极了。”希望你别介意，我把这句也用上了。

面对现实吧，塞丽娜，这件可耻的事情已经迎来了日落时分，月亮和星星也会一并落下。今天下午——我估计，对于你是昨天——门铃响起。我下楼看到有个来自《每日快报》的女人站在人行道上。她还算讨人喜欢，为人也坦率，告诉我明天报上会登什么样的消息，我会给说成是一个撒谎成性、贪得无厌的骗子。她甚至把她写的报道给我读了几段。她还绘声绘色地讲到那些照片，彬彬有礼地问我是否愿意说句话让她引用一下。我无话可说。她一走我就做了点笔记。明天我没有机会买快报，不过这没什么关系，因为今天下午我就要把她告诉我的话重新组合一番，描述你在火车上读完那条新闻。是的，这事结束了。那位记者告诉我报上已经引用了几句爱德华·希思和罗伊·詹金斯的话。我很快就要身败名裂。我们都会。我将遭受谴责，因为我在发给报业协会的声明中说了谎，因为我拿了不该拿的钱，因为我出卖了自己的独立思考。你的老板们愚蠢地闯进了不属于他们的领地，弄得他们在政坛上的主子下不来台。要不了多久，整个甜牙行动的其他受益者的名单就会曝光。会有冷嘲热讽、颜面扫地，还会有一两个人遭到解雇。至于你，明天的报纸一出来，你就没法立足了。你在照片上美极了，那人告诉我。可是你只能另找工作了。

我马上会让你做一个重要的决定，不过在此之前，我要跟你讲一个我最喜欢的间谍故事。这事五处有份，六处也有。一九四三年。那会儿的斗争可比现在更严酷，事件的后果也更严重。

那年四月，一具正在腐烂的皇家海军军官的尸体被冲上安达卢西亚海滩。有人用链条在死者手腕上系了一只公文包，里面有几份文件涉及取道希腊和撒丁岛攻占南欧的计划。当地政府联络了英方专员，后者起初似乎对这具尸体及其随身行李不感兴趣。接着，他似乎改变了主意，拼命想把它们弄回来。太晚了。西班牙是二战的中立国，但总体上更偏向纳粹。德国情报界已将此事查明，公文包里的这些文件都被送往柏林。德国最高指挥部研究了公文包里的内容，领会了同盟国的意图，相应地调整了防御攻略。然而，也许你已经从《从无此人》[①]里知道，这具尸体和这些计划书全都是假的，都是英国情报机构设计的骗局。这位军官实际上是威尔士的一个流浪汉，是从停尸所里弄来的，他们将他打扮成一个虚构人物，每个细节都处理得一丝不苟，若是把这个人物放进一场伦敦大戏里，足以换来大把情书，足以让票房爆满。后来同盟国攻打南欧时取道西西里岛，这条路线其实更常规，敌人却疏于布防。至少，希特勒的好几个师都守错了门。

“绞肉行动”是二战时期几十个情报圈套之一，不过我想说的是，它之所以别具光彩、成就卓著，乃是因为此事的肇因非同寻常。这个概念出自一九三七年出版的一部小说，名叫《女帽之谜》。而当时那位在小说中发现了这个桥段的年轻海军中校，日

① 《从无此人》是英国作家伊文·蒙塔古 1953 年根据真实事件写的小说，1956 年该书被改编成同名电影。

后也将成为一位著名的小说家。他就是伊恩·弗莱明①，当时他把这个概念和其他计策一起写在一份备忘录上，而这份备忘录恰巧被一个秘密委员会看到，主持这个委员会的是一位写过侦探小说的牛津教师。为一具尸体提供身份、背景和一段逼真的人生，这样的工作只有具备小说家天赋的人才能完成。溺水军官被发现之后，那位在西班牙张罗记者招待会的海军专员也是一个小说家。谁说诗歌没法创造事件？“绞肉行动”之所以会成功，是因为虚构，因为想象，“情报”随之应运而生。不妨做个惨痛的比较吧：甜牙行动，这腐败的先驱，恰恰把上述过程颠倒了，它之所以失败，是因为“情报”企图干涉虚构。我们的转折点在三十年前。如今我们日渐衰落，只能活在巨人的阴影之下。你和你的同事一定早就知道这个项目不靠谱，从一开始就注定了失败，可是你们的动力来自官僚作风，你们一直没有停下是因为命令来自高层。你们的彼得·纳丁真应该去请教一下人文艺术委员会主席安格斯·威尔逊，他也是一位小说家，战时与情报机构过从甚密。

我跟你说过，摆在你面前的这一包稿纸，我并不是出于愤怒才写下来的。然而，这里头总是含有一点以牙还牙的成分。我们俩都在告密。你欺骗我，我刺探你。整个过程真是有滋有味，我想你也算是自食其果。我完全相信，我可以把此事塞进一本

---

① 伊恩·弗莱明(Ian Fleming,1908—1964)，著名英国间谍小说家，以 007 系列小说闻名世界。

书的封皮，从我的立场出发，把你写出来，写完了便一刀两断。可我不想按这套逻辑行事。我必须到剑桥去拿你那点可怜的成绩，必须在萨福克郡的小别墅里跟一个和蔼可亲的老厌物做爱，必须住进卡姆登的小单间里承受丧亲之痛，必须为了下周的工作洗好你的头发、熨好你的衣服，次日上午忍受挤地铁之苦，必须体验你急于独立的心情，必须懂得，是因为你跟双亲之间的纽带，你才会哭倒在父亲胸前。我必须尝试你的孤独，代入你的不安全感、对于上司赞赏的渴望、姐妹之间的隔膜，代入你那不时流露的一点点势利、一点点无知、一点点虚荣和一点点社会良知，代入你那些自哀自怜的时刻和遇事大多循规蹈矩的习惯。与此同时，我并没有忽略你的聪明、美丽和温柔，没有忽略你热衷做爱也喜欢玩乐，没有忽略你的冷幽默和那种甜蜜的、老是想保护别人的本能。深入你的内心之后，我把自己也看得格外清晰：我对物质的贪婪，对地位的渴望，我那近乎自我中心的"一根筋"。此外，还有我那点荒唐的虚荣心，它既表现在两性问题上，也表现在服装样式上，更重要的是在审美趣味上——若非如此，你怎么会对我的短篇小说流连忘返？若非如此，我为什么要把自己最喜欢的词句打成斜体字？

为了在纸上重塑你，我必须成为你、理解你（这也正是小说的需要），这样做，好吧，必然会导致一种结果。当我把自己注入你的皮肤时，我就应该猜到会是这样的结果。我还爱你。不，不对。我更爱你了。

你也许认为，我们俩都在骗局中陷得太深，我们互相说的谎话已经超过了一生的限度，我们的互相欺骗和彼此羞辱已经将我们必须分道扬镳的理由翻了个倍。我宁愿认为这些谎言已经互相抵消，通过互相监视我们俩已经纠缠得太深了，谁也离不开谁。我现在的工作就是看住你。你不想对我也如法炮制吗？我这份工作的目标是宣告爱情，索求婚姻。你有一次不是跟我悄悄说过你的观念很老派吗——你不是说一部小说的结局就该是“嫁给我”吗？如果你允许，我希望有朝一日能把这本此刻躺在厨桌上的书出版。这几乎不能算是一种辩护，它更像是把我们俩都给告发了，而这无疑能把我们俩更紧密地拴在一起。不过，障碍还是有的。我们不想让你，让雪莉，甚至也不想让格雷特雷克斯先生在女王陛下闲得发慌时被投入大牢、饱受折磨，所以我们只能等到二十一世纪，挨过《公务保密法》的追溯期。在这几十年里，你有的是时间来纠正我对你的孤独时光的臆想，有的是时间跟我讲讲你保密工作中的其余部分，告诉我你跟马克斯之间究竟发生了什么，也有的是时间在小说里塞几个冗词赘句，描摹回首往事时的惊鸿一瞥：在那些日子里，想当初，那年头……或者，像这句：“如今镜子里叙述的已经是截然不同的故事了，所以我能把这话说出来，不再骨鲠于喉。我那时确实很漂亮。”这话说得太残忍了？没必要担心，没有你的首肯我是不会乱加什么的。我们不用急着出版。

我相信我不会永远成为公众唾弃的对象，不过也许需要等一点时间。至少现在我跟这个世界算是讲和了——我需要一个独立的收入来源。伦敦大学学院有一份教职。他们想要一个斯宾塞专家,他们说能给我一个不错的机会。教书未必会影响我的写作,现在我对这一点比以前更有信心。雪莉还告诉我她可以在伦敦给你找份活,如果你感兴趣的话。

今晚我会坐飞机去巴黎,住在一个老同学家里,他说他可以给我一间房住上几天。等事情平息下来,等我的名字从新闻标题中消失以后,我会径直赶回来。如果你的回答是一个致命的“不”,那好吧,我没有留副本,只有这一份,你可以付之一炬。如果你还爱我,你的答案是“好”,那么我们的合作就开始了,而这封信——如果你同意的话——将会是《甜牙》的尾章。

最亲爱的塞丽娜,你说了算。

致 谢

特别感谢弗兰西斯·斯托纳·桑德斯所著的《谁付钱给风笛手?——中央情报局和文化冷战》;同时感谢保罗·拉什玛和奥利弗·詹姆斯的《英国秘密宣传战:1948—1977》和休·威尔福德的《中央情报局,英国左翼和冷战:定调?》。从以下作品中我也获益匪浅:卡罗尔·布莱特曼的《在危险中写作:玛丽·麦卡锡和她的世界》;R·N·卡鲁亨特的《共产主义理论及实践》;本·马克因特尔的《绞肉行动》;乔佛里·罗伯特森的《不情愿的犹大》;斯黛拉·利明顿的《公开的秘密:军情五处前处长自述》;克里斯托弗·安德鲁《帝国防线:军情五处官方史略》;托马斯·赫尼西和克莱尔·托马斯的《暗探:军情五处非官方史略》;彼得·莱特的《追捕间谍的人:一名高级情报军官的自白》;多米尼克·桑德布鲁克的《紧急状态——我们曾经这样生活:英国1970—1974》;安迪·贝克特的《熄灯时分:七〇年代的英国》;阿尔文·W·特纳的《危机?什么危机?——一九七〇年代的英国》;弗朗西斯·韦恩的《那些委实古怪的日子》。

感谢蒂姆·加顿·阿什经过深思熟虑后提出的意见;感谢

大卫·康维尔极具魅力的回忆；感谢格里米·米奇森和卡尔·弗里斯顿为我详细讲解“蒙蒂·霍尔问题”；感谢阿历克斯·伯勒，并且，一如既往地，感谢我妻子安娜莱娜·麦卡菲。

图书在版编目(CIP)数据

甜牙/(英)伊恩·麦克尤恩(Ian McEwan)著;黄昱宁译.
—上海:上海译文出版社,2018.6(2025.8重印)
(麦克尤恩作品)
书名原文:Sweet Tooth
ISBN 978-7-5327-7773-0

Ⅰ.①甜… Ⅱ.①伊… ②黄… Ⅲ.①长篇小说—英国—现代 Ⅳ.①I561.45

中国版本图书馆CIP数据核字(2018)第042396号

Ian McEwan
Sweet Tooth

图字号:09-2013-323号

甜牙
〔英〕伊恩·麦克尤恩 著 黄昱宁 译
责任编辑/宋 玲 装帧设计/储平工作室

上海译文出版社有限公司出版、发行
网址:www.yiwen.com.cn
201101 上海市闵行区号景路159弄B座
江阴市机关印刷服务有限公司印刷

开本 850×1168 1/32 印张 13 插页 5 字数 226,000
2018年6月第1版 2025年8月第2次印刷
印数:7,001—8,000册

ISBN 978-7-5327-7773-0
定价:69.00元